Vous avez un e-mail

Alyssa Cole

Vous avez un e-mail

Traduit de l'anglais (États-Unis) par Zeynep Diker

J'AI LU

Titre original
A PRINCESS IN THEORY

Éditeur original
Avon Books and logo, a trademark of HarperCollins Publishers,
New York

À toutes celles qui ont constamment entendu
qu'elles ne pouvaient pas être des princesses :
vous en avez toujours été une.

1

Expéditeur : LikotsiAdelele@RoyaumeDeThesolo.the
Objet : Salutations de la famille royale de Thesolo

Chère Madame Smith,

J'espère que vous vous portez bien. Je, soussignée Likotsi Adelele, assistante de Son Altesse royale, vous ai cherchée aux quatre coins du monde au cours des derniers mois sur ordre de l'auguste – et très curieux – prince Thabiso. Il m'a chargée de retrouver sa promise, et je pense avoir accompli ma mission : c'est vous. Car notre prince est magnanime, généreux et compréhensif, il est prêt à panser les plaies suppurantes du passé pour leur permettre de cicatriser. Afin de l'y aider, je vous prie de m'envoyer les documents suivants de sorte que nous puissions procéder à la vérification de votre identité : une copie de votre permis de conduire, passeport ou autre papier d'identité ; votre carnet de santé à jour…

Expéditeur : LikotsiAdelele@RoyaumeDeThesolo.the
Objet : RE : RE : RE : RE : Salutations de la famille royale de Thesolo

Bonjour, chère Madame Smith,

La patience est, paraît-il, une vertu, et je me considère comme particulièrement vertueuse, étant donné que je vous ai écrit plusieurs fois sans obtenir de réponse et que je m'évertue malgré tout à poursuivre. Le prince souhaite rencontrer celle que la déesse Ingoka a choisie pour devenir son épouse, et je suis chargée de concrétiser ce désir. Peut-être craignez-vous les répercussions de l'opiniâtreté et des actes irréfléchis de vos parents, mais rassurez-vous, tout se passera bien… si vous êtes bel et bien la jeune femme choisie pour devenir la future reine de Thesolo. Je suis certaine que vous êtes celle qu'il recherche depuis si longtemps. Toutefois, je dois IMPÉRATIVEMENT avoir une preuve de votre identité avant de poursuivre. Je n'exposerai pas mon prince à la tromperie. Aussi vous saurais-je gré de (a) répondre à la présente et (b) de me fournir…

Expéditeur : LikotsiAdelele@RoyaumeDeThesolo.the
Objet : FWD : RE : RE : RE : RE : RE : RE : RE : RE : RE : Salutations de la famille royale de Thesolo

À la généreuse et bienveillante madame Smith,

Peut-être n'avez-vous pas reçu les missives électroniques que j'ai envoyées au cours des dernières semaines (voir ci-dessous). Je ne puis croire que vous ayez lu mes sollicitations sincères et refusé d'y prêter attention. Si vous redoutez que le peuple de Thesolo ne vous ait abandonnée à cause de votre méfait, n'ayez crainte. Malgré la perte de confiance provoquée par l'égoïsme de vos parents, le contrat de mariage, dressé devant la déesse et le gouvernement de notre peuple, demeure valide. Comme je l'ai affirmé dans mes précédents messages (voir ci-dessous, au cas où vous ne l'auriez pas fait dès ma première demande), bien que je sois persuadée que vous êtes la destinataire légitime de cet e-mail, avant de pouvoir vous présenter au prince Thabiso après cette longue absence, j'aurais besoin d'informations complémentaires. Je vous prie de me faire parvenir une copie de votre permis de conduire, passeport ou autre document relatif à votre identité ainsi que votre adresse actuelle et votre numéro de sécurité sociale…

— Je n'ai vraiment pas le temps pour ces idioties, marmonna Naledi, le bourdonnement apaisant des équipements de laboratoire hors de prix masquant l'exaspération qui imprégnait sa voix.

D'une pression sur l'icône idoine, elle supprima l'e-mail, l'envoyant dans la corbeille du téléphone.

Les premiers messages l'avaient amusée, lui offrant un répit bienvenu, le reste de sa boîte de réception ne contenant qu'une succession d'alertes et de rappels : séances de révision, échéances de remboursement de son crédit étudiant, calculs à résoudre et autres joyeusetés de la vie universitaire. Le caractère amusant des e-mails s'amenuisait à mesure que leur intitulé se faisait plus impérieux et Naledi était désormais convaincue que cela n'avait rien d'une banale coïncidence : quelque part dans le monde, un escroc l'avait dans sa ligne de mire. Cela ne pouvait que déranger une personne aussi secrète que Ledi tout en éveillant un sentiment de vulnérabilité bien trop familier pour une jeune femme qui avait été ballottée de foyers en maisons d'accueil pendant presque toute son enfance.

Faire fi de ces e-mails n'avait pas fonctionné : le spammeur ne s'était pas laissé décourager par l'absence de réponse de Ledi et avait, au contraire, redoublé d'efforts. Elle avait envisagé de bloquer cet expéditeur, mais continuer à recevoir ces messages troublants sans le savoir lui avait paru plus effrayant encore.

Ledi remonta ses lunettes de protection sur ses épais cheveux frisés, qu'elle avait lissés en arrière afin de les attacher en queue de cheval, et passa mentalement en revue sa liste de tâches. La matinée n'était pas encore terminée qu'elle avait déjà créé les supports requis pour ses expériences, préparé les lames de microscope et terminé sa saisie de données. Aussi pouvait-elle se permettre de consacrer quelques heures à ses révisions.

Elle sortit son exemplaire d'*Épidémiologie moderne* du sac à dos posé par terre et le plaça sur son bureau. Jongler entre son travail d'assistante de laboratoire, son boulot de serveuse et ses cours ne lui avait pas semblé excessivement ambitieux au départ. Ledi cumulait travail et études depuis ses treize ans. Toutefois, l'anxiété l'agitait de plus belle à l'approche des examens finaux et de ce que l'avenir lui réservait, et elle se demanda si elle n'avait pas eu les yeux plus gros que le ventre.

Elle s'estimait chanceuse, car son passage à l'âge adulte s'était déroulé sans heurt, comparé à certains gamins qui avaient grandi, comme elle, en foyer. Cependant, la chance n'était pas un facteur statistiquement significatif pour ce qui était de prévoir son avenir. Gagner de l'argent, en revanche, était un plan d'action éprouvé, et avoir plusieurs sources de revenus constituait un filet de sécurité indispensable. Elle n'avait pas de famille vers qui se tourner en cas de difficultés, et une seule erreur au travail ou à la fac pouvait avoir un effet domino sur la réalisation des projets qu'elle avait planifiés avec soin.

— Salut, Naledi.

Brian, le chercheur postdoctorant, se trouva soudain dans son dos.

C'était super de bosser avec lui ! Lors de son premier jour au labo, Ledi s'était présentée et Brian lui avait demandé de sortir les poubelles plus régulièrement ; il l'avait prise pour la femme de ménage. Il s'arrêtait souvent pour expliquer des concepts de base à Ledi – et seulement à elle – lors des réunions de laboratoire alors qu'il demandait toujours l'avis de Kevin, le petit nouveau.

Quel joyeux drille, ce Brian !

Elle se tourna vers lui. Ses cheveux bruns partaient dans tous les sens et il n'était pas rasé. Il avait l'air stressé, ce qui n'était pas rare mais qui, de manière générale, n'augurait rien de bon pour Ledi.

— Salut, Brian, répondit-elle, s'efforçant de trouver cette intonation agréable mais respectueuse qui semblait le flatter.

Elle détestait ne pas pouvoir s'adresser à lui comme à un être humain normal, mais apparemment, il y avait quelque chose dans son comportement qui avait conduit Brian à rapporter au Dr Taketami – la chercheuse principale du labo, *ergo* la patronne de Ledi – que celle-ci « faisait preuve d'effronterie ».

Ledi ne pouvait se permettre d'être vue comme un problème.

Elle voulait devenir scientifique depuis que son institutrice de CM1 lui avait donné un exemplaire usé du magazine *National Geographic*. La couverture avait fasciné Ledi : un plan rapproché sur une femme à la peau noire, comme elle, regardant dans un microscope. Cette scientifique essayait de vaincre une mystérieuse maladie, et Ledi avait déduit de cette image non seulement qu'elle voulait accomplir la même chose, mais aussi qu'elle en était capable.

Elle n'avait pas anticipé tous les autres paramètres avec lesquels une femme devait composer quand elle souhaitait faire carrière dans ce pré carré masculin qu'étaient les sciences, la technologie, l'ingénierie et les mathématiques : les politiciens qui méprisaient sa profession et menaçaient son avenir – ainsi que celui de la planète ; les confrères comme Brian qui considéraient les femmes travaillant à leur côté comme leurs assistantes personnelles et non leurs égales.

— Comment vas-tu ce matin ? s'enquit-elle de cette voix avenante que prenaient toujours les secrétaires dans les vieilles séries télévisées pour calmer leurs patrons misogynes.

Brian sourit. Visiblement, il avait regardé les mêmes rediffusions.

— Pour tout te dire, j'ai pris du retard dans mon travail depuis que je suis rentré de la conférence de Keystone.

C'est là que Naledi remarqua le paquet de feuilles qu'il tenait dans la main.

Quel enfoiré, se dit-elle.

— Navrée de l'entendre, répondit-elle.

— Nous devons soumettre cette demande de subvention dans les meilleurs délais, on sera dans la mouise si on perd ce financement. Puisque tu n'as pas grand-chose à faire...

— Comment sais-tu que je n'ai pas grand-chose à faire ? répliqua-t-elle sur le même ton poli, incapable de se retenir.

Brian se racla la gorge.

— Tu es assise là sans rien faire.

— Tout comme Kevin. Il est même en train de regarder un film sur son portable, ajouta-t-elle en désignant de la tête son collègue, à l'autre bout de la pièce, qui se bidonnait devant l'écran de son téléphone.

Sa voix était toujours posée et polie, mais Brian fronça les sourcils avec irritation.

— Écoute, personne n'échappe à la basse besogne, ça fait partie du job. Chacun doit y mettre du sien. Penses-tu en être exemptée, par hasard ?

Ledi prit une inspiration. Elle travaillait dur, bien plus dur qu'elle n'aurait dû avoir à le faire. C'était bien le problème. Quand on avait l'habitude de bosser deux fois plus que les autres, se contenter de suivre un rythme normal donnait une impression de laisser-aller.

— Non, répondit-elle faiblement. Je ne le pense pas.

Pourquoi j'ai ouvert ma bouche ?

Elle savait depuis belle lurette que défier « les puissants », du moins les personnes qui détenaient un certain pouvoir, revenait à se rendre indésirable ; elle l'avait appris à ses dépens. Et les indésirables, au bout du compte, se voyaient contraints de rassembler leurs affaires dans un sac-poubelle avant d'être réexpédiés au foyer d'accueil. Elle déglutit, soudain prise de nausée, et repensa à la formation qu'elle avait suivie sur les femmes dans les Stim [1]. Elle devait poser ses limites si elle ne voulait pas se faire marcher sur les pieds.

— Travailler dur ne me pose aucun problème, mais c'est la quatrième demande de subvention dont tu me demandes de m'occuper, ajouta-t-elle. Et laisse-moi deviner, c'est à rendre cette semaine ? (Brian hocha la tête avec raideur.) Kevin ne t'a encore jamais aidé pour ça, lui fit-elle remarquer avec prudence, même si elle en avait assez d'être gentille avec lui.

— Raison de plus pour que tu t'en charges, répliqua Brian. Tu ne commettras pas d'erreur de débutants.

Et voilà ; si elle insistait davantage, cela passerait pour de l'entêtement. En tant que femme, Ledi savait bien toute l'importance de faire entendre sa voix, surtout dans un contexte professionnel. Toutefois, sa ténacité se heurtait bien souvent à un mur tout aussi inébranlable. Elle aurait mieux fait de prendre ces formulaires avec un sourire et de la boucler.

---

1. Science, technologie, ingénierie, mathématiques : francisation de l'acronyme anglais Stem (*Science, technology, engineering, mathematics*). *(N.d.T.)*

— Bien sûr. Je m'en occupe tout de suite. Désolée.

Elle mit son manuel de cours de côté et prit les documents que lui tendait Brian, se retenant tant bien que mal de les réduire en boule entre ses mains, et Brian repartit sans même la remercier.

Les postdoctorants, tout abjects qu'ils soient, ne font que passer ; les découvertes scientifiques, elles, sont éternelles.

Quand elle rouvrit les yeux, Trishna, sa partenaire de laboratoire et étudiante en santé publique comme elle, l'observait depuis leur table de travail. Ses longs cheveux bruns étaient tirés en arrière et ses lunettes de protection soulignaient l'exaspération contenue dans son regard.

— Quel trou de balle, celui-là, marmonna Trishna, et Ledi s'octroya un bref moment de complicité entre collègues avant de hausser les épaules.

— Ce n'est rien, répondit-elle joyeusement.

Elle sourit à Trishna tout en espérant que son expression ne reflète pas ses envies de meurtre.

— Non, c'est grave ! Qu'il aille au diable, répliqua Trishna avant de hausser les sourcils. À tous les coups, il est jaloux que tu fasses ton stage pratique au sein du groupe de travail ad hoc sur les maladies du Dr Kreillig. La grande classe !

Trishna attrapa deux tubes à essai et les pointa comme deux revolvers à travers la pièce.

Ledi aurait ri si Trishna ne venait pas de soulever un autre de ses innombrables problèmes. Elle parcourut les papiers que lui avait laissés Brian sans vraiment y prêter attention.

— Ouais. J'ai hâte d'être à cet été, le stage promet d'être des plus enrichissants.

Ce qu'elle voulait vraiment dire, c'était que son directeur de recherche, le Dr Kreillig, avait cessé de répondre aussi bien à ses e-mails qu'à ses appels téléphoniques, et qu'en réalité elle ignorait si son stage de terrain prévu cet été était toujours d'actualité. Toutefois, cela ne ressemblait guère à Ledi de partager ce genre d'information.

— À ce que j'ai pu voir, le groupe de travail possède une excellente dynamique, ajouta-t-elle pour l'emphase.

Tu ne veux pas que les gens remarquent que tu éludes leurs questions ? C'est facile, tu n'as qu'à déblatérer des inepties avec un grand sourire.

— Ils ont fait de l'excellent travail en contenant la récente épidémie de légionellose.

Se montrer chaleureuse et amicale tout en maintenant les autres à distance était une seconde nature pour Ledi. Telle une sorte de bicouche lipidique à usage social, cela lui permettait de protéger les éléments de sa vie qui lui tenaient à cœur d'un environnement extérieur potentiellement dangereux. Cela fonctionnait pour les procaryotes depuis des millénaires, et ce serait suffisant pour une étudiante de troisième cycle fauchée à peine plus évoluée.

— Tu commences quand ? s'enquit Trishna.

— Je ne sais pas encore. J'attends des nouvelles du Dr Kreillig ; il est très occupé.

Ces deux affirmations étaient exactes.

— Oh, peut-être qu'il est occupé à enrayer quelque épidémie, suggéra Trishna. L'an dernier, quand des cas d'infection du virus Zika ont commencé à apparaître, il paraît qu'il a disparu de la circulation pendant plusieurs jours.

Ledi ne souhaitait pas qu'une telle alerte fût la cause de ce silence, mais un risque épidémique pouvait expliquer, en effet, pourquoi elle n'avait pas eu de ses nouvelles depuis plus d'une semaine. Sept jours passaient comme sept mois quand son stage pratique, sa thèse, voire sa carrière entière était en jeu. Si le Dr Kreillig avait été aussi motivé que son escroc nigérian – ou thesolien, pour être plus précise –, Ledi n'aurait pas été dans une telle panade.

— Et toi, qu'as-tu prévu ? demanda-t-elle pour changer de sujet.

— Je pars pour le Maine la semaine qui suit les exams.

Le téléphone de Ledi vibra et un SMS de son amie Portia s'afficha à l'écran.

`Portia : La galerie où je fais mon stage organise un vernissage demain soir. Vins et fromages gratuits ! Tout ce que t'aimes !`

Ledi aimait toutes sortes de boissons et d'aliments pour lesquels elle n'avait pas à payer ; cependant, si elle se rendait à ce vernissage, elle devrait passer la soirée en compagnie de pseudo-artistes branchés et jouer des coudes pour parvenir jusqu'au buffet. Elle devrait également s'occuper d'une Portia éméchée... et cela ne figurait pas sur l'interminable liste de tâches de Ledi.

`Ça donne envie, mais je bosse à l'Institut jusqu'à 21 heures demain soir. ☹`

`Oh, snif ! On peut essayer de se retrouver pour boire un verre après ? *croiselesdoigts*`

`Peut-être.`

Peut-être pas. Portia était sa meilleure amie, mais Ledi était trop fatiguée pour gérer les frasques nocturnes et alcoolisées de cette dernière. Elle voulait boire un verre de vin après une longue journée pour se détendre, et non comme prélude à une nuit de débauche. Elle n'avait rien contre la débauche, mais elle n'avait pas tellement le loisir de s'y adonner ; d'ailleurs, elle n'avait pas le temps non plus de calmer l'angoisse qui l'assaillait chaque fois que Portia interpellait une serveuse ou se dirigeait vers le comptoir.

Portia illustrait de manière très concrète pourquoi la membrane cellulaire sociale de Ledi existait. Dès lors qu'une personne la franchissait, Ledi ne pouvait s'empêcher de s'inquiéter pour celle-ci, alors que se tracasser ne servait à rien dans le monde matériel ; cela ne faisait que lui pomper toute son énergie.

`Au fait, tu as consulté tes résultats MyGeneScreen ? Moi, je suis africaine à 83 % et européenne à 17 %. Je vais devoir annoncer à ma mère que nous n'avons pas pour ancêtre une princesse cherokee.`

`Eh ben ! Mais on en reparlera. Tu sais bien que je doute de la précision de ces tests.`

Portia avait reçu deux kits de test ADN dans le cadre d'un événement promotionnel destiné aux influenceurs de tous poils et elle en avait donné un à Ledi. La possibilité d'en apprendre un peu plus sur ses origines avait momentanément séduit Ledi, mais lorsque les résultats lui étaient parvenus par e-mail, elle les avait effacés.

Au bout du compte, quelle importance ? Elle était new-yorkaise, point barre. Elle n'avait pas besoin d'en savoir davantage sur son identité. La base de données génétiques pouvait la mettre en relation avec de potentiels parents, mais...

Mais quoi ? Elle avait survécu à une enfance difficile, elle se destinait à devenir une épidémiologiste de renom et elle n'avait pas besoin d'informations pseudo-scientifiques pour semer le chaos dans sa vie.

Tout allait très bien comme ça.

— La demande de subvention, ça avance ? s'enquit Brian depuis l'autre bout de la pièce. Tu as tout compris ? lui demanda-t-il en lui faisant un signe avec son pouce levé.

Ledi voulut lui répondre en levant un autre doigt, mais elle se contenta d'arborer un grand sourire hypocrite.

— J'ai la situation en main ! lui cria-t-elle.

Si seulement c'était vrai...

2

Expéditeur : LikotsiAdelele@RoyaumeDeThesolo.the
Objet : URGENT ! CONTRAT DE MARIAGE

À l'attention de l'estimée madame Smith,

Je vous écris à nouveau, espérant malgré tout que vous répondiez. En dépit des infractions dont vos parents se sont rendus coupables par le passé, vous conservez la bienveillante bénédiction du ROI LERUMO ainsi que de la REINE RAMATLA du Royaume de Thesolo, et l'engagement qui vous lie à leur fils tient toujours. Je vous enjoins à me contacter dans les plus brefs délais au sujet de vos fiançailles avec SA MAJESTÉ le PRINCE THABISO…

Le lendemain soir, comme elle rentrait dans son minuscule studio d'Inwood, le quartier situé le plus au nord de Manhattan, Ledi maudit les dieux du filtre antispams – une fois de plus. Elle se maudit également, car elle avait oublié de jeter la poubelle ce matin avant de marcher telle une zombie jusqu'à la bibliothèque du campus : son appartement empestait le plat chinois bon marché qu'elle avait commandé deux soirs plus tôt.

Elle posa son sac à dos par terre et décrocha de la poignée de sa porte le sac-poubelle fermé. Des bruits de voisinage divers résonnaient dans le couloir de l'immeuble en même temps que ses pas tandis qu'elle se dirigeait vers la colonne du vide-ordures : Mme Garcia, qui habitait l'appartement d'en face, une veuve retraitée qui enregistrait ses *telenovelas* et les regardait avec le volume à fond tous les soirs en rentrant de son travail comme bénévole ; Jayden et Ben, les enfants du 7 C, qui semblaient passer leur journée à rire comme des hyènes ; Boca, le perroquet qui lançait des injures en lituanien chaque fois qu'un malheureux passait devant la porte du 7 H.

Ses voisins mettaient à rude épreuve son ouïe autant que son odorat. Les repas cuisinés représentaient au moins quatre continents sur cinq, et s'ajoutait à ce mélange de parfums hétéroclites celui du cannabis dont les volutes s'échappaient de l'appartement occupé depuis quelques semaines seulement par un hipster continuellement défoncé.

Toutes ces odeurs emprisonnées dans le local à poubelles y fermentaient jusqu'à devenir nauséabondes. Elle retint sa respiration comme elle entrait dans la pièce exiguë et ouvrit avec sa manche la trappe infestée de bactéries du vide-ordures pour y jeter les restes de ses œufs *foo yung*. Son téléphone vibra dans sa poche et, dans un moment d'irritation, Ledi envisagea de le bazarder avec le reste. Toutefois, cela ne constituerait qu'une solution temporaire à son fâcheux problème de spam. Et par ailleurs, elle avait travaillé dur pour se payer ce téléphone et ne saurait le considérer comme jetable.

Elle avait eu la chance d'emménager dans un logement à loyer réglementé dès l'obtention de son baccalauréat, et son travail à temps partiel au réfectoire de l'Institut – un lieu plutôt chic – était bien rémunéré pour un boulot de serveuse. Pour autant, l'achat de ce téléphone portable avait failli grever son budget – sans compter que cet argent aurait pu servir à rembourser l'emprunt qu'elle avait contracté pour sa licence, ou au moins une partie des intérêts. Elle avait obtenu un taux avantageux, mais son emprunt avait ensuite été racheté par quelque entreprise obscure, fermement décidée à plumer jusqu'au dernier tous les imbéciles qui n'avaient pas été capables de payer leurs études universitaires à l'inscription. Songer à tout l'argent qu'elle devait encore, et ce pour de nombreuses années, à diverses instances gouvernementales lui donna envie de poser sagement le téléphone pour se jeter dans la colonne du vide-ordures.

Et qui, à l'exception de tes créanciers et de Portia, le remarquerait si tu disparaissais ?

Elle regagna son appartement, se lava les mains dans le lavabo de sa minuscule salle de bains et s'écroula sur son futon.

Elle grimaça. *Un canapé à mémoire de forme, ce ne serait vraiment pas du luxe !*

Elle avait assez d'argent de côté pour s'offrir un futon de meilleure qualité, mais son esprit refusa l'idée même de cette dépense, persuadé que la Ledi du futur, qui pourrait se payer de tels articles sans vérifier son compte en banque par trois fois, aurait les moyens de l'acheter. Ledi ignorait le montant qu'il lui faudrait débourser, mais elle savait qu'elle était loin du compte.

Elle s'étira et ferma les yeux tandis que mille pensées sinistres l'assaillaient. *Gagnerai-je assez d'argent ? De quoi demain sera-t-il fait ?* Elle avait des courbatures dans tout le corps après des heures debout à servir les clients de l'Institut, et son cerveau était ramolli tant elle passait son temps libre à étudier et à s'inquiéter pour son stage pratique.

Elle avait évité de s'emballer quand Kreillig lui avait proposé de l'assister cet été, car s'emballer revenait à espérer, et l'espoir menait à la déception. Puis elle avait lu un article posté sur le blog meufsàlunettes.com dans lequel l'autrice évoquait notre propension à minimiser de manière systématique nos réussites. Elle demandait à ses lecteurs de citer leur dernier accomplissement en commentaire, et profitant du semi-anonymat qu'offrait Internet, Ledi avait écrit : « ON M'A PROPOSÉ UN PUTAIN DE STAGE D'ENFER ! » Les mentions « J'aime » et les encouragements des autres lecteurs l'avaient mise en joie, mais à présent elle avait l'impression de payer son excès d'enthousiasme en rongeant son frein. *Pourquoi Kreillig met-il aussi longtemps à répondre ?*

Il ne fallait pas non plus oublier le spammeur qui la prenait pour une gourde écervelée et s'obstinait à lui faire croire qu'elle était digne d'épouser un prince...

Des couinements de frustration lui parvinrent, l'arrachant à ses ruminations. Elle bondit du lit, poussée à l'action par la culpabilité de décevoir des créatures qui dépendaient d'elle pour leur survie.

— Désolée ! Merde, vous devez être affamés !

Elle se précipita vers la petite cage disposée près de la seule fenêtre de la pièce, qui offrait une vue spectaculaire sur le mur de brique de l'immeuble voisin. Rien d'exceptionnel, mais Gram-P et Gram-N avaient été destinés à finir leur vie entre deux lames de microscope, alors Ledi était presque certaine qu'ils appréciaient ce changement d'environnement.

Les deux souris blanches sautillèrent de joie, appuyant leurs petites pattes roses contre la paroi vitrée comme Ledi s'avançait. On était vendredi, le jour où elle leur rapportait de la bouffe riche en gras du laboratoire.

— Et voilà ! Je ne me fiche pas de vous, dit-elle en sortant le récipient de son sac à dos et en commençant à verser les granulés par le filet qui refermait la cage.

Les rongeurs couinèrent d'appréciation avant de dévorer leur nourriture avec empressement.

— Alors, ça vous plaît ? leur demanda-t-elle en s'appuyant contre le mur à côté du rebord de la fenêtre.

Deux paires d'yeux rouges perçants l'observèrent. Gram-P arrêta de mâchouiller le granulé qu'il tenait entre ses pattes, comme s'il attendait que Ledi poursuive.

— J'ai l'air d'une princesse, d'après vous ?

Gram-N lui tourna le dos pour se chercher à manger et Ledi lui donna raison.

Elle ignorait pourquoi ces escrocs du Thesolo avaient décidé de la prendre pour cible. Elle parcourut du regard son minuscule appartement. Propre, mais agrémenté de meubles qu'elle avait récupérés dans des dépôts-ventes ou trouvé sur le trottoir la veille du ramassage des poubelles, des cartes postales et des reproductions bon marché qu'elle avait encadrées pour donner du cachet à son salon, et un très joli tableau que lui avait offert Portia. Comme la majeure partie de son existence, sa décoration intérieure était constituée des restes d'autres personnes. Les escrocs devaient à l'évidence réviser leurs critères de recherche.

À moins qu'ils la visent en connaissance de cause.

L'égoïsme de vos parents... Elle n'avait pas pensé à eux depuis très longtemps, mais les messages électroniques de ce Likotsi avaient piqué sa curiosité. Elle avait failli répondre, avant de se rappeler que c'était précisément ce que ces malfaiteurs voulaient. Voilà comment ils attiraient leurs victimes dans leurs filets. Peut-être même qu'ils piochaient leurs proies dans une base de données qui recensait les orphelins devenus majeurs sans avoir été adoptés ou mis en relation avec des membres de leur famille.

Ledi inspira profondément pour apaiser les émotions qui tourbillonnaient dans sa poitrine, une sensation qu'elle n'avait pas éprouvée depuis ses dix-sept ans. Assise dans sa chambre d'étudiante, elle avait regardé des parents d'horizons très divers aider leurs enfants à s'installer. Quand on lui avait demandé où étaient les siens, Ledi avait menti et raconté qu'ils étaient déjà repartis ; c'était plus facile que de supporter la pitié qu'elle lisait dans les yeux de ses interlocuteurs quand elle disait la vérité. Le jour de la remise des diplômes, plusieurs de ses camarades de licence pensaient que ses parents étaient en vie. Ledi n'en avait eu cure ; ces gens appartenaient à l'environnement extérieur de la vie sur le campus.

Ledi chassa ces pensées sinistres.

Ces e-mails l'exaspéraient à plus d'un titre, car ils lui rappelaient ce qu'elle avait perdu. Elle était une adulte désormais, qui traçait sa route sans l'aide de personne, et même si elle se débrouillait plutôt bien, elle restait au fond d'elle cette gamine de quatre ans qui se cachait dans le placard de sa famille d'accueil, incapable d'assimiler le fait qu'elle ne reverrait plus jamais ses parents.

Elle se rappelait la peau noire de son père et son sourire qui semblait faire tourner la Terre. Elle se rappelait le parfum de sa mère, un mélange de fleurs et de beurre de cacao, et le bonheur qui gagnait Ledi quand cette dernière la serrait fort dans ses bras. C'était tout, si on faisait exception des bribes de souvenirs qui la transperçaient parfois en rêve et qui se fragmentaient si elle essayait de les capturer. Elle ignorait qui étaient ses parents, ou qui elle était, et chacun de ces messages électroniques la mettait face à une vérité dérangeante : elle était seule. C'était là le fond du problème.

Gram-P couina dans sa cage et se précipita du côté de Ledi. Le rongeur appuya les pattes contre la paroi vitrée, comme s'il flairait sa tristesse. Ledi caressa la vitre du bout du doigt avant de soupirer.

Pourrais-je faire encore plus pitié ? songea-t-elle en s'éloignant du rebord de la fenêtre pour rejoindre en quelques pas sa kitchenette. *Je me fais consoler par* Mus musculus.

Son téléphone vibra, mais elle n'y prêta pas attention. C'était soit un énième e-mail qui risquait de l'énerver, soit un SMS de Portia qui voulait savoir si elle avait changé d'avis pour l'apéro. Les deux possibilités ne l'attiraient que modérément étant donné que, pour Portia, une soirée réussie rimait avec beuverie.

Ledi jeta un coup d'œil à son téléphone, la lumière de l'écran attirant son attention. Peut-être qu'elle devrait sortir. Elle n'avait rien fait d'amusant depuis belle lurette, et boire un verre avec sa meilleure amie était tout de même plus sain que parler à des souris. Toutefois, la perspective de bavarder avec des étrangers dans un bar en feignant de passer un bon moment – ou pire encore, d'entendre Portia lui demander ce qui la tracassait – facilita sa prise de décision. Elle n'avait aucune envie de discuter de Kreillig ou des messages du spammeur, car elle ne voulait pas se focaliser sur ces désagréments. Sans compter que Portia essaierait, comme à son habitude, de trouver une solution à ses problèmes, car celle-ci se sentait obligée de régler les problèmes de tout le monde sans jamais en faire autant pour elle-même.

Ledi ouvrit la porte du congélateur. Elle passerait la soirée en compagnie de Ben et de Jerry. Eux, au moins, ils ne posaient pas de questions, et ils s'abstenaient de picoler, sauf s'il s'agissait de rhum-raisin. Ils ne l'entraîneraient pas dans leurs combines ni ne la jugeraient parce qu'elle entretenait le fantasme puéril que, peut-être, l'escroc du Thesolo lui disait la vérité.

Un bruit de marteau-piqueur tira Ledi de son sommeil ; la correction de Bonferroni la poursuivait jusque dans ses rêves. Son réveil n'avait pas encore sonné, ce qui signifiait qu'il était soit trop tôt, soit trop tard pour démarrer des travaux. Elle pouvait contacter la police municipale pour se plaindre, mais elle savait que cela ne servirait à rien. Ce numéro d'urgence était aussi efficace qu'un placebo. Elle enfouit la tête sous son oreiller.

Le martèlement reprit alors qu'elle recommençait à s'assoupir. C'est là qu'elle se rendit compte que le vacarme ne venait pas de l'extérieur, mais de l'intérieur... en quelque sorte.

— Ledi ! Faut que j'aille aux toilettes ! cria une voix familière devant sa porte.

Oh bordel.

Portia. Devant l'appartement de Ledi au beau milieu de la nuit alors qu'elle devrait être chez elle, à Brooklyn. Et ce n'était pas la première fois.

Et merde. Je peux dire adieu à mon sommeil paradoxal.

Elle était tellement fatiguée que la perspective de perdre quelques heures de sommeil précieux faillit la faire pleurer. Elle pouvait toujours feindre d'être absente, mais cela ne l'avancerait pas à grand-chose. En effet, si Ledi n'allait pas lui ouvrir, les coups répétés de Portia finiraient par réveiller les voisins, ce qui risquait de dégénérer en dispute.

Ou alors, Portia repartirait et Ledi se demanderait avec inquiétude si son amie était rentrée chez elle saine et sauve. Dans les deux cas, elle ne pourrait pas se rendormir, alors autant éviter de perdre son temps et son énergie et s'épargner une visite aux urgences. Elle décida donc d'aller lui ouvrir la porte.

C'est ce que font les amis, non ?

Elle se traîna hors du lit et déverrouilla la colonne de serrures. L'odeur caractéristique de vieux pub anglais agressa ses narines dès qu'elle ouvrit et elle grimaça.

— Tu vas bien ? demanda-t-elle par habitude.

C'était également ce qu'elle répondait au saut du lit après avoir lu les messages que Portia, ivre, lui avait envoyés la veille. Son amie avait l'air en forme, cela dit – plus qu'en forme, même.

Un jour, Ledi mènerait une étude approfondie sur la façon dont son amie avait toujours fière allure même quand elle était au trente-sixième dessous. Son pantalon moulant couleur ivoire n'avait que quelques taches et son élégant chemisier brun était juste assez froissé pour être tendance. Ses bijoux – boucles d'oreille, collier et bracelets – mêlaient savamment le raffinement de l'intemporel à des pièces plus imposantes d'inspiration hippie chic, un style qui lui seyait à merveille. Cela mettait ses anglaises cuivrées en valeur et sublimait son teint caramel sans défaut, si on ne tenait pas compte de ses taches de rousseur.

Le seul truc qui clochait, c'étaient ses yeux. Ils étaient pleins de cette méfiance qui apparaissait parfois quand Portia avait bu quelques verres, même quand elle était censée s'amuser. Ledi connaissait son amie depuis de nombreuses années, et pourtant elle n'avait jamais compris ce que dissimulait ce regard. Elle n'avait jamais réussi non plus à convaincre Portia de se confier à un professionnel susceptible de lui venir en aide.

— Ça va. J'espère que je ne te dérange pas, répondit doucement Portia d'une voix à peine voilée par l'alcool tandis qu'elle jetait un coup d'œil à l'intérieur du studio. Mais je ne t'ai pas vue depuis un bail et je me suis inquiétée quand mes SMS et mes appels sont restés sans réponse. On a terminé la soirée non loin d'ici ; après l'after, il ne restait plus que l'artiste et moi, alors on a fini dans son appartement. Puis j'ai décidé de faire un saut chez toi pour vérifier si tu étais encore en vie.

Portia sourit de toutes ses dents et haussa les épaules, et l'irritation de Ledi se dissipa quelque peu. Légèrement. Modérément. Il est vrai que Ledi avait été trop occupée au cours des dernières semaines pour consacrer du temps à son amie, malgré les demandes insistantes de Portia pour sortir dîner, boire un verre ou l'accompagner à divers vernissages et expositions. Naturellement, cette dernière s'était fait du mauvais sang : personne d'autre ne s'était inquiété pour Ledi depuis qu'elle avait quitté sa famille d'accueil pour vivre seule. Toutefois, débarquer en pleine nuit chez une amie, ivre de surcroît, ce n'était vraiment pas sympa, même si cela partait d'une bonne intention. Ce n'était d'ailleurs ni la première ni la cinquième fois que cela se produisait.

Ledi s'était adressée à Portia en tant qu'amie et future professionnelle de santé. Lors de chaque discussion, une Portia assagie promettait de moins faire la fête et une Ledi contrariée expliquait qu'elle ne continuerait pas à gérer les extravagances alcoolisées de son amie. Toutes deux décidaient de croire à ces mensonges, car elles n'avaient pas vraiment d'autre choix.

— Ledi ? demanda Portia, un soupçon de panique dans la voix.

Ledi soupira.

— Tu arrives en plein milieu de la nuit, donc oui, tu me déranges. Mais puisque tu es venue pour t'assurer que je ne m'étais pas fait zigouiller par un tueur en série, disons que ce n'est pas si grave, répondit Ledi, s'écartant pour la laisser passer.

Si, c'est grave.

Portia entra en titubant dans le studio et tourna aussitôt à droite pour pénétrer dans la salle de bains qui semblait avoir été construite pour un contorsionniste.

Ledi se dirigea vers la kitchenette. Elle remplit une bouteille d'eau et y jeta un comprimé de vitamines effervescent qui aiderait à diminuer les effets d'une cuite. Elle resta là un moment, à regarder les bulles remonter dans le récipient translucide tout en écoutant le bruit que faisaient ses produits de beauté en tombant des étagères où ils étaient disposés. Elle sentit sur ses épaules le poids d'une question qu'elle essayait de ne pas trop se poser.

Et si on s'occupait de moi pour changer ? Ce serait chouette, non ?

L'expérience lui avait prouvé qu'une telle tâche n'intéressait personne à moins d'être rémunérée.

Portia tira la chasse d'eau, puis Ledi entendit quelque chose se fracasser contre le carrelage. Elle se crispa.

— Je voulais aussi m'assurer que tu allais bien, après toute cette histoire avec Clarence, poursuivit Portia, reprenant la conversation là où elle s'était arrêtée tandis qu'elle sortait de la salle de bains et s'essuyait les mains sur son pantalon.

Elle sortit son téléphone portable dernier cri, trois fois plus récent que celui de Ledi et deux fois plus grand.

— Je dois remplacer ta bougie. Je la commanderai ce soir et tu la recevras demain. Et tu as vraiment besoin de nouvelles serviettes. Je les ajouterai à la commande.

Ledi cligna des yeux.

Une bougie ? C'est donc de là que venait le bruit de verre brisé. Des serviettes ? Les siennes faisaient parfaitement l'affaire. Clarence ? Elle avait déjà tiré un trait sur cette amourette ; un SMS malvenu avait révélé la véritable nature de l'homme qu'elle pensait être la seule à fréquenter. Quelques semaines de répit sans qu'il lui raconte ses anecdotes sur le monde de la finance et de l'industrie, ennuyeuses au possible, avaient prouvé à Ledi que Melissa « Je suis toute nue et je t'attends » avait été une bénédiction.

— Euh… merci… mais Clarence, c'est de l'histoire ancienne. Il figure désormais dans l'almanach des salopards de New York. (Elle tendit la bouteille à Portia.) Avec quatre-vingt-quinze pour cent de tes mecs.

— Bien. (Sans prêter la moindre attention à la remarque sarcastique de Ledi concernant sa vie amoureuse, Portia se laissa tomber sur le futon et se mit à consulter son téléphone tout en sirotant son cocktail de vitamines.) Tu veux qu'on le zigouille ? Je t'aiderai à cacher le corps. Tu sais que ma famille possède des terrains dans tout le nord-est du pays. Oh, regarde ces serviettes avec ces petits microscopes imprimés dessus !

Elle montra l'écran du téléphone à Ledi.

— Inutile de tuer Clarence ; il devra se supporter jusqu'à la fin de sa vie, c'est une punition suffisante, déclara celle-ci avant de se pencher pour examiner l'appareil. Les serviettes sont chou, mais je peux me les payer.

— Pourquoi ? J'ai dit que je te les achetais. Et je pense qu'on devrait quand même le poignarder, ajouta Portia en bâillant.

Ledi secoua la tête. Son amie serait prête à tuer pour elle, mais elle le ferait avec un élégant couteau à viande acheté chez *Tiffany's*, sûrement pas avec un vulgaire surin. Ou alors, celui-ci serait artisanal et aurait été fabriqué par ses soins à partir de tessons de verre récupérés sur la plage ou autre excentricité dans ce goût-là.

Portia était une éternelle étudiante ; si une discipline l'intéressait, elle s'inscrivait au cours et quand elle se lassait, elle passait à autre chose. Elle pouvait se permettre de se la couler douce, décider d'aller jusqu'au bout d'un cursus ou poursuivre en dilettante. Personne ne lui demandait des explications. Ledi s'efforçait de ne pas éprouver de ressentiment à l'encontre de son amie, et la plupart du temps, elle y parvenait. Portia n'avait pas demandé à naître avec une cuillère en argent dans la bouche, pas plus que Ledi n'avait demandé à devenir orpheline.

Ledi grimpa sur le futon et tira vers elle la couverture sur laquelle son amie s'était assise. Elle pouvait dormir encore un peu. En guise de petit déjeuner, elle boufferait des biostatistiques avec son groupe de révision, puis elle se rendrait à l'Institut pour de longues heures de service avant de conclure la journée – ou la soirée – par une nouvelle séance de révisions. Tout en se rongeant les sangs au sujet de son stage pratique si Kreillig ne lui avait toujours pas donné de ses nouvelles d'ici là.

— Ledi ?

Portia souleva les fesses pour libérer la couette et la poussa vers Ledi.

— Qu'est-ce qu'il y a ?

— Ça ne t'ennuie pas vraiment que je sois venue, si ?

Ledi était toujours contrariée. De plus, elle ne voulait pas encourager les mauvaises habitudes de sa copine, mais en son for intérieur, elle était contente que Portia soit passée. Elle avait été tellement obsédée par ses cours et son travail qu'elle avait oublié à quel point c'était agréable d'interagir avec quelqu'un d'extérieur à tout ça.

— Non, ça ne m'ennuie pas.

Portia répondit par de légers ronflements ; elle dormait déjà.

Ledi soupira et observa le plafond dans l'obscurité ; elle était bel et bien réveillée. Elle n'avait pas tellement réfléchi à sa dernière rupture, mais elle se demandait à présent pourquoi Portia s'était inquiétée du retour éventuel de Clarence ; Ledi n'avait jamais pensé qu'il resterait. Elle était comme une bande de Velcro défectueuse : les gens essayaient de rester à son côté, mais quelque chose dans son essence même les empêchait de le faire. C'était comme un défaut de fabrication. Les données recueillies au cours des vingt dernières années, en commençant par les mois passés auprès de sa première famille d'accueil, confirmaient cette hypothèse. Si les visites impromptues de Portia la tracassaient, Ledi s'étonnait toujours que son amie se fasse assez de souci pour elle au point de débarquer devant sa porte en pleine nuit après avoir ingurgité une certaine quantité d'alcool.

C'est pour ça que tu supportes son petit manège ?

Ledi roula sur le futon pour s'éloigner de cette idée déplaisante, mais pas suffisamment vite pour en éviter une autre : elle avait été soulagée d'apprendre la trahison de Clarence ; il lui avait ainsi prouvé que son hypothèse était juste et qu'elle était pareille à une bande Velcro défaillante. Et quand il avait haussé les épaules et répliqué : « Ce n'est pas comme si tu étais amoureuse de moi », il ne s'était pas trompé. Sa membrane cellulaire sociale l'avait protégée, maintenant son cœur intact.

Il n'empêche… Elle aimerait tant connaître le sentiment qu'on éprouvait quand on s'ouvrait sincèrement à une personne, qu'on la laissait nous approcher. Pas un type comme Clarence, qui avait été une simple passade, mais à un homme susceptible de remettre en cause sa fameuse hypothèse.

Ça te fiche la trouille, hein ?

Ledi tourna et se retourna sur le futon, comme pour se libérer des ruminations qui cherchaient, semblait-il, à l'emprisonner, et Portia grogna à côté d'elle.

Elle se débrouillait parfaitement toute seule. Elle n'avait jamais eu besoin de personne et s'en était toujours très bien sortie. Et si aucun mec bien ne parvenait à franchir ses barrières, tant pis. Elle s'en accommoderait.

Comme je l'ai toujours fait.

Elle fixa le plafond du regard, s'obligeant à trouver le sommeil. Son cerveau, toutefois, avait d'autres idées et lui fit passer en revue tout le travail qu'elle devait encore abattre, tout en veillant bien à lui rappeler que son incapacité à finir dans les temps équivaudrait à un échec pur et simple. Enfin, tel un hamster cavalant dans sa roue, elle s'épuisa à imaginer toutes les façons dont elle pourrait échouer ainsi que les répercussions de celles-ci et commença à s'assoupir.

Oh oui ! C'est tellement mieux que le sexe ! Qui a besoin d'un homme ?

Tandis que ces pensées voilaient son esprit et la plongeaient dans une douce torpeur, son portable vibra.

Elle grogna contre son oreiller, ses membres alourdis par la fatigue, et attrapa son téléphone.

Expéditeur : LikotsiAdelele@RoyaumeDeThesolo.the
Objet : Le temps presse

Madame Smith,

Je sais que vous avez reçu mes messages. Je vois qu'ils ont été lus. J'ignore pourquoi vous continuez de faire la sourde oreille alors que je cherche simplement à prendre contact. Il est impératif que vous répondiez immédiatement ou...

— Enfoiré, grommela Ledi.

Cette fois-ci, elle n'effaça pas le message. Ils voulaient une réponse ? Soit.

Expéditeur : N.Smith@webmail.com
Objet : RE : Le temps presse

VA CHIER.

3

— Altesse…

Thabiso ouvrit les yeux. Allongé à plat ventre sur la table de massage, son regard tombait droit sur les mocassins en cuir italien de son assistante personnelle. Ils volaient en direction de New York depuis plusieurs heures déjà, mais Thabiso n'avait pas besoin de lever les yeux pour savoir que Likotsi était tirée à quatre épingles, comme à son habitude. Son élégant costume trois-pièces était assorti d'une cravate et sa chemise était aussi lisse que si elle venait d'être repassée. Thabiso avait renoncé depuis longtemps à être la personne la mieux vêtue du palais.

Cependant, il ne releva pas les yeux. Il les referma et se concentra sur les mains agiles de la masseuse qui parcouraient son corps courbaturé. Du bout des doigts, elle exerçait de légères pressions sur ses muscles, encore endoloris après trois jours de réunions commerciales éreintantes, tant physiquement que moralement, au Liechtenbourg. Elle s'affairait en vain, cela dit, car d'autres réunions attendaient Thabiso à New York, mais il n'allait pas faire la fine bouche. Un moment de détente, c'était toujours ça de pris ! La presse à scandale qui aimait tant présumer du quotidien des personnes royales serait cruellement déçue si elle savait que le célibataire le plus convoité d'Afrique passait le plus clair de son temps à se ronger les sangs à cause de son travail tout en essayant de trouver un exutoire à son stress, comme la plupart des simples mortels.

— Altesse ? insista Likotsi.

Thabiso renifla avec exaspération. Il avait espéré jouir de quelques minutes de répit avant que leur avion n'atterrisse et que les assauts ne reprennent. Il était tenté de se boucher les oreilles et de hurler comme quand il était gosse – ses crises de colère avaient été légendaires, et ses parents lui avaient souvent fait remarquer qu'il avait de la chance d'être l'unique héritier au trône tant il éprouvait leur patience.

Le fait que Thabiso soit leur seul héritier revenait fréquemment, un peu comme un leitmotiv.

De quoi mettre la pression.

Le bruit d'un mocassin tapant contre la moquette donna un rythme saccadé à la musique relaxante choisie par la masseuse. Thabiso en connaissait parfaitement la signification : Likotsi avait quelque chose d'important à lui dire – en rapport, peut-être, avec l'accord commercial de l'Union africaine.

« Ils se fichent de nous avec cet accord, prince Thabiso. Nous devons le rejeter ! »

À moins qu'il n'y ait eu de nouvelles escarmouches avec les fermiers sud-africains qui continuent d'empiéter sur les territoires du Thesolo.

« Si la Couronne refuse de protéger nos terres, nous n'aurons d'autre choix que de nous protéger nous-mêmes, Altesse. »

Sans oublier le conseil municipal qui voulait exploiter les gisements de minerais précieux du Thesolo, nécessaires à la fabrication de smartphones et de véhicules hybrides.

L'insistance dont celui-ci faisait preuve poussait à croire que ces objets importaient davantage que la préservation de l'écosystème d'un petit royaume africain.

« Cela permettra de remplir les coffres du royaume, Altesse. Je suis le ministre des Finances et je maîtrise mieux ces sujets que vous. Faites-moi confiance. »

Ou, et c'était encore plus inquiétant, ses parents avaient fini par mettre leur menace à exécution et lui avaient trouvé une épouse puisque, de toute évidence, il ne faisait aucun effort pour perpétuer la lignée royale de Moshoeshoe.

« Fils, tu ne peux pas te soustraire à ton devoir plus longtemps. Nos sujets s'inquiètent de l'avenir du royaume et certains évoquent déjà de mauvais présages. »

Tout le monde, semblait-il, exigeait ou attendait quelque chose de lui, et le nombre de personnes qui le voyait comme le protecteur chargé de subvenir à leurs besoins ne cessait de croître. Ces responsabilités lui faisaient le même effet que du sable mouvant ; il s'y enlisait depuis le jour de sa naissance. Parfois, Thabiso était convaincu que cette pression finirait par le broyer. Il était prince, destiné à devenir roi, et il n'y avait pas d'échappatoire ; pas question de se retirer ou d'abandonner son peuple. Tel était son devoir.

Pourtant, un peu de répit n'aurait pas été du luxe. Toutefois, cela n'était guère envisageable pour les fils uniques. Thabiso refoula le ressentiment qui avait commencé à croître telle de la mauvaise herbe dans les recoins les plus ténébreux de son esprit. Envers ses parents, tout d'abord, qui n'avaient pas eu d'autres enfants. Envers son peuple, qui le voyait plus comme un prince mythologique que comme un être fait de chair et de sang. Tout le monde avait oublié que le mot « prince » était suivi de

« Thabiso », si bien qu'il lui arrivait parfois de l'oublier lui aussi.

— Altesse ?

Il ne pouvait fuir ses responsabilités plus longtemps.

Il leva la tête de la table de massage pour regarder son assistante dans les yeux. Au lieu d'être embrumés par l'inquiétude, ils étaient grands ouverts et étincelants. Dans ses mains, Likotsi tenait la tablette dont elle se servait pour coordonner tous les aspects de la vie de Thabiso, qu'il s'agisse de ses rendez-vous médicaux, galants ou bien encore de la rédaction d'accords politiques.

— Il y a du nouveau, dit-elle.

Elle tira sur sa cravate, un péché capital et le signe qu'elle était folle de joie.

Thabiso fut intrigué.

— Ça suffira, Trudy ! cria-t-il à la masseuse par-dessus son épaule.

La jeune femme exécuta une révérence et s'éclipsa pour regagner l'avant du jet réservé au personnel, probablement pour potiner avec le steward.

— Elle s'appelle Melinda, le corrigea Likotsi. Trudy a été renvoyée il y a quinze jours après votre malencontreuse réaction allergique au mélange d'huiles qu'elle avait utilisé pour vous masser lors de votre vol pour le Kenya. Vous étiez sur le point de la bannir du royaume, si vous vous rappelez.

— Ce que je me rappelle, ce sont les plaques d'urticaire qui m'ont démangé tout le long de mes réunions à Nairobi, répliqua Thabiso avec irritation. J'ai dû discuter de politiques décisives à mener avec les dirigeants des principales nations du monde en m'efforçant de ne pas frotter mes fesses contre mon siège pour me soulager !

Trudy peut s'estimer chanceuse que je ne l'aie pas fait jeter dans un cachot.

Likotsi agita sa tablette.

— J'ai d'importantes nouvelles à partager avec vous, à moins que vous ne préfériez continuer à évoquer cette grave injustice.

Cette remarque ironique lui valut un regard assassin de la part de Thabiso, qui daigna toutefois la laisser passer. Likotsi savait parfaitement jusqu'où elle pouvait pousser l'insolence ; tout le monde ne bénéficiait pas de la même indulgence. L'explication était simple : d'une part, Thabiso l'admirait. D'autre part, il ne pourrait survivre une semaine sans elle, et ils le savaient tous les deux.

« Ton grand-père a combattu les colonisateurs à mains nues et toi, tu n'es même pas capable de te débrouiller sans assistante, » se lamentait Ingoka.

— De quoi s'agit-il ? De nouvelles directives des ministres des Finances ? De nouvelles récriminations de la part de mes sujets concernant mon style vestimentaire trop occidentalisé ? Ou mon sourire trop prononcé ? Ou pas assez ?

Thabiso se redressa sur la table de massage, tâchant de garder l'air digne même s'il ne portait rien d'autre que son boxer et de l'huile parfumée. Se plaindre de ce qui faisait partie intégrante de sa glorieuse fonction, ce n'était pas bien digne non plus, mais il était exténué.

Likotsi leva les yeux vers lui, visiblement soucieuse.

— Vous êtes sûr que ça va ?

— Oui. (Il était prince. Évidemment que tout allait bien ; il le fallait.) Continue, je t'écoute.

Likotsi hocha la tête, et l'inquiétude que Thabiso lisait sur son visage céda la place à l'autosatisfaction.

— Le service de la culture et des relations internationales du palais m'a récemment fait part d'un résultat positif obtenu sur ce site de tests génétiques, l'un des seuls en dehors du continent, et ça m'a mis la puce à l'oreille. J'ai mis à profit mes formidables talents de cybertraqueuse et j'ai réussi à localiser la zone de recherches en Amérique du Nord. (Likotsi marqua une pause, comme si elle s'attendait à ce qu'il la couvre de louanges. Thabiso se contenta de la dévisager. Elle soupira et poursuivit :) Deux pays m'ont grandement facilité la tâche, Altesse. Et peut-être n'était-ce pas tout à fait honnête, mais j'ai obtenu le pseudonyme de l'utilisateur, que j'ai ensuite retrouvé sur un forum de *nerds*. HeLaHoop est relativement active sur un site qui s'appelle MeufsÀLunettes. L'adresse IP de HeLaHoop, alias Naledi Smith, née Naledi Ajoua, se trouve à New York...

Naledi Ajoua.

La joie se mêla au sentiment d'agitation qu'il éprouvait déjà. Cela faisait des lustres qu'il n'avait pas ressenti pareille émotion. Être destiné avant même sa naissance à diriger tout un royaume suscitait en général de la frustration, de la colère et de l'angoisse, si on se souciait un tant soit peu de ses sujets.

Ce qui était le cas de Thabiso.

Il s'agrippa à la table de massage.

— Tu m'avais dit que tu avais certaines informations, mais tu t'étais bien gardée de me parler de ça.

— Je ne voulais pas vous donner de faux espoirs. Et il n'y avait rien de neuf jusqu'à aujourd'hui. (Likotsi s'avança en hochant la tête et se mit à crier comme si elle faisait une annonce officielle devant la cour de Thesolo :) Elle a enfin répondu, Altesse ! Votre promise disparue ! Votre belle dulcinée dans la tourmente... (Thabiso s'empara de la tablette avant que Likotsi ne poursuive ses envolées lyriques ridicules.) Altesse…

— Chut !

Thabiso fit signe à Likotsi de se taire. Soudain, un drôle de vertige s'empara de lui en même temps que ses membres devenaient lourds.

Dès son plus jeune âge, il avait été bercé par les récits sur sa fiancée et les parents de celle-ci, cruels et égoïstes, qui l'avaient enlevée. Chaque nourrice avait rajouté son grain de sel à l'histoire et certaines avaient même prédit l'inévitable réconciliation des tourtereaux.

« La volonté de la déesse ne saurait être contrariée, mon prince ! Ne vous tracassez pas. »

Une photographie de leur cérémonie de fiançailles était restée accrochée dans les salons du palais – deux bambins joufflus habillés de vêtements aux motifs colorés et coiffés de couronnes de fleurs. Les yeux de Naledi brillaient de joie tandis qu'elle jouait avec les pétales qui les entouraient et Thabiso la contemplait avec une sincère admiration. Depuis, aucune femme n'avait éveillé ce sentiment en lui. Il avait eu des amies et des amantes, mais il n'avait jamais plus éprouvé l'euphorie béate du petit garçon qu'il fut, préservé pour la postérité.

Leur histoire était devenue son conte de fées intime, un fantasme digne des romans Harlequin qu'il chapardait dans la bibliothèque de la reine quand il était adolescent. Et puis, les années passant, les réalités de l'âge adulte avaient chassé Naledi de son esprit en même temps que ces bluettes… jusqu'à ce qu'il retombe sur cette photo, quelques semaines plus tôt. Et là, alors qu'il se démenait pour optimiser la planification budgétaire, entouré de ministres n'œuvrant que pour leur intérêt personnel et de parents qui n'en finissaient plus de lui mettre la pression, un sentiment de manque mêlé de désir s'était emparé de lui. Cela l'avait surpris. Voilà qu'il nourrissait soudain un espoir fou, puéril, indigne d'un descendant des illustres guerriers de Moshoeshoe. Cela n'y changea rien. Le seul moyen de s'en débarrasser, c'était d'anéantir cet espoir ridicule, mais pour y parvenir, il devait d'abord retrouver Naledi – exploit que Likotsi venait d'accomplir.

Naledi ressemblerait-elle aux jeunes filles écervelées que lui présentaient ses parents, des femmes programmées telles des automates à se comporter en parfaite petite épouse soumise ? Ou bien aux cocottes qu'il fréquentait pendant ses voyages et qui étaient tellement aveuglées par le fait de côtoyer un homme de pouvoir qu'elles ne voyaient que la couronne et oubliaient le prince ?

Ton objectif était de te débarrasser de cette faiblesse, pas de l'accueillir à bras ouverts. Si c'est une imbécile, tant mieux. Ça arrangera tes affaires.

— Altesse, dit Likotsi en tendant la main vers la tablette comme si elle voulait s'en emparer, veuillez m'excuser. Dans mon allégresse, j'ai omis de vous préciser que sa réponse n'était guère des plus réjouissantes. À en juger par l'hostilité dont elle a fait preuve, je crains que ses parents aient empoisonné son esprit avec leurs mensonges. Sinon, je ne m'explique pas sa réponse grossière à mes messages des plus courtois et respectueux.

— Mmm.

Thabiso effleura l'écran avec son pouce et les mots de sa promise apparurent.

VA CHIER.

Un sourire lui étira les lèvres sans qu'il ne pût le contrôler, et il éclata d'un rire tonitruant. Une personne royale ne devrait pas rire comme une hyène ; son professeur de maintien le réprimanderait sévèrement. Mais il lut ces deux mots à voix haute et rit jusqu'à ce que des larmes coulent et ruissellent sur sa barbe.

Enfant, il imaginait Naledi dans un donjon à mille lieues du royaume, captive d'un vilain sorcier – une demoiselle en détresse qu'il se chargerait de secourir.

VA CHIER.

Oh non, Naledi n'avait guère besoin de son aide.

— Altesse ? (Voilà que Likotsi tapait à nouveau du pied.) J'ignore ce qui vous a motivé à retrouver votre fiancée, mais à présent qu'elle a répondu, comment souhaitez-vous procéder eu égard à... ce fâcheux incident ?

Likotsi grimaça comme si elle avait reniflé une odeur de mealie-pap [1] brûlé. Ce n'était pas un problème pour Thabiso, qui avait toujours préféré la partie brûlée de ce porridge à base de farine de maïs ; peut-être parce que c'était l'une des rares imperfections qui demeuraient dans sa vie malgré les nombreux filtres mis en place pour garantir la qualité de tout ce qui concernait un prince qui était l'unique héritier du royaume.

— Il me semble que j'ai bien fait de l'attendre, cette Naledi. J'aimerais la rencontrer. Tout de suite. (Likotsi jeta un coup d'œil par le hublot du jet avant de reporter son regard sur Thabiso.) Je ne m'attends évidemment pas à ce que tu la convoques alors qu'on vole à neuf mille mètres d'altitude, dit Thabiso. Une fois qu'on aura atterri à New York, amène-la-moi immédiatement.

Likotsi haussa les sourcils.

— Aux États-Unis, cela s'apparente à un enlèvement, Altesse. L'immunité diplomatique vous protège, certes, mais il serait peut-être judicieux de ne pas en abuser, car nous pourrions en avoir besoin pour régler une

1. Plat traditionnel sud-africain. (*N.d.T.*)

question plus importante. Nous pouvons l'exhorter à vous rencontrer, mais vu sa réponse à mon e-mail, je doute fort qu'elle accepte.

Un sentiment d'agacement peu familier gagna Thabiso. Il voulait quelque chose et n'avait aucune garantie de l'obtenir. C'était rare, en effet, et cela ne faisait qu'attiser son désir.

— Bien. Dans ce cas, j'irai la trouver.

Likotsi laissa échapper un cri de surprise, mais quand Thabiso reporta son attention sur elle, la jeune femme affichait une expression d'acceptation docile.

— Si vous estimez que c'est approprié, Altesse, répondit-elle. Je ne connais pas encore l'adresse de son domicile, mais je pense avoir localisé son lieu de travail. Il semblerait qu'elle soit serveuse, ajouta-t-elle avec une nouvelle grimace de désapprobation. Voilà à quoi l'inconséquence de ses parents l'a condamnée. Quelle tristesse ! Au Thesolo, elle aurait mené grand train ! Ses mains auraient été aussi douces que...

— Likotsi !

Elle eut un mouvement de recul et rajusta sa cravate.

— Je vous prie de m'excuser.

— Tu as dit que tu pouvais la localiser. Fais-le. Un peu de distraction pendant ce voyage me ferait le plus grand bien.

— Oui, Altesse.

Thabiso resta assis, immobile, sur la table de massage. La détente que lui avaient procurée les doigts de Melinda était déjà loin. Ses muscles étaient contractés par la joie... et l'appréhension ? Non, impossible. C'était la même sensation qu'il éprouvait chaque fois qu'il devait s'exprimer en public sur un sujet important ou qu'il devait prendre une décision qui affecterait son peuple pendant des générations.

— Je suis nerveux, marmonna-t-il.

Sa vie consistait à accomplir une succession de devoirs sans grand intérêt depuis tellement longtemps… Même une sortie occasionnelle dans une nouvelle boîte de nuit tendance ou un rendez-vous avec une starlette de Nollywood avaient fini par faire partie intégrante de ses fonctions. Une femme ne l'avait pas rendu aussi nerveux depuis le jour où il avait perdu sa virginité, et ce jour-là, il avait su plus ou moins à quoi s'attendre. Naledi était un mystère, et peut-être une erreur. Être un bon prince exigeait d'éviter les erreurs à tout prix, mais cette fois…

Il ne s'attendait pas à vivre un conte de fées comme dans les romans sentimentaux de son adolescence. Il voulait vibrer, et Naledi semblait tout à fait capable de le faire frémir d'excitation.

4

— Ledi, je sais que tu es occupée, mais...

Elle tournoya sur elle-même et fusilla Dan du regard. Dan alias la Plaie ou encore le Trou de balle avec qui je hais bosser, comme l'appelaient affectueusement Naledi et ses collègues serveurs. Ledi regrettait d'avoir accepté de travailler les semaines précédant ses partiels et la présence de Dan le Relou n'aidait en rien.

Quand elle était entrée dans la cuisine de l'Institut, celui-ci était occupé à griffonner avec affectation sur son carnet Moleskine avec son stylo Montblanc étincelant. Bien entendu, il s'était senti obligé de partager avec elle le poème qu'il venait d'écrire et qui s'intitulait *Macchiato Mama*. Et à présent, il cherchait à nouveau à attirer son attention.

— Je suis occupée, aboya-t-elle.

Ses mots étaient aussi tranchants que les couteaux à viande disposés sur les assiettes qu'elle portait en équilibre sur ses avant-bras.

Elle servait déjà quatre tables alors qu'il n'en gérait qu'une. Le groupe d'astrophysiciens lui tenait la jambe en lui demandant des explications détaillées sur chacun des plats du jour figurant au menu de la semaine suivante. Les mathématiciens à l'autre bout du réfectoire étaient tellement occupés à démontrer l'un ou l'autre théorème qu'ils en oubliaient de manger ; Ledi s'était déjà fait remonter les bretelles par Yves, le chef suisse, parce qu'elle lui avait demandé de réchauffer leurs plats à deux reprises – comme si elle tenait à rendre son précieux espadon impropre à la consommation.

Mieux encore, tous les clients devaient avoir vidé les lieux dans la demi-heure afin que Ledi finisse de préparer la salle pour un événement VIP ce soir-là. Un nouvel employé était censé venir l'aider, ce qui aurait été génial si elle avait eu un autre binôme que Dan – qui était incapable d'accomplir la plus simple des tâches sans lui demander plusieurs fois les instructions.

— Alors que je préparais la salle pour ce soir, j'ai compris que je faisais une crise de quart de vie, déclara-t-il.

Elle crut qu'il plaisantait jusqu'à ce qu'elle remarque son expression : il était tout à fait sérieux. En plus, il la regardait comme si elle était sa thérapeute, et non sa collègue.

Je hais ma vie.

— Dan. (Elle expira lentement et s'efforça de trouver une réponse adaptée à cette nouvelle idiotie.) L'espérance de vie d'un homme américain moyen est de soixante-dix-huit ans, et tu as plus de trente ans, il s'agit donc davantage d'une crise de milieu de vie.

— Merde. (Dan écarquilla les yeux.) Tu as absolument raison.

Ledi avait les avant-bras musclés, mais les larges filets de poisson ainsi que les couverts pesaient lourd. Elle n'avait pas fait tomber une seule assiette depuis qu'elle avait commencé à travailler comme serveuse au lycée, et si Dan lui portait la poisse, elle réduirait son espérance de vie de manière significative.

— Autre chose ? lui demanda-t-elle, un filet de tension dans la voix.

Ses bras commençaient à trembler.

— C'est seulement que… je ne pensais pas que ce serait si dur, lâcha-t-il en tirant sur sa chemise blanche froissée, la tenue réglementaire pour tous les serveurs de l'Institut. Débarrasser les tables, porter des plateaux pleins à craquer, nettoyer après ces types… Il paraît que ce sont des génies. Tu parles, ce sont de vrais sagouins ! Je pensais que ce boulot serait facile.

Mais quel naze, ce mec !

— C'est un boulot facile, répliqua-t-elle, tâchant de contenir son agacement.

Dan était visiblement en proie à une crise existentielle et elle devait y mettre un terme si elle voulait terminer son service.

— Physiquement exigeant, je te l'accorde, et parfois émotionnellement aussi, mais contrairement à leur travail, ajouta-t-elle en montrant les tablées de scientifiques, ça n'a rien de sorcier.

Dan grimaça.

— Je pensais que ce job m'aiderait à comprendre la mentalité de mon héros, à me plonger dans son quotidien et à le vivre de l'intérieur… mais je suis sollicité de toutes parts, les gens s'attendent à ce que je les serve. (Il la regarda du coin de l'œil comme s'il la plaignait.) Je sais que le processus créatif ne signifie absolument rien pour toi, mais crois-moi, cet endroit tue mon inspiration.

Elle savait qu'Yves la taillerait en filets si elle lui demandait de préparer un autre steak d'espadon, aussi se garda-t-elle d'envoyer l'une des assiettes à la tête de Dan. Elle avait l'habitude qu'on lui dise qu'elle était incapable de comprendre ceci ou cela, mais ce qui l'exaspéra, ce fut surtout le ton apitoyé de Dan. Elle n'avait pas besoin qu'on la prenne en pitié. Quant aux clients, ils étaient certes quelque peu excentriques, mais leurs découvertes changeaient le monde tandis que Dan se contentait de griffonner des métaphores littéraires dépourvues d'originalité.

Yves sortit la tête de sa cuisine.

— Si je dois réchauffer ce poisson une troisième fois grommela-t-il en faisant le signe qu'il se tranchait le cou.

Ledi se demanda pourquoi les gens prenaient les Suisses pour un peuple pacifique. Après tout, c'étaient eux qui avaient inventé les célèbres couteaux, et ils savaient s'en servir.

Elle prit une profonde inspiration et garda en mémoire que cet emploi était bien rémunéré et qu'il lui permettait de profiter de la Sécurité sociale bien qu'elle ne travaillât qu'à temps partiel. Dan ne valait pas la peine qu'elle perde ses droits à cause de lui.

— Laisse-moi juste une minute puis on en discutera, d'accord ?

Il acquiesça mais son regard était perdu dans le lointain, comme s'il méditait encore sa crise existentielle induite par le pliage de serviettes.

Elle se dépêcha de servir les assiettes des mathématiciens, arrivant à leur table juste avant que ses bras ne lâchent, et les pria de manger, cette fois. Les intéressés hochèrent la tête et entamèrent leurs plats sans lui jeter un coup d'œil, mais alors qu'elle regagnait la cuisine, l'un des astrophysiciens l'alpagua et lui demanda d'apporter encore un peu de chou kale servi en garniture afin qu'il puisse démontrer une théorie sur les trous de ver.

— C'est dans la boucle de la feuille, voyez-vous, dit le Dr Zietara avant de commencer à expliquer de manière fort complexe comment la matière se repliait sur elle-même.

Ledi ne comprenait pas tout ce qu'il racontait, mais cela demeurait terriblement fascinant. C'étaient de tels moments qui lui rappelaient pourquoi elle aimait travailler à l'Institut : ces esprits d'exception devaient se sustenter comme le commun des mortels, et parfois, ils partageaient leurs brillantes idées à portée d'oreilles. Le Dr Zietara la regardait dans les yeux et l'incluait dans la conversation, ce dont elle lui était reconnaissante ; les chercheurs dans son propre domaine ne la regardaient pas toujours quand ils se lançaient dans des explications pointues, comme s'ils partaient du principe qu'elle ne pouvait pas suivre. Soudain, elle se souvint de tout le travail qui l'attendait encore.

— Le réfectoire va bientôt fermer, monsieur, annonça-t-elle quand il s'interrompit pour reprendre son souffle.

— Excellent ! (Il sortit une épaisse liasse de papiers de son sac à dos et la posa fermement sur la table.) Nous pourrons enfin travailler en paix quand ces ridicules mathématiciens seront partis, ajouta-t-il en fusillant l'autre tablée du regard tandis que ses collègues se joignaient à lui.

Ledi gémit et regagna la cuisine au pas de course. Le silence qui y régnait lui mit la puce à l'oreille. Elle aurait dû entendre le bruit métallique des tables que Dan était censé sortir de la remise ou, au moins, le ronronnement de la machine à expresso quand il se faisait couler un énième cappuccino à l'œil.

— Dan ?

Sa question se termina par un glapissement comme elle glissa sur quelque chose et faillit perdre l'équilibre. En baissant les yeux, elle vit que c'était une chemise blanche, abandonnée là, sous ses chaussures plus fonctionnelles qu'esthétiques. Évidemment, il n'aurait pas pu démissionner comme une personne normale ou attendre la fin de son service. Bien sûr que non. Avec Dan, le simple fait de rendre son tablier devenait une prise de position artistique. Il devait être en train de marcher torse nu vers la liberté et prévoyait sans aucun doute d'utiliser cette sortie triomphale pour terminer son roman.

Putain.

Et ainsi, le calme qu'elle s'était efforcée de conserver se troubla. Une pression inhabituelle gagna ses sinus tandis que chaque tâche inscrite sur sa liste semblait se multiplier sous ses yeux tel un norovirus.

Dan l'avait lâchée et, à présent, elle devait préparer la salle pour le gala et servir quarante convives toute seule. De longues heures de révision l'attendaient dès son retour chez elle si elle ne voulait pas rater ses examens et balancer par la fenêtre ses frais d'inscription en première année de doctorat. Sa thèse ne menait à rien, sa directrice de recherche était aux abonnés absents et son stage de terrain plus qu'incertain. Et par-dessus le marché, les mathématiciens allaient lui demander, une fois de plus, de réchauffer leur poisson.

— Bordeeeel, murmura-t-elle.

Les portes donnant sur la salle à manger s'ouvrirent et Ledi essaya d'afficher un sourire. C'était sûrement le Dr Zietara qui venait s'assurer qu'elle n'avait pas oublié son kale.

Toutefois, ce n'est pas le chercheur agacé qui apparut devant elle, mais un mec aussi canon que ces influenceurs qui postaient leurs photos aguicheuses sur les réseaux sociaux. Pendant un quart de seconde, Ledi eut l'impression de revoir un vieil ami après de longues années d'absence, mais elle se méprenait : elle ne connaissait pas cet homme.

Il était grand et musclé. Ses épaules larges et sa silhouette de nageur laissaient deviner les heures passées à s'entraîner dans une piscine. Il portait un tee-shirt vert foncé et un jean noir dont la coupe droite lui allait à merveille sans pour autant mouler ses parties intimes. Le pantalon semblait taillé sur mesure, mais qui dépenserait autant d'argent pour un simple jean ?

Sa peau couleur chocolat était un ton plus foncé que celle de Ledi et ses cheveux, rasés sur les côtés, formaient de mini-dreadlocks au sommet de sa tête. Une barbe parfaitement entretenue encadrait ses lèvres charnues et soulignait les contours anguleux de sa mâchoire au lieu de les cacher.

Cette barbe donnait envie à Ledi d'y faire courir ses doigts, ou à défaut de la photographier avec son téléphone pour la postérité. Elle ne maîtrisait pas les réseaux sociaux aussi bien que Portia, mais elle récolterait un million de « J'aime » en vingt-quatre heures avec un tel cliché. Il se pourrait même que l'entière communauté d'humains partageant une attirance pour le sexe masculin lui décerne un prix pour récompenser son héroïsme.

— Euh..., fit-elle.

De manière générale, elle témoignait aux hommes qu'elle rencontrait dans sa vie quotidienne de l'indifférence, ou au mieux de la tolérance, mais quelque chose chez ce spécimen en particulier la propulsait à des années-lumière de son laboratoire, de son travail de serveuse ou encore de ses études. Les seules données dont la collecte l'intéressait à cet instant précis, c'était le calcul de la pression qu'exercerait cette barbe contre l'intérieur de sa cuisse ainsi que le changement de masse de ce corps sur le sien.

L'étranger se racla la gorge et Ledi s'aperçut qu'elle le dévisageait d'un regard si perçant que ce dernier aurait pu craindre pour sa sécurité. Il devait avoir l'habitude de ce genre d'expériences, mais elle ne pouvait pas en dire autant. D'ailleurs, elle piqua un fard.

Du pied, elle poussa sous la table métallique la chemise que Dan avait laissée par terre avant de se redresser.

— En quoi puis-je vous aider, monsieur ?

Cela lui fit bizarre de s'adresser à quelqu'un de son âge de manière aussi formelle, mais à l'Institut, on ne savait jamais qui était un VIP. Le plus éminent chercheur se rendait souvent au réfectoire en simple peignoir. De plus, il émanait de cet homme-là une certaine autorité.

— Il y a un type dehors qui attend son supplément de kale. Il se montre très insistant.

Oh, et en plus, il avait un accent. Il sonnait britannique, mais empreint d'une intonation quelque peu exotique tout aussi charmante.

— Du kale ?

Dans les tréfonds de son cerveau, il y eut une micro-étincelle, mais les neurones de Ledi étaient occupés à traiter son interaction avec le mec canon devant elle.

Ce dernier lui sourit et de petites rides d'expression se dessinèrent au coin de ses yeux. Ledi se sentit toute chose.

— Oui, répondit-il de sa voix rauque. Du chou kale. Un légume à feuilles vertes, délicieux dans le *moroko*, mais je doute que vous serviez cela ici. À moins que... ? Je n'ai pas encore eu l'occasion de me familiariser avec le menu.

Se familiariser avec le menu ? La capacité de raisonnement déductif de Ledi finit par rassembler toutes les pièces du puzzle.

Il s'agissait du serveur embauché en renfort. Elle éprouva un pincement de regret tandis que ses fantasmes naissants retombaient comme l'un des soufflés d'Yves. Elle savait à présent qu'elle devrait former le nouveau venu, ce qui plaçait celui-ci dans la catégorie « collègues ».

— Oh, tu réponds déjà aux demandes des clients ? C'est très bien, ça montre que tu as l'esprit d'initiative, répondit-elle.

Son cerveau l'avait bien compris, cet Apollon ne lui était pas destiné, mais les autres rouages de son mécanisme interne n'avaient pas encore retrouvé leur fonctionnement normal. Elle s'efforçait de paraître enjouée et aux commandes, mais son centre du langage était resté bloqué sur « Waouh ! Homme torride ! », ce qui compliquait quelque peu la formation de phrases cohérentes.

— Euh, voilà. Tiens, dit Ledi en prenant une poignée de kale sur le billot pour la tendre à l'étranger.

Le regard de ce dernier effectua un va-et-vient entre les légumes et Ledi, les sourcils froncés d'un air désapprobateur.

— Tu as raison, s'empressa-t-elle d'ajouter, je devrais porter des gants. Une règle que je devrais être la première à appliquer. Question de santé publique ! Les microbes sont nos ennemis !

Le regard qu'il lui adressa comme elle reposait le chou sur la planche à découper et enfilait un gant en latex sur sa main droite était identique à celui qu'elle jetait aux prédicateurs qu'elle croisait dans le métro et qui dégoisaient sur la fin du monde malgré leur connaissance plus que relative des textes bibliques.

— Non, tu n'y es pas du tout, dit-il en secouant la tête, et Ledi se sentit bête.

Comment avait-elle pu commettre une telle erreur ?

— Mais bien sûr ! s'écria-t-elle.

Elle pivota sur elle-même, attrapa une petite assiette à pain qu'elle couvrit d'un napperon en papier puis elle y déposa délicatement le chou, avant que celui-ci ne serve de support éducatif.

— Bien vu ! Une jolie présentation est primordiale, déclara-t-elle en lui tendant l'assiette. D'habitude, je suis moins longue à la détente, mais la journée a été épuisante. Ou plutôt la semaine. Ou carrément le mois. (Elle se ressaisit.) Tu sembles avoir de l'expérience dans le domaine, alors tu peux déjà apporter ceci à table. Et surtout, rappelle-leur que le réfectoire sera fermé pour les membres d'ici vingt minutes et qu'ils doivent partir. Je vais te chercher une chemise blanche pour que tu puisses te changer et on pourra commencer.

Elle fit le signe d'un pistolet avec ses doigts tout en faisant claquer sa langue contre son palais.

Qu'est-ce qui te prend, enfin ? Tu as craqué ?

Elle fit volte-face et s'éloigna en vitesse pour se réfugier dans la chambre froide. À tous les coups, son visage était cramoisi. Et d'ailleurs, ce n'était pas la seule partie de son corps qui avait besoin d'un peu de fraîcheur.

Tu es une adulte, se réprimanda-t-elle. *Ce n'est pas parce qu'un beau gosse sexy à souhait va travailler avec toi toute la nuit qu'il faut subitement te comporter comme l'héroïne d'une comédie romantique des années 1990.*

Le problème n'était pas tant le sex-appeal de cet homme ; les mecs torrides comme lui étaient monnaie courante à New York. Le problème, c'était que Ledi le trouvait séduisant, et cette attirance ne se limitait pas au physique. L'espace d'un instant, elle avait eu la ridicule impression de le connaître – comme si un lien les unissait, ce qui était aussi improbable qu'impossible. Un homme pareil ne devait pas s'oublier aisément.

Elle sentit la panique l'assaillir. C'était bien sa veine ! Le nouveau produisait un effet viral sur elle ; sa membrane cellulaire sociale venait de se rompre. Ses défenses étaient à plat et la soirée ne faisait que commencer.

Elle était dans la merde.

Elle baissa la tête et poussa un gémissement d'humiliation.

La porte de la chambre froide s'ouvrit et Yves passa la tête à l'intérieur, ses sourcils argentés arqués par la curiosité.

— Tout va bien ? s'enquit-il en balayant le petit espace d'un regard soupçonneux.

— Tu ne veux pas savoir, marmonna Ledi en passant à côté de lui pour sortir.

— Je connais le nombre exact de courgettes ! cria-t-il après elle.

5

Thabiso resta planté au milieu de la cuisine en acier inoxydable parfaitement rangée, l'assiette de kale dans une main, et regarda la place où s'était trouvée Naledi juste avant de lui donner un ordre et de déguerpir.

Voilà donc la femme qui aurait dû être son épouse, dont le destin avait été uni au sien par divination religieuse et décret royal. La femme dont les parents avaient trahi leur promesse et jeté le déshonneur sur eux-mêmes ainsi que sur les prêtresses qui avaient jeûné, sué et prié des jours durant avant de choisir Naledi comme future reine. Elle aurait dû se prosterner devant lui et implorer son pardon. Au lieu de ça, elle lui avait balancé une assiette de légumes verts et lui avait ordonné de l'apporter à table comme s'il était un vulgaire paysan et non un prince.

Son peuple serait courroucé, ses parents horrifiés. Thabiso, lui, était intrigué.

Naledi.

Elle avait de grands yeux bruns bordés de longs cils épais. Sa peau était d'une belle couleur caramel foncé, lisse et radieuse, qui lui conférait une aura d'innocence, comme si la vie avait toujours été douce envers elle, comme si rien d'éprouvant ne l'avait encore amenée à froncer les sourcils d'inquiétude. Sa bouche, en revanche, était une tout autre histoire. Ses lèvres pulpeuses, au dessin parfait, laissaient imaginer des choses qui n'avaient rien d'innocent, même si elles ne portaient aucune trace de maquillage. Son accent ne sonnait pas tout à fait comme l'accent new-yorkais qu'il avait entendu dans des films, mais il n'en demeurait pas moins envoûtant.

Elle était encore plus belle que sur les photos que Likotsi avait glanées sur ses comptes Facebook et autres à peine utilisés. Dessus, elle semblait réservée ; ces clichés n'avaient pas capturé l'énergie qui émanait d'elle. Elle donnait l'air d'une personne fiable, sur qui on pouvait compter pour mener un travail à bien.

Dans ce cas, que fait-elle ici alors qu'elle devrait être au Thesolo comme stipulé par nos fiançailles ?

Il aurait pu simplement lui poser la question, de but en blanc, mais quelque chose l'en avait empêché. C'était la façon dont Naledi l'avait regardé : il avait lu le désir dans ses jolis yeux quand elle avait passé sa langue sur sa lèvre inférieure ourlée. Mais ce qui avait retenu Thabiso, c'était surtout que sa promise n'avait pas semblé le reconnaître. Cela l'avait quelque peu contrarié tandis qu'il l'avait observée, attendant une réaction de sa part, et qu'il avait fini par comprendre que celle-ci n'arriverait pas. Il avait imaginé des dizaines de variations à leurs retrouvailles ; Naledi lui présentant ses excuses, tout du moins, avait été un thème récurrent – et le kale ne figurait dans aucun de ces scénarios. Toutefois, la façon dont elle le regardait comme s'il n'était qu'un homme comme les autres lui faisait le même effet que si un portail magique s'était ouvert juste à côté de celui qu'il avait pensé être sa seule issue.

Elle ignore qui je suis.

Thabiso avait l'habitude d'être traité comme « Son Altesse Royale », cela le lassait même en vérité, mais le désir qui avait surgi entre eux, comme poussé par le destin, avait été inspiré par Thabiso et personne d'autre que lui. Il avait voulu attirer Naledi contre lui jusqu'à ce qu'elle se trouve dans ses bras. Et il voulait passer un peu de temps seul avec Naledi avant qu'elle ne le voie, elle aussi, comme le prince Thabiso, et qu'elle ne devienne un énième projet à gérer – car en ce qui le concernait, toute évocation de fiançailles ou de mariage s'apparentait à du travail.

Quelque chose d'autre l'avait empêché d'agir : l'expression sur son visage. La joie et le bonheur qui pétillaient dans ses yeux sur les photos de son enfance s'étaient envolés. Elle s'était montrée aimable tout en restant sur ses gardes, ce qui l'avait interpellé. Il avait été formé à interpréter le langage corporel – un talent inestimable quand l'habileté à négocier pouvait décider du sort de millions de personnes –, et Naledi se montrait aussi prudente que n'importe quel diplomate que Thabiso avait pu rencontrer. Toutefois, la toute première fois qu'il l'avait aperçue, il avait senti sa vulnérabilité, sa frustration – celles d'une femme au bout du rouleau.

Thabiso s'était souvent demandé quel impact l'absence de Naledi avait eu sur son existence, car toute sa vie, on lui avait dépeint ce qui aurait pu arriver si sa fiancée n'avait pas disparu. Mais qu'en était-il de Naledi ? À quoi sa vie avait-elle ressemblé sans lui ? Sans le Thesolo ?

Il avait voulu débarquer là où elle effectuait son travail sans intérêt et l'éblouir – ce qui était bien plus facile quand on appartenait à la royauté –, mais rien ne s'était passé comme prévu depuis qu'il avait pénétré dans le bâtiment.

« Quand le lit d'une rivière prend un tournant abrupt, l'eau suit. »

Thabiso baissa les yeux sur le kale, puis il pivota sur lui-même et franchit les doubles portes en direction de la tablée de rustres qui l'avaient pris pour un serveur. C'était également ce qu'avait cru Naledi. Dégageait-il une impression de servilité ? Il portait une chemise qu'il avait trouvée plutôt seyante, mais peut-être devrait-il demander à Likotsi de s'en débarrasser.

Thabiso posa lourdement l'assiette en céramique sur la table.

L'homme qui l'avait demandée la prit dans sa main sans même le regarder, poursuivant sa discussion avec ses compatriotes. Ce malotru venait d'être servi par un membre de la royauté et il ne remerciait même pas Thabiso d'un simple hochement de tête ?

Fils d'antilope à deux pattes...

Thabiso attendit encore quelques secondes qu'on lui témoigne la reconnaissance qu'il méritait avant de reprendre le chou d'un geste brusque.

— Excusez-moi, dit l'homme, à l'évidence troublé, alors qu'il daignait reporter son attention sur Thabiso.

— Non. Je viens d'accomplir une tâche pour vous. Dans une telle situation, la bienséance exige que vous me remerciiez, déclara Thabiso, imprégnant ses mots de dédain comme il l'avait appris durant toutes ces années de leçons de protocole.

L'homme bafouilla, les yeux écarquillés derrière ses lunettes, puis bredouilla quelque excuse. Thabiso lui rendit le kale.

— Il n'y a pas de quoi. (Il tapa dans ses mains.) À présent, vous devez quitter les lieux, car on vient de m'informer qu'il fallait préparer la salle pour ce soir. Je vous autorise à emporter cette assiette, comme de toute évidence elle est de qualité inférieure, elle ne manquera donc pas.

Le chercheur et ses acolytes s'empressèrent de rassembler leurs affaires et s'en allèrent en traînant les pieds. Thabiso croisa les bras et les regarda partir.

Est-ce que je remercie mes serviteurs ?

Il n'arrivait pas à se le rappeler précisément. Ses serviteurs avaient toujours été là, comme les photos de ses ancêtres accrochés aux murs et le mobilier transmis de génération en génération. Cela ne devait pas les vexer qu'il les congédie ou qu'il les appelle d'un simple geste. Il était prince, après tout. Il avait des attentes que les roturiers ne pouvaient simplement pas comprendre.

Une petite tape sur l'épaule lui rappela la présence de Likotsi.

— Veuillez pardonner mon audace, Altesse, mais... que faites-vous, au juste ?

— Je travaille, répondit Thabiso.

Il était plutôt satisfait de lui. Non seulement il était un excellent négociateur et un homme d'affaires rusé, mais après avoir accompli les tâches qu'on lui avait assignées, il était en bonne voie pour devenir un serveur hors pair. Tous ses projets étaient bel et bien bénis par la déesse.

— Il semblerait que j'aie décroché un boulot, reprit-il.

Consternée par ces paroles, Likotsi en resta bouche bée avant de secouer la tête.

— Non. Non, Altesse. Vous avez déjà un travail : vous êtes prince à plein temps. Et à ce titre, permettez-moi de vous rappeler que vous avez un dîner d'affaires dans deux heures avec Omega Corp.

Thabiso avait pensé se pointer devant Naledi, lui faire regretter le jour où sa famille avait quitté le Thesolo en catimini, puis poursuivre son voyage. Or Naledi n'avait pas la moindre idée de qui il était. Et Thabiso voulait en apprendre davantage sur cette beauté mystérieuse, quoique un peu étrange.

Il haussa les épaules.

— Omega Corp attendra.

Likotsi pinça les lèvres.

— Les ministres des Finances ont été très clairs sur l'importance de cette réunion.

Les ministres des Finances m'ont envoyé ici vendre le bien-être de notre pays au plus offrant.

Toutefois, il ne pouvait pas lui rétorquer cela : Likotsi connaissait les détails les plus intimes de sa vie, mais elle ignorait qu'il avait donné son accord pour qu'on extraie des minerais de leurs terres ancestrales. La population serait relogée et rétribuée, bien entendu, mais cette idée ne lui plaisait guère.

« Le peuple comprendra que le bien-être d'une nation passe avant le reste, prince Thabiso. »

Parfois, un prince devait faire des choses désagréables. Et parfois, les plans changeaient.

— La déesse m'offre la chance de mieux connaître Naledi, et je ne vais pas y renoncer pour Omega Corp.

— Est-ce là ce que vous désiriez, Altesse ? Mieux la connaître ?

Sans doute pas, non. Qu'avait-il en tête quand il avait demandé à Likotsi de la retrouver ? Avait-il voulu régler ses comptes avec elle ? Qu'elle serve d'exutoire à sa frustration ? Qu'elle lui offre la possibilité d'échapper à tous les tracas qui pesaient sur ses épaules ? Peu importe. À présent qu'il avait vu Naledi, il souhaitait faire sa connaissance. Il s'agissait peut-être d'un caprice, mais il était coutumier du fait, et elle lui devait au moins ça.

— Naledi m'a pris pour l'un de ses nouveaux collègues. Je vais partager son modeste quotidien ; ce sera l'occasion rêvée d'en apprendre davantage sur elle et découvrir pourquoi elle a fui le pays. Si je lui révèle mon identité, comme c'était initialement prévu, elle changera aussitôt de comportement et nous n'apprendrons peut-être jamais la vérité.

Il se montrait égoïste, et ce pour une raison simple. Personne ne lui avait jamais demandé d'accomplir une tâche aussi basique que servir un plat à table ; personne ne demanderait une telle chose à un prince, à moins de vouloir être humilié en public. Ce qu'on exigeait de lui était, en général, bien plus éprouvant et il y avait toujours un prix à payer, quelle que soit la déférence dont faisait preuve le demandeur au moment de sa requête. Naledi lui avait donné un ordre sans broncher, sans lui cirer les bottes, et il s'avérait qu'il avait hâte qu'elle recommence.

Likotsi recula, horrifiée.

— Vous souhaitez user de tromperie ! Par Ingoka, déesse de la Vérité et de la Vertu, je ne peux le permettre !

Thabiso baissa les yeux, non pas parce qu'il avait honte, mais parce qu'il avait appris il y a longtemps déjà à escamoter le sens de l'honneur inné de son assistante. Il vit qu'elle l'observait et lui sourit avant de parcourir la salle d'un regard conspirateur.

— Allons, Likotsi... ne souhaites-tu donc pas résoudre le mystère de la fiancée disparue ? De découvrir pourquoi ses parents ont laissé derrière eux leur vie, leurs amis, leur famille ? Pourquoi ils se sont soustraits à leurs devoirs et ont privé leur fille des droits qui lui revenaient par sa naissance ?

— Eh bien... si.

Likotsi se détendit un peu, relâchant ses épaules.

— Et penses-tu qu'elle me révélera ce secret si je lui dis qui je suis ? Surtout si on tient compte de la réponse qu'elle a donnée à tes e-mails ?

Likotsi marqua une pause, plissant les lèvres.

— Peut-être pas.

— Dans ce cas, c'est réglé. Je me rapprocherai d'elle grâce à ce boulot et je découvrirai ce qu'elle nous cache. Ce sera une opération clandestine, comme dans les romans d'aventures qu'on dévorait dans notre enfance !

Juste à cet instant, un jeune homme dégingandé entra dans le réfectoire – un étudiant, à en juger par le sweat-shirt à capuche et le jean délavé qu'il portait. Il hésita et, ne voyant personne d'autre, se tourna vers Thabiso et Likotsi.

— Bonjour, je suis Jamal. Je suis censé commencer à bosser ici cet après-midi. Désolé d'arriver en retard. Mon train est resté coincé dans un tunnel pendant trois quarts d'heure. Vous savez ce que c'est.

Ah... la source de leur malentendu, et l'homme grâce auquel Thabiso allait se rapprocher de sa promise. Les prêtresses disaient souvent qu'Ingoka revêtait diverses formes pour mener les fidèles à leur destinée. Thabiso considérait de tels dictons avec prudence, mais peut-être Jamal était-il un émissaire de la déesse.

— Le poste a été pourvu, Jamal, déclara Thabiso, mais le déplacement vous sera remboursé. Likotsi, veux-tu bien dédommager ce monsieur ? (Il jeta un coup d'œil aux doubles portes que Naledi pouvait franchir à tout moment.) À l'extérieur.

— Pas si vite. Attendez ! cria Jamal en s'avançant vers Thabiso. Vous ne pouvez pas revenir sur votre parole. J'ai besoin de ce travail.

Le ton suppliant du jeune homme étonna Thabiso. Comment la perte d'un boulot aussi insignifiant pouvait-elle le contrarier à ce point ? Puis Thabiso se rappela les graphiques qu'il avait étudiés et qui représentaient le taux de chômage chez les jeunes Américains ; les emplois n'abondaient pas dans ce pays, et les études supérieures n'étaient ni gratuites ni abordables comme c'était le cas dans des nations civilisées comme le Thesolo.

— Donne-lui quinze mille dollars, décréta Thabiso sans quitter la cuisine des yeux. Vingt mille, même. Mais fais-le loin d'ici.

Jamal s'immobilisa ; il n'en revenait pas. Dans son emportement, il avait levé les mains, mais il les laissa retomber et les fit claquer contre ses cuisses.

— C'est pas marrant. (Il fronça les sourcils.) Vous êtes sérieux ?

— Doutez-vous de mon honneur ? s'enquit Thabiso en reportant son attention sur Jamal.

— Personne ne distribue des billets comme ça. C'est une blague ou...

— Si vous voulez l'argent, suivez Likotsi, elle vous le donnera.

Thabiso voyait bien que son assistante n'approuvait guère cette dépense.

— Maj...

— J'ai dépensé bien plus pour des chaussures et tu n'as rien dit. Paie ce jeune homme. On se retrouve à l'hôtel ce soir.

Elle hocha sèchement la tête et se dirigea vers la sortie, Jamal sur ses talons.

— Euh, merci ? cria ce dernier par-dessus son épaule.

Thabiso regagna la cuisine et rejoignit Naledi. On l'avait entraîné dès sa plus tendre enfance à diriger tout un pays. Alors, jouer les serveurs le temps d'un dîner, ça ne pouvait pas être bien sorcier.

6

Être serveur, c'était l'enfer.

Thabiso pensait être en forme et avoir de l'endurance. Or il était trempé de sueur, il s'était fait mal au dos en voulant soulever un plateau trop lourd, et il était sur le point de jeter l'éponge quitte à faire capoter ses plans.

J'aurais dû y réfléchir à deux fois.

La mise en place s'était déroulée sans anicroche. Il savait très bien à quoi ressemblait une table correctement dressée, car pour révéler sa maladresse, il n'y avait pas plus rapide que de prendre le mauvais couvert. Aussi lui avait-on enfoncé dans le crâne toutes les configurations existantes. Il s'était délecté des compliments de Naledi tandis qu'il disposait les couverts et elle, les verres. Ils avaient travaillé ensemble et leur tandem avait fonctionné à merveille. Le bras de la jeune femme l'avait frôlé chaque fois qu'elle passait à côté de lui pour poser un verre à vin ou une assiette à pain. Il avait remarqué pour la première fois à quel point l'exercice était gracieux, comme un ballet chorégraphié avec précision.

Malgré les tentatives de Thabiso, elle n'avait pas beaucoup parlé d'elle pendant qu'ils s'affairaient et elle avait poliment écarté toute question relative à sa vie privée. Il ne savait pas où elle habitait, où elle avait grandi, quelle école elle avait fréquentée ou si elle sortait avec quelqu'un, mais l'histoire de l'Institut ainsi que les avancées scientifiques réalisées en ce lieu n'avaient plus de secrets pour lui.

— Les gens qui viennent manger ici peuvent être un peu bizarres, mais certains de ces chercheurs ont fait des découvertes incroyables dans leur domaine, avait-elle déclaré d'une voix empreinte d'admiration. Des années à étudier et à se concentrer – jusqu'à l'obsession – sur un truc hyperspécifique, et tout ça, dans le but quasi irréalisable de changer le monde.

— C'est ce que tu veux faire ? s'était-il enquis. Changer le monde ?

Cette question avait quelque peu refroidi son enthousiasme.

— J'ignore si une telle occasion se présentera un jour. Par ailleurs, dans mon travail, nous dépendons le plus souvent de ceux qui possèdent l'argent ou le pouvoir, et j'ai vu comment ces individus opèrent : ils arrêtent de financer des recherches importantes, préférant se remplir les poches plutôt que d'aider les gens. Ils semblent oublier qu'on leur a donné notre confiance pour faire ce qui est juste.

Elle l'avait regardé avec des yeux brillants d'émotion, mais un battement de cils plus tard, celle-ci avait disparu – ou plutôt, Naledi l'avait dissimulée.

— Penses-tu que posséder un tel pouvoir est facile ? lui avait-il demandé.

Il était sincèrement curieux, et c'était peut-être la première fois qu'il pouvait obtenir une réponse honnête sans que son titre royal entre en ligne de compte.

Ledi avait ri.

— Facile ? Ça dépend. Si tu souhaites utiliser ce pouvoir pour exploiter les autres et accroître ta fortune personnelle, alors oui, c'est relativement facile. Mais si tu veux changer le monde pour le rendre meilleur...

— C'est beaucoup moins facile, avait-il complété.

Il savait que c'était la vérité. Il avait repensé aux innombrables réunions au cours desquelles ses initiatives avaient été mises de côté sous prétexte que c'était une perte d'argent. Il était aussi éduqué que ses ministres, voire plus, mais il restait aux yeux de beaucoup le « play-boy Pan-Afrique ». Parfois, il lui arrivait encore d'insister, mais la plupart du temps, il cédait. Par commodité. Il se demandait d'ailleurs si ce n'était pas pire qu'exploiter les autres. Car là, au moins, on agissait. Il avait relâché ses efforts.

Elle avait haussé les épaules, lui indiquant qu'elle mettait un terme à cette conversation.

— Je te laisse finir pendant que je vais remplir les carafes d'eau.

C'est à l'arrivée des invités que tout partit en cacahuète. Apprendre à connaître sa promise n'était plus à l'ordre du jour ; à compter de cet instant, Thabiso essayait simplement de survivre.

Il avait participé à de nombreuses réceptions de ce genre ; celles-ci remplaçaient la plupart de ses repas quand il était en voyage, mais également au Thesolo quand le royaume recevait des dignitaires étrangers. En tant qu'invité, il était rodé à l'exercice : il suffisait de bavarder avec les autres convives et de boire un verre ou deux en attendant que tout le monde soit installé et que les plats arrivent les uns après les autres. Bien entendu, Thabiso n'avait jamais réfléchi à la logistique qui entourait tous ces dîners. Tout avait toujours fonctionné sans problème, de la même manière que sa montre faisait tic-tac sans qu'il ait à penser à l'engrenage qui mettait les aiguilles en mouvement. Comme il le constatait à présent, l'engrenage était primordial.

Dresser une assiette correctement et l'apporter à la bonne personne sans faire d'erreur n'était pas aussi simple qu'il l'avait imaginé. Ledi et son chef, un Suisse râleur qui rappelait à Thabiso son ancien proviseur, avaient déjà préparé les salades. Il ne lui restait donc plus qu'à porter d'énormes plateaux ovales jusqu'aux tables et à distribuer les assiettes. Après que le premier plateau que Thabiso avait essayé de soulever pour le poser sur son épaule fut tombé par terre, volant en éclats, Ledi lui avait décoché un sourire bienveillant et lui avait tendu deux assiettes, une pour chaque main.

— Tu peux me laisser les plateaux ce soir, lui avait-elle dit. Prends les assiettes au fur et à mesure, et tout se passera bien.

Tout ne se passa pas bien.

Thabiso parvint à donner un coup de coude dans l'oreille d'un convive et il apprit que « Allez le chercher vous-même » n'était pas une réponse acceptable quand un invité formulait une demande, qu'on soit occupé ou non.

Ensuite, ils avaient dû aider le chef à dresser les assiettes, ce qui fut une expérience humiliante de plus. Thabiso avait toujours pensé avoir l'œil pour le design, mais ses assiettes semblaient avoir été dressées par un gamin de quatre ans quand celles de Naledi auraient pu sortir des cuisines d'un restaurant gastronomique.

Les choses se passent-elles toujours ainsi en cuisine ?

Il n'avait jamais réfléchi à ce qui s'opérait en coulisses pour que les plats arrivent, les uns après les autres, parfaitement présentés. Cela en avait toujours été ainsi, où qu'il aille. Qu'un tel travail soit nécessaire pour présenter un plat sur le point d'être mastiqué comme une œuvre d'art le dépassait.

Pour ce qui était du service, il n'avait guère brillé non plus. Naledi virevoltait entre les convives qui se plantaient devant elle et lui barraient la route, tenant son plateau en équilibre sur ses mains bien trop menues. Ses poignets, quant à eux, semblaient trop délicats pour supporter un tel poids. Ses propres mains tremblaient comme il déposait chaque assiette sur la table ; d'ailleurs, il fit tomber une darne de saumon glacée au beurre de thym sur les genoux d'un invité.

Naledi servait l'eau d'une main et le vin de l'autre sans en renverser une goutte. La chemise de Thabiso, elle, était tachée de pinot noir – de qualité moyenne, soit dit en passant.

Pire que tout, l'estime et l'intérêt qu'il avait lus dans les yeux de Naledi au début de la soirée avaient disparu, remplacés par la déception et la fatigue.

— Diantre ! s'écria une femme quand un glaçon tomba dans son décolleté alors que Thabiso remplissait sa coupe.

Ce dernier se demanda quoi faire. Quand il avait renversé le saumon, il s'était empressé de le récupérer. Était-il censé faire de même avec le glaçon ? Naledi se glissa devant lui avant qu'il n'ait pu agir et attrapa la carafe pour remplir le verre de la dame sans incident.

— Je vous prie de nous excuser, madame. Voici une serviette propre pour vous essuyer.

Elle se tourna vers Thabiso, une grimace déformant ses adorables lèvres.

Il lui compliquait la tâche, il en avait conscience, mais la voir le regarder comme s'il était un vermisseau se tortillant dans la boue pendant une averse l'exaspéra au plus haut point.

— Jamal, peux-tu me suivre, s'il te plaît ? fit-elle en posant une main sur son bras et en le poussant en direction de la cuisine.

Il fut ravi qu'elle le touche, même s'il savait ce qui l'attendait. Si l'un de ses employés avait commis ne serait-ce qu'une seule des erreurs dont il s'était rendu coupable ce soir, le malheureux se serait retrouvé au chômage, et une fois que les rumeurs sur son inaptitude auraient commencé à circuler, plus personne dans le royaume ne lui aurait confié la moindre mission.

Inaptitude ? Si tel était le mot qui lui venait à l'esprit, que devait-elle penser de lui ?

Sa nuque le picota. Quelle était donc cette sensation qui le poussait à cacher ses faiblesses à Naledi ? Il passa devant un réfrigérateur en acier inoxydable et fut interloqué par le reflet que lui renvoya l'appareil : ses épaules étaient voûtées et son expression pleine de déférence. Il comprit alors ce qu'il ressentait ; il avait vu cette émotion chez beaucoup de gens qu'il avait brutalement congédiés au fil des années. Cette émotion, c'était la honte.

Il était un Moshoeshoe. La honte ne figurait pas dans l'éventail de ses émotions. Oserait-elle montrer du doigt ses insuffisances, elle qui avait délaissé ses devoirs et privé Thabiso de la voie tracée pour lui par la déesse ? Il était sur le point de craquer et de se déchaîner sur elle de manière préventive. Qu'elle essaie donc de le rabaisser ! Il lui expliquerait comment elle s'était avilie telle une vulgaire paysanne. Il lui dirait dans quel orifice elle pouvait se mettre ses critiques. Il était un prince, que diable !

Naledi posa la main sur son bras et la chaleur de sa paume se diffusa à travers la chemise blanche bon marché. Puis au bout de quelques secondes, elle la retira. Elle regarda Thabiso, les sourcils froncés, mais au lieu de le réprimander, Naledi émit un rire las qui fut presque étouffé par la ventilation d'un four. Il n'était ni faux, ni forcé, ni même condescendant. Au contraire, il était même réconfortant.

Elle prit un cupcake sur un chariot à desserts et le lui offrit.

— Avons-nous le droit d'en manger ? s'enquit-il. N'est-ce pas considéré comme du vol ?

— Ça ira à la poubelle si on ne les mange pas. Si je peux, j'essaie toujours d'emporter les restes pour les distribuer aux sans-abri. Techniquement, c'est illégal, mais j'ai horreur de gâcher de la nourriture parfaitement comestible.

— Oh...

Thabiso n'avait jamais vraiment réfléchi au gaspillage alimentaire. Il avait toujours mangé à sa faim, et il était habitué à ne prendre qu'une bouchée de chaque plat avant d'attendre qu'on le débarrasse et qu'on lui apporte la suite. Il mordit dans le cupcake.

— Je commence à penser que tu as légèrement menti sur ton CV, Jamal, dit-elle tout en mastiquant.

En vérité, j'ai seulement menti sur mon identité. Je suis sûr que le CV est correct.

— Il semblerait que je ne sois pas apte à accomplir les tâches que tu m'as confiées, répondit-il.

Soudain, son corps se raidit ; cette réponse faisait involontairement écho à celle qu'il avait donnée à sa mère une semaine auparavant.

« Que tu croies en être capable ou non n'importe guère, mon fils. Tu es l'héritier au trône. L'unique héritier. »

Thabiso aurait préféré que les propos de sa mère fussent plus encourageants.

— Ce n'est rien. Ça arrive à tout le monde de se planter, le rassura Naledi.

— Non. (Thabiso serra le cupcake entre ses doigts et quelques miettes tombèrent par terre.) Tu ne comprends pas. Je n'ai pas le droit d'échouer. Je devrais pouvoir y arriver sans problème, mais j'ai fait n'importe quoi. Et j'ai perdu ta confiance.

Je perdrai la confiance de mon peuple.

— Écoute, arrête de te mettre la pression, d'accord ? Ce n'est pas si grave. (Elle prit une bouchée de son cupcake.) J'étudie l'épidémiologie. Je prépare mon doctorat.

— Tu veux venir en aide aux gens qui ont des problèmes de peau ? s'enquit-il, ravi qu'elle se confie enfin à lui. La tienne est sublime, alors...

Elle soupira.

— Non, ça, c'est la dermatologie. L'épidémiologie relève de la santé publique. J'étudie les maladies infectieuses.

— Pourquoi ? s'empressa-t-il de lui demander.

C'était la première information personnelle qu'elle lui révélait volontairement et il ne voulait pas laisser passer une telle occasion.

— Quand une maladie frappe un pays, ce sont toujours les populations les plus vulnérables qui sont les plus durement touchées. Je souhaite que les recherches que je mènerai contribuent à améliorer leur qualité de vie. Mon but est de rendre le monde plus sûr pour ces personnes.

Elle disait ça comme si c'était facile. Le vœu le plus cher de Thabiso était de pouvoir vaquer tranquillement à ses occupations pendant quelques heures puis de savourer un bon verre de scotch. Il était né avec une mission : sauver son peuple ; Ledi également, à en croire les prêtresses, mais elle l'ignorait.

— Tu veux sauver le monde, fit-il. C'est tout à ton honneur.

— C'est un boulot comme un autre, répondit-elle, déclinant habilement son compliment. Mais ce n'est pas mon propos. Parallèlement à cet emploi de serveuse, je suis assistante de recherches dans un labo. J'ai commencé quand j'étais en licence et le premier laboratoire où j'ai travaillé étudiait la propagation des maladies vénériennes.

Un jour, après trois nuits blanches d'affilée passées à étudier, on m'a demandé de transférer des échantillons de gonorrhée. J'étais complètement à l'ouest et je me suis renversé les tubes à essai dessus alors que je ne portais pas de combinaison de protection.

— Oh...

Les Américains étaient connus pour leur tendance à partager des informations personnelles avec n'importe qui, mais il ignorait pourquoi elle avait choisi ce moment en particulier pour lui raconter cette anecdote si intime. C'était curieux, mais admirable.

— Je suis navré de l'apprendre. Ces maladies sont stigmatisées, mais il ne faut pas en avoir honte.

Il tenait ce discours aux adolescents depuis qu'il en était un lui-même. Depuis, il incarnait à lui seul la campagne d'éducation sexuelle et de prévention à destination des jeunes. Il s'était agi de sa toute première initiative, à l'époque où sa fonction ne l'accablait pas tant.

Naledi le regarda d'un drôle d'air.

— Ils n'étaient pas contagieux, Jamal, mais je te sais gré de ta sollicitude. Cela dit, sur le coup, je l'ignorais. J'ai paniqué et activé la douche d'urgence, inondant toute la pièce. J'ai provoqué un court-circuit et fait sauter la centrifugeuse, bousillant des expériences en cours depuis des mois, voire des années.

Thabiso réprima un sourire amusé, imaginant cette femme, qui semblait parfaitement maîtriser son environnement, s'agiter dans tous les sens et semer une pagaille de tous les diables.

— Tu as peut-être choisi la mauvaise profession. Tu es douée pour le service. C'est une voie qui pourrait te convenir davantage.

Elle plissa les yeux.

— Je te demande pardon ?

— Si tu as le choix, pourquoi choisir un travail dans lequel tu es mauvaise ? lui demanda-t-il, ce qui n'améliora guère l'humeur de Naledi.

— Qui a dit que j'étais mauvaise ?

La sueur commença à perler sur les tempes de Thabiso.

— Non, c'est juste que… enfin… Pourquoi me racontes-tu ça ?

— Je n'en sais rien, répondit Ledi d'un ton sec avant de secouer la tête. En résumé, je voulais simplement te montrer que tout le monde commet des erreurs. Aujourd'hui, je suis une assistante de laboratoire hors pair. Je suis si douée que mon supérieur me refourgue systématiquement son boulot. (Elle arqua ses sourcils sous l'effet de la consternation avant de reporter son attention sur Thabiso.) Ce n'est pas ta faute si nous sommes en sous-effectif et que tu n'as pas eu l'occasion de te roder à l'exercice lors d'un service plus facile. Tu finiras par prendre le coup de main.

Il ne s'était pas attendu à cela. Il avait été une épine dans le pied de Naledi toute la soirée et malgré tout, elle lui avait offert un cupcake, lui avait relaté une anecdote médicale et l'avait toujours soutenu. Elle le considérait sous son plus mauvais jour et lui assurait néanmoins qu'elle croyait en lui.

— Merci, dit-il d'une voix grave et rocailleuse.

Le cupcake devait être sec.

Elle sourit et lui donna une tape sur le bras.

— Écoute, reste en retrait pour l'instant. Peut-être que tu pourrais m'aider sans toucher la nourriture ni interagir avec les clients… Je sais ! Tu n'as qu'à changer le brûleur sous la fontaine à chocolat. Il était presque vide la dernière fois que j'ai vérifié. Demande au chef, Yves, de te donner un nouveau brûleur et un chalumeau. Tu y arriveras ?

Thabiso trouva réconfortant qu'elle lui demande cela sur ce ton-là. La voix de Naledi était certes empreinte de doute, mais elle l'encourageait malgré tout. Chez lui, personne n'avait le droit de douter qu'un prince fût capable d'accomplir telle ou telle tâche – pas même le prince en personne. Devant l'hésitation de Naledi, Thabiso eut encore plus envie de la satisfaire.

— Évidemment, répondit-il.

— Bien ! Je vais refaire un tour dans la salle et m'assurer que personne n'a besoin de rien.

Elle lui présenta son poing levé, attendant qu'il réagisse.

— *Black power* ? fit-il d'une voix hésitante.

Il venait de regarder un documentaire sur le mouvement des droits civiques aux États-Unis, mais il ignorait que les Américains utilisaient ce signe pour se saluer. Il s'était tenu au courant des bouleversements sociétaux qui secouaient le pays et se dit que le geste de Naledi était lié à ce désir de justice sociale. Il leva le poing à son tour.

Elle éclata de rire à nouveau, mais cette fois, il ne s'offusqua pas. Au contraire, il voulut savoir ce qu'il avait fait pour le provoquer afin de pouvoir recréer ce son si mélodieux.

— Ce n'est pas ce que j'avais en tête, mais oui, ça aussi. Le chef est dans son bureau.

Thabiso se dirigea vers la pièce en question, vivifié par la confiance que lui témoignait Naledi.

C'est ridicule. Tu as gravi le Kilimandjaro, tu as envoyé balader le Premier ministre belge, ce n'est pas une fontaine à chocolat qui aura le dessus sur toi !

Le bureau était vide quand Thabiso arriva devant la porte. Il attendit un peu mais à mesure que les minutes s'égrenaient, la nervosité le gagna, car Naledi devait penser qu'il n'était pas à la hauteur.

Je peux y arriver.

Évidemment, il ne savait pas vraiment ce que Naledi qualifiait de « brûleur », mais qu'à cela ne tienne ! Il avança d'un pas décidé en direction de la table à desserts. Il était capable de raisonnement déductif, non ?

Il aperçut un bougeoir décoratif sur la table du buffet. À l'intérieur, à la place d'une bougie de cire, se trouvait une mèche baignant dans un récipient rempli de kérosène. Cet outil lui était familier, car on l'utilisait également au Thesolo en diverses occasions.

Le bougeoir ne correspondait pas à la cannette métallique disposée sous l'appareil, mais cela devrait néanmoins fonctionner. Thabiso le plaça sous le bassin à chocolat fondu et sourit. Il finirait par prendre le coup de main. Il ne décevrait ni Naledi ni son peuple.

Il pivota sur lui-même pour la chercher dans la foule et voir ce qu'il pouvait faire d'autre pour la décharger. Après avoir avancé de trois pas, il sentit une vive chaleur dans son dos.

— Oh, ça flambe ! s'écria l'un des convives. On aura peut-être droit à des bananes flambées !

Thabiso se retourna et découvrit les flammes qui encerclaient le récipient métallique, couraient sur la nappe et consumaient serviettes et décorations. L'effroi mêlé à un terrible sentiment d'échec le figea quelques instants. Puis il attrapa la première chose qui lui tomba sous la main – une veste de costume posée sur le dossier d'une chaise – et essaya d'éteindre les flammes.

Ah, par la Déesse, quelle catastrophe !

Il avait beau s'escrimer à les étouffer, elles n'en avaient cure. Elles embrasèrent la veste, menaçant de brûler les mains de Thabiso, mais celui-ci était résolu à maîtriser le feu avant que...

— Dégage de là, Jamal !

Naledi se précipita vers le buffet armée d'un extincteur, aussi féroce que Mujaji, la déesse des Pluies. Tout fut terminé au bout de cinq secondes. Elle aspergea les flammes, ainsi que Thabiso, les invités applaudirent et la situation revint à la normale, exception faite de la table à desserts recouverte de liquide ignifuge.

Thabiso était assis, toussant à cause du produit ignifugeant, quand Naledi tint le réservoir à kérosène désormais fondu devant son visage.

— Ça... ce n'est pas un brûleur.

Elle avait les yeux écarquillés et le souffle court. Il avait déjà lu la déception dans son regard, mais cette fois-ci, elle le regardait comme s'il était complètement idiot – comme si elle avait eu tort de penser qu'il était capable d'accomplir une tâche d'apparence toute simple.

La honte sillonna les veines de Thabiso, cédant vite la place à l'indignation.

— Et comment suis-je censé savoir à quoi ressemble un brûleur ? Ne devais-tu pas me former ?

— Je t'ai formé. Et je n'ai pas arrêté de passer derrière toi pour réparer tes dégâts. Et ceux de Dan. Et ceux des invités. Je ne devrais pas avoir à m'inquiéter que tu causes un incendie alors que je croule déjà sous le boulot, répliqua-t-elle entre ses dents comme si Thabiso était fautif.

— Tu ne devrais pas te vanter de nettoyer les souillures des autres, lui rétorqua-t-il, incapable de maîtriser son énervement dont l'intensité égalait celle des flammes qui avaient presque roussi sa barbe. Seul un chien souhaite qu'on le flatte pour avoir accompli quelque tâche subalterne. Va chercher ! Apporte ! Sers ! Tu ne vaux guère mieux qu'un... qu'un saint-bernard !

La tension était palpable. Thabiso se pencha en avant pour poursuivre cette discussion enflammée, mais le regard de Naledi, pourtant si éloquent, était à présent dépourvu de toute expression.

Comme sa colère s'estompait, Thabiso fut soudain pris de remords – encore une émotion à laquelle il n'était guère habitué. Peut-être y avait-il une substance dans le circuit d'eau potable de ce pays qui causait de telles fluctuations. Du fluor ? Il avait lu des articles sur le sujet.

Le but de cette ruse avait été de mieux connaître sa promise, mais il s'était planté en beauté, tel le bouffon dans un conte de fées avant que le prince charmant n'arrive sur son cheval blanc. Sauf que là, c'était lui, le prince.

— Tu t'es brûlé ? lui demanda-t-elle calmement.

— Légèrement. Ça va.

— Génial. Du coup, je ne me sentirai pas coupable de te renvoyer. Fiche le camp.

Elle lui tourna le dos et commença à s'éloigner. Puis elle s'arrêta. L'espoir anima à nouveau Thabiso. Peut-être restait-il un moyen d'arranger la situation...

— La chemise coûte vingt dollars. Laisse-la sur le comptoir en partant. J'ai fini de te couvrir pour ce soir.

Thabiso resta planté là, les mains tremblantes, l'ego meurtri. Son stratagème avait échoué. Il avait voulu en apprendre davantage sur Naledi, mais ce qui l'avait motivé avant tout, c'était d'obtenir la preuve que sa vie avait été bien mieux sans elle, que l'exil de la jeune femme n'avait rien changé. Cependant, alors qu'il la regardait partir, il n'éprouva aucun soulagement. Il ne lui sembla même pas que sa curiosité avait été satisfaite.

Il lui fallait une nouvelle stratégie.

7

— Puisque vous refusez de suivre le conseil de votre assistante, écoutez au moins celui de la femme. C'est une mauvaise idée. Une très mauvaise idée.

Likotsi remua et le canapé ultra rembourré sur lequel elle était assise couina sous son pantalon taillé sur mesure en signe de protestation.

— Pourquoi ce canapé est-il enveloppé dans du plastique ? demanda-t-elle avec une grimace tandis qu'elle appuyait son index sur l'inconfortable housse transparente. Il n'y a absolument aucune raison de préserver cet imprimé à motif floral des plus hideux. Et que dire de ce papier peint !

La lueur du crépuscule pénétrait par la fenêtre de la minuscule cuisine et baignait de clarté le canapé vieillot ainsi que le mélange de fleurs en plastique et de plantes vertes naturelles qui occupaient les étagères et les moindres recoins. L'endroit ne ressemblait nullement à la suite qu'ils avaient réservée pour ce voyage. Leur chambre d'hôtel offrait un panorama inoubliable sur la ville. Cet appartement donnait sur des trottoirs usés et le salon de beauté/coiffeur-barbier d'en face.

— Ce lieu a un côté vintage qui devrait te plaire, fit remarquer Thabiso depuis la chambre à coucher au bout du couloir. Pour être honnête, je suis étonné que tu n'aies pas déjà prévu un shooting pour InstaPhoto.

Likotsi croisa soigneusement les jambes, veillant à ne pas froisser son pantalon.

— J'attendais que vous jouiez les photographes, Altesse. Mes bras sont longs, mais un selfie ne saurait capturer toute la magnificence de l'appartement peu orthodoxe que vous avez choisi de louer.

Thabiso sourit tandis qu'il suspendait ses vêtements dans la penderie que la voisine de Naledi, Mme Garcia, avait vidée pour lui. Likotsi avait insisté pour qu'il la laisse déballer ses affaires, mais Thabiso avait décidé de suivre les préceptes que l'on enseignait à l'Actors' Studio : se fondre dans le personnage pour mieux l'interpréter. Partant de là, il n'y avait rien de plus normal qu'un homme du peuple suspendant ses affaires lui-même.

Mme Garcia avait hésité à accepter l'offre de Thabiso, qui avait voulu lui offrir un voyage tous frais payés à Porto Rico pour qu'elle puisse rendre visite à sa famille en échange de la location de son appartement. Mais lorsque Thabiso avait appris que le village natal de la vieille femme avait été dévasté par les dernières tempêtes, il avait fait un don substantiel à un organisme œuvrant pour la reconstruction locale. Thabiso avait déjà dépêché des gens sur le terrain pour contribuer à l'effort collectif, alors donner un peu d'argent en plus pour une bonne cause, ça ne pouvait pas faire de mal. Mme Garcia avait accepté, son peuple en profiterait et Thabiso avait obtenu ce qu'il voulait. Tout allait pour le mieux, non ?

Toutefois, sa conscience le titillait. Ce n'était pas très glorieux de soudoyer la vieille dame dont l'appartement se trouvait sur le même palier que celui de la femme qu'on cherchait désespérément à mieux connaître...

— ... harcèlement. (Le canapé couina en signe d'approbation.) Encore un peu, et elle va croire que vous êtes à ses trousses. Ce comportement est inapproprié, et une femme de la culture de Naledi pourrait se sentir menacée.

— Je ne suis pas une menace, répondit Thabiso. Je dois juste trouver un moyen pour continuer à l'observer sans qu'elle s'en aperçoive et sans révéler que j'ai menti sur mon identité lors de notre première rencontre.

Pour seule réponse, Likotsi émit un bruit de désapprobation avec sa bouche. Elle aurait mérité qu'il la réprimande pour son outrecuidance, mais comme il incarnait Jamal, il laissa passer.

— En tout cas, ça ne me plairait guère qu'un inconnu me poursuive de cette manière, dit-elle, laconique.

— Je ne suis pas un inconnu, répliqua-t-il tandis qu'il passait sa chemise en lin sur un cintre.

Il était le fiancé de Naledi. Mais il n'empêche... les paroles de Likotsi sonnaient juste. Il n'aimerait pas qu'un inconnu poursuive Likotsi, qui ne désirait les attentions d'aucun homme.

Minute...

Il s'avança vers le salon.

— Penses-tu que Naledi partage tes prédilections ?

— Mes prédilections ? (Elle inclina la tête pour l'observer comme s'il était une araignée sauteuse dont elle suivait les déplacements pour mieux l'écraser.) Comment saurais-je si elle préfère son pop-corn salé plutôt que sucré ?

Thabiso eut l'air contrit.

— Toutes mes excuses. Je voulais dire, au cours de tes recherches, as-tu trouvé la moindre preuve de son inclination pour les femmes, et uniquement pour les femmes ?

Il avait senti des étincelles entre Ledi et lui à plusieurs reprises tandis qu'il s'efforçait, en vain, de jouer les serveurs. Cela, bien entendu, avant qu'il ne provoque lui-même les étincelles et manque incendier le lieu de travail de la jeune femme. Après tout, il s'était peut-être fait des idées.

Likotsi éclata de rire, se donnant des tapes sur les cuisses tandis qu'elle s'esclaffait, pliée en deux.

— Altesse, je reconnais que vous êtes bel homme, mais sachez toutefois que le lesbianisme n'est pas la seule explication possible à ce qu'une femme ne réagisse pas à vos sollicitations.

Aïe. Voilà qui blessa son amour-propre. Parce que c'était la vérité – pour ce qui concernait un homme normal. Toute sa vie durant, le fait d'être aimé ou désiré avait été prédéterminé et inextricablement lié à son statut royal. Il s'était cru malin quand il avait décidé de maintenir le malentendu et de prétendre être Jamal, mais peut-être que la seule chose qui intéressait les femmes chez lui était son titre de prince.

— Je suis déterminé à la connaître, Likotsi. Tel est mon droit légitime.

Il avait juste besoin qu'elle lui accorde une seconde chance ; il ne pouvait en rester là. Il repensa à l'irascibilité dont il avait fait preuve et sentit ses joues chauffer.

Likotsi émit un autre bruit de succion désapprobateur.

— Sérieusement, Altesse, je commence à me demander si je n'aurais pas dû vous prêter ce livre que tout le monde se passait dans le palais. Je sais que vous n'avez jamais eu à redoubler d'efforts pour susciter l'intérêt des femmes, alors si vous me le permettez, je vais tâcher d'être claire : aucune femme n'aime qu'un étranger se pointe sur son lieu de travail et traque ses moindres faits et gestes sous prétexte « d'apprendre à la connaître ». Votre argent vous permet bien des choses, mais il ne vous autorise pas à faire n'importe quoi.

— Assez, fit Thabiso, chassant d'un geste Likotsi et son bon sens.

Il avait un plan. Ou un début de plan. Ou les prémices d'un début de plan – ce qui, pour l'heure, allait devoir suffire.

— Tu n'allais pas faire les courses ? J'aimerais bien voir l'intérieur d'un supermarché américain.

Likotsi sortit sa tablette et ne quitta pas l'écran des yeux tandis qu'elle parlait.

— En fait, j'ai trouvé ce service de livraison qui serait parfait pour vous. C'est pratique et ludique. On vous livre des produits de qualité en quantité suffisante pour réaliser les recettes glissées dans le panier de sorte à éviter le gaspillage alimentaire. Cela semble à la portée de tout le monde, même d'un demeuré.

— Vraiment ?

Thabiso pensa à la dernière réunion à laquelle il avait participé avant de quitter le Thesolo, puis à Naledi tenant son cupcake à la main.

« J'ai horreur de gâcher de la nourriture. »

— Je me demande si le ministre de l'Agriculture serait intéressé par un tel programme. J'ai appris que les citoyens aux revenus les plus faibles recevant des aides du royaume se nourrissaient principalement de mealie-pap. Une telle initiative leur offrirait davantage de choix. La production et la livraison créeraient des emplois et nous pourrions embaucher les fermiers locaux pour fournir les matières premières. Oh, et peut-être que le ministère de la Culture souhaiterait participer et nous procurerait des recettes qui ont commencé à tomber dans l'oubli. Note-le dans mon agenda pour la prochaine session ministérielle.

Likotsi le regarda avec fierté.

— C'est une excellente idée, dit-elle tout en pianotant sur sa tablette. Je suis sûre que les ministres seront ravis de constater que vous vous impliquez davantage. Je l'ai joint aux notes concernant la réunion de la semaine prochaine.

La semaine prochaine. Le sommet des Nations unies ainsi que les diverses réunions avec PharmaMundial, Omega Corp et d'autres dignitaires ne dureraient pas plus de quelques jours ; il n'avait pas prévu de temps supplémentaire pour apprendre à connaître sa promise. Après l'incroyable démonstration d'ego dont il avait fait preuve alors qu'elle lui avait évité un fiasco enflammé, il ne lui restait plus qu'une semaine avec Naledi. Une semaine pour... quoi ?

Pour qu'elle tombe amoureuse de toi.

Non. Il n'avait jamais été question de ça. Il était curieux, voilà tout. Il avait passé la moitié de sa vie à regretter la perte d'une personne qu'il n'avait jamais vraiment connue. Il voulait la connaître.

Et ensuite ?

— Altesse ? (Likotsi l'arracha à sa rêverie.) Je suis ici en qualité d'assistante avant tout, mais mon insubordination naturelle m'amène à me considérer également comme votre amie. Je ne peux pas vous obliger à mettre un terme à cette folie, mais je peux vous demander d'être prudent, n'est-ce pas ?

Thabiso resta silencieux pendant un moment. Toute sa vie, on lui avait répété d'être prudent, mais il pressentait que Likotsi ne faisait pas allusion au fait qu'il ternisse l'image du royaume. Elle s'inquiétait tout simplement pour lui, Thabiso, l'homme et non le prince.

Il se racla la gorge.

— N'aie crainte, Kotsi. À présent, tu es libre. Tu peux disposer et profiter de ta soirée.

— Je vous remercie, Altesse. (Elle rangea la tablette et sortit son téléphone.) L'une des femmes que j'ai acceptées sur Tinder, qui se trouve à moins d'un kilomètre, m'a demandé de la retrouver pour boire un verre. Vous ne serez peut-être pas le seul à jouir d'une conquête américaine, fit-elle en remuant les épaules avec espièglerie.

— Naledi n'est pas une conquête, répondit-il sur un ton bourru.

— Chaque femme est une conquête, Altesse. C'est vous qui l'avez dit, mot pour mot, pendant le concours de Miss Afrique de l'Ouest il y a six mois, déclara Likotsi avec entrain avant d'attraper sa veste pied-de-poule et d'enfiler ses guêtres brun et blanc. Je vous ai dit d'être prudent ; feindre qu'il y a là davantage qu'un désir à satisfaire pourrait être dangereux – pour vous comme pour elle.

— Tu me dépeins comme une bête sans cœur.

— Je m'occupe de votre correspondance, Altesse. Par conséquent, c'est moi qui dois agir en bête cruelle dès lors qu'il s'agit d'éconduire ces dames.

Elle le gratifia d'un sourire qui était, en fait, une accusation.

— Mais...

— Je dormirai à l'hôtel, probablement en bonne compagnie, alors ne m'attendez pas, et ne vous attirez pas trop d'ennuis, conclut-elle avec un clin d'œil avant de couler un regard méfiant au canapé. Et faites attention de ne pas vous brûler la peau sur ce truc.

Sur ces paroles, elle s'en alla, prête à conquérir New York et les New-Yorkaises après avoir balancé à Thabiso la vérité sur son compte en à peine quelques phrases. Ce n'était pas sans raison que certains magazines le qualifiaient de play-boy Pan-Afrique. Il était riche, séduisant, et il avait une réputation de coureur de jupons.

Il marcha jusqu'au canapé et s'assit doucement pour éviter que le siège s'affaisse d'un coup. Quelque part dans le hall, il entendit le bruit de semelles de tennis martelant le sol comme des enfants montaient l'escalier en chahutant.

Il parcourut du regard le petit appartement parfaitement entretenu qui serait sa modeste demeure pour les prochains jours. Mme Garcia lui avait dit qu'elle habitait là depuis trente ans. Trente ans ! Elle avait élevé ses enfants entre ces murs, dans un espace à peine plus grand que l'un des dressings qu'il avait chez lui. Des cadres aux formes et aux couleurs variées recouvraient les murs ; Thabiso reconnut certains des visages, les plus âgés d'entre eux étant venus lui serrer la main avant de monter dans la limousine. Tous semblaient pénétrés d'un sentiment de gratitude que Thabiso n'était pas sûr d'avoir éprouvé un jour. Non, ce n'était pas vrai. Il l'avait éprouvé la veille, quand Naledi lui avait touché le bras et lui avait assuré qu'il finirait par prendre le coup de main. Un mensonge, certes, mais motivé par la bienveillance, afin de dissiper ses craintes.

Un bruit de clés dans le couloir le poussa à se lever, lentement, pour éviter tout bruit inconvenant que pourrait produire la housse du canapé. Il s'avança discrètement jusqu'à la porte et regarda par le judas.

Devant lui se trouvait Naledi. Du moins était-il convaincu que l'épaisse chevelure bouclée et le spectaculaire postérieur qui ressortait sous un lourd sac à dos appartenaient à celle-ci. Alors qu'elle essayait d'ouvrir la porte de son appartement, ses clés lui glissèrent des doigts. Par la façon dont elle se baissa pour les ramasser,

Thabiso comprit qu'elle n'était ni maladroite ni ivre, mais simplement exténuée.

Le désir de courir la rejoindre l'assaillit soudain, mais il remarqua qu'il était paralysé. Les réprimandes de Likotsi résonnèrent à ses oreilles.

Harceleur.

Où diable avait-il la tête ? S'installer en face de chez Naledi ? Reluquer son arrière-train ni vu ni connu ? À peine quelques jours plus tôt, il avait admonesté un garde du palais pour avoir reniflé le sillage d'une des femmes de chambre. Valait-il mieux que cet homme ?

Naledi releva soudain les yeux avec appréhension, et Thabiso s'écarta d'un bond du judas. La sueur se mit à perler sur son front et son estomac se contracta. L'avait-elle vu ? Que lui dirait-il si c'était le cas ? Il n'avait pas réfléchi à tous les tenants et aboutissants de son plan, il en prenait conscience à cet instant. Il venait de boucler un rapport exhaustif sur les prévisions de croissance du Thesolo pour les dix années à venir, mais il était incapable de trouver une seule chose à dire à Naledi pour s'assurer de passer les prochaines heures en sa compagnie.

Il entendit des bruits de pas suivis d'une voix masculine. Cette fois-ci, c'était le même accent que dans les films. L'attention de Naledi avait été attirée par l'homme qui s'avançait vers elle, et non par Thabiso, qui observait la jeune femme par le judas.

— C'est pour vous, la commande Spatule d'Or ?

— Non.

Il y avait un trait d'appréhension dans sa voix, comme si elle voulait que l'individu lui fiche la paix.

— C'est écrit ici : « Livraison prévue à 19 heures, appartement 7 M. »

Silence. Froissement de papier.

— Non, c'est un N. C'est l'appartement de Mme Garcia.

L'anxiété qui contractait le ventre de Thabiso se mua en peur pure et simple ; son cœur se mit à battre la chamade quand on frappa lourdement à la porte. Thabiso recula au son du deuxième coup.

— Écoutez, je n'ai pas le temps de lambiner. C'est l'heure du dîner et j'ai une tonne de commandes à livrer.

Il entendit Naledi soupirer.

— Je me charge de la lui apporter. Elle est toujours chez elle à cette heure-ci. Elle ne manquerait son feuilleton pour rien au monde. Donnez-moi ça.

Des bruits de pas résonnèrent dans le couloir, suivis d'un autre coup contre la porte. Celui-ci était discret, hésitant.

— Madame Garcia ? (Encore un coup, un peu plus insistant, cette fois.) Madame Garcia ? Vous êtes là ?

L'inquiétude dans sa voix était manifeste. Il pouvait continuer de se cacher comme un lâche et laisser Naledi penser que sa voisine avait succombé à une crise cardiaque, ou il pouvait ouvrir la porte et affronter la situation. C'était le but de ce stratagème ridicule, non ?

Il inspira profondément, puis il expira.

— Une seconde ! cria-t-il, espérant la prévenir que ce n'était pas Mme Garcia.

Mais quand il ouvrit la porte, il lut la peur sur le visage de Naledi.

Elle recula jusqu'à ce que son sac à dos heurte la porte de son appartement.

Thabiso se rappela que la situation était censée le surprendre, lui aussi. Il fit donc mine de tomber des nues.

— Naledi ? Que fais-tu ici ?

— Moi ? Et toi, alors ? Et où est Mme Garcia ?

Thabiso ne manqua pas remarquer la façon dont elle referma le poing, laissant une clé pointue saillir d'entre ses doigts.

Harceleur.

— Elle est rentrée à Porto Rico rendre visite à sa famille, expliqua-t-il. Je loue son appartement en son absence. À propos d'hier...

Naledi continua de serrer ses clés dans sa main.

— Elle n'a mentionné aucun voyage. Et elle déteste avoir des étrangers chez elle.

— Elle l'a décidé à la dernière minute, et apparemment, l'argent que je lui ai versé lui a permis de payer l'hôtel, répondit-il en plongeant les mains dans ses poches.

C'était plus ou moins vrai, mais il avait quand même l'impression d'être un pauvre type.

Elle t'a trahi, toi, les prêtresses et ton peuple. Un ou deux mensonges ne sont rien comparés à ce qu'elle a fait.

— Navré si je t'ai effrayée. Ce n'était guère mon intention, ajouta-t-il.

Ça, c'était l'entière vérité.

— Effrayée ? Hier soir, tu es monté sur tes ergots comme un type incapable de maîtriser sa colère alors que tu étais en tort, tu as mis le feu, j'ai dû nettoyer tout ton merdier, tu as aigri mon humeur pour la soirée et tu m'as traitée de clébard. Je ne suis pas effrayée, je suis fumasse. Désormais, mes empaffés de collègues me poursuivent jusque chez moi !

Thabiso avait passé la journée à se blâmer d'avoir causé un début d'incendie et à condamner son comportement sans toutefois réfléchir sérieusement à un moyen de remédier à l'une ou l'autre de ces situations.

— Hier soir, j'ai fait preuve d'un comportement inacceptable, reconnut-il. Je n'ai pas l'habitude de l'échec, j'étais en colère contre moi-même et je me suis défoulé sur toi.

— Ce qui est fait est fait. (Elle secoua la tête, puis darda sur lui un regard perçant.) Cela dit, je ne suis pas sûre que Mme Garcia aurait accepté que tu restes chez elle si elle avait eu connaissance de ta pyromanie latente.

— Hier soir, c'était la première fois que je flirtais avec la pyromanie, se défendit-il d'un ton calme.

— Eh bien, je suis plus que ravie d'avoir été témoin de cette facette de ta personnalité ! Voilà qui fait de moi le saint-bernard le plus chanceux du monde.

De toute évidence, il avait fait mouche avec cette insulte. Il maudit sa grande bouche et se demanda comment les autres se débrouillaient en de tels cas. Ses relations avec le sexe opposé n'arrivaient quasiment jamais au point où l'on se disputait avant de se rabibocher. Il se lassait de ces femmes, leur disait adieu et laissait Likotsi gérer le reste. Il ne savait pas comment présenter ses excuses à Naledi. Il supposa, toutefois, qu'il n'avait qu'à s'y prendre de la même manière que pour calmer un chef d'État vexé qu'on lui ait manqué de respect.

Thabiso croisa le regard de Naledi et le soutint. De ce moment allait dépendre tout le reste de la semaine.

Et peut-être plus encore.

— Je t'ai traitée de saint-bernard comme si c'était négatif, mais en réalité, ces chiens sont connus pour leur intelligence, leur loyauté et leur capacité à conserver leur sang-froid dans les situations les plus délicates. Je m'estimerais chanceux si quelqu'un me trouvait aussi utile.

Naledi le dévisagea longuement. Ses grands yeux étaient pleins d'indignation, mais Thabiso y discerna une autre émotion – un mélange de surprise et de joie. Il imagina qu'elle devait avoir la même expression quand l'homme qu'elle aimait la serrait soudain contre son torse.

L'attente. L'espérance. Voilà ce que c'était, et elle n'était pas la seule à le ressentir. Un chemin se dessinait entre eux, enjambant toute la largeur du couloir ainsi que ces longues années de séparation. Cette femme exerçait sur lui une attraction incroyable ; c'était comme une force qui raidissait ses membres et ralentissait sa respiration. Elle entrouvrit la bouche, ce qui eut pour effet d'exacerber cette impression d'attirance mutuelle.

Elle détourna le regard et quand elle le reposa sur Thabiso, elle semblait distante. Comme si le pont qui les reliait s'était écroulé – ou qu'elle l'avait démoli par une explosion parfaitement maîtrisée. Son expression était dénuée de froideur ; elle était aussi chaleureuse que d'habitude quand ses lèvres s'étirèrent en un sourire. Toutefois, cette distance lui donna l'impression de se trouver à mille lieues de ce couloir.

— Tu me présentais tes excuses, là ? s'enquit-elle. Parce que si c'est le cas, je suppose que tu n'as jamais parlé à une humaine de ta vie.

Thabiso laissa échapper un petit rire de soulagement. Elle ne l'avait pas envoyé balader ; il lui restait peut-être une chance de se rattraper. Il s'avança prudemment, se penchant pour récupérer le carton qu'elle portait afin d'éviter de la mettre mal à l'aise devant chez elle.

— Ce n'étaient pas des excuses. (Il lui prit le colis des mains.) Mais ça, ça pourrait en être. Ou du moins, un début d'excuses.

— Qu'est-ce que c'est ? lui demanda-t-elle avec suspicion.

— Le dîner, répondit-il avant de balayer du regard le reçu scotché au carton. Plus précisément, des cuisses de poulet à la sauge citronnée accompagnées de quinoa au concombre.

Elle resta immobile un long moment.

— J'essaie de calculer la probabilité de cette rencontre, mais j'ignore même par où commencer, dit-elle enfin en secouant la tête. C'est une coïncidence fort étrange, ne trouves-tu pas ?

— Je ne crois pas aux coïncidences.

Qu'une telle vérité soit emballée dans un mensonge lui faisait horreur. Cependant, il adorait la façon dont les lèvres de Naledi s'entrouvrirent quand il prononça ces paroles.

— J'ai dépassé les bornes hier soir, poursuivit-il sans perdre de temps. Tu aurais dû me laisser cramer, mais au contraire, tu m'as assisté. J'aimerais te remercier, rien de plus. (Elle détourna les yeux.) Si tu arrives à me supporter pendant le temps nécessaire à la préparation et à la dégustation de ce plat, bien entendu, ajouta-t-il.

L'estomac de Naledi gargouilla et le bruit résonna dans le couloir à l'acoustique particulière.

Elle soupira, mais elle desserra la prise qu'elle exerçait sur ses clés et sortit son téléphone.

— Je préviens mon amie que je dîne avec un trou de balle dénommé Jamal, pyromane de son état, et qui pourrait également être un tueur en série. Alors, si tu essaies de me dépecer à la place du poulet, la police sera là avant même que tu aies déguerpi pour l'aéroport de LaGuardia.

La concrétisation de ses espoirs était tout à fait palpable ; Thabiso le sentit dans les battements frénétiques de son cœur et l'éclair de joie qui lui étira les lèvres. Qu'elle l'appelle par le prénom d'un autre n'était pas l'idéal, mais le fait qu'elle lui parle était en soi miraculeux.

Il se retint de sortir une plaisanterie sur son immunité diplomatique et se tourna vers le minuscule appartement qui semblait soudain renfermer tout un monde de possibilités.

— Je ne suis pas un tueur en série, lui assura-t-il. Et je n'ai pas non plus les talents d'un chef cuisinier.

Quand il se retourna vers elle, elle leva brusquement les yeux de son postérieur. Ha ! Prise en flagrant délit ! Ils se fixèrent du regard pendant quelques secondes et cette vague de chaleur qui avait semblé les consumer tandis qu'ils parlaient de crucifères lors de leur première rencontre les enveloppa à nouveau.

— Ne t'attends pas à ce que je t'aide, car je ne sais pas cuisiner, lâcha-t-elle soudain. Et d'ailleurs, n'attends rien d'autre non plus. Je suis près de mes sous et j'en ai marre de manger des nouilles chinoises. C'est uniquement pour cette raison que j'accepte cette invitation.

Thabiso n'avait vraiment pas l'habitude qu'une femme lui parle ainsi. La plupart du temps, il devait prier celles-ci d'arrêter de l'aider, et celles qui partageaient un repas avec lui attendaient généralement autre chose en retour. Naledi, elle, lui exprimait sa volonté sans détour, et Thabiso aimait ça. Même s'il ne s'agissait que de nourriture, c'était un bon début.

— Je m'occupe de cuisiner, dit-il, reprenant confiance tandis qu'ils entraient dans l'appartement.

Cette recette devrait être assez facile à réaliser, et cette fois-ci il n'y aurait ni bougie ni mèche dans les parages – ce qui ne l'empêcha pas de balayer la pièce du regard et de le poser avec soulagement sur le petit extincteur qui se trouvait dans un coin de la cuisine. Avoir de l'assurance, c'était bien, mais, comme il commençait à l'apprendre, il pouvait également être utile de connaître ses propres limites.

8

Ledi jeta un coup d'œil à son téléphone juste au moment où Portia répondait à son message.

`Waouh, tu dînes avec un inconnu ? *consulte l'horoscope pour vérifier quelle planète déconne en ce moment*`

Ledi leva les yeux au ciel. Ce n'était pas si bizarre que ça, si ?

`C'est super zarb, mais je suis intriguée. Appelle-moi demain pour me raconter (mais préviens-moi quand tu es rentrée).`

Bon, d'accord, c'était super zarb. Mais curieusement, elle avait l'impression de connaître Jamal ; un sentiment familier l'avait pénétrée dès qu'il était entré dans les cuisines de l'Institut. Elle avait l'habitude de travailler avec des nazes, mais elle avait été furieuse et mal à l'aise toute la journée à cause de ce qui s'était passé la veille, car la façon dont ils s'étaient quittés lui avait laissé un goût amer. Elle n'éprouvait pas du tout la même chose vis-à-vis de Dan.

Pire, quand Jamal avait ouvert la porte de Mme Garcia, une part de Naledi avait été heureuse de le revoir. Sans doute son noyau, aussi mou que stupide ; voilà pourquoi elle avait besoin d'une membrane de protection, notamment en société.

Elle referma la porte derrière elle et se prépara mentalement à dîner avec Jamal.

Tu partagerais sans doute davantage que du quinoa s'il te le demandait gentiment.

Son regard se posa sur le dos athlétique de Jamal quand celui-ci se pencha pour poser le colis sur la table de Mme Garcia. Elle vit ces muscles sous ses paumes alors qu'il la recouvrait de son corps et serra les poings devant cette image mentale des plus explicites. Une vague de chaleur l'envahit alors qu'elle observait ses mouvements gracieux et elle comprit que, même si elle avait seulement accepté de dîner avec lui, elle avait également faim de Jamal.

Non. C'est un connard. Concentre-toi sur la bouffe gratuite.

— Dis-moi, par quel hasard t'es-tu retrouvé à louer cet appartement ? Ce n'est pas l'offre qui manque à New York, s'enquit-elle tout en examinant les murs sur lesquels s'alignaient les photos de famille de Mme Garcia.

Elle détourna les yeux, agacée par le sentiment d'envie qui la tenailla à la vue de ces images.

— Un ami nous a présentés et cet arrangement s'est avéré aussi profitable à Mme Garcia qu'à moi, répondit Jamal en parcourant la fiche imprimée jointe à la commande.

Chaque fois qu'il sortait un ingrédient du carton, il le cochait sur la liste et l'apportait dans la petite cuisine. Ce n'était pas la méthode de transport la plus efficace, mais cela laissait à Naledi le loisir d'admirer Jamal dans ses déplacements ; il n'y avait donc pas de quoi se plaindre. Il se mouvait avec une grâce incroyable ; la plupart des types de son quartier roulaient des mécaniques, mais Jamal marchait comme s'il s'attendait à ce qu'on lui déroule le tapis rouge, et comme s'il avait raison de le penser.

Il avait l'allure d'un mec friqué – Naledi était bien placée pour le savoir, elle qui fréquentait Portia et qui servait une clientèle aisée depuis des années, que ce soit à l'Institut ou ailleurs –, mais il lui avait semblé peu sûr de lui quand elle l'avait trouvé dans le couloir. Peiné. Elle lui avait dit qu'il s'était comporté comme un parfait goujat, et il n'avait même pas essayé de la lui faire à l'envers en lui expliquant que c'était à cause d'elle qu'il avait mal agi. Et à présent, il essayait de se racheter.

Elle se demanda si elle avait affaire à une nouvelle espèce de célibâtard, une version évoluée qui maîtrisait l'art et la manière d'attirer les femmes dans son piège avant de dévoiler sa véritable nature. Si c'était le cas, eh bien, ça fonctionnait.

Elle restait méfiante, mais elle avait déjà commencé à baisser sa garde. Il ferait un virus terriblement efficace s'il n'était pas un milliard de fois trop grand.

Tandis qu'elle le regardait essayer d'allumer les plaques de cuisson alors qu'il n'avait visiblement pas la moindre idée de ce qu'il faisait, Naledi se ressaisit.

— Sérieusement ? (Elle s'avança vers la cuisinière et le poussa d'un coup de hanche.) C'est la première fois que tu te sers d'une cuisinière à gaz ?

— J'ai vu des gens s'en servir, répondit-il avec entêtement.

— Je reformule : as-tu déjà utilisé une cuisinière ? N'importe laquelle ?

— Celles que j'ai à la maison sont électriques. Franchement, ça ne doit pas être bien sorcier, dit-il en approchant à nouveau l'allumette du mauvais brûleur.

Ledi leva les yeux au ciel. Évidemment, quand un mec canon se proposait de lui préparer à dîner, c'était elle qui se retrouvait aux fourneaux !

— Je vais le faire.

— Tu as dit que tu ne savais pas cuisiner.

La voix grave de Jamal retentit comme elle attrapait la boîte d'allumettes, en grattait une et l'approchait du – bon – brûleur.

— Je voulais dire : « Je ne cuisinerai pas pour toi. » On rend une fois service et on est bon pour le refaire ensuite chaque fois que la personne aura besoin d'aide !

Elle tourna le bouton de la cuisinière et retira sa main au moment où des flammes orange et bleu encerclaient le brûleur dans un sifflement caractéristique. Elle avait appris à cuisiner très tôt ; non pas parce qu'elle était Cosette, mais parce que ce talent la rendait utile à sa famille d'accueil. On ne se débarrassait pas de quelqu'un qu'on trouvait utile – en théorie, bien sûr.

— Ce n'est pas faux, concéda-t-il d'un ton sérieux, s'arrêtant pour prendre une pose contemplative, et Naledi le poussa du bout des doigts car il bloquait le passage.

Il ne résista pas et se contenta de reculer.

— Mes parents n'arrêtent pas de me répéter que je dois donner l'exemple, mais chaque fois qu'une de mes initiatives porte ses fruits, les gens m'en demandent plus – toujours plus.

— Telle est la tragédie des personnes possédant quelque talent mineur, répondit-elle. Moi, par exemple, il semblerait que je sois douée pour m'occuper des demandes de financement. Du coup, mon supérieur a décrété que ça faisait désormais partie de mes fonctions.

— Tu l'as déjà mentionné hier. Il t'oblige à faire son travail à sa place ?

— Ce n'est pas si grave. Ça fonctionne comme ça, c'est tout. C'est juste qu'il a tendance à me prendre pour son assistante personnelle et non pour une collègue chercheuse.

— Pourquoi ne l'envoies-tu pas promener ? s'enquit-il d'un ton sérieux, comme s'il lui faisait part d'une possibilité qu'elle n'avait jamais envisagée.

— Parce que les hommes compliquent la vie des femmes qui leur disent « non », surtout des femmes qui me ressemblent. C'est déjà assez difficile de travailler dans le domaine scientifique quand on n'a pas le « bon » sexe, mais si en plus on me colle l'étiquette « n'a pas l'esprit d'équipe », ça nuira sérieusement à ma carrière.

Il ne répondit rien et Ledi soupira. Voilà pourquoi elle était célibataire. Elle avait besoin d'un beau barbu qu'une banale conversation sur ses mésaventures quotidiennes ne décontenancerait pas. Clarence lui avait dit d'arrêter de se plaindre et de bosser plus quand elle lui avait parlé de Brian. Son propre succès l'amenait à considérer tout échec comme la preuve flagrante d'un manque de travail.

— Ah… j'avais lu une étude à ce sujet : une femme qui prend la parole une ou deux fois dans un environnement professionnel ou académique est vue comme monopolisant la conversation. Dis « non » à un collègue une ou deux fois et c'est tout ce qu'il se rappellera à ton sujet.

Ledi faillit lâcher la cuisse de poulet qu'elle assaisonnait. Quand elle reporta son attention sur Jamal, celui-ci était appuyé contre le rebord de la fenêtre. Il se caressait la barbe et, l'espace d'un instant, il lui évoqua *Le Penseur* de Rodin, enrobé d'une couche de chocolat noir fondu et, à en juger par les plis au niveau de son entrejambe, un peu mieux membré.

— Tout à fait, répondit-elle avec prudence.

C'était nouveau pour elle et elle n'avait pas envie de le brusquer. Toutefois, elle voulait savoir ce qu'il pensait vraiment. Elle n'avait aucune raison de lui laisser le bénéfice du doute.

— Et je ne parle même pas des pervers manipulateurs. (Il la regarda d'un air interrogateur.) C'est quand tu fais remarquer à ton interlocuteur que ses propos sont blessants ou quand tu essaies d'établir des limites, et que l'autre réagit comme si tu exagérais ou imaginais des choses. C'est, par exemple, quand je dis à Brian : « Ce n'est pas juste que tu me refourgues tout ton travail » et qu'il me fait passer pour une enquiquineuse.

— Par chez moi, on appelle ça un connard, grommela Jamal. Ce Brian est un connard. (Ledi rit ; curieusement, elle arrivait à en rire à présent que Jamal semblait furieux pour son compte à elle.) Et hier, je n'ai fait que te compliquer la tâche, moi aussi, ajouta-t-il. Je me suis comporté comme un connard. Ça ne me plaît pas.

— Pour moi non plus, ça n'a pas été une partie de plaisir. (Elle avait insisté pour qu'il lui dévoile son visage de goujat irrespectueux, mais au lieu de ça, Jamal l'avait surprise.) Évite simplement de rejeter sur les autres la responsabilité de tes erreurs et arrête d'embellir ton CV et tout ira bien.

Le rire grave de Jamal lui fit l'effet d'une caresse même s'il se trouvait à l'autre bout de la pièce, et même si elle éprouvait encore un peu de colère contre lui en se rappelant l'attitude exécrable dont il avait fait preuve à l'Institut.

— Un conseil fort pertinent, répondit-il. Souhaites-tu que je me charge de ce collègue ? Pour qu'il cesse de t'importuner ?

Ledi tourna brusquement la tête vers lui. Avait-elle bien entendu ? Venait-il vraiment de placer cette phrase, l'air de rien, au détour de leur conversation ?

— Je croyais que tu n'étais pas un tueur ?

— J'ai dit que je n'étais pas un tueur en série. Je ne frapperai qu'une seule fois. (Il esquissa un sourire amusé et elle se détendit.) Je suis sérieux, cela dit. Tu as peur de lui dire non parce que tu crains pour ta carrière. J'ai des associés qui pourraient lui faire comprendre qu'il a également beaucoup à perdre.

Était-il normal qu'elle soit légèrement grisée parce qu'un étranger proférait des menaces à l'encontre de son collègue ? De toute évidence, quelque chose ne tournait pas rond chez elle.

— Euh... je te remercie, mais je vais décliner, bien que j'apprécie la proposition.

— Mmm. En tout cas, je suis ravi que tu oses me dire non. La prochaine fois qu'il voudra te mener à la baguette, tu pourras invoquer la Naledi qui m'a renvoyé sans ménagement.

— C'est une possibilité.

Elle lui prit la fiche de recette des mains et la lut en diagonale. « Rincer les cuisses de poulet. Faire saisir. Faire fondre le beurre. » C'était comme suivre un protocole expérimental, mais avec un résultat bien plus savoureux et, surtout, comestible.

Elle jeta un coup d'œil à Jamal et s'aperçut qu'il l'observait.

— Où as-tu appris à cuisiner ? lui demanda-t-il soudain. Avec tes parents ?

Elle n'aurait su dire s'il se montrait volontairement indiscret ou s'il essayait simplement de faire la conversation.

— Je n'ai pas de parents, répondit-elle du tac au tac.

— J'ai invité un être divin à dîner ? Fabuleux. Il nous faut du vin pour accompagner ce plat ; si tu veux utiliser ta magie pour transformer l'eau du robinet...

Il ébaucha un sourire, mais celui-ci était quelque peu crispé, comme si Naledi avait dit quelque chose qui aurait pu l'inquiéter. Elle se souvint trop tard qu'il ne serait pas dans les parages très longtemps ; elle aurait pu tout simplement mentir et répondre « oui », ce qui aurait clos la discussion. À présent, elle devait entrer dans les détails.

— Enfin, j'en avais. Puis j'en avais plus. J'étais trop jeune pour cuisiner quand ils étaient là. Je ne me rappelle même pas quel était mon plat préféré quand j'étais petite.

Je n'ai d'ailleurs pas grand souvenir de mon enfance.

— Tes parents t'ont abandonnée quand tu étais enfant ?

L'accent de Jamal conférait une certaine gravité à ses paroles, comme s'il était question d'une tragédie shakespearienne et non de sa vie quotidienne.

Elle remplit une casserole d'eau pour faire cuire le quinoa. Elle y ajouta du sel pour ne pas oublier de le faire au moment de l'ébullition.

— Ils sont morts.

Elle avait sous-estimé son état de fatigue. Autrement, elle ne lui aurait jamais raconté son histoire de pauvre petite orpheline. Elle détestait l'évoquer et elle ne se souvenait même pas de la dernière fois qu'elle en avait parlé.

— Oh... (Il eut l'air confus.) Je suis navré, dit-il d'une voix rauque soudain empreinte de tension, comme si leur mort lui importait.

La plupart des gens changeaient brutalement de sujet, lui permettant de les suivre. Cela ne la gênait pas. Ses émotions étaient parfaitement neutres dès lors qu'il s'agissait de ses parents ; elle y avait veillé. Toutefois, la sincérité des condoléances de Jamal l'avait quelque peu remuée, modifiant l'équilibre qu'elle avait toujours mis un point d'honneur à maintenir.

— Dans un accident de voiture. Je m'en souviens à peine.

Elle haussa les épaules devant son regard ému tout en remuant les aliments dans la casserole.

— C'est fâcheux. (Quand elle reporta son attention sur lui, espérant que son expression ennuyée remédie à l'indiscrétion de Jamal, ce dernier avait les yeux rivés au sol et semblait perdu dans ses pensées.) Et je suppose que tu n'avais aucun autre parent pour te recueillir.

Un pigeon se posa sur la rambarde de l'escalier de secours derrière la fenêtre. Il pencha la tête et les observa tandis qu'il imaginait un stratagème pour chaparder leur nourriture.

— Non. On m'a placée dans un foyer. J'étais une gamine à adopter par anticipation. Quelques familles d'accueil ont versé une caution pour m'avoir, mais quand il s'est agi de régler le solde, il n'y avait plus personne. À deux ou trois exceptions près, tous mes parents de substitution ont été gentils avec moi, mais aucun n'a eu, pour ainsi dire, le coup de foudre.

Elle se retint de partager avec lui sa théorie concernant le Velcro défectueux.

— Tu as besoin d'aide ? lui demanda-t-il soudain. J'ai remarqué hier que tu avais du mal à déléguer. Ou plutôt que tu déléguais les tâches faciles et te chargeais des plus difficiles.

— Eh bien, peut-être as-tu également remarqué que c'était parfois plus simple pour moi de faire certaines choses parce que je les fais mieux.

Il laissa échapper un rire bref et sec.

— Certes, mais tout faire soi-même, ce n'est pas viable, si ? S'il te plaît. Délègue.

Elle cessa de mélanger le quinoa.

— Tu peux couper ce concombre en petits cubes. Et ne te tranche pas les doigts.

Il la rejoignit et, après quelques secondes de tâtonnement avec le couteau, il se mit à détailler le concombre comme elle le lui avait demandé.

— Ça veut dire quoi « par anticipation » ?

Elle s'arrêta en pleine action alors qu'elle s'apprêtait à piquer une cuisse de poulet avec une fourchette pour la retourner.

— Qui es-tu, sérieusement ? Un fils à papa privé d'argent de poche ?

Elle avait posé la question par pure curiosité, mais sa voix était empreinte d'un mépris aussi tangible que le beurre grésillant dans la poêle. Il était probablement le genre de type qui payait toujours comptant et qui pensait que Sallie Mae était une chanteuse de country [1].

Il s'interrompit dans sa tâche.

— Quelque chose dans ce goût-là.

Il n'en dirait pas plus. Soit. Elle ne tenait pas spécialement à s'éterniser sur le sujet. Elle retourna les cuisses de poulet et sortit une petite poêle en fonte pour préparer la sauce.

---

1. SLM Corporation, plus connue sous le nom de Sallie Mae, est une entreprise américaine de collecte de prêts étudiants fondée en 1972. *(N.d.T.)*

— Ensuite, cisèle la sauge, dit-elle simplement. Et presse le jus des citrons.

Le bras de Jamal frôla le sien tandis qu'ils travaillaient en silence. Le parfum frais et vert de la sauge se mêlait au fumet du poulet caramélisé. Une voiture passa dans la rue avec le tube du moment, omniprésent sur les ondes, poussé à plein volume, mais cela ne déstabilisa nullement Jamal et Naledi, qui continuèrent de préparer le repas en silence.

Dehors, le pigeon roucoula et s'approcha de la vitre. Ledi repensa à une étude qu'elle avait lue sur les oiseaux et leur capacité innée à mémoriser les visages humains. Ces animaux étaient beaucoup plus observateurs qu'on ne pouvait le croire. Elle se demanda de quoi Jamal et elle avaient l'air aux yeux du volatile. De deux personnes qui avaient choisi de cuisiner ensemble tous les soirs et de partager d'autres aspects de leurs vies ?

C'est juste un repas gratuit. Et ton pigeon, il pense à que dalle si ce n'est à un moyen de becqueter quelques grains de quinoa.

— Mes parents attendent beaucoup de moi. (Apparemment, Jamal faisait partie de ces personnes qui trouvaient méditatif le fait de hacher des légumes.) Ils placent en moi tous leurs espoirs pour l'avenir, du coup, ils veulent décider de tout à ma place, qu'il s'agisse de la manière d'accomplir mon travail ou de la femme que je dois épouser. Cela dit, mes parents sont encore en vie, alors je ne devrais pas me plaindre.

Ledi mit les feuilles de sauge dans le beurre citronné, puis ôta la poêle du feu.

— On peut arrêter de parler de nos parents ou de leur absence, proposa-t-elle en versant la sauce sur le poulet.

Elle ne le regarda pas quand il passa derrière elle et se concentra sur le quinoa. Elle en prit un peu avec sa fourchette, la porta à ses lèvres, souffla dessus et testa la fermeté des grains entre ses dents.

Quand elle se retourna vers Jamal, celui-ci se tenait à côté de la table, les mains enfoncées dans ses poches. Sur chacun des sets de table en plastique de Mme Garcia tachés d'eau de Javel se trouvaient une assiette et des couverts, le tout dressé avec soin. Ces derniers n'étaient pas aussi élégants, mais Jamal avait visiblement retenu deux ou trois choses qu'elle lui avait apprises à l'Institut. Il s'était même donné du mal pour plier des serviettes en papier comme elle le lui avait montré. Ledi aurait dû n'en avoir cure, mais l'expression de Jamal la toucha en plein cœur. Elle s'était trouvée dans cette position de nombreuses fois, plantée à côté d'une table qu'elle avait dressée et attendant que cet humble geste rende ses parents d'accueil heureux et leur prouve son utilité…

Ledi poussa un grommellement d'approbation et se tourna à nouveau vers la cuisinière. Il avait escompté une réaction différente, elle l'avait deviné en voyant ses épaules s'affaisser. Comment pouvait-il savoir que ce son rocailleux était le produit de l'étrange sensation qui se répandait dans sa poitrine, et ce à cause de lui ? Cette fibrillation, cette effervescence, cette impression de douceur duveteuse ?

Des sentiments. Positifs, qu'elle ne pouvait attribuer uniquement à la joie de dîner à l'œil.

Elle s'écarta de la gazinière lorsqu'il regagna la cuisine. L'espace pour cuisiner était bien plus grand que son modeste lit escamotable, mais soudain bien trop petit pour Jamal et elle.

Elle reporta son attention sur lui et vit que ses yeux étaient braqués sur son visage, et plus précisément sur ses yeux. Puis leurs regards se croisèrent et la sensation de picotement se répandit dans une partie de son anatomie sans rapport aucun avec les systèmes respiratoires et circulatoires. Il lui faudrait consulter ses manuels d'anatomie, car la pulsation entre ses cuisses était aussi forte qu'un battement de cœur et aussi naturelle que le fait de respirer.

Ce n'était pas la première fois qu'un homme la regardait avec convoitise, mais personne ne l'avait jamais regardée comme Jamal. En y réfléchissant mieux, Naledi se rappela ce que lui évoquait cette expression : le regard du prince Philippe quand la Belle au bois dormant ouvrait enfin les yeux, l'air béat du prince Éric en se réveillant sur la plage dans les bras d'Ariel. C'était le regard qu'elle ne pensait voir que dans les dessins animés de Walt Disney, car il lui paraissait plus qu'improbable qu'on la regarde un jour ainsi.

Et pourtant, les yeux de Jamal pétillaient d'espièglerie et de désir tandis que ses lèvres étaient retroussées en un sourire plein d'espoir. Elle songea à lui rendre son sourire, mais elle ne savait que trop bien comment tout ça finirait.

Velcro défectueux. Activer bicouche lipidique.

— Il faut que j'y aille ! dit-elle brusquement.

Elle se lava les mains, attrapa son sac et le prit sur son dos, le tout en mode automatique.

— Ledi.

Elle continua de se diriger vers la porte sans lui prêter la moindre attention.

— Je suis vraiment fatiguée, et je dois me lever tôt pour effectuer des tests au labo...

— Ledi. (Cette fois-ci, sa voix était empreinte d'autorité, son ton impérieux, et elle se tourna vers lui sans même s'en rendre compte.) Approche.

Dans le placard ouvert derrière lui s'entassaient des dizaines de Tupperware, et celui qu'il tenait dans sa main contenait une portion du repas qu'ils avaient préparé ensemble.

— Merci d'avoir cuisiné pour moi, dit-il en lui tendant le rectangle en plastique encore chaud.

— Oh non, c'est inutile, répondit-elle en reculant d'un pas.

Il plissa les yeux.

— Je ne te laisserai pas repartir sans une portion du repas que tu as cuisiné, déclara-t-il en lui mettant le récipient dans les mains.

Il ouvrit grand la porte de sorte qu'elle puisse passer sans le frôler.

— Je me suis bien amusé. Merci de m'avoir tenu compagnie.

Il ne la regardait plus avec ses yeux Disney, mais son sourire l'enveloppa de chaleur, comme le premier rayon de soleil qui la caressait après des heures passées dans le laboratoire.

Qu'est-ce que tu fabriques, sérieusement ?!

Elle sortit de chez lui en courant, le remerciant par-dessus son épaule tandis qu'elle glissait sa clé dans la serrure et regagnait son appartement. Il ne s'attarda pas sur le seuil comme un tordu ; il avait fermé sa porte avant qu'elle n'ait ouvert la sienne. Elle doutait également qu'il l'observe par le judas, même si ce fut précisément ce qu'elle fit une fois chez elle.

Naledi fit abstraction du délicieux fumet qui s'élevait du Tupperware et écrivit à Portia :

`Rentrée. (Presque) saine et sauve.`

Elle nourrit les Grams, se doucha, puis se massa le cuir chevelu avec une huile parfumée qu'elle avait réalisée après avoir visionné plusieurs tutoriels sur YouTube, malgré les protestations de son estomac affamé. Elle s'attacha les cheveux en chignon et noua autour le foulard en soie « J'<3 LES SCIENCES » que Portia lui avait offert et qu'elle mettait pour dormir.

Quand elle s'attela enfin à manger, le poulet était à peine tiède. Elle prit une bouchée et tandis qu'elle la savourait, elle se demanda si Jamal en faisait de même de l'autre côté du couloir.

Elle regretta de s'être privée du plaisir de le regarder mordre dans la viande moelleuse, de voir la sauce onctueuse faire briller ses lèvres déjà parfaites.

Elle maudit en silence Mme Garcia ainsi que l'incroyable hasard qui avait amené Jamal à proximité du noyau de son petit univers. Cela importait peu, au bout du compte ; entre son travail à l'Institut et ses révisions, elle serait tellement occupée qu'elle ne le reverrait sans doute jamais. Et c'était exactement ce qu'elle voulait.

9

Encore vaseuse, Ledi avait déjà enfilé son pantalon noir et avait presque terminé de boutonner sa chemise de smoking quand son téléphone sonna. Elle s'énerva de prime abord – les gens qui téléphonaient au lieu d'envoyer un SMS étaient une plaie pour l'humanité – puis l'inquiétude la gagna. Portia n'avait toujours pas répondu à son message de la veille. Peut-être qu'elle avait encore trop bu. Peut-être...

Quand elle attrapa son téléphone, le prénom « Yves » s'afficha sur l'écran.

— Allô ?

La voix furieuse d'Yves siffla dans l'appareil.

— Ne viens pas aujourd'hui. On est fermés pour quelques jours au moins, grommela-t-il.

— Que s'est-il passé ?

— Plusieurs personnes ont été malades après le déjeuner hier et ils affirment que cela vient de cette cuisine. MA CUISINE !

— Oh non...

Ledi porta la main à son ventre tandis qu'elle passait en revue toutes les bactéries pathogènes auxquelles elle s'était peut-être exposée pendant qu'elle travaillait. Elle n'avait pas le temps pour une intoxication alimentaire. Cela dit, si elle avait mangé un aliment contaminé, elle souffrirait déjà de symptômes caractéristiques.

— Je leur avais pourtant dit de ne pas commander cette saloperie de salade en sachet et de continuer à acheter les produits du marché, mais c'était trop cher, paraît-il. Et maintenant, on paie le prix de leur radinerie ! (Ledi éloigna le portable de son oreille.) Tu devrais voir les e-mails qui circulent sur l'Intranet de l'Institut ! Diarrhée par-ci, projection de vomi par-là... ils se comportent tous comme si je m'étais torché avec la laitue avant de les servir. *Jävla fan !* Le seul moyen de rendre cette cuisine encore plus propre, ce serait de l'assainir au chalumeau !

Pour Ledi, cela relevait du domaine du possible. Le chef était capable de mettre le feu à tout l'Institut si on continuait de laisser les gens ternir la réputation de sa cuisine.

— Je suis navrée, Yves. Je sais que la propreté est ta priorité. (Cela lui valut un « hum » d'approbation.) Alors, je ne viens pas du tout ?

— Oui, c'est ça. Je suis désolé, mais tes services d'aujourd'hui et de demain sont annulés. Je te passerai un coup de fil quand ça se sera un peu calmé, mais je sais que tu pars bientôt pour ton stage. On avisera, d'accord ?

La panique l'assaillit à nouveau tandis qu'il lui disait au revoir et raccrochait, car cette fois, elle pensait à son compte en banque. Elle se répéta que tout allait bien ; elle mettait toujours de l'argent de côté pour éviter de s'affoler en cas d'urgence – ou du moins, pour ne pas *trop* s'affoler.

Ce chômage forcé était certes frustrant, mais cela n'en demeurait pas moins agréable. D'ailleurs, il ne lui était rien arrivé d'aussi chouette depuis longtemps.

À l'exception du beau gosse d'en face, bien entendu.

Elle repensa à Jamal et au repas qu'ils avaient cuisiné la veille. Devoir se charger de la préparation l'avait agacée au début, mais elle avait aimé travailler côte à côte avec lui. Elle était habituée aux rendez-vous galants impersonnels. Au cinéma, au café, et peut-être quelques heures – maximum – dans le lit du type en question. Elle n'invitait jamais les hommes chez elle, alors pour ce qui était de cuisiner avec eux... De plus, elle n'avait jamais révélé autant de détails personnels sur son passé.

Elle avait parlé de ses parents à Jamal. Comparé au flot d'informations intimes que chacun déversait sur Facebook et autres, ce n'était pas grand-chose, mais c'était déjà plus que ce qu'elle avait pu raconter à un étranger qui ne travaillait pas pour les services sociaux. Le plus curieux, c'est qu'elle n'avait même pas eu l'impression de discuter avec un étranger ; c'était d'ailleurs ce qui l'embarrassait.

Son téléphone vibra dans sa paume et elle le lâcha brusquement, le regardant tomber avec horreur puis soulagement sur le lit plutôt que se fracasser par terre. C'était Portia.

Salut ! Je suis en train de rentrer après une nuit de beuverie. Sans complexes. Ton rencard avec le voisin s'est bien passé ?

Ledi sourit.

Ça allait. J'ai fini par rentrer chez moi avec ma part, donc c'était pas trop un rencard.

Attends, quoi ?! C'était un taré ?

Il était cool.

Si cool que tu t'es taillée avant même de t'asseoir pour dîner avec lui ?

Ouais.

Vous avez bavardé ?

Oui.

Et… ça t'a plu de discuter avec lui ?

Ouais.

Son amie lui envoya une succession de hiéroglyphes dont elle ne comprit guère le sens. Ledi envoya :

Tu peux être plus claire ?

Ledi commença à déboutonner sa chemise, prenant son téléphone dans une main puis dans l'autre tandis qu'elle se déshabillait. Elle se demanda ce que faisait Jamal de l'autre côté du couloir, avant de se rappeler que cela lui était égal.

Tu restes jusqu'à la fin des rencards chiants et foireux au possible, mais tu te barres avant de dîner avec un mec cool. Waouh.

Ledi leva les yeux au ciel et tapa sa réponse.

J'avais bossé toute la journée avant d'enchaîner le soir à l'Institut. J'étais claquée.

Mais oui, bien sûr…

À part ça, je ne vais pas au boulot aujourd'hui.

Sérieusement ? Quel boulot ?

Les deux. Oh punaise, je peux retourner au lit !

Elle jeta un coup d'œil à ses livres et à ses notes.

Oui ! Et ne pense même pas à réviser ! Va te reposer.

Ledi fut quelque peu étourdie par le fait d'avoir plusieurs heures devant elle pour ne rien faire d'autre que recharger ses batteries.

Un nouveau message de Portia arriva.

Ça te dirait qu'on déjeune dans ce nouveau resto brésilien que tu avais repéré ? Je t'invite ! En plus, le musée de New York propose une exposition sur les épidémies historiques ; je l'ai appris d'un ancien collègue. Rencard entre copines ?

Ledi savait que Portia essayait en partie de se faire pardonner pour l'avoir réveillée en pleine nuit, mais elle tenait également à montrer à Naledi combien celle-ci comptait à ses yeux. Car en dépit de ses nombreux défauts, Portia était une amie dévouée qui s'efforçait de l'arracher à son train-train quotidien. Ledi avait envie de la voir – d'avoir avec elle une conversation cohérente dont elles se souviendraient toutes les deux – mais elle se sentait toujours mal à l'aise quand Portia se proposait de payer. Ce restaurant brésilien avait une étoile Michelin ; y déjeuner coûterait une blinde. Ledi songea que c'était peut-être le but de la manœuvre. Elle n'était pas la seule à confondre utilité et indispensabilité.

`Et si on se commandait plutôt une pizza ? Au moins, c'est dans mon budget.`

`Tu acceptes qu'un inconnu t'invite à manger, mais pas ta meilleure amie ? T'inquiète. Je viens te chercher.`

Ledi soupira et tâcha de tempérer son agacement. Sa sieste l'appelait.

Ledi s'était changée avant l'arrivée de Portia pour enfiler une tenue plus décontractée : un jean droit, des tennis fuchsia et un sweat-shirt noir à col bateau qui laissait entrevoir ses épaules. Elle en avait de jolies et elle éprouvait soudain l'envie de les montrer.

— Waouh ! (Portia jaugea Ledi de la tête aux pieds d'un air ravi avant de hocher la tête avec approbation.) Tu es tellement jolie ! Tu portes du mascara ? Et du rouge à lèvres ?

— C'est du fard à lèvres, s'il te plaît. Je l'ai trouvé sur le site internet de Regina. Sur MeufsÀLunettes, il y a une section spéciale « Maquillage adapté à toutes les carnations et à tous les portefeuilles ». Le site cartonne ! Tu dois être si fière…

— Ouais, Regina réussit toujours quand elle se concentre sur sa tâche, répondit Portia, son regard se perdant dans le lointain comme chaque fois que Ledi mentionnait sa sœur jumelle.

Avoir une jumelle pouvait être stressant, Ledi le savait, mais quand votre sœur administrait l'un des sites de geeks les plus populaires, il arrivait forcément que quelqu'un le mentionne de temps à autre.

— Tu veux qu'on se fasse l'expo ou tu préfères qu'on aille prendre un verre ? lui demanda brusquement Portia.

— L'expo. Il est midi, répondit Ledi. Ton foie m'a envoyé un SMS, il aimerait bien un ou deux jours de répit.

Portia resta silencieuse pendant quelques secondes, n'appréciant guère, visiblement, la plaisanterie de Ledi qui n'en était pas vraiment une, et la journée divertissante que cette dernière avait imaginée commença à lui filer entre les doigts. Naledi n'avait aucune envie de se disputer ; elle voulait profiter à fond de ce bref moment de liberté.

Portia sembla chasser mentalement ce qui lui fichait le cafard et arbora un grand sourire.

— Tu as raison. En plus, j'avais très envie de voir cette expo. Quand on aura fini, je pourrai te présenter au conservateur du musée si tu veux et tu pourras lui parler de trucs scientifiques. Oh ! Si ça se trouve, ils voudront t'inviter comme intervenante extérieure !

La tension de Ledi se dissipa tandis que Portia planifiait son avenir, l'imaginant devenir une scientifique de renom. Elle essayait toujours de pousser Ledi à se surpasser, même quand elle semblait n'avoir aucune idée de ce qu'elle-même attendait de la vie.

Ledi attrapa son sac à main préféré, qui se trouvait être en forme d'amibe, et se garda de dire à Portia sur quel site elle l'avait acheté tandis qu'elles quittaient l'appartement et que Ledi fermait la porte à clé derrière elles.

Ledi avait toujours eu une perception aiguë de son environnement, du moins aussi loin qu'elle se le rappelait.

C'était un talent nécessaire quand on passait d'une maison d'accueil à l'autre et qu'on devait s'habituer à une nouvelle famille et à de nouveaux tuteurs, aussi gentils fussent-ils. C'était peut-être pour cette raison qu'elle avait déjà les yeux rivés sur la porte de l'appartement 7 N quand celle-ci s'ouvrit à la volée.

Jamal resta immobile un instant, plus canon que jamais dans son tee-shirt à col en V aux motifs noirs et or – un genre de dashiki [1] – et son jean bleu marine qui lui allait comme un gant.

— Bien le bonjour, chère voisine ! lança-t-il avec un grand sourire comme s'il était tout à fait normal de se saluer ainsi.

— Bonjour, répondit Portia sans dissimuler son amusement. Vous vous prenez pour Charles Ingalls ?

— C'est marrant, cette série est également rediffusée en boucle là d'où je viens, répliqua-t-il sans perdre sa bonne humeur.

— Et d'où venez-vous, au juste ? s'enquit Portia, mais Jamal avait déjà reporté son attention sur Ledi.

Elle se rappela le regard dont il l'avait couvée la veille, même si elle n'en trouvait guère plus de traces à cet instant. Tout ce qu'elle y lisait, c'était une bienveillance discrète. Il se pencha légèrement vers l'avant.

Est-ce qu'il... me fait la révérence ?

— Comment as-tu trouvé ton dîner ? lui demanda-t-il. Le mien était succulent. Une seule chose aurait pu le rendre encore meilleur.

Ah, le regard, le retour ! Ledi sentit son cou et ses joues chauffer.

---

1. Chemise ou tunique ample de couleur vive, originaire d'Afrique de l'Ouest. *(N.d.T.)*

— Du paprika ? fit-elle. Ça manquait un peu de paprika à mon goût.

Il secoua la tête et parcourut rapidement des yeux la courbe de son épaule avant de revenir sur son visage.

— Pas du paprika.

Cinq syllabes qui la firent frémir de désir.

— Mon dîner était bon, reprit Ledi, regrettant soudain de ne pas être restée avec lui la nuit dernière, ce qui était le signe qu'elle avait pris la bonne décision. Sans doute moins savoureux que le paquet de nouilles lyophilisées que j'aurais avalé si tu n'avais pas été là.

Il rit. Ses paupières se fermèrent et Ledi éprouva un certain soulagement. Elle savait imposer ses limites – et tout le monde devrait en faire autant – mais quand Jamal la regardait, elle constatait à quel point elle s'était refermée sur elle-même, et à quel point c'était épuisant de toujours se sentir isolée. Son regard lui donnait envie de s'ouvrir.

Elle inspira profondément pour se recentrer. Un parfum de fleurs et d'herbe fraîche chatouilla ses récepteurs olfactifs, l'enveloppant tout entière. Il pénétra son cerveau et farfouilla sa mémoire, éveillant des souvenirs brumeux. Un éclair jaune sur une peau brune… Était-ce un sourire ? Mais surtout, une effusion de sentiments.

Tu remets ça, avec les sentiments ?

La joie. Le sentiment d'appartenance. La certitude d'être chérie.

Jamal ferma sa porte pour s'avancer dans le couloir et Naledi s'aperçut que l'odeur venait de lui.

Hein ?

Elle recula légèrement, non pas parce que l'odeur l'écœurait, mais parce qu'elle ignorait pourquoi celle-ci lui faisait venir les larmes aux yeux ou lui donnait envie d'être étreinte.

— Ooooh ! C'est vous qui avez cuisiné pour Ledi ? Vous êtes le tueur en série en puissance ?

Portia les observa tour à tour d'un air scrutateur, arrachant Ledi à ses souvenirs et aux émotions qui affleuraient. Portia était entièrement concentrée sur Jamal, et c'était un problème.

Oh seigneur, non.

La nuit dernière, Portia avait proposé de l'aider à zigouiller son ex. Certes, elle en avait rajouté exprès, mais Ledi savait à quel point son amie pouvait se montrer protectrice quand il s'agissait des hommes – des hommes que Ledi fréquentait. Elle ne faisait guère preuve du même discernement lorsqu'il était question de sa propre personne.

Ledi tira doucement Portia par le bras.

— L'Institut est fermé à cause d'un problème urgent, alors j'ai prévu de m'amuser un peu avant de passer la soirée à réviser.

— Fermé ? Est-ce que... c'est à cause de l'incendie ? s'enquit-il, marchant à côté d'elles tandis qu'elles se dirigeaient vers l'escalier.

Il semblait si contrit que Ledi ne put s'empêcher d'avoir – un peu – pitié de lui.

— Non. Le restaurant a survécu à ta tentative d'y mettre le feu, mais il a été rattrapé par le plus gros salopard de la nature : la bactérie. (Il eut l'air perdu.) Intoxication alimentaire, précisa Ledi.

Jamal, qui jusque-là semblait simplement perplexe ne put dissimuler son inquiétude et Naledi se rappela qu'il avait, lui aussi, dîné à l'Institut récemment. Pour lui faire payer son comportement déplorable de la veille, elle le laisserait constater par lui-même qu'il n'était pas malade.

— Attendez, quel incendie ? De quoi vous parlez ? s'enquit Portia en se tournant vers Ledi.

C'est alors que cette dernière remarqua qu'elle marchait à côté de Jamal et non de son amie. Elle sautilla vers l'avant pour se placer à côté de Portia.

— Rien, répondit Ledi en même temps que Jamal annonçait :

— J'ai mis le feu à la fontaine à chocolat. (Ledi tourna la tête pour le dévisager.) Je n'oublierai jamais comment tu t'es démenée pour limiter les dégâts. (Lorsqu'il sourit, la blancheur de ses dents rompit l'uniformité de sa barbe noire comme du jais.) Tu étais comme ça...

Il commença à faire de grands gestes, se mouvant au ralenti pour mimer la scène phare de tous les blockbusters de l'été. Il pointa un extincteur imaginaire en direction de Ledi.

— La foooontaiiiiiine !!!! hurla-t-il d'une voix volontairement plus grave et plus lente tandis qu'il faisait mine d'asperger les jeunes femmes avec l'appareil qui menaçait d'échapper à son contrôle. Pas sous ma surveillance !

Lorsqu'il s'arrêta et croisa le regard de Ledi, les bras levés comme s'il tenait toujours l'extincteur, ils éclatèrent tous deux de rire. Ledi n'aurait su dire ce qui se passait, mais elle avait mal au ventre à force de rire et elle dut se tenir à la rampe tout en portant sa main libre sur sa poitrine.

— Ça ne s'est pas passé comme ça ! parvint-elle à articuler entre deux inspirations saccadées.

— J'ai causé l'accident qui a failli me brûler, Naledi. Je peux t'assurer qu'il est gravé dans ma mémoire, ainsi que sur mon avant-bras gauche, répliqua-t-il.

Ils se remirent à rire et Ledi se rendit compte qu'elle éprouvait les mêmes sensations que lorsqu'elle était sortie dans le couloir et avait humé les effluves de son eau de Cologne : elle se sentait heureuse – comme si elle se trouvait à sa place.

— Je ne comprends pas, dit Portia.

Elle fronça les sourcils et Ledi remarqua que les épaules de son amie s'étaient légèrement voûtées. Contrairement à Ledi, qui aimait rester en retrait, Portia se sentait mal à l'aise quand on la mettait à l'écart.

— Il fallait être là pour comprendre, expliqua Ledi comme ils gagnaient le rez-de-chaussée.

Elle prit la main de son amie dans la sienne et se dirigea vers la sortie.

Dans le hall se trouvait une personne arborant une tenue si chic qu'en comparaison Jamal avait l'air d'un mendiant. Elle portait un pantalon beige aux plis impeccables et une veste de costume brun foncé cintrée à la taille.

La femme en tailleur écrivait un SMS, un sourire rêveur sur le visage.

— Qui est-ce ? murmura Portia. Sa tenue est mortelle !

— Je ne crois pas qu'elle habite l'immeuble, répondit Ledi tout bas. Mais sautons-lui dessus pour lui piquer ses chaussures. Je devrais pouvoir les enfiler si je me coupe deux ou trois orteils.

Quand elles poussèrent la porte, l'élégante inconnue releva les yeux de son téléphone et leur tint la porte comme si elle était leur portière attitrée. Son regard se braqua sur Ledi et, l'espace d'un instant, cette dernière eut la certitude de connaître cette femme ; celle-ci la regardait comme si elles se connaissaient de longue date. La jeune femme ne dit rien, mais elle hocha la tête d'un air solennel qui donna presque l'impression à Ledi d'être une reine.

Je devrais vraiment porter ce rouge à lèvres plus souvent.

Puis elle porta son regard derrière Ledi et Portia, et son expression se fit plus réservée.

— Bonjour, Ma... mon vieux, dit-elle à Jamal.

Elle avait un accent similaire au sien, mais ce « petit quelque chose en plus » était plus prononcé chez elle. Cela lui rappelait l'anglais lyrique des femmes qui tressaient parfois les cheveux de Ledi.

— J'ai le regret de vous informer que les nouvelles sont alarmantes concernant... euh... vous savez quoi.

Le sourire qui lui avait étiré les lèvres alors qu'elle était plongée dans son téléphone avait disparu.

— Mmm, voilà qui est précis. (Jamal se tourna vers Ledi et Portia et les salua d'une révérence dont il avait le secret.) Mesdames, j'espère que vous passerez un bon moment au musée, dit-il avant de leur tourner le dos pour parler à la jeune femme tirée à quatre épingles.

Son langage corporel avait changé, son attitude dénotait soudain le sérieux et la gravité. Il paraissait plus grand, plus strict, plus directif.

Cet aspect de lui plaisait également à Ledi.

— Bye ! répondit Portia d'un ton un poil trop enjoué.

Ledi jeta un coup d'œil en arrière tandis qu'elle sortait de l'immeuble. Elle n'était pas jalouse ; elle ne le connaissait pas assez pour ça. Pour autant, elle était intriguée. Cette femme connaissait Jamal alors que Ledi ne savait rien de lui, si ce n'est qu'il sentait bon et qu'il ne voulait pas décevoir sa famille. Elle devinait cependant que Jamal lui cachait volontairement certaines choses. Elle ne cherchait pas spécialement d'excuses pour le revoir, mais elle devait s'assurer qu'il ne faisait rien de répréhensible dans l'appartement de Mme Garcia – selon les critères de la vieille dame, tout du moins.

Dans l'éventualité qu'elle le recroise, elle s'efforcerait simplement d'être une bonne voisine, un point c'est tout.

10

— Il semblerait que vous ayez franchi le golfe enflammé qui vous séparait de votre bien-aimée ?

La voix de Likotsi résonna dans le hall de l'immeuble new-yorkais. Elle sortit sa fidèle tablette d'une sacoche en cuir parfaitement vieillie, entra son mot de passe et commença à parcourir l'écran des yeux, les levant toutes les cinq secondes pour observer Thabiso et lui faire comprendre qu'elle attendait sa réponse.

— Notre relation est tout à fait amicale, déclara-t-il en repensant à leur dîner de la veille.

Thabiso avait rarement cuisiné pour lui-même ; et quand cela lui avait pris sur un coup de tête, il avait bénéficié de l'assistance des cuisines du palais. Avec Naledi, cela avait été amusant, intime. Si seulement il avait pu l'impressionner par ses talents ! Hélas, il lui avait une fois de plus révélé son incompétence. Pourtant, elle ne l'avait pas accablé d'invectives.

Après le départ de Naledi, il s'était assis seul à table et avait attendu qu'elle revienne frapper à sa porte – en vain. Il aurait tant voulu ne pas avoir à lui révéler sa véritable identité – c'était la partie hasardeuse de son plan – et qu'ils puissent passer à l'étape où ses lèvres embrasseraient celles de Ledi et ses mains suivraient les contours de son corps.

Il avait essayé de contenir les errances indécentes de son esprit mais tout, même la nourriture, lui inspirait des pensées lubriques. Même si la cuisine gastronomique constituait la base de son alimentation quand il se trouvait à l'étranger, il ne se rappelait pas avoir goûté récemment de plat aussi délicieux que ces banales cuisses de poulet. Tout en savourant le jus citronné à la sauge, il s'était demandé si l'essence même de Naledi ne s'était pas mêlée à la sauce, la rendant si addictive qu'il ne pouvait s'empêcher de se lécher les doigts. De telles pensées l'avaient contraint à dormir toute la nuit sur le ventre, car il n'avait pas voulu se masturber dans la chambre à coucher remplie de frous-frous roses de Mme Garcia. Déjà qu'il avait l'impression d'être un gros pervers...

Au lieu de quoi, il avait recherché les termes « pervers manipulateurs », puis « adoption par anticipation » et « famille d'accueil », et une profonde tristesse l'avait envahi tandis qu'il imaginait Ledi seule dans son appartement, sans le moindre souvenir de ses parents pour lui tenir compagnie. Il s'était rarement trouvé seul. Si ses parents occupés mais attentifs n'avaient pas été avec lui, alors une gouvernante, un conseiller, un tuteur, un professeur et enfin Likotsi les avaient remplacés. Ce manque d'intimité l'avait toujours ennuyé, mais à présent, sans idéaliser son passé, il comprenait à quel point cela avait été un privilège – dont il n'avait jamais voulu, mais dont il avait néanmoins bénéficié.

Il avait repensé à la fillette souriante sur la photo de leurs fiançailles, puis il l'imagina dans un pays gigantesque comme les États-Unis, dans une ville aussi tentaculaire et effrayante que New York, toute seule, ballottée de foyer en foyer, chez des gens qui ignoraient tout de son pays natal.

Au Thesolo, quand un enfant devenait orphelin, il était placé chez des parents ou dans une famille qui n'arrivait pas à concevoir, ou encore dans l'un des orphelinats communaux qui s'efforçaient de recréer une ambiance chaleureuse et familiale, et qui d'ordinaire y parvenaient. Il avait regardé par la fenêtre les grands immeubles de briques et les trottoirs sales. Être orphelin à New York, ça ne devait pas être facile.

— Altesse ? Quelque chose ne va pas ? s'enquit Likotsi, l'arrachant à sa rêverie.

— La nuit dernière, j'en ai appris un peu plus sur la vie de Naledi après son arrivée aux États-Unis.

— Vous savez où se trouvent les traîtres Libiko et Kembe ? Mes recherches n'ont malheureusement rien donné et le site de généalogie ne contenait aucune information à ce sujet.

Likotsi plissa les yeux, comme tout Thesoloien qui se respecte lorsqu'il est question des parents de Ledi. Cela n'avait jamais dérangé Thabiso auparavant, mais il ne savait rien de Naledi à l'époque, notamment pas qu'elle était orpheline.

— Ils sont avec les ancêtres, déclara Thabiso. Ils sont morts quand elle était encore petite, peut-être peu de temps après leur arrivée dans ce pays. Elle a été prise en charge par l'État, élevée par des étrangers.

Likotsi en resta bouche bée, ses yeux écarquillés par la surprise brillaient désormais d'émotion. Le respect des ancêtres était instillé dans l'âme de chaque Thesoloien, fût-il mendiant ou roi. Se rappeler ceux qui étaient là avant et faire perdurer la sagesse familiale, c'était sacré. Ne pas connaître ses parents, ne rien savoir de ses racines, c'était...

Thabiso comprenait que Likotsi soit contrariée ; c'était effroyable de penser que l'on puisse être ainsi privé de son droit le plus légitime.

— Altesse, sait-elle qui elle est ? demanda-t-elle tout bas. D'où elle vient ?

Thabiso regarda Likotsi, mû par une sincère empathie pour Naledi. Il éprouvait dans sa chair la perte que celle-ci avait éprouvée. En quelque sorte, c'était aussi la sienne.

— Je ne crois pas.

Le hall devint soudain suffocant. Comme si elle le percevait aussi, Likotsi ouvrit la porte pour laisser entrer un peu d'air frais – frais selon les critères new-yorkais.

— Si ses parents sont morts peu après leur arrivée... (Likotsi semblait tourmentée.) Ça change tout. Ça veut dire qu'ils ne sont pas rentrés au pays parce qu'ils n'en ont jamais eu l'occasion. Ça veut dire qu'ils n'ont pas donné de nouvelles parce qu'ils en étaient incapables. Ça veut dire...

Likotsi grimaça, son visage si expressif dénotant la confusion.

Thabiso acquiesça.

— Elle affirme n'avoir aucun souvenir de sa famille. J'imagine que ses parents ont choisi le nom de famille « Smith » pour éviter d'être retrouvés, mais il est possible que l'État s'en soit chargé si Naledi n'avait aucun papier d'identité sur elle quand les services sociaux l'ont récupérée. Ce patronyme est très répandu ici.

— Je me renseignerai, Altesse. (Likotsi avait un regard déterminé, ce qui était généralement de bon augure.) Mais... peut-être serait-il judicieux que vous lui disiez qui vous êtes, maintenant.

— Es-tu bien installée à l'hôtel ? lui demanda Thabiso pour changer de sujet. Il me semble que tu portes la même tenue deux jours d'affilée. Voilà qui est bien inhabituel de ta part...

Il tira sur son col, maculé d'une trace écarlate. Du rouge à lèvres ?

— Il existe un idiome propre à cette région. Je l'ai appris cette nuit. « Dequoije ».

— « Dequoije » ?

— De quoi j'me mêle, pour la version complète, dit Likotsi avec un sourire, son regard se perdant dans le lointain comme si sa plaisanterie renfermait une énigme que Thabiso ne pouvait déchiffrer.

— Je comprends... je crois. Je ne te poserai plus de questions, mais je suis heureux de te voir sourire comme une écolière.

Au Thesolo, Likotsi multipliait les conquêtes. Toutefois, elle aussi avait perdu le goût de sortir, dernièrement. Bien des mères espérant avoir le bras droit du prince – et un jour du roi – pour belle-fille avaient été cruellement déçues.

— Bah, fit-elle en le frôlant pour sortir de l'immeuble, certains sujets importent bien plus que ma vie amoureuse.

Il allait lui faire remarquer qu'il était peut-être prématuré de parler d'amour, mais il se ravisa en voyant l'air grave de son assistante.

— Que se passe-t-il ? demanda-t-il en lui emboîtant le pas.

Un groupe d'adolescents passa devant l'immeuble en chahutant. Leur attitude rappela à Thabiso les élèves qui fréquentaient le lycée qui portait son nom. Apparemment, les jeunes étaient les mêmes aux quatre coins du monde.

Elle soupira et secoua la tête.

— Lek Hemane nous a informés de la situation. L'épouse d'un des anciens est tombée malade.

Il sentit son estomac se tordre.

— De qui s'agit-il ?

— Annie, murmura Likotsi.

Annie Jarami était une légende de la politique du royaume, et son époux, Makalele, était tout aussi respecté. Ils étaient les gardiens du savoir, les détenteurs de la mémoire, ceux qui traversaient des décennies de changements et qui contaient leurs histoires lors des festivités traditionnelles. Thabiso les avait toujours connus âgés, mais Annie était robuste, comme les arbres tordus qui poussaient sur les cimes balayées par les vents et qui ployaient sous la force des rafales sans jamais se rompre.

Annie était également la grand-mère de Naledi.

— Ingoka ne commet jamais d'erreur, Altesse. Qu'Annie tombe gravement malade maintenant ne peut être qu'un signe. Vous devez parler à Naledi et lui révéler qui vous êtes, et qui elle est, le plus vite possible. Au cas où le pire doive se produire.

Thabiso acquiesça. Garder le secret lui pesait un peu plus chaque heure qui passait, mais il y avait d'autres éléments à prendre en considération.

— La maladie d'Annie aura-t-elle un impact sur la représentation tribale lors du comité d'administration du territoire ?

— Oui. Makalele refuse de quitter le chevet d'Annie ; ils se feront donc représenter par le ministre des Finances, Alehk. Il n'est pas... du même bois que ses parents, comme vous le savez déjà.

C'était une façon diplomate de dire que l'homme était cupide, buté, et qu'il ne s'intéressait qu'à son enrichissement personnel au détriment du bien-être de sa propre tribu. C'est lui qui faisait pression sur Thabiso pour qu'il accepte l'offre d'Omega Corp, ce qui était une raison suffisante pour ce dernier de se méfier de l'entreprise en question. Alehk avait pourtant réussi à convaincre la majorité des autres ministres, forçant la main de Thabiso. Il s'était toujours demandé pourquoi la déesse avait puni Annie et Makalele en leur donnant non pas un, mais deux enfants indignes, même si, désormais, tout ce qu'il pensait savoir de Libiko était peut-être faux.

— C'est contrariant, mais avec un peu de chance, Annie sera rétablie avant le rassemblement. De quoi souffre-t-elle ?

— Justement, Altesse. Personne n'est capable de le dire...

— Le Thesolo possède les meilleurs médecins des cinq continents, à moins qu'il existe une équipe de pingouins surdoués en Antarctique que nous n'avons pas encore découverts, répliqua Thabiso, laissant éclater son sentiment d'impuissance. Que veux-tu dire par là ?

Likotsi hocha la tête.

— Vous dites vrai, Altesse. Les médecins travaillent d'arrache-pied pour trouver la racine du problème et garantir son prompt rétablissement.

L'anxiété s'enroula tel un cobra aux chevilles de Thabiso, qui s'inquiéta que la morsure venimeuse ne lui soit infligée plus tôt que prévu.

— C'est une coïncidence malheureuse, mais c'est une femme d'un certain âge, alors ce n'est pas complètement inattendu. (Elle était âgée, certes, mais loin d'être frêle. Le haussement de sourcils de Likotsi le convainquit qu'elle partageait son avis.) Tiens-moi informé de son état et demande aux médecins de nous envoyer leurs conclusions préliminaires.

Ses pensées allèrent vers Naledi. Il avait lu en quoi consistait l'épidémiologie et il savait que le sujet l'intéresserait. Avec ses connaissances en la matière, elle saurait les aiguiller. Toutefois, s'il décidait de lui en parler, il lui faudrait révéler des détails spécifiques, quant à la géographie par exemple, et Naledi n'avait pas très bien réagi aux e-mails de Likotsi. S'il mentionnait le Thesolo au mauvais moment et de la mauvaise manière, il devrait aussi lui balancer des informations sur son passé, ce qui ne manquerait pas de la traumatiser et de détruire dans le même temps les liens qui avaient commencé à se nouer entre eux.

À présent, il avait encore moins envie de lui dire la vérité. Il aimait la façon dont Naledi regardait Jamal ; il aimait pouvoir s'exprimer et plaisanter librement. Tout cela changerait quand elle saurait qui il est en réalité.

— Qu'y a-t-il d'autre dans mon agenda ? demanda-t-il.

Le mieux était encore de se concentrer sur la véritable raison de sa présence à New York : améliorer la qualité de vie de ses concitoyens.

— Après votre déjeuner avec les représentants de PharmaMundial, il y a une assemblée générale aux Nations unies où votre présence est requise, suivie d'un cocktail au consulat sud-africain...

Thabiso grimaça.

— Cette diplomate y travaille-t-elle encore ? La femme qui me harcelait au téléphone après notre liaison ?

— Vous parlez de la femme à qui vous avez fait croire qu'elle avait toutes les chances de devenir princesse ? Non, elle a demandé sa mutation. Je crois qu'elle est postée en Islande maintenant.

Les remontrances à peine voilées de Likotsi ne plurent guère à Thabiso.

— Je ne lui ai rien fait croire du tout. Je lui ai dit que notre arrangement était temporaire, le temps que j'étais à New York pour discuter des détails de notre traité sur l'environnement.

— Et puis vous avez actionné votre charme, dit Likotsi en observant fixement les voitures qui passaient devant l'immeuble. Exactement comme avec Naledi.

— Mon charme ? N'est-ce pas toi, Likotsi, qui me sermonne sur ma supposée grossièreté à la moindre occasion ?

Likotsi émit un son d'impatience.

— Vous êtes impoli et exigeant, mais ça n'empêche pas de savoir se montrer charmant. J'ignore ce qui s'est passé hier soir pour que votre fiancée vous sourie comme ça aujourd'hui, mais je puis vous assurer que ce n'est pas le résultat d'un quelconque aveu.

La moutarde monta au nez de Thabiso.

— Tu as beau être mon assistante, il ne t'incombe pas de me morigéner sur mes interactions avec les femmes. Ce qui s'est passé hier soir était... (*Merveilleux ? Effrayant ?*) Oh, hé ! De quoi j'me mêle, à la fin ?

Likotsi eut un rire ironique, mais quand elle le regarda, son sourire était sincère.

— Votre honneur et votre santé mentale relèvent de ma responsabilité. Si vous blessez cette femme comme vous avez blessé les autres, vous ne pourrez pas tourner la page et rester le même Thabiso. Cette poursuite de votre fugitive bien-aimée s'est transformée en tout autre chose. (Likotsi secoua la tête.) Elle ne sait même pas qui elle est, Altesse. Est-il juste pour elle que vous continuiez sur cette voie ? Rappelez-vous, mieux vaut prévenir que guérir.

L'argument de Likotsi était de bon sens ; s'il mettait un terme à leur relation tout de suite, Naledi s'en sortirait indemne. Elle poursuivrait son existence sans être accablée par la découverte de ses origines. Cela ne l'empêcha évidemment pas de rejeter illico l'idée. Likotsi pensait peut-être qu'il cultivait une étrange forme de nostalgie, mais Thabiso était heureux quand Naledi se trouvait à son côté. Il n'avait jamais cru que ce bonheur fût à sa portée. Toquade ou non, il n'était pas prêt à renoncer à la possibilité de... de quoi ? Il ne pouvait l'énoncer avec certitude.

Il n'avait rien de plus à ajouter. Le sujet était clos.

— Dois-je attendre qu'une limousine vienne me chercher pour me conduire à la réunion ?

— Étant donné la supercherie à laquelle vous avez décidé de vous livrer, j'ai estimé que ça n'aurait guère été judicieux. Vous mènerez la vie du modeste Jamal, cela vaudrait mieux au cas où Naledi vous apercevrait. (Elle jeta un coup d'œil à son téléphone juste au moment où une vieille berline cabossée s'arrêtait devant l'immeuble.) Vous êtes de SuperLifts ? demanda-t-elle au conducteur.

L'homme qui se trouvait au volant portait une casquette des Yankees et un sweat-shirt à la place de l'uniforme des chauffeurs auquel était habitué Thabiso. Il hocha la tête.

— Ouais. Ça fera dans les trente dollars maintenant, à cause des tarifs dynamiques, je pense.

— Vingt.

Likotsi marchandait comme au souk avec l'individu chargé de le conduire, sain et sauf de préférence, à sa réunion. Incroyable.

— Vous avez réservé sur l'application. Vous savez que ce n'est pas moi qui fixe le prix, répondit le chauffeur.

Likotsi soupira.

— Je me suis dit que ça ne coûtait rien d'essayer. Il faut croire que je suis un peu vieux jeu. (Elle se tourna vers Thabiso tout en tirant la portière arrière vers elle.) Entrez.

— Tu me demandes de monter dans la voiture d'un étranger ? s'écria Thabiso, horrifié.

— C'est un taxi, Altesse.

— Les taxis sont jaunes, contrairement à ce véhicule dépourvu de pare-chocs ; par ailleurs, le siège est lacéré et il y a de drôles de taches sur les vitres.

— Vous montez ou pas ? demanda le chauffeur.

Il consultait son téléphone, cherchant sans doute sa prochaine course.

Likotsi ouvrit un peu plus la portière.

— Passez une agréable journée, Jamal ! Je vous informerai par SMS de tout changement dans votre emploi du temps et je vous retrouverai au consulat à 17 heures.

Thabiso grimaça et se glissa sur la banquette arrière. Likotsi le salua joyeusement du trottoir tandis que la voiture redémarrait.

— Elle a de la chance d'être la meilleure assistante du Thesolo, marmonna-t-il tout en humant l'odeur de pin artificiel et de cuir.

Et comme elle était la meilleure en son domaine, Thabiso savait qu'il ferait mieux de suivre ses conseils concernant Naledi. Oui, mais quand il avait vu cette dernière marcher bras dessus bras dessous avec son amie, il n'avait plus eu qu'une idée en tête : la revoir au plus vite. Il se trouvait rarement en désaccord avec Likotsi quand celle-ci lui présentait des faits, mais il espérait, rien que pour cette fois, qu'elle se trompait.

11

Ledi ne se rappelait plus la dernière fois qu'elle avait passé une journée aussi relaxante. Bien repues après un festin de pain au fromage et de viandes grillées au restaurant brésilien, Portia et elle avaient regardé les gens déambuler dans Central Park avant de se rendre au musée pour voir l'exposition. Portia lui avait relaté ses dernières aventures sentimentales et lui avait fait part de sa nouvelle marotte : elle prenait des cours d'ingénierie sociale. Portia s'en tenait généralement aux domaines artistiques, mais elle passait d'un centre d'intérêt à l'autre aussi souvent que d'autres changeaient de chaussures. Dès qu'un nouveau sujet la captivait, elle pouvait se permettre de s'y plonger sans réfléchir à rien d'autre. Parfois, c'était agaçant, mais c'était également l'une des qualités que Ledi appréciait le plus chez son amie. Portia avait toujours quelque chose d'original ou de fascinant à raconter, et elle écoutait toujours Ledi avec enthousiasme quand celle-ci souhaitait aborder l'une ou l'autre question avec elle.

Ledi avait oublié à quel point c'était agréable de rester assise au soleil à bavarder avec son amie sans compter avec inquiétude le nombre de verres vidés par celle-ci. Cela lui avait manqué.

Une fois leur repas digéré, elles avaient marché jusqu'au musée – l'un des nombreux établissements de la ville où Portia avait travaillé comme stagiaire. Ledi avait eu l'occasion de discuter de l'histoire des épidémies à Manhattan avec le commissaire de l'exposition et Portia avait, l'air de rien, proposé une éventuelle collaboration entre Ledi et le commissaire, lesquels avaient échangé leurs coordonnées afin d'en rediscuter de façon plus formelle.

Ensuite, Ledi avait retrouvé Trishna pour réviser. Après plusieurs heures à potasser et à mémoriser les informations dont elles avaient besoin pour réussir leurs examens haut la main, Ledi était repartie plus assurée. Elle était confiante pour ses partiels de la semaine suivante, mais le Dr Kreillig était toujours aux abonnés absents et cette journée parfaite n'y changeait rien.

Tous les autres avaient reçu des instructions concernant les frais de voyage, le point de rendez-vous et les affaires à apporter pour le stage de terrain. Ledi, non. Après avoir écouté Trishna lui raconter joyeusement ses projets d'été dans le Maine au sein d'un des bureaux de la santé publique en milieu rural, Ledi avait fini par accepter qu'elle devait passer à l'action. Avec l'aide de Trishna, elle avait donc rédigé un e-mail au doyen Bell, le supérieur hiérarchique de son maître de recherches, ce qui avait fini de saper son énergie.

Elle savait qu'il fallait le faire mais à l'instant où elle cliqua sur « Envoyer », un souvenir glaçant avait fait irruption dans son esprit. Elle s'était revue gamine dans le bureau de la protection de l'enfance, terrorisée et perdue, discuter avec le garçon plus âgé assis à côté d'elle. Elle ne se rappelait ni le visage ni la voix de ce dernier, mais ses paroles demeuraient à jamais gravées dans sa mémoire :

« Si tu dénonces un adulte, même s'il a fait un truc vraiment grave, ils te le feront toujours payer. »

Puis son assistante sociale l'avait appelé dans son bureau, les sourcils froncés, les lèvres pincées. Le garçon s'était dirigé vers la pièce lentement, comme si toutes les créatures cauchemardesques qu'une imagination d'enfant pouvait inventer l'attendaient derrière la vitre en verre fumé, puis la porte s'était refermée derrière lui.

Ledi avait appliqué son conseil, et les vieilles habitudes ne se rompaient pas facilement.

Elle avait repensé à Jamal quand elle avait été sur le point d'effleurer la touche « Envoyer » sur son écran, s'efforçant de trouver une bonne excuse de ne pas impliquer le doyen dans ses problèmes.

« Tout faire soi-même, ce n'est pas viable, si ? »

Certes, il avait alors été question de légumes à tailler en dés et non pas de sa carrière. Toutefois, on pouvait difficilement affirmer qu'elle fût douée pour déléguer, que ce soit dans la sphère professionnelle, publique ou privée. Elle avait pris une profonde inspiration et appuyé sur « Envoyer ». C'était fait. Elle ne pouvait plus revenir en arrière. De toute façon, elle n'était plus une enfant, elle n'avait rien fait de mal et elle ne se sentirait pas coupable d'appeler à l'aide.

Elle était presque arrivée devant la porte de son immeuble lorsqu'elle vit qu'un homme se dressait devant. Elle repositionna ses clés de sorte à mieux les avoir en main au cas où elle devrait s'en servir comme arme défensive, mais quand l'individu se retourna en l'entendant marcher, Ledi reconnut le livreur de l'autre soir. Il tenait dans ses mains une nouvelle boîte de La Spatule d'Or.

— Un peu tard pour dîner, non ? fit-elle en desserrant légèrement la prise qu'elle exerçait sur ses clés.

— La circulation est infernale ce soir. Quelqu'un a embouti l'arrière de ma camionnette, puis a sauté de sa caisse et a pris la fuite. La police est arrivée, et leur fournir toutes les informations a pris une plombe. Maintenant, les clients furieux me harcèlent au téléphone et personne ne m'ouvre la porte !

— C'est pour l'appartement 7 N ? (Il hocha la tête, espérant ne pas avoir à grimper sept étages.) Donnez-le-moi, je vais lui apporter, en bonne voisine que je suis.

— Merci, mademoiselle ! (Il lui tendit la boîte.) Vous me sauvez la vie !

La possibilité de revoir Jamal la rendit toute chose, mais quand elle arriva devant sa porte, elle reconsidéra la situation. De plus, même si elle s'était apprêtée avec soin avant de sortir, elle avait passé la journée à courir du métro au musée, du parc au café, et elle ne se sentait plus très fraîche. Elle avait l'impression d'être un calque de la femme pimpante et guillerette qu'il avait croisée le matin même.

Elle devait procéder avec tact. Elle parcourut le couloir des yeux ; aucun voisin en vue, personne pour la voir se comporter comme une foldingue.

Elle posa le colis sur le paillasson de Jamal avant de tourner les talons pour rentrer chez elle. Une fois sa porte déverrouillée, elle se ravisa et revint sur ses pas pour sonner à la porte de Jamal. Un son qui évoqua à Ledi le geignement d'un farfadet à l'agonie retentit dans le couloir. Elle fit volte-face et fila chez elle. C'était lâche, mais son instinct de conservation était puissant, bien qu'un peu long à la détente.

— Naledi ?

Elle s'arrêta brusquement et pivota sur elle-même d'un air coupable en entendant la voix de Jamal.

— Salut ! J'ai de nouveau croisé le livreur. C'est la magie de cette ville... On est plusieurs millions à y habiter, mais il suffit qu'on rencontre une personne pour commencer à tomber dessus à tous les coins de rue. C'est comme si on échangeait des molécules chimiques qui nous attiraient constamment l'un vers l'autre. Comme toi et moi. Attention, je ne suis pas en train de dire que je t'attire !

Oh, sans blague ! Ledi repensa aux recherches qu'elle avait présentées en cours et dont la conclusion indiquait que la fatigue entraînait des effets secondaires bien plus graves que la consommation d'alcool.

Jamal eut l'air hilare et ramassa la boîte.

— Tu as déjà dîné ? (Il ne s'attarda pas sur sa gaffe et elle lui en fut plus que reconnaissante.) Peut-être étais-tu au restaurant avec une amie... ou un homme ?

— Je révisais avec une camarade de classe et je n'ai rien mangé.

Elle s'était offert un latte pendant qu'elle était avec Trishna. Toutefois, elle était encore repue de son déjeuner gargantuesque avec Portia.

Jamal soupira et se détendit un peu. Était-il soulagé ? Non, il n'y avait aucune raison.

— Je te souhaite bon appétit, ajouta-t-elle en se retournant vers sa porte.

Sa douche l'appelait ; peut-être qu'elle explorerait la fonction haute intensité de son pommeau de douche au lieu de dégoiser des inepties devant son voisin torride.

— N'es-tu pas curieuse du menu de ce soir ? lui demanda-t-il en lui montrant le colis de façon aguicheuse comme si son contenu pouvait être plus appétissant que l'homme qui le tenait entre ses mains.

— Je n'ai pas envie de cuisiner, répliqua-t-elle spontanément, et Jamal fronça les sourcils.

On repassera pour le tact.

— Désolée. C'est juste que... je suis vannée.

Sans qu'elle sache pourquoi, sa voix trembla sur la dernière syllabe, ce qui la fit se sentir encore plus stupide. Certes, elle avait étudié, mais elle n'avait pas eu à travailler de la journée. Elle aurait dû déborder d'énergie. Au lieu de quoi elle n'avait qu'une envie : se rouler en boule sur le canapé et comater. Voilà ce qui arrivait quand on ralentissait la cadence ; c'est pourquoi elle préférait s'en abstenir.

— Tu es fatiguée. Tu l'étais déjà la nuit dernière. Je n'aurais pas dû te laisser cuisiner pour moi ; j'ai manqué de considération. Je préparerai le dîner tout seul, tant que tu veux bien prendre le risque de le goûter.

Elle inspira profondément. Il ne comprenait pas le risque immense qu'elle venait de prendre rien qu'en lui adressant la parole, rien qu'en s'empêchant de fuir le plus loin possible alors même qu'elle avait constaté l'effet dévastateur qu'il avait sur elle. Elle avait assez de soucis comme ça ; elle devait penser à ses partiels et à son stage pratique possiblement tombé à l'eau. Autrement dit, elle n'avait pas le temps pour un séduisant étranger barbu qui voulait cuisiner pour elle.

Présenté comme ça...

Il se redressa tout en évitant de la regarder dans les yeux.

— Je n'ai pas beaucoup d'expérience aux fourneaux, mais j'ai visionné quelques vidéos sur le sujet entre deux rendez-vous professionnels. Je pense maîtriser les bases, mais j'ai besoin d'un cobaye.

— Je sais ce qui arrive aux cobayes, souffla-t-elle tout bas.

À présent, c'est elle qui fuyait son regard. Elle se répéta qu'il n'avait pas visionné ces vidéos pour elle avant de se rappeler le regard plein d'espoir qu'il lui avait lancé après avoir dressé la table. Juste avant qu'elle ne lui fasse faux bond.

« Une seule chose aurait pu le rendre encore meilleur. »

— J'ai également du vin, ajouta Jamal, percevant son indécision. Un cadeau qu'on m'a offert lors d'une de ces réunions. Une récompense, en quelque sorte.

— Quoi comme vin ?

L'invitation à dîner était alléchante à elle seule, mais elle ne renoncerait pas à de précieuses heures de sommeil pour une pauvre bouteille de derrière les fagots.

— Un Malbec. 1997.

Ledi n'était pas une grande connaisseuse mais grâce à son expérience de serveuse, elle savait que c'était un bon millésime.

— D'accord, répondit-elle. Tu m'as convaincue. Mais je dois d'abord m'occuper des Grams.

— Des Grams ? fit-il avec étonnement avant de commencer à farfouiller dans la boîte. Comment... ? Je croyais que tu n'avais plus de famille.

— En un sens, on peut dire que c'est ma famille. Aimerais-tu les rencontrer ?

De la tête, elle lui montra son appartement avant de franchir la porte et d'actionner l'interrupteur. Jamal écarquilla les yeux.

— C'est un endroit minuscule pour y vivre à plusieurs, fit-il remarquer avec diplomatie.

Puis il entendit des couinements et braqua aussitôt ses yeux sur la fenêtre.

— Des nuisibles. Je m'en occupe.

Il se précipita en direction du bruit, bousculant Ledi au passage, mais elle l'imita et le repoussa derrière elle tandis qu'elle s'avançait vers la cage des souris.

— Ce ne sont pas des nuisibles. Ou du moins, ce sont des nuisibles connus. Je te présente mes Grams, Gram-Négatif et Gram-Positif. L'un des deux est méchant, mais je ne sais jamais lequel parce qu'ils sont quasi identiques.

Les deux rongeurs se mirent à trotter joyeusement dans la cage tandis qu'elle s'en approchait pour les nourrir.

Quand elle se retourna, elle vit Jamal l'observer avec des yeux ronds.

— Tu... Tu acceptes qu'ils vivent chez toi ? Et tu veilles à leur subsistance ? demanda-t-il d'un ton horrifié.

Elle rit.

— C'est ma pénitence. J'ai tué bon nombre de leurs congénères. (Une grimace de dégoût déforma le visage de Jamal.) Au nom de la science ! Ça fait partie de mon job au labo, expliqua-t-elle. La partie dont personne n'aime parler. Je ne voulais pas de souris. Mais celles-ci se sont échappées de leur cage et nul ne saurait dire à quelles expériences elles ont été soumises. Sacrifier un rongeur pour une expérience précise, c'est une chose, mais je ne pouvais pas les laisser mourir, ou pire, se prendre dans un piège.

— Tu es une femme remarquable.

Son intonation laissait à penser qu'il s'adressait à une membre d'une ONG et non pas à une femme qui avait des goûts discutables en matière d'animaux domestiques.

Elle leva les yeux vers lui, le rouge lui montant aux joues plus vite que ne se déplaçait la lumière, si bien qu'elle avait le visage cramoisi avant même qu'il ne soit dans son champ de vision.

— Ce ne sont que des souris. Des souris mutantes génétiquement modifiées, même, alors j'imagine qu'elles sont plus remarquables que moi.

Il secoua la tête.

— Dîne avec moi. Mais lave-toi les mains d'abord. Les Grams sont attendrissants, à leur façon, mais je préférerais éviter que tu contractes la peste bubonique… ou que tu me la transmettes.

— Ce sont les rats qui sont vecteurs de cette bactérie, mais la campagne de dénigrement envers ces rongeurs est exagérée. Cependant, je me laverai les mains car je sors du métro. Tu ne veux pas savoir quelles bactéries répugnantes se servent du métro pour migrer d'un lieu à un autre.

Jamal frissonna.

— Oui. On m'a raconté que les wagons étaient terriblement crasseux et qu'on se faisait accoster par des mendiants à chaque coin de rue.

Ledi éclata de rire.

— Ce n'est pas si terrible, Jamal. Seuls les gens qui n'ont jamais pris le métro parlent ainsi.

Il reporta son attention sur le carton entre ses mains et Ledi resta sans voix.

Non. C'est impossible. Ne me dites pas que…

— Tu n'as jamais pris le métro ?

Il secoua la tête avec raideur, comme s'il hésitait entre exprimer son embarras ou sa fierté. Ledi avait deviné qu'elle avait affaire à un gosse de riche qui cherchait à s'encanailler, mais même les personnes les plus fortunées qu'elle connaissait avaient pris le métro au moins une fois dans leur vie. D'où sortait Jamal ?

— Comment est-ce possible ? lui demanda-t-elle sans s'inquiéter qu'il puisse trouver sa question intrusive.

Après tout, il l'avait obligée à revivre ses souvenirs les plus pénibles ; il pouvait bien supporter un petit interrogatoire sur ce sujet trivial.

— Ce n'est pas si étrange que ça, répondit-il après une longue pause. As-tu personnellement emprunté tous les moyens de transport existants ? J'ai déjà voyagé en ballon dirigeable. Et toi ?

— Euh, non.

Il s'était déplacé en ballon dirigeable, mais il n'avait jamais mis le pied dans une rame de métro ?

— En montgolfière ? demanda-t-il.

— Non plus.

— En hélicoptère ?

— Quoi ? Non.

— En avion ? fit-il sur le même ton qu'elle aurait employé si elle avait parlé du bus municipal.

— Non, je n'ai jamais pris l'avion. (Elle soutint son regard avant d'ajouter avec un air de défi :) Cela dit, un vol coûte beaucoup plus cher qu'un ticket de métro. Enfin, un peu plus cher, depuis qu'on doit payer toutes ces taxes supplémentaires, mais les deux modes de transport sont tout à fait différents. Rien de tout ça ne répond à ma question. Au contraire, ça en soulève d'autres.

— Tu n'as pas faim ? s'enquit-il.

— Il n'y a pas de trains là d'où tu viens ? (Elle sentait bien qu'il lui cachait quelque chose.) Et d'où viens-tu au juste, puisque tu as éludé cette question la première fois que je te l'ai posée ?

— Mon pays est doté d'un réseau ferroviaire aérien dans la ville principale, pas d'un métro. Je viens d'Afrique, ajouta-t-il.

L'estomac de Ledi se contracta lorsqu'elle se rappela les étranges e-mails qu'elle avait reçus – et qui d'ailleurs avaient mystérieusement cessé d'arriver depuis qu'elle avait rencontré Jamal.

— L'Afrique n'est pas un pays, lui rétorqua-t-elle tandis que l'angoisse s'insinuait en elle.

Cela paraissait impossible, mais les escrocs auraient-ils pu retrouver sa trace ? Tout cela était-il prémédité ? Prévoyaient-ils de s'immiscer dans sa vie pour lui dérober le peu qu'elle possédait ? Ce serait de la folie, mais elle aimait mettre des podcasts sur d'authentiques enquêtes criminelles en fond sonore pendant qu'elle travaillait ; des histoires plus invraisemblables encore s'étaient déjà produites.

— Je viens d'Afrique du Sud.

La vibration de son téléphone détourna Ledi de la conversation. Elle le sortit de sa poche, espérant avoir reçu un e-mail du Dr Kreillig. C'était Portia.

J'ai passé une super journée ! Si tu revois Jamal, assure-toi de mener ta petite enquête. C'est peut-être pas un tueur en série, mais mieux vaut se protéger de cette épidémie de célibâtards.

Décidément, sa meilleure amie avait une sacrée intuition !

Je l'interroge en ce moment même.

Bien ! Cuisine-le, cet enfoiré.

Naledi éclata de rire avant de remarquer qu'elle avait reçu un nouvel e-mail. Elle cliqua sur la notification dans un sursaut d'espoir, mais quand elle lut l'en-tête du message, elle gémit d'exaspération.

Les habitants du Thesolo vous souhaitent la bienvenue : notre histoire

Visiblement, Likotsi l'escroc n'avait pas renoncé ni jeté son dévolu sur des comptes en banque mieux approvisionnés. C'était contrariant, mais ses soupçons vis-à-vis de Jamal s'estompèrent quelque peu. L'Afrique était un continent immense ; c'était comme supposer qu'elle connaissait tous les habitants de Toronto puisqu'elle vivait en Amérique du Nord.

— Tu viens d'Afrique du Sud ? C'est intéressant, dit-elle en rangeant son téléphone portable.

— Oui. C'est une région très intéressante, en effet. Voyons ce que nous avons pour dîner.

— OK. Allons cuisiner chez toi.

Elle le conduisit vers l'appartement 7 N. Elle ne cuisinerait pas, et elle avait décidé qu'elle ne ferait pas non plus la vaisselle. En fin de compte, déléguer, ça avait du bon ! La soirée s'annonçait fort réjouissante.

— Qu'est-ce qu'on mange ?

Jamal parut soulagé. Elle le remarqua à la façon dont il détendit les épaules et esquissa un sourire hésitant.

— Des sandwichs au fromage grillé, répondit-il. Même moi, je devrais pouvoir y arriver.

12

Ledi se réveilla en sursaut au son d'un camion de pompiers qui traversait la rue, le hurlement de la sirène rebondissant sur la brique et l'asphalte. Elle aurait dû être habituée à ce bruit depuis le temps qu'elle vivait à New York, pourtant son cœur s'emballait chaque fois qu'elle se laissait surprendre. Son cerveau chercha un repère spatio-temporel.

Où était-elle ?

Maman ? Papa ?

Pas de réponse. Comme il n'y en avait pas eu vingt ans plus tôt.

Maman ? Papa ?

Non, elle ne les appelait pas comme ça, elle employait d'autres mots, étrangers... Elle les avait sur le bout de la langue et une odeur familière l'enveloppait, lui donnant le sentiment d'être chez elle...

Tandis qu'elle reprenait ses esprits, elle se redressa pour se lever et échapper à la panique qu'une bribe de souvenir avait soudain fait naître en elle, mais le crissement du plastique lui fit remarquer qu'elle n'était pas dans son lit... et que le corps d'un homme grand et musclé était plaqué contre elle.

Son rêve se dissipa et elle en oublia les détails comme elle prenait conscience qu'elle se trouvait toujours chez Mme Garcia. Le salon était éclairé par l'écran plat du téléviseur dont on avait coupé le son. À l'image, on voyait une femme qui coupait des légumes avec entrain à l'aide d'un drôle d'engin que chacun pouvait s'offrir pour seulement 29,99 dollars payables en trois fois sans frais. Ledi se risqua à jeter un coup d'œil sur sa gauche. Dans la lumière bleutée, elle s'aperçut que Jamal dormait à poings fermés, la tête posée sur son épaule.

Il est si beau...

Sa peau était lisse et sans défaut, ses sourcils épais et parfaitement dessinés, l'ombre de ses cils noirs dansait sur ses joues. Sa barbe était propre et nette, comme d'habitude, même après avoir mangé les croque-monsieur qu'il avait préparés tout seul. Ledi l'avait trouvé adorable quand il lui avait présenté les sandwichs à la mozzarella, à la tomate et au basilic à peine brûlés, mais ce n'était rien comparé à Jamal le bel endormi.

Elle n'avait jamais été du genre à observer un homme dormir. Elle trouvait ça flippant. En plus, le sommeil était une nécessité vitale pour garantir la santé optimale du corps, au même titre que faire ses besoins. Mais tandis qu'elle l'admirait, elle devina pourquoi les gens acceptaient de partager leur lit avec la même personne nuit après nuit. C'était agréable, intime. Ledi ne se rappelait pas s'être jamais endormie aussi facilement à côté d'un homme, et ce n'était pas uniquement en raison de sa fatigue.

Bon sang, faut vraiment que t'arrêtes de tendre l'oreille quand Mme Garcia regarde ses telenovelas !

Ledi voulut se redresser. Elle en était certaine : fixer son voisin des yeux tandis que celui-ci roupillait la plaçait sans conteste dans la catégorie des tordus. Fini de jouer.

Elle avait plein de choses à faire le lendemain, et elle ne cracherait pas sur quelques heures de sommeil en plus.

Tu sais ce qui te ferait encore plus de bien ?

Soudain, elle eut une conscience accrue des bras de Jamal, de tous les endroits de son anatomie qui appuyaient sur elle. À présent, elle avait une idée de son poids et elle n'avait aucun mal à l'imaginer la recouvrir de tout son corps en l'allongeant sur un matelas...

Il lui enlaça la taille tandis que ses cils papillotaient, puis il souleva les paupières. Il se contenta de la regarder longuement, puis un sourire indolent retroussa ses lèvres charnues.

— Il est rare qu'un homme puisse affirmer que la réalité dépasse le rêve. Et le mien était vraiment très cool.

Il l'étreignit plus fort et Ledi déglutit. Elle avait la gorge sèche et regrettait à présent d'avoir eu la main aussi lourde sur la poudre d'ail.

— Désolée de m'être endormie. Tu aurais pu me réveiller.

— Tu avais besoin de repos. (Il se redressa mais ne s'écarta pas.) Et au cas où tu ne l'aurais pas compris, j'aime que tu sois chez moi.

Il plongea les yeux dans les siens. Le désir et la détermination brillaient dans ses pupilles, et son corps musclé et rassurant était proche, si proche. Si elle balançait ses jambes à gauche, elle serait sur ses genoux. Elle pourrait plaquer sa bouche contre la sienne pour voir si ses lèvres étaient aussi douces qu'elles en avaient l'air et si ses baisers seraient à la hauteur de son regard de braise.

Les horizons à explorer avec Jamal ne manquaient pas, mais elle doutait de pouvoir se résoudre un jour à faire le premier pas. Elle le fixa du regard, espérant lui faire comprendre par télépathie ce dont elle était incapable par des gestes.

Il fit lentement remonter sa main sur son tibia et replia les doigts sur son mollet. Il posa la paume sur ses genoux et les tira vers lui l'un après l'autre de sorte qu'elle s'asseye à califourchon sur ses cuisses. De sa main libre, il l'enlaça, la ramenant contre lui. Peut-être rêvait-elle encore. Qu'y avait-il dans ce croque-monsieur ?

— Je... Je...

Ledi avait l'impression de se trouver sous une loupe en plein soleil. Elle était certaine que ses vêtements allaient bientôt s'embraser, et Jamal, à en juger par les regards qu'il lui lançait, ne semblait guère y voir d'inconvénients.

— Je vais t'embrasser, annonça-t-il.

La lumière du téléviseur se refléta dans ses yeux lorsqu'il approcha ses lèvres des siennes. « OFFRE LIMITÉE » apparut à l'écran, suivi de « VU À LA TV », ce qui lui parut logique car, dans le monde de Ledi, on ne flirtait pas avec des voisins sexy.

— D'accord, répondit-elle dans un murmure.

Il appuya sa bouche contre la sienne, prouvant la théorie de Ledi : il suffisait d'une milliseconde pour qu'une découverte bouleverse le monde. Flirter avec des voisins sexy était tout à fait possible et fantastique.

Il avait des lèvres incroyablement douces et sensuelles. Elle n'aurait pas dû, pourtant elle se sentit chavirer sous leur caresse délicate. La rugosité de sa barbe contrastait agréablement avec la tendresse de son baiser. Cette légère pression suffit à lui faire tout oublier l'espace d'un instant, puis elle retrouva ses réflexes et se rappela qu'embrasser et être embrassée étaient deux choses différentes. Elle pressa ses lèvres contre celles de Jamal avant de les effleurer du bout de la langue, juste pour le goûter. C'était bien tout ce qu'elle pouvait s'autoriser avec un homme qui lui faisait un tel effet.

Merde.

Elle se blottit contre lui, essayant de réguler la sensation qui la gagnait, de la refréner en quelque sorte, mais il lui caressa le creux des reins et elle gémit, s'abandonnant entièrement à lui quand il poussa un grondement de désir et referma les doigts sur sa cuisse.

Il lui lécha la lèvre inférieure et elle entrouvrit la bouche pour l'y accueillir. Il prenait son temps, mais ses gestes étaient des plus assurés, sa technique éprouvée. Il l'aguichait, la titillait. Il l'embrassait avec une lenteur délibérée, provocante, l'amenant à gémir dans sa bouche non seulement de plaisir, mais des possibilités infinies qui en découlaient.

Oh, toutes les prouesses dont cette langue était capable...

Jamal fit remonter sa main sur ses cuisses et la laissa sur ses hanches, l'empoignant par son sweat-shirt pour l'embrasser, enfin, à pleine bouche. Ledi sentit son entrejambe palpiter et elle plaqua son bassin contre le sien tandis qu'elle lui rendait son baiser avec toute la fougue qui l'animait à cet instant.

Le Jamal godichon qui n'avait même pas su quel couteau utiliser pour couper le pain à l'Institut s'était volatilisé. À sa place se trouvait un homme parfaitement sûr de lui, un homme qui savait ce qu'il faisait. Apparemment, il y avait au moins une chose pour laquelle il était vraiment, vraiment très doué.

Elle se colla contre son torse musclé, s'imprégnant de cette sensation rassurante.

— Ledi, murmura-t-il contre ses lèvres.

Bon sang, personne n'avait jamais prononcé son nom comme ça – comme si elle était de l'oxygène et qu'il en manquait.

— J'ai tellement envie de te toucher. M'y autorises-tu ?

Elle se rendit compte alors qu'elle n'était plus en mesure de répondre. Happée par un tourbillon de sensations, elle était prête à tout risquer alors que Jamal avait à peine posé les mains sur elle.

Merde et merde.

— Absolument. Oui. Vas-y.

Aussitôt, il tira plus fort sur son sweat-shirt. Celui-ci, dont l'encolure bateau avait joliment dénudé ses épaules toute la journée, glissa sur ses bras. Il continua de tirer jusqu'à ce que le tissu tendu frotte contre ses seins gonflés de désir, entravant ses mouvements en même temps qu'il révélait les bonnets de son soutien-gorge. Dans cette nouvelle position, Ledi avait les bras plaqués le long du corps et, pour une raison qu'elle ne s'expliquait pas, le sentiment d'être prise au piège l'excita terriblement. Un spasme contracta son vagin et elle sentit que sa petite culotte était mouillée.

Jamal fit courir ses doigts sur sa nuque, puis sur ses épaules nues. Il suivit de l'index le contour de son visage, effleurant ses clavicules. Elle gémit et cambra les reins, l'invitant à poursuivre ses grisantes caresses.

— Ça te plaît ?

Quand il cessa de bouger, elle leva les yeux vers lui et comprit qu'il lui posait une question ; il ne cherchait pas à combler le silence par des paroles coquines. Il la dévorait d'un regard flamboyant dont l'intensité fit palpiter le cœur de Ledi, si bien qu'elle voulut fermer les paupières pour s'en protéger.

— Oui, ça me plaît, s'empressa-t-elle de répondre parce qu'elle voulait qu'il recommence à la caresser, qu'il lui fasse oublier la sensation qui s'épanouissait juste sous ses côtes et qui, elle l'espérait, n'était qu'une banale crampe d'estomac.

— Parfait.

Il effleura avec ses pouces la pointe de ses mamelons qui pointaient sous son soutien-gorge en coton. Elle s'attendit à ce qu'il se jette sur elle, passant directement aux choses sérieuses comme la plupart des hommes avec lesquels elle était sortie, mais les gestes de Jamal étaient si langoureux qu'au bout d'un moment Ledi dut se retenir de hurler de frustration. Il plongea les yeux dans les siens avant de combler ses seins d'attention, alternant caresses subtiles et petits pincements érotiques comme s'il essayait de trouver la bonne fréquence, celle qui la ferait haleter et trembler de désir. Des vagues de plaisir enflèrent en elle tandis qu'il achevait de la satisfaire.

Ce n'était pas son manque de technique qui la rendait folle, mais son habileté.

— Oh, Seigneur...

Elle remua sur ses genoux, chevauchant son érection franche. S'il cherchait la bonne fréquence, elle avait trouvé son antenne ! Son sexe, dont les contours étaient visibles sous son jean, appuyait sur l'entrejambe de Ledi, qui le sentait frémir et durcir en réaction à ses gémissements délicats tandis qu'il l'excitait avec ses mains jusqu'à lui en faire perdre la tête. Elle avait toujours les bras plaqués le long du corps mais elle pouvait remuer les fesses, ce qu'elle fit, entamant un va-et-vient vertical.

Jamal laissa échapper un sifflement et donna un coup de reins, mais ses deux mains étaient prises. Du bout des doigts, il suivit le contour de la dentelle synthétique qui ornait son soutien-gorge avec une telle révérence qu'elle eut l'impression de porter de la lingerie fine. Avec l'index, il baissa les deux bonnets, révélant la poitrine de Ledi.

— Ils sont si jolis, souffla-t-il, soupesant chaque sein dans sa paume.

Puis il se pencha. Il lécha l'un, puis l'autre, les caresses de sa langue alternant entre châtiment et adoration. Il continua ainsi, excitant ses sens par des baisers enfiévrés. Et alors qu'elle pensait ne pas pouvoir en supporter davantage, il frotta sa barbe rugueuse sur ses mamelons sensibles.

— Oh, bordel.

La voix de Ledi était rauque de désir, à mi-chemin entre le cri et le murmure. Le déluge de sensations menaçait de l'emporter. Elle arqua le buste vers lui, puis le rabaissa avant de recommencer comme si elle était incapable de décider ce qui était pire : l'excès ou le manque de plaisir.

Il fit remonter ses mains sur son dos, la maintenant en place tandis qu'il continuait de l'embrasser avec toute sa fougue, ondulant des hanches contre elle.

— Bonté divine !

Le plaisir sillonnait ses veines, l'enveloppant dans un nuage de volupté et de désir. Elle voulait toucher Jamal, mais son sweat-shirt entravait toujours ses membres – ce qui ne l'empêcha pas de remuer des fesses, collée tout contre lui. En tendant légèrement les doigts, elle parvint à caresser son sexe qui désespérait d'être libéré de sa prison de denim.

— Mmm...

Le gémissement viril jaillit de sa cage thoracique et il renversa la tête en arrière tout en frottant son entrecuisse contre la paume de Ledi. Alors qu'elle le serrait tout juste dans sa main, il rajusta sa position afin de lui échapper.

— Je prends soin de toi, ce soir, entendu ? fit-il.

À ces mots, si peu familiers à ses oreilles, Ledi sentit sa gorge se serrer.

« Je prends soin de toi. »

« Ce soir. » Elle ne pouvait oublier ce détail crucial. *Offre limitée.*

— Je t'en prie.

Elle se consumait de désir et ne voulait pas entendre un mot de plus. Elle voulait ressentir, tout simplement.

Il ôta la main de son sein gauche pour déboutonner son jean et le descendre sans ménagement jusqu'à ses chevilles. De sa main libre, il lui caressa la jambe puis effleura le creux de son genou avant de remonter vers l'intérieur de sa cuisse. Ledi frissonna, sentant les doigts de son amant se rapprocher tranquillement de son intimité et en commencer l'exploration. Il appuya sa paume contre le pubis de Ledi, qui se contracta de la tête aux pieds sous cet attouchement brusque et direct.

Puis Jamal l'enlaça d'un bras et elle sentit la tension de ses biceps qui la soutenaient tandis qu'elle se cambrait vers lui en réaction aux sensations que faisait naître en elle l'exquise pression de sa paume.

Elle prit appui à pleines mains sur ses pectoraux, se lovant contre lui tandis qu'elle s'abandonnait au plaisir qu'il lui procurait.

Il glissa ses doigts virils sous sa petite culotte et les passa entre ses lèvres, effleurant d'abord son clitoris.

— Par la Déesse, tu es si mouillée.

— C'est une réaction physique à l'excitation sexuelle tout à fait banale, se défendit-elle d'une voix aussi articulée que possible, ce qui le fit rire.

— Dans ce cas, je n'ai pas de quoi me vanter, répondit-il en se penchant vers elle pour l'embrasser.

Elle gémit contre sa bouche.

— Non. Pas dans ce cas précis, du moins.

Il la tourmenta ainsi pendant bien trop longtemps, lui murmurant des mots doux tandis qu'il excitait son clitoris avec la pulpe de ses doigts. Il était si habile, si doué, qu'elle en oublia tout si ce n'est le vertige érotique qui s'emparait d'elle. Enfin, après de longues minutes de torture, il plongea son majeur entre ses lèvres, puis son index. Il les fit aller et venir en elle, d'abord lentement, puis plus vite, variant la cadence.

C'était magique ; ses caresses amenèrent Ledi à lui chevaucher la main sans pudeur. Le frottement de sa culotte contre sa chair sensible mêlé à ce torride va-et-vient aurait bientôt raison d'elle. Sa respiration se fit haletante et elle voulut le supplier de la faire jouir, mais seuls des miaulements désespérés s'échappèrent de sa gorge tandis qu'il l'emmenait au septième ciel.

Ce n'était pas seulement la façon dont il la touchait ; c'était son expression, ses yeux qui ne la quittaient pas. Il la regardait comme si elle était une déesse, une reine – *sa* reine.

— Oh, oui ! Jamal ! hurla-t-elle, et il haussa un sourcil.

Avec son pouce, il exerça une pression sur son clitoris sans cesser de la pénétrer avec ses deux doigts. Le plaisir sillonna le corps de Ledi. Il abaissa la tête et suça son sein assez fort pour la faire crier en même temps que ses muscles intimes se contractaient autour de lui. Il s'affairait comme s'il avait quelque chose à prouver et, tandis que l'extase emportait Ledi, ses geignements de plaisir proclamaient le triomphe de son amant.

Ledi avait eu des rapports sexuels plus que satisfaisants par le passé, mais elle n'avait jamais été comblée à ce point. La chaleur se répandait dans tout son corps tandis qu'un nuage de volupté l'enveloppait alors même que Jamal retirait ses doigts. Elle n'avait encore jamais éprouvé pareille sensation.

Elle croisa son regard comme les derniers spasmes de l'orgasme la secouaient, et l'ardeur qu'elle lut dans les yeux de son amant l'impressionna. Il sourit, mais son expression dénotait l'inquiétude, et autre chose encore.

Elle se redressa et remonta son sweat-shirt avant de rajuster son soutien-gorge.

— Mmm... je ferais bien d'essuyer le canapé de Mme Garcia, dit-elle d'une voix encore tremblante.

Jamal ferma les yeux et gloussa.

— Laisse-moi m'en occuper. Tu devrais dormir un peu.

Elle sursauta comme si elle s'était ébouillantée et reboutonna son pantalon tout en cherchant ses clés.

— Ah, ouais, j'allais partir de toute façon...

Jamal leva l'index – pas celui qui venait de lui procurer un orgasme si puissant que ses cuisses en frémissaient encore – et le posa sur ses lèvres.

— Je ne te chasse pas. Enfin, si, mais seulement parce que je serais tenté de te prendre sauvagement sur ce canapé si tu ne files pas tout de suite.

Il soupira et passa la main dans ses cheveux, comme si cette tentation était répréhensible. Après la prouesse qu'il venait de réaliser avec ses doigts, Ledi avait du mal à comprendre ce que son pénis pouvait apporter de plus, à moins que Jamal ne soit de ces hommes qui considèrent que « pénétration vaut engagement ».

Engagement ?

— Très mauvaise idée. Vraiment. Tâchons de rester civilisés.

Elle fit le signe de la croix avec ses index et les pointa en direction de son entrejambe.

Il marcha vers elle, l'attrapa par le menton et l'embrassa. Ce baiser était meilleur – et peut-être pire parce qu'il était justement meilleur – que celui qu'ils avaient échangé sur le canapé. Pour ce dernier, l'explication avait été logique : la libido de Jamal l'avait titillé en pleine nuit et il avait eu Ledi sous la main. Mais ça ? La façon dont il l'embrassait, avec langueur et vénération, mais aussi avec une ardeur toute prédatrice, signifiait qu'ils n'avaient pas souillé le canapé de Mme Garcia dans le seul but de satisfaire un désir impérieux induit par le sommeil.

— Tu travailles demain ? s'enquit-il en rompant leur baiser.

Il avait retrouvé son air autoritaire.

— Il faut que j'aille au labo le matin pour vérifier la progression de certaines expériences, répondit-elle, souhaitant retrouver son souffle ainsi qu'une respiration normale. Et que je révise.

— Tu es libre dans l'après-midi ?

Ledi détourna les yeux avant de les reposer sur lui.

— Une heure ou deux, peut-être.

Il hocha la tête.

— J'aimerais...

Un après-midi de délices ? S'il te plaît, dis « un après-midi de délices ».

— Que tu m'accompagnes. Pour prendre le métro. Il paraît que ça peut être très dangereux.

Voilà qui tempéra illico la joie de Ledi.

— Où dois-tu aller ?

Évidemment, s'il lui avait posé cette question, c'était uniquement parce qu'il avait besoin d'elle. Rien de nouveau sous le soleil, en somme.

— Nulle part. Mais je me sens bête à présent de n'avoir jamais bravé le métro, et je veux que ma première fois ait lieu avec toi. On peut donc aller n'importe où. Emmène-moi quelque part où tu te sens heureuse, par exemple. (Il lui sourit de toutes ses dents et la déception de Ledi s'envola.) Je sais que tu es très occupée, Ledi. Si tu arrivais à m'accorder un bref moment, je serais honoré de faire partie des nombreuses choses auxquelles tu consacres ton temps.

Ledi ne sut quoi répondre. Pourquoi ne la traitait-il pas à nouveau de saint-bernard pour qu'elle puisse l'envoyer balader et reprendre le cours normal de sa vie ?

— On verra, répondit-elle avec prudence avant de se faufiler par la porte entrouverte.

Ça n'allait pas du tout. Elle n'était pas censée se sentir toute chose et traverser le couloir d'un pas frétillant. Elle entra dans son studio. La vibration accompagnée d'un flash lumineux à l'autre bout de la pièce lui rappela qu'elle avait laissé son portable chez elle. Lorsqu'elle vit la dizaine de SMS que lui avait envoyés Portia, elle regretta d'avoir consulté son téléphone.

`Salut ! J'ai un truc à te demander. C'EST URGENT. Appelle-moi !`

Les premiers messages étaient normaux mais plus les heures passaient, plus ils étaient hostiles, dénotant l'agacement de Portia – probablement proportionnelle à sa consommation d'alcool. Ledi les fit défiler, lisant les SMS de plus en plus véhéments sans sourciller jusqu'à ce qu'elle arrive au dernier.

`Waouh, il baise si bien que ça ? Tu n'aurais pu énoncer plus clairement tes priorités. Laisse tomber.`

Ledi savait que Portia était soûle, qu'elle ne pensait pas les vacheries qu'elle avait écrites, mais l'injustice de ses accusations lui transperça le cœur comme la lame d'un couteau chauffé à blanc, faisant retomber l'euphorie résiduelle provoquée par l'orgasme et l'intérêt évident que lui portait Jamal.

Après toutes ces nuits blanches passées à veiller sur elle, à m'assurer qu'elle ne tombe pas dans l'East River ou dans l'Hudson...

Ledi se retint de pleurer. Elle n'avait jamais rien fait pour Portia dans l'espoir que celle-ci lui rende un jour la pareille. Ses agissements avaient toujours été désintéressés. Elle lui rendait service quand elle pouvait simplement parce qu'elles étaient amies – de bonnes amies. Malheureusement, quand Portia buvait, ses côtés négatifs avaient tendance à ressortir. Le problème, c'est que boire était devenu l'un de ses passe-temps préférés. La mauvaise habitude de cette dernière pesait sur Ledi, qui était lasse de traîner ce poids, en plus du sien.

Ledi commença à écrire une réponse, par réflexe, pour demander à Portia où elle se trouvait et si elle allait bien, mais elle se ravisa.

Elle repensa au visage de Jamal quand il lui avait demandé de l'emmener quelque part où elle se sentait heureuse. À quand remontait la dernière fois que quelqu'un s'était sincèrement soucié de son bonheur, et non par culpabilité ?

Rompre des années d'habitude n'allait pas sans créer une tension en elle, mais elle tint bon et se dirigea vers la salle de bains. Le sommeil vint en premier ; elle s'occuperait de tout le reste plus tard.

13

Thabiso remua sur la chaise aussi ridicule qu'inconfortable du restaurant chic où avait lieu son déjeuner d'affaires. Celle-ci se constituait de différentes parties d'animaux de la savane : les pieds étaient des pattes de zèbre, tandis qu'une peau de lion était tendue entre deux grosses cornes recourbées pour créer le dossier – une démonstration ironique du peu de scrupules dont les étrangers faisaient preuve, quand il s'agissait de l'Afrique, à prendre les morceaux de leur choix pour les réassembler comme bon leur semblait.

Les deux émissaires d'Omega Corp qui étaient attablés en face de lui étaient ce type d'individus. Ils le regardaient fixement avec un sourire aussi artificiel que le plat de fusion qu'ils venaient de partager. Thabiso s'était efforcé de conserver son calme mais pendant qu'ils discutaient, il n'avait pas cessé de penser à la première conversation qu'il avait eue avec Naledi – non pas à propos du kale, mais du pouvoir et de ce qu'on en faisait. Tandis qu'il écoutait ces hommes préciser les détails de l'accord pour commencer les travaux d'extraction au Thesolo, il avait conscience, bien qu'il ne l'eût jamais demandé, qu'il avait le pouvoir de changer le monde – ou du moins son royaume. Voulait-il vraiment l'utiliser de la sorte ?

Thabiso prit une gorgée de son café amer et reposa sa tasse dans la soucoupe asymétrique ornée d'un motif géométrique censé s'inspirer du tissu kenté.

— Alors, qu'en dites-vous ? demanda l'un des hommes.

Tad ? Todd ? Thabiso n'arrivait jamais à se rappeler ces stupides prénoms américains.

— J'en dis que j'ai besoin d'y réfléchir, répondit-il avec diplomatie.

Il mourait d'envie de leur rétorquer de reprendre la tonne de conneries monumentales qu'ils avaient essayé de lui refourguer et d'aller se jeter dans le premier cours d'eau venu, mais il se contenta d'acquiescer d'un hochement de tête qui se voulait à la fois songeur et respectueux. Il avait promis à Alehk que cet accord serait conclu, mais l'arrogance crasse de ses interlocuteurs le rendait méfiant. Il lui fallait plus de temps.

— Il y a énormément de paramètres à considérer avant de prendre une décision aussi importante. Toutefois, je transmettrai ce message au roi, à la reine, ainsi qu'au Haut Conseil dès que j'en aurai l'occasion et vous contacterai aussitôt que nous serons parvenus à une conclusion.

En réalité, dès qu'il en aurait l'occasion, il se hâterait de regagner l'appartement 7 N afin de ne pas rater Naledi – si tant est qu'elle vienne. Il lui avait dit de passer si elle le pouvait. Il était tout à fait possible qu'elle lui pose un lapin, vu comme elle s'était sauvée alors que ses joues étaient encore rosies par le plaisir. Il avait vu des braconniers pris en flagrant délit par des militaires décarrer avec moins d'empressement. Il s'accrochait à l'espoir qu'elle vienne, mais les dernières heures n'avaient pas été moins pénibles pour autant. Cela ne signifiait pas non plus qu'il se plierait aux exigences de ces deux hommes juste pour en finir.

Les deux cadres dirigeants échangèrent un regard, leurs sourires s'estompèrent.

— Nous espérions régler cette affaire aujourd'hui, dit Tad/Todd. Quand nous nous sommes entretenus avec le ministre Jarami, ce dernier a déclaré que nous conclurions l'accord avec vous. Que c'était, d'ailleurs, le but de votre visite.

— Je vois, répondit Thabiso. Il doit y avoir méprise, car le ministre Jarami n'a pas le dernier mot en ce qui concerne ce sujet.

Thabiso était contrarié d'apprendre qu'il n'avait pas été inclus dans toutes les négociations.

— Nous sommes convaincus que cet accord profitera grandement au Thesolo, surtout si on considère le déclin économique de la région, ajouta Todd/Tad en formant un clocher avec ses doigts tandis qu'il soutenait le regard de Thabiso.

Thabiso se caressa la barbe, ravi que celle-ci dissimule la soudaine raideur de sa mâchoire.

— Quel déclin économique ? s'étonna-t-il. Je ne suis pas sûr de vous suivre.

— Les statistiques parlent d'elles-mêmes, répondit calmement l'un des directeurs. Des pratiques désuètes et des ressources naturelles qui diminuent augurent un avenir sinistre pour le Thesolo.

Thabiso se souvint des tentatives de manipulation dont lui avait parlé Naledi ; visiblement, celles-ci n'étaient pas réservées aux pervers narcissiques puisque ses interlocuteurs en usaient sans vergogne. À quel avenir sinistre cet homme faisait-il allusion ? Thabiso n'en avait pas la moindre idée, mais il redoutait malgré tout de faire souffrir son peuple s'il ne suivait pas le plan élaboré par Omega Corp. Malheureusement pour ses représentants, qu'il soit l'unique héritier du trône allait de pair avec un incommensurable ego ; l'opiniâtreté des Moshoeshoe coulait dans les veines de Thabiso.

Il rit comme si Todd/Tad venait de faire une plaisanterie plus insultante qu'amusante.

— L'économie du pays ne s'est jamais aussi bien portée ; nos importations et nos exportations ont énormément progressé, le tourisme est florissant tout comme le secteur des énergies renouvelables, pour ne citer qu'eux, répondit Thabiso. Nous ne sommes pas une nation naissante prête à se jeter sur le premier morceau de viande agité dans notre direction. De grandes entreprises chinoises, coréennes et brésiliennes nous ont également soumis des propositions concernant l'extraction du coltan, sans oublier quelques groupes locaux. Nous étudions tout cela tout en évaluant l'impact environnemental à long terme d'une telle activité.

Cette fois-ci, les deux hommes n'échangèrent pas de regard, mais leurs expressions se durcirent.

— Omega Corp est le premier constructeur mondial de smartphones. Nous possédons des exploitations minières dans six pays d'Afrique et plusieurs d'Amérique du Sud. Envisager de vous associer à une autre entreprise serait absurde... et dangereux.

Il se demanda ce que le ministre Jarami avait promis à ces hommes – ce qu'il avait assuré de pouvoir leur livrer – pour que ces derniers estiment judicieux de carrément passer aux menaces.

La colère gagna Thabiso.

— Je connais les intérêts d'Omega Corp à l'échelle mondiale, tout comme je suis au courant des guerres civiles, des épidémies inexpliquées et des dissensions gouvernementales qui éclatent à la suite de vos opérations aussi sûrement que les mouches sont attirées par la merde.

Au temps pour la diplomatie. Toutefois, s'ils voulaient débattre des statistiques, Thabiso avait effectué des recherches qui ne figuraient pas dans la liste que lui avait fournie Alehk Jarami, Dieu soit loué.

— J'ignore ce dont vous avez discuté avec le ministre, mais mon intérêt est et sera toujours le bien-être de mon peuple. (Il jeta un coup d'œil à son poignet bien qu'il ne portât pas de montre, puis il se leva.) Je dois y aller. Je vous remercie pour le déjeuner, je ne manquerai pas vous tenir informés.

Thabiso leur serra la main, puis il quitta le restaurant. Une petite voiture, jolie mais basique, attendait devant la porte. Le chauffeur, peu enthousiaste, tenait à la main une pancarte où le prénom « Jamal » avait été griffonné. Likotsi continuait de s'amuser, semblait-il.

Il fit signe au conducteur, qui lui ouvrit la porte. Thabiso soupira pour chasser la pression qui écrasait sa poitrine. Venait-il de commettre son premier faux pas en politique ? Il était l'unique héritier, certes, mais cela signifiait qu'il ne pouvait échapper à cette fonction tout comme son peuple n'avait d'autre choix que de l'accepter comme souverain dirigeant. Si l'un ou l'autre de ses actes leur déplaisait, il devrait en assumer les conséquences aussi longtemps qu'il régnerait.

Soudain, il se sentit à l'étroit dans son costume et il tritura ses boutons de manchette. Personnellement, il doutait d'avoir tort, mais il savait qu'il devrait défendre son point de vue.

Si le marché qu'on nous propose est sérieux, pourquoi se précipiter ? Pourquoi montrer de la colère ? Vérifier et examiner toutes les issues possibles, bonnes ou mauvaises, ne devrait-il pas être une priorité plutôt qu'un obstacle ?

— Le boulot vous a déprimé ? lui demanda le chauffeur en s'insérant dans la circulation du centre-ville.

Thabiso n'avait pas l'habitude que ses chauffeurs lui parlent. Ceux du palais n'oseraient jamais faire preuve d'un tel manque de professionnalisme, mais les choses se passaient différemment aux États-Unis. À Rome, faites comme les Romains, et à New York...

— C'est ça, répondit-il. Le monde grouille de parasites opportunistes à la recherche d'une nouvelle ressource à épuiser. Travailler avec de telles personnes me pompe toute mon énergie.

— Et comment ! renchérit l'homme en croisant le regard de Thabiso dans le rétroviseur avant de reporter son attention sur la route. Vous savez combien coûte une licence de taxi ? Cent mille dollars ! Les gens qui possèdent une telle somme ne veulent pas devenir chauffeurs. Alors, les pauvres se cotisent pour se partager une licence, mais chaque jour on nous pond une nouvelle loi, une nouvelle réglementation à respecter. Il y a toujours quelqu'un qui veut nous soutirer quelque chose. Voilà pourquoi tant de gens préfèrent bosser pour toutes ces entreprises d'applications mobiles. C'est un coup de pied au cul de tous ceux qui ont claqué leurs économies pour une plaque d'immatriculation officielle.

Thabiso n'avait jamais songé que conduire une voiture comme gagne-pain pouvait être aussi stressant, aussi coûteux. Cent mille dollars, c'était énorme, même pour lui ; il ne pouvait imaginer combien de chauffeurs devaient s'associer pour rassembler une telle somme. Et à la fin de leur journée, ils ne rentraient pas se coucher dans un palace.

— Je l'ignorais, dit-il. Je suis navré que votre travail soit aussi pénible.

Le chauffeur émit un grondement sarcastique.

— Qu'est-ce qui ne l'est pas ? Le dérèglement climatique, nos gouvernements qui nous empoisonnent, le niveau d'éducation qui chute. Quand je vois l'état actuel de ce pays, il m'arrive de me demander pourquoi mes parents y sont venus. Mais vous savez quoi ? En rentrant chez moi tous les soirs, je sais que ma Divya m'attend. On cuisine ensemble et on se raconte nos journées. C'est pour ces moments-là que tout le reste en vaut la peine.

— Elle est conductrice de taxi comme vous ?

— Infirmière, répondit l'homme d'une voix pleine de fierté. Elle a étudié comme une acharnée pendant de longues années. On mettra toute notre vie à rembourser le crédit de ses études, mais elle n'a jamais été aussi heureuse. Alors, je le suis aussi.

Ils s'arrêtèrent au feu rouge et quand le chauffeur jeta un coup d'œil à Thabiso par-dessus son épaule, l'irritation avait disparu de son regard, les rides ne plissaient plus son front. Ses sourcils étaient arqués comme s'il venait d'avoir une révélation.

— Je me dois d'apporter une précision à ce que je viens de dire : tout le monde veut nous soutirer quelque chose, mais parfois, on rencontre une personne à qui on veut tout donner sans condition. Parfois, ce don fait de nous des hommes meilleurs. Alors témoigner de la même générosité envers des étrangers devient du même coup moins difficile.

Le chauffeur reporta son attention sur la route alors que le feu passait au vert. Thabiso se cala dans son siège comme si une rafale provenant des plus hautes cimes du Thesolo l'avait ébranlé. Donner de sa personne avait toujours fait partie de ses fonctions ; c'était même un prérequis. Son éducation, ses voyages, son personnage public avaient tous été calibrés de sorte que cela profite à son peuple. En retour, il était prince ; il n'y avait donc pas de quoi s'offusquer. Toutefois, dernièrement, il avait l'impression qu'on le démembrait petit à petit, et qu'il ne récupérerait jamais ce qu'on lui avait dérobé.

Existait-il quelqu'un pour qui il voulait donner de sa personne ? La réponse résonna dans son crâne avant même qu'il ait fini de poser la question.

Naledi. Ces deux dernières nuits, elle l'avait rejoint chez lui comme cet homme rejoignait sa Divya. Et la veille, elle avait joui sur lui. Il se rappela avec émotion les muscles intimes de Ledi enserrant ses doigts, son parfum qui avait embaumé l'appartement après son départ.

Mais c'était plus que ça. Ces brèves conversations avec Naledi lui avaient donné envie de se consacrer davantage à son peuple. Il voulait faire plus que simplement suivre les projets du ministre. Il s'était toujours soucié de son pays, mais désormais cela ne l'oppressait plus. La peur de mal faire, qui l'empêchait d'agir, ne le paralysait plus.

— Vous avez une personne comme ça dans votre vie ? lui demanda le chauffeur.

— J'y travaille, répondit Thabiso.

Il aurait aimé dire oui, mais il n'arrivait à penser à rien d'autre qu'aux paupières serrées et à la bouche de Ledi grande ouverte sur un cri orgasmique. Il avait voulu la prendre tandis qu'elle chevauchait sa main, la soulever et la faire asseoir sur sa queue. C'est alors qu'elle avait crié « Jamal ! » et qu'il s'était rendu compte de sa propre lâcheté. Elle s'était offerte à lui volontairement, elle avait pris plaisir à ses caresses, mais elle ne connaissait même pas sa véritable identité. S'il voulait la toucher à nouveau, il devait mettre un terme à cette farce grotesque.

Il repensa aux cadres d'Omega Corp assis en face de lui au restaurant et à leurs sourires carnassiers, comme ils s'imaginaient déjà découper son pays à leur guise afin d'augmenter leur marge bénéficiaire. Ses fantasmes concernant Naledi étaient-ils moins égoïstes ?

Il sortit son téléphone et envoya une série de messages à Likotsi pour lui raconter ce qui s'était passé au déjeuner et l'informer qu'il serait bientôt de retour à l'appartement.

— Bonne chance, lança le chauffeur en s'arrêtant devant l'immeuble de Thabiso.

Celui de Naledi.

Thabiso hocha la tête et s'éloigna avant que l'homme n'ait pu compter le pourboire qu'il lui avait laissé. Il monta les marches deux par deux et retira son costume pour enfiler une tenue plus décontractée. Puis il attendit.

— Altesse ? Ici la Terre pour le prince Thabiso.

Likotsi dut claquer des doigts devant lui. Thabiso remarqua qu'elle portait à présent une bague en filigrane d'or à l'auriculaire, sertie d'une pierre vert d'eau.

— Nouveau bijou ? demanda-t-il en tirant sur son doigt.

Elle retira sa main.

— Un cadeau d'une amie. (Elle s'efforça d'avoir l'air austère, mais l'ombre d'un sourire lui étira les lèvres.) D'une amie belle à se damner. À tel point que poser les yeux sur elle devrait être un crime. Elle est aussi intelligente, spirituelle et...

Elle soupira, et Thabiso se dit qu'il ne comprenait que trop bien ce qu'elle ressentait.

— J'en conclus que ces applications de rencontres fonctionnent, fit Thabiso.

— Oui, surtout quand la majorité des gens se trouvant à proximité ne sont pas des cousins au premier ou au second degré, maugréa-t-elle. Mais assez parlé de moi. Avez-vous vraiment quitté la réunion avec Omega Corp pour rentrer bouder ici tout le reste de l'après-midi ?

Thabiso aurait peut-être dû regretter son attitude envers Tad et Todd, mais rien que s'imaginer passer quelques minutes de plus en compagnie d'individus qui voulaient éventrer son pays pour des puces électroniques le crispa au plus haut point.

— Bah... cela ne servait à rien de discuter davantage.

— Le ministre Jarami ne partage pas votre avis. Il a téléphoné dès la fin de la réunion pour exprimer son mécontentement. Une réunion extraordinaire des ministres des Finances aura donc lieu demain.

— Pardon ?

Thabiso avait dû mal entendre.

— Le ministre Jarami considère qu'un coup dur a été porté au peuple du Thesolo, il a donc décidé de convoquer une réunion extraordinaire, expliqua Likotsi en gardant son calme même si la colère brillait dans ses yeux.

— Voilà qui est inédit, fit remarquer Thabiso, contractant ses abdominaux comme s'il se préparait à recevoir un coup. Et un manque de respect flagrant qui ne saurait être toléré.

— Comment répliquerez-vous pour remettre Alehk Jarami à sa place ? Pour l'heure, vous courtisez sa nièce, une nièce dont il ignore qu'elle a survécu, tandis qu'il répand d'ignobles mensonges sur votre compte dans tout le pays.

Thabiso se leva et se mit à faire les cent pas dans l'appartement.

— Connais-tu le sujet de ma réunion avec Omega Corp ?

— Pas dans les détails, Altesse.

— Ils veulent creuser, excaver le sol. Toutes leurs propositions impliquent d'arracher une partie de notre peuple à leurs terres ancestrales, sans mentionner les dégâts, a priori irréparables, que cela causera à notre environnement.

Likotsi baissa la tête, l'air perplexe.

— C'est ce que leur a promis le ministre ? Comment peut-il envisager de commettre un tel affront envers la déesse ?

Sans même évoquer Ingoka, le Thesolo était un petit royaume. Une telle opération, même si elle ne causait que des désagréments partiels, entraînerait de graves conséquences écologiques. Le culte des ancêtres était sacré, autant que la préservation de la terre pour les générations futures. Thabiso voulait être digne de l'admiration que lui vouait son peuple par le hasard de sa naissance.

— Il est très convaincant. À l'écouter, on croirait ne pas avoir d'autre choix, expliqua Thabiso. Ce qui est faux. Nous avons combattu colons et envahisseurs pendant des siècles. Je ne suis pas encore roi, mais je refuse que la postérité se souvienne de moi comme du souverain qui aura laissé son pays être ravagé.

— Et moi qui pensais que vous aviez fui la réunion pour retrouver Naledi. Je n'avais pas pris conscience de la gravité de la situation.

— Celle-ci est bien plus grave, en effet, que je ne l'avais imaginé. Par ailleurs, je n'ai aucun rendez-vous prévu avec Naledi pour le moment.

Ce n'était pas tout à fait faux. En tout cas, c'était plus vrai que plusieurs autres choses qui lui arrivaient.

— Lui direz-vous la vérité aujourd'hui ? s'enquit Likotsi, devinant ses pensées.

— Ce n'est pas si simple, répondit Thabiso avant de se taire en voyant le regard glaçant de son assistante.

Elle émit un son de désapprobation.

— Lui avouer la vérité est très simple. Ce qui le sera moins, c'est sa réaction, et c'est ce que vous redoutez. Mais vous savez très bien que cette farce ne peut pas durer. Et je peux vous dire combien de temps il vous reste précisément : quatre jours.

Cette pensée avait obnubilé son esprit toute la matinée. Il devait parler à Ledi le plus vite possible, ou il risquait de perdre sa confiance à jamais.

— Comment va Annie ? s'enquit-il, changeant brusquement de sujet, mais il avait besoin de savoir.

— Deux autres membres de sa tribu sont tombés malades, répondit tout bas Likotsi. On ignore pourquoi. Oui, nos spécialistes médicaux sont à pied d'œuvre et s'efforcent de percer ce mystère.

Thabiso se remit à faire les cent pas. Entre la propagation de ce virus inconnu et les manigances d'Alehk, il éprouvait un réel malaise.

— Penses-tu que nous devrions rentrer ?

Likotsi secoua la tête.

— Comme vous l'avez dit, vous n'êtes pas encore roi. Vos parents se chargent de régler le problème, même si vous devriez les informer vous-même de votre discussion avec Omega Corp. Tout ce que vous pouvez faire de plus, c'est vous assurer que vos décisions donneront une image positive du Thesolo et seront toujours prises dans le meilleur intérêt des nôtres – et de la petite-fille d'Annie et Makalele.

Elle n'eut guère à ajouter « et non pas de votre bite » ; son haussement de sourcils parlait de lui-même.

— J'y veillerai.

À cet instant précis, l'horripilante sonnette retentit et le cœur de Thabiso s'emballa. Il pivota sur lui-même et courut jusqu'à la porte pour l'ouvrir avant que ça ne sonne à nouveau.

Ledi se trouvait devant lui, les yeux grands ouverts et un sourire nerveux sur le visage. Le malaise qu'il avait ressenti après avoir entendu les nouvelles du royaume reflua quelque peu. La présence de Naledi le réconfortait, sans doute parce qu'elle semblait toujours savoir quoi faire face à un problème. Cela amenait Thabiso à penser qu'il pourrait faire de même si la situation l'exigeait.

— Salut, dit-elle.

Le murmure de sa voix enrouée excita Thabiso qui voulut l'attirer dans ses bras pour l'embrasser – comme si elle avait fait de lui sa marionnette en gémissant et en tremblant sur ses genoux à peine quelques heures plus tôt et qu'à présent elle le sommait de passer à l'action. Mais avant que cela ne se reproduise, il devait lui avouer la vérité.

— Salut, répondit-il, s'agrippant au cadre de la porte plutôt qu'aux hanches de Ledi.

Ses cheveux étaient lâchés et ses boucles ébène encadraient joliment son visage. Elle portait un tee-shirt violet avec imprimée dessus l'image d'une femme à la peau noire vêtue d'une blouse blanche et tenant un tube à essai à la main. Un jean moulant soulignait ses formes. Elle portait sans doute des chaussures, mais les yeux de Thabiso s'attardèrent sur le jean et le haut qui épousait son corps comme un gant. Le désir remua ses entrailles, mais quand il croisa le regard de Ledi, il y retrouva de la distance.

Soudain, Thabiso eut du mal à déglutir, comme si sa pomme d'Adam était trop grosse. Il devait se ressaisir ! Il n'était plus un gosse invité à participer à la fête des fleurs pour la toute première fois.

— Toujours partant pour une aventure en métro ? lui demanda-t-elle. J'ai le nez plongé dans mes bouquins de biologie moléculaire depuis 5 heures du matin et j'aurais bien besoin de faire une pause.

— Oui. Donne-moi juste une minute.

Il rentra dans l'appartement, attrapa ses clés et son portefeuille puis appliqua une goutte d'huile parfumée dans son cou. Bénie par les prêtresses du royaume, celle-ci était censée porter chance. Il en aurait besoin s'il voulait lui révéler sa trahison.

— N'oubliez pas de lui parler, lui murmura Likotsi d'un air sévère. Et rappelez-vous que votre agenda est rempli jusqu'au gala de demain soir. Interdit de s'enfuir comme un gamin faisant l'école buissonnière.

— D'accooord. (Il leva les mains.) À plus tard, sergent !

Quand il sortit dans le couloir, Ledi se tourna vers lui puis renifla.

— Quelle est cette odeur ?

Thabiso se figea, l'embarras l'empêchant d'avancer. Avait-il mis trop d'huile ? Il porta la main à sa barbe pour vérifier, l'air de rien. Il pensait sentir bon...

— Tu sentais la même chose hier, poursuivit-elle. Ce parfum m'est familier, mais je n'arrive pas à me rappeler où je l'ai déjà senti.

Elle s'avança vers lui et se dressa sur la pointe des pieds. Elle rapprocha le nez de son cou jusqu'à le chatouiller, puis elle inspira. Thabiso serra les poings dans son dos même s'il mourait d'envie d'étreindre amoureusement Ledi ou de la masser avec l'huile sacrée de sorte que sa peau soit douce et souple sous ses doigts.

— C'est de l'huile d'eng, répondit-il en reculant d'un pas tandis qu'il s'efforçait de brider son imagination galopante. Elle provient d'une plante originaire de mon pays. Elle est très répandue là-bas.

À tel point que les parents de Naledi l'avaient probablement portée. Ledi et lui avaient dû en être enduits lors de leur cérémonie de fiançailles.

Vas-y ! Dis-lui maintenant !

Thabiso essaya de trouver la bonne formulation et s'en voulut d'avoir perdu son temps à fantasmer sur le corps de Ledi avant que celle-ci n'arrive au lieu de réfléchir à la meilleure façon de briser leur lien – qui s'était renforcé au fil de leurs interactions – et de le ressouder par la suite.

Si tu arrives à le ressouder.

— C'est étrange. (Elle secoua la tête.) Peut-être qu'un des vendeurs itinérants du quartier en vend...

— Possible, bien que cette plante soit rare aux États-Unis. (Il lui jeta un coup d'œil et se lança à l'eau, tâtant d'abord le terrain.) Ou peut-être que c'est un souvenir olfactif qui remonte à ton enfance... peut-être que tes parents...

— Allons-y, coupa-t-elle. Nous avons deux heures avant que je ne doive retourner à mes révisions.

Sur ces paroles, elle se mit en route, laissant Thabiso et sa question derrière elle dans le couloir. Sa réaction devant une simple question à propos de ses parents n'augurait rien de bon pour la confession de Thabiso et tout ce qui s'ensuivrait.

Pour la première fois depuis qu'il avait pris cette fausse identité, Thabiso regretta de ne pas être Jamal : un jeune Américain qui s'était épris de sa collègue. Alors, il n'aurait pas à craindre de révéler la vérité ni de voir celle-ci éclater au moment le moins opportun.

14

— Pourquoi fait-il aussi chaud ici ? Quelle est cette odeur bizarre ? Ce sont des rats que je vois sur les rails ? Par la Déesse, mais ce sont des rats !

Ledi leva les yeux au ciel, même s'il était difficile de ne pas être amusée. Jamal se comportait comme un agneau apprenant à marcher depuis qu'ils avaient quitté l'appartement.

Quand ils s'étaient arrêtés à l'épicerie du coin et qu'elle avait commandé deux sandwichs, Thabiso avait eu l'air affolé. Il avait regardé, horrifié, les gens qui faisaient la queue devant les caisses pour valider leur billet de loterie quotidien et avait eu un mouvement de recul en voyant les salaisons étalées dans un récipient en inox.

— C'est quoi ton problème ? Ce sont les meilleurs sandwichs de la ville ! avait-elle soufflé.

— Les meilleurs ? avait répété Jamal avec une grimace de dégoût. Qui sait depuis combien de temps cette viande se trouve sur cet étal ? En plus, on dirait que la trancheuse électrique n'a pas été nettoyée depuis l'élection de George W. Bush.

Julio, le copropriétaire de l'établissement et l'homme qui préparait leurs sandwichs, leur avait jeté un regard assassin.

— On a la note de 4,5/5 sur Yelp, mon pote. Si vous voulez quelque chose de plus raffiné, ce ne sont pas les cafés à bobos qui manquent dans la rue.

— Ne faites pas attention à lui, avait dit Ledi à l'intention de Julio, repoussant Jamal du comptoir. On va vous prendre d'autres choses. Ne crachez pas dans nos sandwichs, d'accord ?

Julio avait hoché la tête tout en fusillant Jamal du regard tandis que ce dernier passait l'index sur une boîte de céréales et présentait son doigt plein de poussière à Ledi.

Ils se trouvaient à présent sur le quai avec un sac rempli de sandwichs, de boissons et de produits divers achetés dans le seul but de calmer Julio, et attendaient le train A en direction d'Uptown, le quartier situé au nord de Manhattan. Jamal la regardait toujours fixement après son déluge de questions, alors Ledi leva trois doigts.

— Pour te répondre, il fait chaud parce que le métro est soumis à sa propre météo, qui varie selon les stations. Il peut faire très beau dehors, puis on arrive sur le quai et on a l'impression d'être dans le cul de Satan. (Elle replia un premier doigt.) Cette odeur provient probablement de l'eau stagnante, ou alors du corps en décomposition d'un homme-taupe vivant dans les égouts. (Elle replia son majeur et pointa son index en direction de deux rats qui se coursaient et s'apprêtaient à se battre pour une misérable tranche de pizza entamée.) Oui, ce sont des rats. Nous avons pénétré dans leur royaume, où nous ne sommes que de passage. N'imagine pas avoir la priorité ici, parce qu'ils sont chez eux et en plus de leur mauvaise réputation à cause de la peste bubonique, il vaut mieux éviter de se faire mordre par ces bestioles, car on en sort rarement indemne.

— Tu plaisantes, dis ?

Les rats qui se battaient sur les rails devant eux se mirent à couiner et à se dresser sur leurs pattes arrière. Ledi frémit et traîna Jamal le long du quai. Les Grams dans leur cage, c'était une chose ; des rats d'égout, c'en était une autre.

— Honnêtement, on a l'impression que cette station risque de s'effondrer d'un moment à l'autre. J'ai lu des rapports sur les infrastructures chancelantes des États-Unis, mais je pensais que c'était exagéré, commenta-t-il en parcourant du regard les plafonds tachés et craquelés, la peinture qui s'effritait.

— Ce qui fait tourner cette ville, c'est l'espoir et l'insomnie, répondit-elle. Qui a besoin d'infrastructures ?

— Ah, ces Américains..., marmonna-t-il en secouant la tête.

Ledi haussa les épaules.

— Plus sérieusement, j'espère que tu as une assurance voyage, car plusieurs rames ont déraillé dernièrement.

Jamal tourna brusquement la tête vers elle.

— Je te demande pardon ?

Un souffle d'air chaud charria l'odeur de souterrain familière qui précédait le bruit du train arrivant en gare avant qu'apparaisse un long rectangle d'acier orné d'un cercle bleu et blanc. Jamal poussa un grognement perplexe.

— Ces trains ressemblent à ceux qu'on voit dans les films, mais... ceux que je regardais quand j'étais petit. Je m'attendais à un peu plus de modernité, ajouta-t-il comme le train s'immobilisait.

Le premier wagon était rempli, mais celui qui s'arrêta devant eux était vide, ce qui éveilla la méfiance de Ledi. Elle attrapa Jamal par le bras et courut jusqu'au wagon suivant, qui était relativement plein mais où les gens n'étaient pas serrés comme des sardines.

— Pourquoi a-t-on couru ? demanda Jamal. Encore des rats ?

— Possible. Ne monte jamais dans un wagon vide s'il est coincé entre deux autres qui sont bondés, expliqua-t-elle. C'est toujours louche. Parfois, les portes qui séparent les wagons sont bloquées et personne n'a envie de se retrouver coincé dedans avec des rats, diverses excrétions humaines, ou pire encore.

— Pourquoi ai-je l'impression d'errer dans un cauchemar digne d'une dystopie et non de me promener dans l'une des villes les plus célèbres au monde ? s'enquit Jamal avec un rire incrédule.

Il arborait de nouveau cet immense sourire, comme s'ils partaient à l'aventure. Un frisson parcourut le ventre de Ledi, nullement provoqué par les soubresauts du train. Il enroula ses doigts autour d'une colonne métallique, et une vague de chaleur monta en elle lorsqu'elle repensa aux mains de Jamal explorant son corps. Elle détourna les yeux. Ils étaient deux amis qui se promenaient. Rien de plus. Peu importait qu'il l'ait vue jouir ou qu'il ait touché les sous-vêtements embarrassants qu'elle avait été obligée de porter parce qu'un voisin monopolisait la buanderie commune à tout l'immeuble.

Elle le regarda du coin de l'œil et remarqua qu'il l'observait.

— On apprend un truc marrant quand on étudie la santé publique, en particulier les maladies infectieuses, à savoir que la plupart des sociétés ne sont guère éloignées de la dystopie, répondit-elle, s'efforçant de paraître profonde alors qu'elle venait de passer cinq minutes à se remémorer le moment d'extase partagé avec son interlocuteur.

— Tu sais vraiment mettre un homme à l'aise. Bientôt, tu vas me dire que les hommes-taupes censés vivre dans les égouts existent pour de vrai.

Ledi écarquilla les yeux en prenant un air faussement horrifié, regarda tout autour d'elle et se pencha vers Jamal pour murmurer :

— Quelqu'un t'a dit le contraire ? Oh, mon pauvre biquet. Tu n'as aucune chance.

Il se rapprocha d'elle.

— Au contraire, je dirais que j'ai toutes mes chances. Je suis en veine, vois-tu, car j'ai choisi une guide exceptionnelle.

L'air vicié du métro fit tousser Ledi. Ce n'étaient pas les paroles de Jamal mais son expression quand il les prononça qui la rendit toute chose. Toute interaction humaine était un choix en vérité, mais il y avait une certaine intimité dans sa façon de faire rouler ce mot sur sa langue. Elle ignorait ce que c'était que d'être « choisie ». En revanche, elle connaissait très bien le rejet ; elle l'avait éprouvé chaque fois qu'un parent de substitution lui avait demandé de s'asseoir avec un air coupable sur le visage. Pourtant Jamal semblait sous-entendre que n'importe qui la choisirait.

Tu prêtes trop attention à des détails insignifiants ; cesse de tout analyser. Ce n'est pas comme s'il avait choisi *d'être ton voisin. C'est un hasard, c'est tout. Ne t'emballe pas. Tu sais ce qui se passe quand tu t'enthousiasmes pour rien.*

Soudain, une voix d'adolescent retentit dans le wagon.

— Attention, mesdames et messieurs, c'est l'heure du show !

Jamal sursauta, surpris par les cris exaspérants d'un groupe de jeunes garçons à l'autre bout de la voiture.

— Que se passe-t-il ? s'enquit-il, s'avançant devant Ledi pour la protéger.

Ledi rit, même si cet élan chevaleresque lui plut.

— C'est parfait ! Tu vas vivre l'expérience d'un vrai New-Yorkais, se réjouit-elle en le tirant par le bras. Reste collé contre les portes et fais attention aux membres qui volent dans tous les sens.

L'un des adolescents pianota sur son téléphone et leva une petite enceinte portable au-dessus de sa tête. Une seconde après, les basses percutantes du dernier tube de rap à la mode résonnèrent dans le wagon. Ledi n'avait pas écouté beaucoup de musique dernièrement, mais elle avait entendu l'un ou l'autre couplet par la vitre baissée des voitures qui passaient dans le quartier ainsi qu'à l'épicerie quand elle attendait son café, et elle avait remué la tête en rythme. L'un des garçons ôta sa casquette et commença un numéro de danse urbaine à l'aide de son couvre-chef, le faisant tournoyer en l'air avant de la rattraper.

— Une danse de casquette ? fit Jamal en se penchant vers son oreille. C'est donc à ça que les jeunes passent leur temps aujourd'hui ?

— Contente-toi de regarder, répondit-elle avec un sourire.

Ledi assistait à de telles démonstrations depuis sa plus tendre enfance. Les danses et les artistes changeaient chaque fois, mais ces derniers possédaient toujours la même constitution athlétique. Depuis le temps, ces numéros ne l'impressionnaient plus, mais le fait de les regarder avec Jamal lui donnait l'impression d'en profiter pour la première fois elle aussi. Elle ne le quitta pas des yeux et attendit...

— Allez, *go* ! hurlèrent les garçons en tapant dans leurs mains.

Jamal observa la scène, sceptique, fronçant les sourcils pour les hausser avec stupéfaction l'instant d'après. Elle entendit un « boum » caractéristique et reporta son attention sur le jeune qui venait d'atterrir sur ses pieds après avoir effectué un salto avant, juste à temps pour le voir faire un Milly Rock et enchaîner avec un saut périlleux avant suivi de deux saltos arrière – le tout en plein milieu du wagon en marche. Il termina l'enchaînement par un dab bien mérité.

— Merde alors ! s'exclama Jamal. C'est normal, ça ? Des garçons qui font des acrobaties dans des wagons de métro en marche ? Moi, j'ai du mal à garder l'équilibre si je ne me tiens pas à un poteau, et ce gosse vient de réaliser un numéro de gymnaste qui mériterait la médaille d'or aux Jeux olympiques !

— C'est relativement normal, répondit Ledi. C'est amusant jusqu'à ce qu'on se prenne accidentellement un coup de pied dans la tronche.

— Fabuleux, dit-il simplement, visiblement captivé par les danseurs.

Il rit et tapa dans ses mains en cadence comme les trois garçons exécutaient leurs chorégraphies à tour de rôle. Se laissant entraîner par le tempo, il fit même quelques pas de danse, donnant de petits coups de coude à Ledi pour qu'elle se joigne à lui. Celle-ci était incapable de se lâcher suffisamment pour danser, même si le rythme de la musique l'appelait. À la place, elle tapa dans ses mains.

À la fin du morceau, Jamal acclama les danseurs, s'attirant les regards des New-Yorkais désabusés qui partageaient le wagon. Il était particulièrement impressionné par le dernier garçon, un *breaker*.

— Sachant ce que tu viens de m'apprendre sur les bactéries, quiconque se jette sur ce sol devrait être considéré comme un artiste de grand talent, à l'évidence prêt à souffrir pour son art.

— Je n'y avais jamais réfléchi de cette manière, mais tu n'as pas tort, lui concéda Ledi.

L'un des garçons fit le tour du wagon avec un sac à dos ouvert pour la quête. Les spectateurs captivés une seconde plus tôt se replongèrent aussitôt dans leurs bouquins ou se cachèrent derrière leur tablette, évitant de le regarder. Ledi vit que le sac était vide, mais elle n'avait jamais de liquide sur elle. Elle fouilla dans son sac à main, espérant y trouver un ou deux billets.

— Je m'en charge. Tu as payé le déjeuner après tout.

Il ouvrit son portefeuille et jeta nonchalamment quelques billets dans le sac du garçon qui passait à côté d'eux.

— Merci, m'sieur, fit le garçon avec un hochement de tête tout en poursuivant son chemin.

Puis il s'arrêta et se retourna vers Jamal, l'air de ne pas comprendre. Il regarda dans le sac, puis Jamal, puis à nouveau dans le sac.

— Euh...

Jamal agita la main.

— Merci pour cette super démonstration !

— Merci, m'sieur !

Le garçon pivota sur lui-même et courut vers ses amis à l'autre bout du wagon comme la rame s'arrêtait à la station suivante.

— Yoooo !

Ils filèrent dès l'ouverture des portes et se rassemblèrent derrière une colonne, à l'abri des regards.

— C'était quoi, ça ? demanda Ledi en jetant un coup d'œil par la vitre alors que le métro redémarrait.

Les garçons observaient le contenu du sac en poussant des cris de joie, leurs hurlements amplifiés par l'acoustique de la station de métro. Elle s'appuya contre la porte et croisa les bras avant de reporter son attention sur Jamal.

— Tu sais comment sont les gosses, répondit-il avec un haussement d'épaules. Je te ferai remarquer que ce que tu fais est interdit.

Il lui montra du doigt le panneau éraflé sur lequel on pouvait lire « Interdiction de s'appuyer aux portes ».

— D'accord. Maintenant que tu es coincé là-dedans avec moi, il faut que je te pose la question. Comment se fait-il que tu n'aies jamais pris le métro ni mangé dans une épicerie ? Que tu n'aies jamais vu des danseurs urbains ? Des riches, j'en connais – genre vraiment friqués, tu vois – mais ils ne sont pas aussi... déconnectés de la réalité que toi, dit-elle sur le ton de la plaisanterie pour essayer d'atténuer la franchise de son propos.

Elle lui accordait un peu de son temps précieux, elle méritait bien de savoir à qui elle avait affaire.

Jamal retrouva aussitôt son sérieux ; c'était étrange de le voir mettre aussi vite ses émotions de côté. Cela rappela à Ledi qu'elle ne le connaissait pas du tout, même si elle avait discuté avec lui – et qu'elle l'avait laissé la toucher – comme si c'était le cas.

— J'ai l'habitude de voyager autrement et d'évoluer dans des cercles différents quand je suis ici, c'est tout.

Le métro ralentit en arrivant à la station suivante, le grincement des freins couvrant le bruit à l'intérieur du wagon ainsi que le reste de la réponse de Jamal.

Naledi s'écarta pour laisser descendre un passager, puis elle reprit sa place devant la porte.

— Tu séjournes dans une ferme d'alpagas quand tu viens à New York d'habitude ?

Il gloussa.

— Non.

— Bon, donc tu n'as pas visité la ville à dos de dromadaire plutôt qu'en métro. J'aurais trouvé la vidéo sur

YouTube, sinon, ajouta-t-elle en s'appuyant à nouveau contre la porte.

— J'avais des chauffeurs.

Il prit une profonde inspiration et quand il reposa les yeux sur elle, une peur familière s'empara de Ledi. Il avait cette expression – celle qui ne changeait jamais, quels que soient la couleur de peau, l'âge ou le sexe de son interlocuteur. C'était l'air que prenaient ses divers parents de substitution quand ils la convoquaient dans la cuisine ou le salon pour lui expliquer qu'elle allait partir en évitant soigneusement de la regarder dans les yeux.

La culpabilité.

— J'hésitais à te parler de ma fortune et de ma famille parce que je ne voulais pas que tu te laisses influencer, déclara-t-il. J'ai l'habitude d'être jugé pour ce que je possède et ce que je représente, et non ce que je suis en tant que personne.

Il fronça les sourcils et Ledi voulut tant caresser son front pour dissiper ses inquiétudes, mais elle attendait la suite.

Il ouvrit la bouche, la referma.

— C'est seulement que…

Il prit une profonde inspiration.

Attention, ça arrive. Ledi se prépara à encaisser le choc. Pourquoi s'était-elle hasardée à tenter l'aventure alors qu'elle savait qu'une expérience donnait systématiquement le même résultat dès lors qu'il s'agissait de sa vie sentimentale ? Elle aurait dû rester chez elle à réviser. Elle préférait mille fois analyser des études de cas sur des fasciites nécrosantes plutôt que subir ce rejet imminent.

— Bon, je me lance. (La bouche de Jamal se tordit sous les poils de sa barbe.) Tu me plais.

Ledi en eut le souffle coupé. Trois mots empreints de confusion, de peur et d'espoir, tout entremêlés comme des brins d'ADN. Elle le dévisagea, attendant le « mais », en vain. À la place, elle se trouvait face à un visage consterné.

— Je suis nul pour ces choses-là. (Il secoua la tête.) Je n'ai jamais eu à dévoiler mes sentiments et, de toute façon, c'est la première fois que je ressens ça. J'ai passé les trois quarts de ma vie à me préparer pour le travail qui m'attend. Les relations amoureuses, ça restait un loisir.

Ledi fut quelque peu surprise par ces propos ; cela ne semblait pas si différent de sa vie à elle.

Les doigts de Jamal caressaient son bras, lui donnant la chair de poule malgré la chaleur étouffante à l'intérieur du wagon. Elle se colla à la porte, s'écartant encore de Jamal, comme si elle essayait d'échapper à sa force d'attraction. Lui, en revanche, n'essayait pas de résister à la sienne. Au contraire, il continuait d'effleurer sa peau, éveillant son désir. Il l'observait d'un regard pénétrant, comme s'il cherchait à sonder son âme et son cœur, et escomptait qu'elle lui rende la pareille.

Ledi ne s'était jamais sentie aussi vulnérable. Elle voulait s'enfuir en courant, mais ce sentiment de familiarité et d'appartenance qui s'était brièvement emparé d'elle au moment de leur rencontre l'étreignit à nouveau, et même encore plus fort.

Jamal sourit, mais son regard ne s'adoucit pas.

— Ceci, au moins, est la vérité. Je t'apprécie, Naledi. J'apprécie l'homme que je suis quand je suis avec toi, l'homme que tu me donnes envie d'être. Je veux apprendre à te connaître. Je veux te montrer qui je suis, qui je suis vraiment.

Il serra les lèvres, comme il l'avait fait à l'Institut le soir où elle l'avait formé – comme s'il attendait qu'elle le réprimande. Ledi ne sut quoi répondre. De plus, les caresses de Jamal sur son bras la déconcentraient autant que ses paroles. Elle ignorait comment réagir ; son mécanisme de défense aurait dû se mettre en branle, mais ce type d'attaque était inconnue et parvint à se frayer un chemin.

Soudain, Jamal eut l'air grave.

— Et c'est pour ça que tu dois savoir…

Bizarrement, elle eut l'impression de flotter en apesanteur, jusqu'à ce qu'elle se rende compte qu'elle tombait.

— Dyckman Street ! cria la conductrice.

Les portes s'étaient ouvertes derrière elle sans avertissement – ou du moins sans avertissement qu'elle aurait pu entendre dans son état – et elle allait s'étaler sur le quai.

En deux temps, trois mouvements, les mains de Jamal la saisirent par les épaules, interrompant sa chute disgracieuse pour la ramener vers lui. Le tintement de la sonnerie indiqua la fermeture automatique des portes, qui coulissèrent après qu'ils furent tous deux debout sur le quai. Jamal ne la lâcha pas et, alors qu'il la serrait contre son torse, Ledi put constater une fois de plus la chaleur et la robustesse de son corps.

— Voilà pourquoi il ne faut pas s'adosser aux portes ! cria la conductrice depuis son hublot tandis que la rame quittait la station.

Jamal rit et toisa Naledi.

— Je t'avais prévenue. Le pauvre biquet ouvre le score.

Il était appuyé contre elle, la maintenant contre lui, mais il ne lui faisait pas du charme. Il la regardait comme un homme qui l'appréciait sincèrement, et elle était certaine de le regarder de la même manière – il lui plaisait aussi. Énormément. Même si cela échappait à toute logique, même si elle n'était qu'une bande Velcro défectueuse et que Jamal ne tarderait pas à s'en rendre compte. À cet instant, plaquée contre lui sur un quai de métro crasseux, Ledi inspira profondément et se dit que prendre des risques n'était sans doute pas ce qu'il y avait de pire dans la vie.

— Je bafoue probablement la déontologie des guides, mais...

Elle se dressa sur la pointe des pieds et déposa un baiser sur les lèvres veloutées de Jamal, qui l'empoigna par les hanches avant de l'embrasser à pleine bouche. Et quand Ledi fit glisser sa langue contre la sienne, il poussa un grondement de plaisir.

Pendant quelques secondes de sérénité, elle ne pensa à rien – ni à sa relation avec Portia, ni à son directeur de thèse injoignable, ni à son service à l'Institut – et elle se contenta de savourer ce moment d'intimité avec Jamal.

Étudier, c'était surfait.

15

Thabiso porta son attention sur la sensation de légèreté qui guidait ses pas depuis que Ledi l'avait embrassé dans les entrailles sordides et infestées de rats de New York. L'adrénaline était retombée depuis, mais il avait toujours envie de soulever Ledi et de la faire tournoyer en l'air tandis que les cordes de l'orchestre national du Thesolo entonnaient derrière eux une mélodie lyrique. Toutefois, cela aurait été exagéré, même pour un prince. Sans compter que la seule musique de fond à cet instant était le reggaeton dont les basses s'élevaient du téléphone de l'un des hommes qui jouaient aux dominos sur une table bancale.

Thabiso réprima l'envie de donner corps à ces clichés de romantisme, à l'exception d'un seul. Il souleva la main qui tenait celle de Ledi, qui était bien plus douce qu'il ne l'avait imaginé vu comme celle-ci se tuait à la tâche, et déposa un baiser dessus.

Elle sourit et replaça ses cheveux derrière ses oreilles. Elle était nerveuse, visiblement ; elle avait endossé le rôle de guide touristique dès qu'ils avaient quitté la station de métro, se lançant dans un exposé sur le quartier tout en évitant soigneusement de croiser son regard.

Ils avaient fait un tour du parc Fort Tryon, une oasis inattendue de verdure contrastant avec le bruit et l'animation de la ville. Elle lui avait montré l'extérieur des Cloîtres, un monastère français qui fut transporté à New York pierre par pierre, car les États-Unis devaient importer leurs antiquités. Ledi lui avait raconté l'histoire de Washington Heights, lui avait expliqué le rôle qu'avait joué le quartier dans la guerre d'Indépendance, l'émergence d'une enclave latino et l'embourgeoisement qui menaçait celle-ci. Il remarqua qu'elle était fort volubile quand elle parlait d'autres sujets qu'elle-même. Il doutait que ce fût une coïncidence.

Ils approchaient d'une pente abrupte, mais cela n'eut guère raison de ses techniques d'évitement.

— Et l'été, des films sont parfois diffusés ici...

— Naledi.

Elle le regarda avec des yeux ronds. Pour peut-être la première fois depuis leur rencontre, elle semblait avoir baissé sa garde, et il put lire dans ses yeux toute la confusion qu'elle éprouvait – le trouble causé par leur baiser. Il n'avait aucune envie de savoir à quoi ressemblerait son visage quand il lui dirait la vérité, mais il le découvrirait bientôt.

— Asseyons-nous, proposa-t-il en lui montrant un banc face à l'Hudson.

Le soleil printanier mouchetait les eaux verdâtres du fleuve, les rendant aussi belles que les cascades limpides qui dévalaient les flancs montagneux du Thesolo. À moins que ce ne soit Naledi qui modifie sa perception.

— J'ai voulu qu'on fasse quelque chose dont tu avais envie aujourd'hui, et je doute que tu te détendes en me livrant un récit détaillé de l'histoire locale. Tu es toujours au service des autres. Laisse-moi faire quelque chose pour toi.

Il n'avait pas voulu dire ça, mais tandis qu'il l'écoutait dégoiser, il s'était rendu compte qu'elle érigeait un mur de mots entre eux, entre leur baiser dans le métro et leur escapade dans le parc. Il ne pouvait pas le permettre.

Que fera-t-elle quand elle découvrira tes mensonges ?

Ledi cligna les paupières plusieurs fois avant de lentement retirer sa main.

— Très bien. (Elle s'avança vers le banc, se tourna puis s'assit, altière comme la reine qu'elle était destinée à devenir.) Dans ce cas, divertis-moi.

Un frisson le parcourut, sans lien aucun avec la brise qui montait du fleuve. En revanche, il avait tout à voir avec la façon dont Ledi serrait les cuisses en croisant les jambes ou le regard dont elle le fixait. Elle ne baissait pas simplement sa garde, ce qui était déjà difficile pour elle, elle l'invitait dans son intimité.

— Tu veux que je danse ?

— Tu as retenu des pas des danseurs du métro ? fit-elle en haussant un sourcil.

— J'en connais d'autres, je te remercie.

Il sauta de côté, fléchit les genoux et se mit à remuer les hanches, exécutant les mouvements traditionnels que tous les petits garçons du royaume devaient maîtriser pour le rite de passage qui avait lieu tous les ans à la fête du printemps.

Ledi éclata de rire. Cette danse de la virilité n'était pas censée provoquer cet effet-là, mais elle ne pouvait pas le savoir. Si elle avait grandi au Thesolo, elle aurait probablement exécuté la version féminine de cette danse à son côté durant la cérémonie, étant donné qu'ils étaient fiancés. Or, elle n'avait pas été là, et Thabiso s'était entêté à danser seul. Personne d'autre que lui ne savait qu'il avait imaginé qu'une fille au teint de miel et aux yeux brillants de joie se trouvait en face de lui.

Il termina la chorégraphie sous les applaudissements amusés de Naledi.

— Ne fais pas comme si ça ne t'avait pas ramolli le foulard, la taquina-t-il en s'asseyant à côté d'elle, passant le bras derrière le banc sans craindre les échardes.

Un nouvel éclat de rire jaillit de la bouche de Naledi, aussi mélodieux que les cris des oiseaux entourant son palais à la tombée de la nuit.

— Ramolli le foulard ? Qu'est-ce que tu racontes ?

Elle leva les yeux vers lui, essuyant les larmes qui coulaient sur ses joues.

Thabiso se pencha vers elle.

— C'est une expression. Ça veut dire parvenir à un tel état d'excitation que ton corps commence à dégager de la vapeur qui, par condensation, ramollit le foulard traditionnellement amidonné qui orne ta tête.

Ledi cligna des yeux plusieurs fois de suite.

— OK, j'ai besoin d'en savoir plus sur l'endroit d'où tu viens, le pays où les gens se balancent vraiment ce genre d'expressions.

L'enthousiasme de Thabiso vira à la panique. Puis soudain, il lui vint une idée. Il y avait peut-être un moyen de lui révéler la vérité tout en effaçant les mensonges qu'il avait racontés. Ça fonctionnait souvent dans les contes de fées ; la Belle avait bien continué d'aimer la Bête après qu'il lui eut révélé être un prince. Des images de l'histoire traversèrent l'esprit de Thabiso ; la Bête agonisant toute seule parce que la Belle l'avait abandonnée. Ce n'était pas l'issue qu'il espérait.

— Bon d'accord, dit-il, ses neurones communiquant à toute allure jusqu'à ce qu'il trouve une façon de procéder. Tu m'as fait découvrir ton parc local, alors je vais en faire autant. Laisse-toi simplement guider. (Il lui jeta un coup d'œil pour s'assurer d'avoir toute son attention.) Nous sommes dans un jardin de plantes luxuriantes et de fleurs magnifiques importées des quatre coins du monde. Un oiseau majestueux prend son envol. Tu le vois ?

— Tu parles du pigeon ? demanda-t-elle, sceptique.

Elle haussa un sourcil quand le volatile gonfla ses plumes avant de pourchasser une femelle qui traversait une flaque d'eau.

— Quel pigeon ? C'est un paon ! Ils se promènent dans le parc près de chez moi, bien qu'il ne s'agisse pas d'une espèce indigène. L'animal, là-bas ? (Il lui montra le carlin passant à côté d'eux, les pattes arquées et la langue pendante.) C'est l'un des cochons qui vivent derrière les cuisines ; ils mangent les restes et produisent du compost. Nous ne les consommons pas, non pas parce qu'ils sont impurs, mais parce qu'ils sont trop intelligents.

— Je suis sûre que les vaches ont à y redire, répondit-elle avec ironie.

— Les vaches mènent une vie agréable, tout comme les chèvres, même si elles ne peuvent l'apprécier autant qu'un cochon. Certains animaux sont plus égaux que d'autres.

Les lèvres de Naledi se retroussèrent en un sourire et une drôle d'émotion étreignit le cœur de Thabiso. Il adorait la voir sourire. Il adorait en être la cause. Ce sourire disparaîtrait bientôt ; il souhaitait qu'elle pût lui pardonner.

— Est-ce qu'il y a un terrain de jeux ? demanda Ledi tandis qu'un père de famille passait devant eux avec un groupe d'enfants sur leurs trottinettes filant en direction des balançoires.

— Mes parents avaient installé un terrain de jeux pour moi, oui.

Elle devait imaginer une petite balançoire en plastique et non pas l'immense salle de gymnastique et les toboggans dignes d'un parc aquatique qu'ils avaient fait construire pour lui.

— C'était mon parc pendant quelque temps, expliqua Ledi. Quand j'avais 13 ans. J'habitais chez cette famille, les Davis, et je venais ici les week-ends pour faire du vélo. Parfois, je croisais les gamins de ma nouvelle école et on traînait ensemble. Là-bas, près des échelles de suspension, j'ai échangé mon premier baiser.

— C'est romantique.

— Dégoûtant, plutôt, répondit-elle avec un sourire. Il portait un appareil dentaire et on venait de manger de la nourriture chinoise. Je n'en dirai pas plus.

Thabiso n'éprouvait pas vraiment de la jalousie, mais il se demanda ce qui se serait passé si la famille de Naledi ne l'avait pas arrachée à son pays. Rien n'obligeait légalement la promise d'un prince à ne fréquenter que ce dernier mais, si les circonstances avaient été différentes, aurait-il été le premier homme que Naledi ait embrassé ?

— Il ne me plaisait même pas, ajouta-t-elle. Mon père de substitution a eu vent de ce qui s'était passé et n'a pas voulu garder « une fille facile » sous son toit car, je le cite : « C'est trop de boulot. » Au bout du compte, ce baiser ne m'a apporté rien de plus que des morceaux de poulet au sésame prémâchés et une nouvelle famille d'accueil. (Elle leva les yeux vers lui.) C'est curieux, il suffit que tu me fasses de l'œil et je prends la première sortie pour émo-ville alors que j'étais certaine que toutes ces vieilles histoires ne me faisaient plus ni chaud ni froid.

Elle eut l'air gênée, et peut-être un peu en colère. C'était légitime ; c'était cruel de mettre une jeune fille à la porte parce qu'elle s'était livrée à une exploration des plus naturelles.

— Alors, je suis honoré que tu m'aies choisi pour être ton copilote.

Soudain, le chemin sinueux vers la vérité s'élargit devant lui. Il sut comment lui dire. Il sut comment réparer ses erreurs.

— Je peux te raconter une histoire embarrassante, moi aussi, déclara-t-il.

— Serais-tu responsable d'autres incendies criminels causés par ton ego ? lui demanda-t-elle en arquant les sourcils.

— De manière symbolique, oui, répondit-il en se rapprochant d'elle. Mais je n'ai essayé qu'une seule fois de mettre le feu à tout un bâtiment pour attirer l'attention d'une femme. (Elle rit encore. Il lui prit la main et effleura sa paume du bout des doigts.) Quand j'étais petit, j'étais persuadé d'avoir une âme sœur, même si de nombreuses personnes me disaient le contraire. Pendant une courte période, j'ai demandé à mon entourage de faire comme si elle existait. Une assiette était dressée pour elle à l'heure du goûter, j'exigeais qu'on lui achetât des cadeaux, on me surprenait souvent à parler à une chaise vide. Mes parents ont fini par s'inquiéter et ont voulu me priver de cette âme sœur imaginaire, alors je me suis enfui pour la trouver. J'avais sept ans, alors ça ne s'est pas très bien passé.

Ledi sourit.

— C'est adorable. Je vois très bien la bouille que tu devais avoir gamin.

Le front de Ledi se plissa tandis qu'elle l'observait, et il se demanda si elle essayait de se figurer son visage en faisant appel à son imagination ou à ses souvenirs.

— Qu'est-il arrivé à ton âme sœur ? s'enquit-elle.

— J'ai cessé d'y croire depuis longtemps déjà. Le monde des adultes m'a rattrapé avec son lot de problèmes et j'ai arrêté de penser à elle.

— Parfois, on n'a pas le choix. J'ai arrêté de penser à mes parents parce que ça me faisait trop mal, et un jour je me suis aperçue que je n'arrivais plus à me souvenir d'eux.

Elle regarda le fleuve, l'air songeuse.

Thabiso sauta sur cette occasion qui ne se représenterait peut-être plus.

— Aimerais-tu en apprendre davantage sur eux, si tu le pouvais ?

Une expression de dégoût passa sur son visage.

— Pourquoi ? Ils sont morts et je me débrouille très bien sans eux. Savoir qui ils étaient n'y changera rien.

— Mais...

— Mon amie m'a procuré un test ADN. Je l'ai fait, mais je n'ai toujours pas consulté les résultats. Je suis Naledi Smith. Je bouffe des biostatistiques au petit déj' et je suis la reine de l'électrophorèse sur gel. Je n'ai pas besoin d'un passé.

Merde.

Le chemin vers la vérité s'étrécit à nouveau, se hérissant cette fois de ronces. Il lui avait demandé si elle voulait savoir, il avait sa réponse. S'il lui avouait qui il était, il irait en quelque sorte à l'encontre de son souhait. Il ne savait plus quoi faire.

Tu viens d'affirmer de manière très explicite que tu ne voulais rien savoir sur ton passé, mais je vais quand même t'en parler parce que j'ai besoin de t'expliquer pourquoi je n'ai fait que te mentir.

Thabiso s'efforçait de réfléchir à une façon de lui révéler son identité sans que cet aveu la détourne de lui quand une vibration fit trembler le banc. Ledi lâcha les mains de Thabiso pour attraper son téléphone.

— Désolée, j'attends un appel de mon directeur de thèse. (Thabiso lut l'inquiétude dans ses yeux comme elle appuyait sur « Répondre » et portait l'appareil à son oreille.) Allô ? Bonjour, docteur Bell, oui, c'est Naledi. J'espère que mon e-mail n'était pas trop... Oh. Oh. (Elle se leva et commença à marcher.) Ça n'a aucun sens. Je... Comment osent-ils ? Et surtout, pourquoi ? (Elle marqua une pause, hochant lentement la tête comme si la personne à l'autre bout du fil pouvait la voir.) Oui. Je comprends. Je serai là dans trente minutes. Merci.

Quand elle se retourna vers lui, son regard était vide, mais des larmes contenues faisaient briller ses yeux, et sa lèvre inférieure trembla pendant quelques secondes avant qu'elle n'y enfonce ses dents.

— Naledi ?

Thabiso se leva d'un bond pour se mettre debout à côté d'elle, mais elle recula.

— Je... waouh. Je n'arrivais pas à joindre mon directeur de recherche pour discuter de mon stage de terrain prévu cet été. J'étais censée l'effectuer au sein d'un groupe de travail qui étudie les poussées épidémiques de maladies infectieuses.

Ça avait l'air intéressant et terrifiant, bien que Thabiso fût stagiaire à La Haie, ce qui paraissait également dangereux, mais il s'y ennuya à mourir.

— Et j'imagine qu'il y a un problème.

— Mon directeur de recherche est à la tête de ce groupe de travail. Il ne répondait plus à mes e-mails et je viens d'apprendre que nous avons perdu notre financement. S'il était absent pendant tout ce temps, c'est parce qu'il essayait de rassembler le maximum d'informations, de protéger des communautés vulnérables potentiellement touchées par des épidémies et de régler les divers problèmes provoqués par la fermeture brutale d'une agence gouvernementale de premier plan.

Cela était préoccupant à plus d'un titre. En tant qu'ami, il était inquiet pour Naledi, et en tant que chef d'État, il craignait les répercussions que pouvait entraîner le fait de couper les fonds à un organisme de prévention des maladies infectieuses.

— Je suis navré de l'apprendre. Sais-tu pourquoi ?

À cause d'une mauvaise gouvernance, évidemment. Thabiso ne comprendrait jamais ce qui pouvait motiver de telles décisions. Puis il repensa à Tad/Todd, et à Alehk Jarami, l'oncle de Naledi. L'argent. Au bout du compte, c'était toujours une question d'argent.

— Parce que le gouvernement ne fait que sabrer les subventions accordées à la recherche scientifique. Oublie mon stage. Ils arrêtent de financer des recherches dont l'aboutissement permettra de sauver des vies. (Son regard était perdu dans le vague ; elle était visiblement sous le choc.) J'ai juste besoin… (Thabiso s'apprêta à la réconforter. Il ouvrait grand les bras quand elle s'écarta de lui.) Il faut que j'y aille.

Thabiso enfonça les mains dans ses poches.

— Bien sûr. Je veux dire, veux-tu que…, commença-t-il en la questionnant du regard.

Je peux t'aider ?

Elle secoua la tête.

— Je dois retourner à l'université. J'ai une réunion.

Elle posa la main sur son bras puis descendit la colline, son téléphone à la main. Elle s'était confiée à lui sur le banc, même après qu'il s'était fourré dans le pétrin. Et voilà qu'elle se refermait à nouveau.

Elle avait des ennuis, mais ne voulait pas de son aide. Pire, il ne lui avait toujours pas dit qui il était.

Il balaya le parc du regard et soupira en essayant de se rappeler le trajet jusqu'à la station de métro. Il se retrouvait dans une belle galère, en effet.

16

`Je suis désolée.`

Ledi ne prêta pas attention au SMS de Portia qui s'afficha sur l'écran de son téléphone alors qu'elle était assise dans son salon à siroter un cocktail bien mérité. Le Harbor Fog était ce que Julio, le patron de l'épicerie, avait de meilleur à offrir, et même si le mélange de jus de fruits et de vin était atrocement sucré, c'était toujours mieux que de ruminer l'horrible mauvaise nouvelle.

C'était également mieux que de penser à l'appartement d'en face dont ne s'élevait aucun bruit, et au fait qu'elle avait dû se retenir d'aller frapper à la porte pour demander à Jamal de la réconforter après son entretien avec le Dr Bell, même si elle l'avait planté en plein rendez-vous. Elle savait qu'il arriverait à la consoler, c'est pourquoi il était impératif qu'elle ne bouge pas de son appartement, comme elle l'avait fait chaque fois que les choses tournaient au vinaigre.

Depuis quand avait-elle besoin d'une aide extérieure pour quoi que ce soit ? La plupart du temps, personne, pas même Portia, ne savait quand Ledi traversait un moment difficile. Pourquoi accabler les autres avec ses problèmes ?

Elle avait toujours gardé ses plus intimes pensées pour elle, dissimulé ses sentiments avec soin comme s'il s'agissait de dossiers secrets enregistrés dans son ordinateur sous de faux noms pour éviter que des curieux cliquent dessus. Mais Jamal avait réussi à accéder au dossier nommé « Rien d'important » après seulement quelques jours. Elle s'était confiée à lui et, même si c'était terrifiant, elle en voulait plus. Oh, Seigneur, tellement plus ! Elle voulait se blottir contre lui et le laisser la caresser, l'embrasser, lui faire oublier que son existence était sur le point de dérailler.

Un frisson parcourut son entrejambe et elle serra les cuisses comme si cela pouvait l'empêcher de penser à l'homme qui avait déboulé dans sa vie, celui qui se trouverait bientôt à quelques mètres d'elle. Son scepticisme naturel et son côté superstitieux la poussèrent à se demander si la présence de Jamal n'était pas finalement liée à sa malchance.

Tu as baissé ta garde. C'est là que le mauvais se mêle au bon.

Cette réflexion n'avait rien de scientifique. Il était impossible que quelques jours avec Jamal l'aient menée à cette situation ; c'était toutefois l'impression qu'elle avait. Tout comme l'enthousiasme qu'elle éprouvait à l'idée de faire son stage pratique au sein du groupe de travail sur les maladies infectieuses n'avait pas amené le gouvernement à fermer celui-ci. Les sentiments n'étaient pas quantifiables comme des données statistiques, mais leurs effets n'en demeuraient pas moins réels.

Elle soupira et but une gorgée de vin sucré.

Cela importait peu au bout du compte. La présence de Jamal était temporaire. Mme Garcia rentrerait bientôt, et tout ce que Ledi se rappellerait à son sujet serait l'orgasme le plus intense et le plus inapproprié qu'il lui avait procuré.

Elle regrettait d'avoir dû lui faire faux bond dans le parc, mais elle se demandait à présent si cela n'avait pas été pour le mieux. Elle n'avait pas besoin de complications supplémentaires.

Ce qui n'empêchait pas son cœur de battre la chamade chaque fois qu'elle entendait du bruit dans le couloir.

Son téléphone vibra à nouveau. Cette fois, elle céda et lut le message de Portia.

Écoute, j'étais inquiète et bourrée, et je me suis comportée comme une conne. J'ai abusé.

Arrivèrent ensuite une photo d'un doberman en train de grogner, puis une photo d'un bébé doberman triste. Portia savait que Ledi ne pouvait pas résister aux GIF de chiens. Elle soupira et répondit au SMS avant de changer d'avis.

Je te pardonne. Principalement parce que ma vie part en sucette et que j'ai besoin que tu me rassures comme le ferait une amie en me disant que tout ira bien.

Waouh. Naledi Smith avoue qu'elle a besoin d'aide.

regarde par la fenêtre

voit des cochons voler

abat un cochon avec une flèche et rapporte du bacon à Naledi

Que s'est-il passé ? Tu as découvert quelque chose à propos de Jamal ?

Attends, je t'appelle.

Portia décrocha dès la première sonnerie, tâchant de faire amende honorable comme la pro qu'elle était. Puis elle écouta d'une oreille compatissante Ledi lui expliquer comment son stage de terrain était parti en fumée.

— Merde. Je comptais t'inviter à sortir demain soir quoi qu'il arrive, mais vu la situation, il faut absolument que tu viennes.

Ledi soupira.

— Faire la tournée des bars n'arrangera rien.

Elle but une gorgée de vin. Consommé en petites quantités, l'alcool l'aidait à relativiser, mais Portia avait parfois du mal à appréhender le concept de modération.

— Ce n'est pas ce que j'allais te proposer. Mes parents veulent que je participe à un gala de bienfaisance demain soir. L'invitation est pour deux personnes. J'imagine qu'ils nourrissaient l'espoir que je trouve un mec pour m'accompagner qui ne me donne pas de l'urticaire après seulement un rendez-vous.

Ledi allait faire remarquer à Portia que ses rendez-vous galants consistaient uniquement à s'envoyer en l'air, mais elle se dit que c'était vain.

— Leur amie qui travaille pour le ministère de la Santé publique, le Dr Okri, sera présente. Elle s'y connaît en direction de recherche et tous ces trucs-là. Je peux te la présenter si tu veux. Elle te trouvera peut-être un autre stage, ou du moins elle pourra t'apporter son aide.

L'espoir regagna Ledi. Cela pouvait-il être aussi simple ? Vraiment ? Elle n'avait pas tellement envie d'utiliser les relations de son amie pour réussir, mais elle avait essayé de respecter les règles et cela ne l'avait menée nulle part. Elle avait fui toutes les réunions extra-universitaires, évitant le réseautage qui lui aurait fourni bien plus de possibilités, alors à présent, elle devait prendre un peu sur elle et affronter le monde.

— Je t'en serais très reconnaissante, Portia. Merci beaucoup.

— Ne me remercie pas. Je suis ton amie et je tiens à toi, ajouta-t-elle sur un ton empreint de gravité, et Ledi ne put s'empêcher de se demander ce qui traversait l'esprit de son amie. Ledi, écoute, j'ai vu un truc bizarre sur les réseaux sociaux hier...

Ledi posa son verre sur la table basse au revêtement écaillé et se redressa sur son futon. Elle avait été tellement occupée à raconter ses problèmes que, pour la toute première fois peut-être, elle ne s'était pas enquise du bien-être de Portia.

— Tout va bien ? lui demanda-t-elle.

Portia était relativement populaire sur les réseaux sociaux ; elle avait récolté un bon petit nombre de followers grâce à ses photos artistiques, ses publications sur des sujets divers et variés, et l'intérêt qu'elle portait à tout et n'importe quoi. Ce n'était pas un problème en soi, mais parfois, elle suscitait la colère des cinglés.

— Oui. C'est à propos du gala.

Après quoi Portia se tut.

— Mmm, OK. Et qu'est-ce qui te tracasse ?

Il y eut un long silence lourd de tension.

— Oh, rien, c'est juste que... une tenue de soirée est requise, lâcha Portia avec un petit rire saccadé. Il faut que tu sois sur ton 31. Je peux te prêter une robe si tu veux, ou t'aider à en choisir une si tu veux qu'on aille faire les boutiques.

— J'ai une robe. Mais je te remercie.

— Parfait. Je passe te chercher demain à 20 heures.

Après que Portia eut raccroché, Ledi fut tentée de la rappeler pour lui demander ce qui l'ennuyait vraiment, mais elle devait d'abord se soucier de ses propres problèmes, même si ce n'était que pour cette nuit. Elle lança le moteur de recherche sur son smartphone et continua de lister les formations disponibles en épidémiologie de terrain. Elle avait passé une bonne partie de l'après-midi à faire ça, mais avoir un deuxième plan de secours au cas où le premier ne mènerait à rien était simplement du bon sens.

Au bout d'une heure de recherches, elle avait trouvé quatre postes vacants et trois personnes à contacter par e-mail. Elle doutait que l'une de ces pistes débouche sur quelque chose de concret, mais cela lui avait au moins rappelé qu'elle était tout à fait capable de s'adapter aux changements et de gérer les problèmes au fur et à mesure qu'ils survenaient.

Elle brancha son téléphone sur le chargeur, puis se laissa tomber sur son futon. Des bruits de pas lui parvinrent du couloir, mais son ventre avait cessé de se nouer après plusieurs fausses alertes ; les allées et venues dans l'immeuble n'arrêtaient pas. À en juger par l'odeur de marijuana qui s'infiltrait par-dessous la porte, le hipster qui habitait tout au bout du palier recevait du monde.

Cette fois-ci, cependant, elle entendit un tintement de clés, puis la porte de Mme Garcia s'ouvrir et se refermer. La déception l'envahit tandis qu'elle se vautrait sur le matelas.

Certes, elle avait abandonné Jamal sur une colline au nord de Manhattan, mais elle aurait quand même aimé qu'il vienne prendre de ses nouvelles. Elle attrapa son oreiller et le plaqua contre son visage, mortifiée. Quelques jours passés ensemble et un orgasme de folie ne signifiaient rien, surtout à New York. Les relations nouées dans cette ville étaient éphémères, au mieux, et bien plus que les autres dans ce cas précis, mais, comme une idiote, elle s'était permis d'espérer.

C'est là qu'on frappa à sa porte.

Probablement quelqu'un qui cherche où se trouve la fête.

La personne donna encore trois coups, cette fois avec plus d'insistance.

— Qui est là ? demanda-t-elle à travers la porte, car elle n'avait aucune envie de subir une nouvelle déconvenue en trouvant sur son palier un inconnu aux yeux explosés à la place de Jamal.

— Livraison spéciale pour une jeune thésarde qui a passé une très mauvaise journée, répondit une voix suave empreinte d'un accent familier.

Elle se sentait toujours aussi stupide d'espérer. Toutefois, elle se leva du futon et alla ouvrir la porte avec le même empressement que si elle attendait la livraison d'un colis.

Dès qu'elle vit le sourire éclatant de Jamal, tous les événements éreintants de la journée s'envolèrent. Sa membrane de protection se perça et ses défenses s'affaiblirent. Son cœur se mit à s'emballer et l'euphorie la gagna. Elle avait travaillé dans un laboratoire de recherches sur les addictions et avait vu les rats que l'on droguait avec de la cocaïne mélangée à du glucose déprimer dans leur coin jusqu'à ce qu'un technicien s'approche avec leur dose. Excités comme des puces, ils n'arrêtaient pas de courir dans leur cage, impatients de recevoir leur prochain shoot. Ledi se dit qu'elle comprenait mieux leur réaction désormais.

— Salut.

Pourquoi avait-elle tellement envie de le toucher ? Pourquoi souriait-elle jusqu'à en avoir mal aux joues alors même qu'elle avait passé une journée vraiment merdique ?

— Bonsoir.

Il souleva un sac en papier, et elle n'eut guère à l'ouvrir pour savoir ce qu'il contenait. Elle sentait l'odeur de charcuterie, d'huile et de vinaigre de son sandwich préféré chaque fois que le sac bougeait.

— On n'a pas eu l'occasion de manger, poursuivit-il, et j'ai pensé que tu n'avais sans doute pas eu le temps de casser la croûte puisque tu as dû te rendre à cette réunion de dernière minute... et comme je passais devant l'épicerie... (Il se tut et son sourire s'estompa comme il secouait la tête. Quand il posa à nouveau les yeux sur elle, Ledi remarqua l'intensité, l'insistance de son regard.) Assez de fausses excuses. Je me fiche de ces sandwichs cancérigènes, qu'ils soient délicieux ou non. Si je suis venu, c'est parce que j'avais envie de te voir. Je sais que tu as l'habitude de tout gérer seule, mais je voulais m'assurer que tu allais bien après cette mauvaise nouvelle. Tu vas bien ?

Toutes les certitudes que Ledi pensait avoir sur ses besoins et ses désirs s'effondrèrent, la laissant désemparée et vulnérable devant cette question. Le soutien, l'amitié, elle connaissait, mais c'était la première fois qu'elle avait en face d'elle un homme qui paraissait tellement contrarié pour elle qu'il pourrait traquer ceux qui avaient fermé le groupe de travail pour les étrangler de ses propres mains.

Ledi sentit l'émotion lui nouer la gorge, mais pleurer était inacceptable. Alors, elle opta pour l'autre réaction qui s'imposait : elle empoigna Jamal par le col de sa chemise et, pour la deuxième fois de la journée, l'embrassa à pleine bouche. Et cette fois, elle ne comptait pas s'arrêter.

17

Ça ne se passait pas du tout comme prévu. Pourtant, il avait l'impression que tout coulait de source.

Après que Ledi l'eut abandonné dans le parc, Thabiso avait passé la soirée à l'ambassade du Thesolo, où Likotsi avait organisé un cocktail de dernière minute, mais son esprit avait été tellement accaparé par Ledi qu'il avait accumulé les bourdes. Il n'avait pas arrêté de penser à la mauvaise nouvelle qui avait anéanti les espoirs de la jeune femme et l'avait poussée à fuir avant de craquer devant lui. Il n'avait pas salué l'ambassadeur kényan en swahili mais en français, il avait proposé à l'émissaire marocain une coquille Saint-Jacques enroulée dans du bacon, avant de se retourner pour présenter le même hors-d'œuvre à un ministre israélien.

— Tu planes, mon vieux, lui avait fait remarquer Johan en lui tendant un verre de vin.

Le prince du Liechtenbourg, coqueluche de la presse à scandale, était connu pour sa chevelure rouge sulfureuse, ses transgressions hebdomadaires et le fait que sa mère avait épousé un roi. « La célébrité sans les responsabilités », disait-il à Thabiso pour le taquiner à l'époque où ils fréquentaient le même pensionnat.

— C'est à cause d'une femme, n'est-ce pas ? *Schietze de mierde.*

Même le mélange de français et d'allemand propre au liechtenbourgeois n'avait pas remonté le moral de Thabiso.

— Un conseil ? lui avait demandé ce dernier.

Johan n'était pas vraiment un puits de sagesse pour ce qui était de forger des relations durables, mais peut-être qu'avoir chaque semaine une femme différente dans son lit l'avait doté d'une forme de clairvoyance.

— Ne t'attache pas, avait répondu Johan d'un ton sec avant de boire une gorgée de vin.

— Tu parles comme elle, avait dit Thabiso.

— C'est mon genre de femme ! Elle est là ?

Thabiso avait donné un coup de coude amical à Johan avant de changer de sujet pour parler de la conférence sur le dérèglement climatique qui se tiendrait à Paris.

Il avait fini par retrouver ses esprits et réussi à arranger les choses ; les convives étaient rentrés chez eux satisfaits, des partenariats commerciaux avaient été amorcés officieusement, un discours politique mutuellement bénéfique avait été livré sans rififi. Il était le seul à broyer du noir après cette soirée somme toute fructueuse.

La date de son retour approchait à grands pas ; il lui restait peu de temps pour révéler la vérité à Naledi et la supplier de lui pardonner. C'était comme une bombe à retardement qui grossissait jour après jour dans son esprit. Les conseils de Likotsi, subitement experte en matière de relations amoureuses, ne lui avaient pas été d'une grande aide. Elle avait passé la soirée à sourire comme une bienheureuse et à envoyer des SMS en cachette, et Thabiso était jaloux. Il enviait le bonheur de son assistante.

Alors, il s'était arrêté à l'épicerie en rentrant du siège des Nations unies et avait acheté deux des sandwichs qu'adorait

Ledi, et quelques bouteilles de bière a priori de bien trop bonne qualité pour se trouver derrière la vitre fêlée de ce présentoir. Il avait un plan : il passerait chez elle pour prendre de ses nouvelles, s'assurerait que son problème de stage était résolu ou sur le point de l'être, puis il lui avouerait chacun de ses mensonges, à commencer par son nom.

Puis elle l'embrassa.

Elle appuya ses lèvres de velours contre celles de Thabiso et effleura de sa langue la bouche qu'il avait brusquement fermée sous l'effet de la surprise et de la pudeur. Quand il l'avait rouverte pour accueillir Ledi, celle-ci avait exhalé un soupir de soulagement – de désir – si voluptueux que Thabiso l'avait senti vibrer en lui, parcourir sa peau et s'enrouler autour de sa colonne vertébrale comme une créature vivante, cherchant à assoiffer sa voracité. Thabiso réagit instinctivement aux caresses de sa langue et à ses gémissements sensuels dont l'écho se répercutait en lui. Son sexe s'éveilla et voulut participer, faisant fi de ses intentions.

Thabiso entra dans l'appartement de Naledi et referma la porte derrière lui sans cesser de l'embrasser, en partie parce qu'elle tenait son visage entre ses mains pour le maintenir près d'elle. De ses paumes, elle caressa sa barbe avant de laisser remonter ses mains sur sa nuque et d'entrelacer ses doigts pour l'attirer contre elle et sur le futon. Il lâcha le sac en papier, mais il n'aurait su dire à quel moment. Il n'essaya même pas d'entendre si les bouteilles en verre s'étaient cassées en percutant le sol. Son attention était entièrement dirigée sur sa bouche pulpeuse et sa jupe qui remontait sur ses cuisses, exposant sa taille à son toucher. Thabiso sentit son sang palpiter et son cœur s'emballer, mû par la joie de retrouver Naledi.

Elle était allongée en dessous de lui, sa langue caressait sa bouche tandis qu'elle glissait les mains sous sa chemise.

Thabiso ne s'était jamais vraiment intéressé aux paumes d'une femme, mais celles de Ledi, chaudes et expertes, enflammaient sa peau nue. Il l'avait comparée à la déesse des Pluies, mais il avait eu tort. Son élément était le feu.

— Merde. Naledi... attends... laisse-moi une minute.

Il appuya son front contre le sien et saisit ses deux poignets dans une main. Elle le regarda avec de grands yeux langoureux dans lesquels il vit se refléter son propre désir.

— Oh, désolée. C'était un peu une attaque surprise.

Elle fronça les sourcils et roula sur elle-même pour s'écarter de lui, mais il se pencha et captura sa bouche dans un baiser. Il l'embrassa avec une lenteur sensuelle, savourant le parfum de ses lèvres comme un papillon butinant le plus doux des nectars. Elle arqua le dos pour appuyer son entrejambe contre l'érection flamboyante de Thabiso et commença à onduler des hanches tandis qu'elle s'abandonnait à son étreinte.

— J'ai quelque chose à t'avouer, murmura-t-il entre deux baisers. Je dois te dire qui je suis.

— Je sais qui tu es. (Elle prit appui contre lui pour se redresser afin d'enlever son tee-shirt à imprimés. Dessous, elle portait un soutien-gorge gris en coton élimé qui rehaussait l'éclat de sa peau caramel.) Tu es l'homme qui a appris à cuisiner pour moi ; celui qui m'a fait rire comme personne auparavant ; celui qui m'a fait jouir si fort que j'ai cru que je m'étais fait pipi dessus.

Cela n'aurait pas dû le faire durcir, et pourtant. Ô bénis soient les Américains et leur manie de partager des détails intimes de leur vie ! Il fit courir son doigt sur la fausse dentelle effilochée qui ornait le bonnet du soutien-gorge. Elle frissonna lorsqu'il effleura par inadvertance sa peau, et Thabiso gloussa.

— J'aime que tu t'exprimes aussi librement.

Elle posa la main sur la sienne et, quand il leva les yeux vers elle, il la vit secouer la tête.

— Ce n'est pas dans mes habitudes, pour être honnête. J'ai l'impression d'avoir passé ma vie à essayer de tout maîtriser, mais là, j'ai envie que tout vole en éclats. Et je veux vivre ça avec toi.

Elle le regardait intensément et il lut le désir dans ses yeux, ainsi que la solitude qu'il y avait déjà décelée. Il avait appris à aimer son talent pour rester maîtresse de la situation en toutes circonstances, mais ce qu'il adorait par-dessus tout, c'était de la voir se dévoiler ainsi.

— Tu t'en vas bientôt, dit-elle, et ces mots le brisèrent.

— Il faut tout de même qu'on parle, répondit-il, mais il était à genoux sur le futon à présent, attirant Ledi contre lui.

Il dégrafa son soutien-gorge avec adresse et le laissa glisser sur ses bras. Il avait été drapé dans la soie la plus douce et le cachemire le plus luxueux, bien évidemment, mais aucune de ces étoffes n'était aussi parfaite que la peau de Naledi.

— OK, je sais que tu es un fils à papa en fuite, mais tu me fais dire des trucs niais que j'aurai honte d'avoir prononcés demain matin. (Elle secoua la tête et serra les paupières.) Bon sang ! Fais en sorte que ma dernière nuit soit mémorable, d'accord ?

Thabiso caressa sa poitrine et prit ses seins dans ses mains.

— Je peux faire ça.

Et il tint parole.

Il pressa les seins de Naledi, lécha ses mamelons, en suça la pointe avec gourmandise. Il l'excita ainsi, la titillant avec sa langue avant de refermer les lèvres sur son téton pour le mordiller délicatement.

— OK…, fit-elle d'une voix rauque. Il est possible que tu me tues avant que je ne meure d'embarras. Ça me va aussi.

Elle posa les mains sur son jean et tira sur sa braguette jusqu'à ce qu'elle ait la place de glisser la main dans son pantalon. Thabiso s'interrompit lorsque Naledi l'attrapa dans la chaleur de sa paume et commença à faire courir ses doigts le long de la hampe de chair confinée dans un si petit espace.

Il se pencha en arrière et ôta sa chemise d'un geste avant de se lever pour retirer le bas tout en veillant à ne pas délaisser Naledi. Sur le lit, elle enleva son pantalon de pyjama. Sa petite culotte était d'une couleur et d'une matière différentes de son soutien-gorge, mais celle-ci épousait ses formes et mettait en valeur ses hanches si bien que Thabiso s'interrogea brièvement sur l'intérêt des sous-vêtements assortis.

— Tu es sublime. (Il s'allongea sur le lit, recouvrant le corps souple et chaud de Ledi avec le sien. Elle gloussa, mais détourna les yeux.) Naledi, tu n'imagines pas…

La comparer à d'autres femmes aurait été irrespectueux. Elle était magnifique, comme d'autres femmes qu'il avait connues, mais aucune n'avait éveillé en lui ces sentiments.

— Tu es très belle, c'est un fait, mais tu me fais me sentir… Avec toi, j'ai l'impression de pouvoir être qui je veux.

Et c'était la vérité. Tout le monde avait appris à le traiter comme un futur roi, mais Ledi le libérait de cette prison, lui montrait qu'il était bien plus que le digne héritier de la lignée des Moshoeshoe.

Elle sourit et l'enlaça dans une étreinte qui exprimait bien plus que la simple concupiscence.

— Et avec toi, j'ai l'impression d'être déjà celle que je veux.

Il l'embrassa et les mots n'eurent plus d'importance. Elle caressa son dos et de délicieux frissons électriques le parcoururent. Il glissa la main entre leurs corps et la fit descendre jusqu'à l'entrejambe de Naledi, où s'exprimait toute l'intensité de son excitation. Il effleura des doigts ses lèvres chaudes et mouillées, puis y alla plus franchement, poursuivant sur cette voie puisqu'elle avait l'air de préférer ça, sans jamais cesser de l'embrasser.

— Oh, oui !

Elle commença à se tortiller, se raidissant à mesure que l'orgasme montait en elle. D'abord, elle pointa les orteils, puis elle resserra les cuisses avant de finalement se cambrer vers lui en poussant un cri d'extase qui faillit le faire jouir aussi. Ses membres retrouvèrent toute leur souplesse tandis qu'elle essayait de reprendre son souffle, allongée sous le corps de Thabiso.

— Tu as des préservatifs ? lui demanda-t-il.

— Je suis étudiante en santé publique, répondit-elle avec un regard ironique.

Elle ôta le couvercle d'un repose-pieds qui se trouvait à côté du lit et fouilla dedans jusqu'à attraper ce qu'elle cherchait : un chapelet de préservatifs.

Il le prit, déchira soigneusement l'emballage argenté et déroula la protection sur son sexe avant de se replacer entre les jambes de Naledi pour commencer à la pénétrer lentement. Elle se crispa légèrement, l'enserrant entre ses muscles intimes. La sensation était aussi délicieuse qu'insoutenable.

— Ledi, murmura-t-il, puis il pria pour qu'elle ne lui réponde pas en l'appelant par un autre prénom que le sien.

Il marqua une pause, la réalité s'immisçant dans ce moment de pur plaisir.

— Je vais bien, dit-elle, se méprenant sur le sens de cet échange. Mieux que ça, même.

Elle écrasa sa bouche contre celle de Thabiso et cambra les reins pour le prendre entièrement en elle. Thabiso était incapable d'expliquer ce qui se passa ensuite. Il se redressa sur ses coudes afin de pouvoir la regarder tandis qu'il allait et venait en elle comme un fou furieux, réalisant des acrobaties avec ses hanches comme s'il était possédé. Il était en bonne forme physique, il le savait, et il sollicita tous ses muscles dans un seul objectif : procurer du plaisir à Naledi. Et quand elle écarquilla les yeux, surprise par la violence des sensations qui l'envahissaient, quand sa tête s'enfonça dans le matelas et qu'elle s'agrippa aux hanches de Thabiso, aux draps ou à tout autre objet, il glissa à nouveau la main entre leurs corps et toucha son clitoris.

Elle poussa un petit cri aigu lorsque l'orgasme la happa, mais Thabiso l'avait senti bien avant. Elle l'enserra en elle, le massant en quelque sorte avec ses muscles intimes, et il laissa échapper un hurlement rauque comme l'ivresse s'emparait de ses sens.

Il s'écroula sur Naledi mais elle lui donna une petite tape, alors il utilisa ses dernières forces pour rouler sur le côté avec elle. Il inspira, humant le parfum de son huile capillaire, de sa transpiration et de son savon.

— Tu es en train de me renifler ? lui demanda-t-elle en se rapprochant de lui.

Ses jolies boucles effleurèrent son bras et son souffle caressa les poils de son torse.

— Peut-être.

Il tira quelques mouchoirs de la boîte posée à côté du lit et jeta le préservatif. Il entendit bouger à l'autre bout de la pièce et quand il se tourna, il vit deux paires d'yeux perçants braqués sur lui.

— Tes souris nous observaient, fit-il remarquer en l'enlaçant à nouveau. De sales petits voyeurs, ces rongeurs. C'est une première, cela dit.

— Je savais que ces deux-là étaient louches.

Elle gloussa, l'air heureuse et insouciante. C'était probablement la première fois qu'il la voyait ainsi. Tandis qu'il la regardait, son cœur se serra de chagrin. Se faire mater par des rongeurs n'était pas la seule expérience inédite de la soirée. Il n'avait pas envie d'analyser les sentiments qu'il éprouvait pour elle, pas quand tous ces non-dits le hantaient, réduisant à néant le bien-être post-orgasmique qui l'avait enveloppé et le laissant seul avec la dure réalité – à savoir que Ledi le prenait encore pour Jamal.

Elle ignorait toujours qui il était. Elle ne savait pas qui étaient ses parents ni d'où elle venait, et il n'aurait jamais dû coucher avec elle avant de lui avoir dit la vérité.

La chaleur quitta son corps et il desserra son étreinte.

— Ledi, écoute, il faut vraiment qu'on parle.

Il se pinça l'arête du nez tandis qu'il réfléchissait à la meilleure manière de s'expliquer.

Elle cessa de rire et se pencha en arrière, s'écartant de lui. Il n'en fallut guère plus pour que l'ouverture se referme.

— Hé, ne sois pas bizarre, maintenant. Ce n'était que du sexe.

Elle se leva d'un pas énergique et se dirigea vers la salle de bains.

Il se redressa et la suivit du regard, les mots qu'elle venait de prononcer pulvérisant même la haine qu'il éprouvait pour lui-même.

— Pardon ? Que du sexe ? Ce n'était pas que du sexe.

— Je t'assure que si. Pièce à conviction A : je vais faire pipi pour éviter d'avoir une infection urinaire. Ce qu'on fait juste après un rapport sexuel.

Elle haussa les épaules et entra dans la salle de bains, mais elle ne claqua pas la porte.

— Ledi, il y a un malentendu… (Thabiso marqua une pause, puis prit sa tête entre ses mains.) Plusieurs malentendus, en vérité. Mais je vais commencer par dissiper celui-ci, le plus simple : pour moi, ce n'était pas que du sexe. Tu me plais énormément et rien n'a changé.

Elle tira la chasse. Le robinet coula tandis que Naledi fredonnait « joyeux anniversaire ».

Quand il n'entendit plus le bruit de l'eau, Thabiso se rhabilla. Naledi sortit enfin de la salle de bains ; elle portait à présent un peignoir rose qu'il aurait trouvé très mignon s'il n'avait pas lu la méfiance dans les yeux de sa dulcinée.

— D'accord. C'était époustouflant, mais ça reste juste du sexe, dit-elle avec un haussement d'épaules censé exprimer, supposa-t-il, son indifférence.

Elle s'assit cependant à côté de lui et replia les jambes, laissant voir l'intérieur de sa cuisse dorée. Il effleura son genou du revers de la main, caressant sa peau sensible, puis s'arrêta pour lui prendre la main.

— Écoute…

À cet instant, on frappa à la porte. Ledi serra les paupières de frustration et sauta du lit en même temps qu'une nouvelle volée de coups retentissaient dans le silence.

— Portia, je suis désolée, mais le moment est vraiment mal choisi, commença-t-elle en ouvrant la porte. Oh. (Elle tourna la tête vers Thabiso.) C'est pour toi.

La peur noua l'estomac de celui-ci, mais il se leva et s'avança vers Likotsi qui le foudroyait du regard.

— Jamal, dit-elle sur un ton de reproche, ces deux syllabes traduisant tout le dégoût qu'il lui inspirait.

— Mmm… bonsoir. (Il ne savait pas comment expliquer la présence de son assistante à Naledi.) Voici mon amie.

— Ravie de vous revoir, répondit Likotsi avec un sourire amical, mais son expression redevint austère quand elle se retourna vers Thabiso. Il y a un problème. J'ai reçu des nouvelles de votre famille, et avant que vous ne me posiez la question, non, ça ne peut pas attendre. Je suis navrée de vous interrompre alors que vous vous amusez, visiblement, mais c'est de la plus haute importance.

— Eh bien, dit Ledi, manifestement mal à l'aise, nous pourrons parler demain de ta fortune familiale. Attends ! Rassure-moi, tu n'es pas un tueur en série plein aux as ou un banquier d'affaires, au moins ?

Thabiso souffla.

— Je t'ai déjà dit que je n'étais pas un tueur en série.

— Alors, t'es banquier ? s'enquit-elle en feignant l'horreur.

Thabiso ne put s'empêcher d'éclater de rire. Elle arrivait toujours à le faire rire, même quand il se trouvait dans une merde noire.

— Je dois réviser toute la journée, poursuivit Ledi dont le regard glissa vers la porte de Mme Garcia.

Elle soupira et il sut à quoi elle pensait. La vieille dame rentrerait bientôt. Likotsi avait reçu l'e-mail d'information concernant son vol ainsi que le lien pour l'enregistrement en ligne des bagages. Thabiso n'avait pas envie de penser au fait qu'il allait retrouver sa vie réelle d'ici quelques jours.

— Tu as des projets pour demain soir ? lui demanda-t-il.

— Vous, vous en avez, lui rappela Likotsi.

— J'ai un truc de prévu, oui, répondit Ledi en les observant tour à tour. Mais je peux essayer de me libérer en fin de soirée.

Thabiso la connaissait suffisamment pour comprendre que la plupart des hommes ne recevaient pas une telle faveur. Il fut tenté de demander à Likotsi de dire la vérité à Ledi sur-le-champ, histoire d'en finir une bonne fois pour toutes. Cela ne faisait-il pas partie de ses devoirs d'assistante royale ? Toutefois, Ledi méritait mieux que ça.

Likotsi se racla la gorge. Thabiso serra la main de Ledi avant de franchir la porte et de traverser le couloir avec son assistante qui fulminait à côté de lui.

Dès qu'ils furent à l'intérieur de l'appartement, elle se tourna vers lui, visiblement hors d'elle.

— Espèce d'imbécile suffisant et buté ! Vous avez la tête plus dure que le cuir d'un rhinocéros. À quoi pensez-vous ? Comment pouvez-vous jouer ainsi avec ses sentiments ? (Il vit des larmes briller dans les yeux de Likotsi, mais celle-ci s'empressa de les réprimer avant de poursuivre :) Oh, oubliez ça ! Certaines personnes adorent jouer avec les émotions des autres, il faut croire que ça les amuse. Je ne veux plus être votre conscience, j'en ai assez. Vous allez devoir développer la vôtre tout seul.

Thabiso ne savait pas trop comment réagir. Plus tôt dans la soirée, Likotsi était sur un petit nuage comme elle se préparait à rejoindre sa mystérieuse conquête.

— Tu veux en parler ? S'est-il passé quelque chose avec cette femme que tu fréquentes ? C'est pour ça que tu es venue me chercher ?

Elle tordit les lèvres, émettant un son de désapprobation.

— Je sais rester professionnelle. Je ne déboulerais jamais dans une pièce pour exiger que vous écoutiez mes problèmes. C'est votre job, ça.

Thabiso dut en convenir.

Elle soupira.

— Je ne la vois plus, alors il n'y a rien à dire. (Ses yeux brillèrent, mais elle afficha une expression neutre.) Vous, en revanche, vous avez un problème.

— J'essayais de régler ce problème en avouant la vérité à Naledi quand tu nous as interrompus, lui rétorqua Thabiso, les dents serrées.

Ils s'étaient tous passé le mot pour lui compliquer la tâche ou quoi ?

— Non, il s'agit d'un nouveau problème, répondit Likotsi en sortant sa tablette avant de tapoter l'écran. Un e-mail de vos parents, Altesse.

Elle lui tendit l'appareil.

`Objet : Ta fiancée a été choisie`

Thabiso regarda son assistante, dont le visage était dénué d'expression.

— Que suis-je censé faire maintenant ? lui demanda-t-il en passant la main sur sa barbe.

Le parfum de Ledi imprégnait encore sa peau.

Likotsi haussa les épaules.

— Je vous ai conseillé sur votre vie amoureuse à maintes reprises pendant ce voyage. Vous ne m'avez pas écoutée. Débrouillez-vous, Altesse.

Sur ces paroles, elle tourna les talons et se dirigea vers la salle de bains, l'une des seules pièces de l'appartement où elle n'aurait pas à le regarder.

Thabiso se laissa tomber sur le canapé. Peut-être pourrait-il être le premier roi célibataire du Thesolo ? Au train où allaient les choses, sa vie sentimentale lui posait beaucoup plus de problèmes que le petit royaume qu'il devait faire prospérer.

18

Ledi passa la journée suivante au laboratoire, puis à réviser avec Trishna, bien qu'elle fût tentée de se décommander pour s'allonger sur son lit dans une pose suggestive et laisser la porte de l'appartement ouverte. Mais rien ne pouvait la faire renoncer à ses études, pas même Jamal et son corps de rêve. Elle avait travaillé trop dur pour laisser cette toquade la détourner de son objectif – sans compter que son avenir était encore très incertain.

Pour autant, sa capacité de concentration était réduite. Son cerveau préférait rejouer des extraits des ébats les plus torrides qu'elle avait jamais eus plutôt que de lire des études de cas. Lorsqu'elle parvint enfin à ne plus penser à Jamal et au fait que ce dernier obnubilait ses pensées, elle commença à angoisser à l'idée de rencontrer le Dr Okri au gala du soir et ne parvint pas davantage à se concentrer.

Quand Trishna avait voulu savoir pourquoi elle se comportait aussi bizarrement, Ledi avait botté en touche. Puis elle s'était rappelé les propos de Jamal. « J'ai remarqué hier que tu avais du mal à déléguer. » Elle avait donc exposé son dilemme à Trishna, et cette dernière avait aussitôt envoyé un e-mail à tous ses amis et relations pour qu'ils l'aident à trouver un nouveau stage pratique pour Ledi au cas où l'entretien avec le Dr Okri ne mènerait à rien.

Ledi s'étonna de sentir ses yeux piquer tandis qu'elle regardait sa camarade de classe pianoter sur le clavier de son ordinateur portable. D'abord Portia, et à présent Trishna, que Ledi maintenait à distance depuis des mois.

À croire que les gens sont prêts à te filer un coup de main si tu les laisses faire, lui fit remarquer son cerveau de manière sarcastique, mais peu subtile. *À croire que c'est normal d'avoir parfois besoin des autres.*

Après avoir embrassé Trishna pour lui dire au revoir, Ledi regagna son appartement, nourrit les Grams, puis s'habilla en vitesse pour le gala de bienfaisance. Elle opta pour une robe fourreau violette qui dévoilait ses jambes, épousait ses formes et mettait en valeur son corps sculptural. Elle l'assortit d'une étole noire ainsi que de ses plus chics escarpins. Elle hydrata ses cheveux et leur donna du volume de sorte qu'ils encadrent son visage, puis elle se maquilla, misant sur la sobriété et l'élégance. Tandis qu'elle se préparait, elle ne put s'empêcher d'espérer que Jamal frappe à sa porte avec un colis de La Spatule d'Or sous le bras et un sourire sur le visage. Et rien de plus, peut-être. Elle devrait décliner son invitation à dîner, mais à son retour, elle pourrait toujours déguster le dessert.

Toutefois, la réalité eut vite raison de ce fantasme. En effet, même s'ils se revoyaient plus tard dans la nuit, d'ici une semaine, elle n'aurait plus aucune nouvelle de lui. Comment pouvait-il en être autrement ? Surtout s'il était l'héritier d'une famille fortunée, et elle, une modeste orpheline. Son estomac se noua, mais elle n'y prêta pas attention et préféra se concentrer sur l'application de son rouge à lèvres.

Son téléphone vibra, lui indiquant que Portia l'attendait dehors. Elle attrapa son sac à main et se hâta de sortir, sautant par-dessus une petite boîte que quelqu'un avait laissée devant sa porte. Elle tourna sa clé dans la serrure et ramassa le colis tout en se dépêchant de quitter l'immeuble ; elle habitait dans une rue étroite et elle détestait entendre les coups de klaxon et les jurons qui s'ensuivaient chaque fois qu'une voiture se garait en double file.

Elle ne put cependant attendre d'être arrivée tout en bas de l'escalier pour découvrir le contenu de la boîte. Elle défit l'emballage et retira le couvercle tandis qu'elle dévalait les marches. Elle avait déjà servi des tables juchée sur des escarpins, et elle était convaincue de pouvoir courir au moins cinq kilomètres en talons tout en portant des plateaux chargés. Ouvrir une boîte, à côté, c'était de la gnognotte.

Un rectangle de papier de qualité se trouvait à l'intérieur ; l'espace d'un instant, elle éprouva la crainte ridicule d'y lire « Salutations du Thesolo », mais la belle écriture déliée appartenait visiblement à Jamal.

Ledi,

Je suis navré d'avoir dû te quitter de cette manière hier soir. J'ai reçu des nouvelles inquiétantes de mon pays et d'autres sont encore arrivées ce matin. J'ai passé la journée à essayer d'éteindre des incendies (métaphoriques – j'ai retenu la leçon, ô Ledi, déesse des Extincteurs !) Mes jours à New York sont comptés et je dois impérativement te voir ce soir. Il y a certaines choses dont nous devons discuter, c'est capital, mais surtout, je veux te voir. Je devrais me concentrer sur mon travail, mais je passe tout mon temps libre à penser à toi. Il semblerait que tu aies pris une grande importance dans ma vie. Voici un petit cadeau pour te porter chance.

Ton voisin, Jamal (pour l'instant)

Quand elle écarta le papier, elle vit une petite fiole en verre ornée d'entrelacs métalliques dans la doublure en coton de la boîte. La fiole était reliée à une chaîne d'argent et pouvait donc également se porter comme bijou. Ledi souleva délicatement celle-ci et ôta le bouchon en liège qui la refermait. Une étrange chaleur se répandit dans sa poitrine lorsque l'odeur de l'huile parfumée gagna ses narines, et cela n'avait aucun rapport avec le fait que son soutien-gorge ampliforme la comprimait. Pourquoi Jamal lui faisait-il cet effet-là ? Comment un homme qu'elle connaissait depuis quelques jours seulement et qu'elle avait rencontré dans des circonstances plus qu'étranges pouvait-il lui couper le souffle ainsi ?

Elle appliqua une goutte d'huile sur son poignet, puis remit le bouchon en place et glissa la chaîne autour de son cou. Elle courut jusqu'à l'énorme SUV qui l'attendait devant le trottoir. Alors qu'elle tendait la main vers la poignée de la portière, un colosse fit le tour du véhicule pour la lui ouvrir.

OK...

— Carrément ? Une voiture de luxe avec chauffeur ? lança-t-elle à Portia tout en se glissant sur la banquette en cuir. On ne se refuse rien...

Son amie la regarda, l'air de ne pas comprendre, et Ledi se rendit compte que si elle s'efforçait de protéger son intimité, Portia en faisait de même avec cette partie-là de sa vie. Ledi avait dansé avec elle dans des boîtes de nuit branchées et dîné dans des restaurants gastronomiques, elle avait rejoint Portia et sa clique d'artistes friqués le temps d'un week-end dans le chalet de ses parents ou d'une garden-party pour célébrer la fête nationale dans leur maison de vacances des Hamptons. Ces moments-là avaient été merveilleux et rares pour Ledi, mais pour Portia, c'était tout à fait normal de posséder plusieurs propriétés et des chauffeurs aussi balèzes que des gardes du corps.

— Tu sens bon. Et tu es belle à tomber, commenta Portia, faisant fi de l'embarrassante question avec tout le raffinement que lui avaient appris les années passées à l'école des bonnes manières. Cette couleur te sied au teint, tu es rayonnante ! Et ce collier est divin.

Ledi fit courir son doigt sur les sarments métalliques qui entouraient la fiole.

— Je doute que le Dr Okri s'intéresse à mon apparence, mais chaque détail compte.

— Je ne te le fais pas dire ! répondit Portia en plissant les yeux.

Elle ouvrit un petit compartiment réfrigéré et en sortit une cannette.

— De la limonade ? s'enquit Ledi qui, par déformation professionnelle, fustigea intérieurement cette boisson pour le taux élevé de sucres qu'elle contenait.

Portia rit et secoua la tête.

— Non, du champagne. Dans une cannette ! Je crois que mon père a investi dans l'entreprise, ou quelque chose comme ça.

— Non merci. Je ne peux pas me permettre de solliciter un stage en bredouillant comme une ivrogne.

Portia continua de lui raconter sa vie tandis que la voiture se faufilait dans la circulation du vendredi soir. Elle avait signé pour un énième stage dans le monde de l'art, après avoir décrété que sa galerie actuelle ne lui plaisait pas. Elle prenait des cours de ferronnerie, en plus de sa formation en ingénierie sociale, et envisageait de participer à un cycle d'ateliers sur la gestion d'image de marque dans l'univers numérique. Elle évoquait toutes ces possibilités avec l'optimisme inébranlable dont elle faisait preuve chaque fois qu'elle se lançait dans une nouvelle activité ; Ledi espérait que l'un de ces projets rende enfin son amie heureuse.

— De quel genre de gala s'agit-il ? s'enquit brusquement Ledi en prenant conscience qu'elle n'avait pas la moindre idée de l'endroit où elle mettait les pieds.

Portia sortit un poudrier et réappliqua du rouge sur ses lèvres.

— C'est un gala de bienfaisance annuel en faveur d'une organisation panafricaine. D'habitude, j'y vais juste pour le riz wolof, mais c'est vrai qu'ils font un sacré travail. Campagnes de vaccination, microcrédits, suivi psychiatrique pour les personnes souffrant de stress post-traumatique dans les pays ravagés par les conflits... En plus, tout le monde est sur son trente-et-un. J'ai noué là-bas des relations amicales avec des artistes et des éducateurs.

— Ça a vraiment l'air intéressant. Merci encore de m'avoir invitée.

Portia l'observa d'un air interrogateur avant de ranger son poudrier.

— Je pense que la soirée sera plus qu'intéressante, mais on verra.

Ledi se tourna vers la vitre et regarda les gratte-ciel qui bordaient Park Avenue. Elle prit une profonde inspiration. Si la chance voulait bien lui sourire, les rencontres qu'elle ferait lors de ce gala changeraient sa vie.

19

Ledi pensait être bien habillée, mais dès qu'elle pénétra dans le hall de l'hôtel Waldorf Astoria, elle se sentit aussi insipide que du microgel noir et blanc entouré de magnifiques cellules colorées. Sous les hauts plafonds soutenus par des colonnes d'inspiration corinthienne, des femmes coiffées de foulards chamarrés et vêtues de robes wax dont les motifs bariolés n'avaient rien à envier au plumage d'un paon discutaient dans une multitude de langues. Des hommes en costumes à imprimés africains tout aussi élégants se tenaient à leur côté ou se dirigeaient vers le salon. Une femme s'avança vers l'ascenseur dans sa jupe orange qui virevoltait telle la queue enflammée d'un phœnix.

— Bonté divine ! s'exclama Ledi. Les plus grands top models du continent africain sont réunis ici, on dirait.

Ledi n'en revenait toujours pas tandis qu'elles montaient jusqu'au dernier étage de l'hôtel, où se trouvait la salle de réception. La musique rythmée par des percussions traditionnelles lui donna envie de se déhancher avant même qu'elle ait franchi la porte. Des employés vêtus de tabliers en tissu kenté arrivèrent aussitôt avec des plateaux garnis d'appétissants hors-d'œuvre. Ledi prit une mini-tourte à la viande, puis une deuxième, parce qu'elle avait faim, mais aussi parce qu'elle savait à quel point les fêtes où personne ne mangeait rien étaient pénibles pour les serveurs et qu'elle pensait à leurs poignets. Par ailleurs, refuser de la bouffe gratuite était un crime capital. Elles longèrent un mur tandis que Portia cherchait ses parents dans la salle.

— Mon père ne devrait pas être loin...

— Maman et papa jouent aux chaises musicales. On doit changer de table parce qu'il y a eu un problème avec les invitations et que je ne rentrerai jamais dans un si petit espace, fit une voix grave, au débit lent et à l'articulation exagérée.

Le regard de Ledi se porta sur un visage qui ressemblait tellement à celui de Portia qu'elle faillit sursauter.

C'était Regina, sa sœur jumelle.

Elles n'étaient pas identiques, mais il s'en fallait de peu. Les cheveux de Regina étaient plus courts que ceux de Portia, ses boucles étaient plus serrées, mais de la même couleur acajou foncé. Elles avaient les mêmes yeux noisette et le même sourire, à une différence près : celui de Portia était triste, celui de Regina sarcastique. Elle était assise dans un fauteuil roulant high-tech. Les roues étaient montées sur des jantes vermillon et semblaient tout droit sorties d'une bande dessinée. Ledi était certaine que c'était fait exprès. Il n'y avait pas que les jolies robes qui attireraient le regard des convives.

Portia évoquait parfois l'époque où sa sœur « était malade » quand elle avait trop bu, mais sinon, elle n'en parlait jamais, malgré la célébrité dont Regina commençait à jouir sur Internet. Ledi avait cru qu'il s'agissait d'une banale rivalité entre sœurs, mais à présent elle n'en était plus si sûre.

— Salut, frangine. Heureuse de te voir.

Regina considéra sa sœur d'un regard impénétrable.

— Reggie ! J'ignorais que tu serais là, répondit Portia en se baissant pour l'embrasser sur la joue.

— Tu le saurais si tu répondais à mes SMS, répliqua Regina avec un sourire caustique.

— Désolée. C'est juste... tu sais ce que c'est.

Regina n'avait pas l'air de savoir. Elle arqua un sourcil.

Au lieu de développer, Portia tendit la main en direction de Ledi.

— Je te présente mon amie Ledi.

— Oh, voici donc la Ledi avec qui tu sors tout le temps ?

Regina semblait... jalouse ?

La nervosité gagna soudain Ledi, coincée au milieu de cette passe d'armes entre sœurs. Elle s'efforça de paraître cool, mais cela dura à peine cinq secondes.

— Je suis ravie de faire ta connaissance. Je suis fan de ton site ! Je le lis tous les jours. Il est vraiment super.

Au temps pour la jouer cool.

Regina tendit le bras vers Ledi et même si elle tremblait légèrement, sa poignée de main était ferme.

— Euh... merci ? Je ne sais jamais quoi répondre aux gens qui aiment mon site. C'est pour ça que je préfère les interactions virtuelles. (Elle plissa les yeux et examina Ledi.) Attends un peu, ton visage m'est familier. Ton pseudo ne serait pas HeLaHoop ? (Ledi piqua un fard et Regina eut l'air gênée.) Oh, merde, je ne voulais pas te mettre mal à l'aise. C'est juste que tu as une chouette photo d'avatar en blouse blanche et tu as toujours des trucs intéressants à dire sur les publications où il est question de sciences, c'est pour ça que je me souviens de ton visage. Je me demandais justement si tu accepterais de rédiger une rubrique sur les femmes de sciences. Nos chroniqueurs sont rémunérés au cas où tu te poserais la question.

— Oh ! Ça pourrait être amusant, répondit Ledi, à la fois surprise et flattée. Quelques billets de plus, ça ne serait pas de refus !

— Oracle, prends note : envoyer un e-mail à Ledi à propos de sa rubrique.

Une lumière rouge puis verte clignota sur l'écran LED encastré dans le bras du fauteuil. Une voix de robot reproduisant celle de HAL dans *2001 : l'Odyssée de l'espace* lui répondit : « Bien noté, Reggie. »

— Ton fauteuil vient de parler ? demanda Ledi. C'est génial !

— Je suis sûre que ton téléphone parle aussi, répondit Reggie d'un ton moqueur, mais en lui souriant.

Ledi sentit qu'on la tirait par le bras. Portia.

— Le Dr Okri est là-bas. Il faudrait que je vous présente.

Les lèvres de Portia s'étirèrent en un sourire, mais celui-ci ne parvint pas jusqu'à ses yeux. Regina se rembrunit et baissa la tête.

— J'ai été vraiment enchantée, s'empressa de lui dire Ledi. On se verra à table.

— Ouais, renchérit Portia. On revient.

Le visage de Regina s'illumina.

— D'accord. Je vais… attendre maman et papa, alors.

Puis Ledi fut entraînée vers une femme imposante qui s'adressait à un petit groupe d'admirateurs rassemblés tout autour d'elle. Elle portait une robe de soirée bleu roi avec un imprimé représentant des oiseaux jaunes en plein vol et un foulard assorti était noué autour de sa tête, à l'africaine. Sa peau brune était si lisse qu'il était difficile de deviner son âge, entre trente et soixante-dix ans, et ses yeux pétillaient de bienveillance.

— Bonsoir, Miss Portia ! dit-elle d'une voix retentissante empreinte d'un accent qu'on ne pouvait que qualifier de « bourgeois new-yorkais » – une fois qu'on avait amassé une certaine fortune, on pouvait prendre l'accent qu'on voulait sans que cela suscite la moindre remarque. Cette charmante demoiselle est-elle l'amie dont tu m'as parlé ? D'où venez-vous, très chère ?

Cette question s'adressait à Ledi.

— Je parie qu'elle vient d'Érythrée, fit une femme du groupe. Elle ressemble comme deux gouttes d'eau à ma tante.

— Non, l'interrompit un homme avec un fort accent. Regardez ses pommettes ! Elle est forcément soudanaise. Je sais reconnaître les miens.

L'attitude défensive que prenaient les gens dès qu'ils évoquaient leur histoire ou leurs ancêtres poussa Ledi à en faire de même.

— Je viens de Manhattan, répondit-elle avec fermeté.

— Mmm, répliqua l'Érythréenne. Ta famille a dû jaillir du sol, alors.

— Oh, ne commence pas, Judy, la rabroua le Dr Okri avant de prendre Ledi par le bras. Cette jeune femme étudie pour devenir épidémiologiste, un atout pour notre communauté, quel que soit son pays d'origine. Nous devons discuter de sujets ennuyeux comme la science, mais je vous en prie, amusez-vous. Savourez les plats et la musique. Le programme de la soirée me met en joie.

Le Dr Okri la mena vers un coin à l'écart du groupe.

— Dites-m'en plus sur ce stage de terrain tombé à l'eau.

— Eh bien, j'étais censée faire partie du groupe de travail sur les maladies infectieuses.

— Qui n'existe plus grâce à des individus qui n'ont jamais ouvert un ouvrage scientifique de leur vie, compléta le Dr Okri. J'aimerais pouvoir affirmer qu'il n'y aura pas d'autres fermetures de ce genre. (Elle soupira.) Quoi qu'il en soit, si vous voulez effectuer votre stage à mon côté, vous êtes la bienvenue. Le travail en lui-même n'est pas très exaltant, mais on sera peut-être frappés par une nouvelle épidémie de grippe aviaire étant donné que personne ne fait ce qu'il faut pour l'éviter.

— Merci infiniment ! Ce serait vraiment génial. Le stage, pas l'épidémie.

Soulagée, Ledi se détendit. Sa carrière n'était pas fichue. Les choses ne s'étaient pas déroulées comme elle l'avait prévu, mais Portia avait volé à son secours et, avec cette pression en moins, Ledi pouvait enfin se concentrer sur ses examens. Elle se demanda si elle aurait l'occasion de partager la bonne nouvelle avec Jamal. Peut-être l'aiderait-il à fêter ça ?

— Ou peut-être qu'on découvrira une maladie mystérieuse comme celle qui frappe actuellement le Thesolo.

Ledi releva brusquement la tête.

— Pardon ?

Le Dr Okri poursuivit, visiblement passionnée par le sujet, sans même remarquer l'état de stupéfaction dans lequel ses paroles venaient de plonger Naledi :

— Ce n'est pas Ebola ni la malaria. Les sources d'eau sont propres, et aucun vecteur de contagion n'a été clairement identifié pour le moment. C'est le sujet dont tout le monde parle ce soir, surtout quand notre invité d'honneur n'est autre que le prince Thabiso.

Ledi se demanda si la pièce avait commencé à tourner ou si elle avait simplement des vertiges.

Le prince Thabiso. L'homme dont il était question dans les e-mails qu'elle recevait depuis plusieurs semaines se trouvait à New York et participait à la même soirée qu'elle ?

Impossible. Et pourtant, le Dr Okri n'avait aucune raison de lui mentir, à moins qu'elle ne participe à la supercherie – une pensée ridicule. Mais si le prince Thabiso était réellement dans cette salle, tout était possible, non ?

— Tout va bien, Naledi ?

Le Dr Okri la regardait fixement dans les yeux ; elle vérifiait sans doute si ses pupilles étaient dilatées.

— Oui, ça va, répondit-elle. J'étais très stressée à cause de ce stage et la pression vient de s'envoler d'un coup, ce qui m'a donné des vertiges.

Le Dr Okri hocha la tête.

— Je comprends. L'année de thèse est assez difficile comme ça, alors quand on doit faire face à des contretemps... Retrouvez Portia, profitez de ces mets délicieux et détendez-vous. Tout ira bien désormais.

Ledi prit une profonde inspiration. Le Dr Okri avait raison. Sa carrière académique était à nouveau sur les rails. Il lui restait au moins une nuit avec Jamal, une nuit de passion dont elle se réjouissait d'avance. Elle n'avait pas à s'inquiéter de toute cette histoire avec le prince Thabiso. D'ailleurs, elle s'assurerait de le trouver plus tard pour l'informer que des arnaqueurs se faisaient passer pour lui. L'idée de s'adresser à un prince lui faisait bizarre, mais il ne devait pas être si différent des autres hommes.

20

— Pardonnez-moi, Altesse, mais ce monsieur du Botswana insiste lourdement pour vous présenter sa fille, murmura Likotsi. Je lui ai dit que vous étiez occupé, mais je ne puis vous garantir qu'il ne rampera pas sous la table pendant le dîner pour surgir derrière votre fauteuil.

Thabiso ferma les yeux, exaspéré. La musique était agréable, les musiciens talentueux, la nourriture exquise, mais il n'avait goût à rien, car Ledi n'était pas à son côté.

Il ne lui avait toujours pas révélé qui il était – quoique, cela n'était pas tout à fait vrai. Il ne s'était jamais senti aussi lui-même que quand il avait passé du temps avec Naledi. L'adulation et les regards faussement effarouchés des femmes, les poignées de main cordiales et l'admiration des hommes, le fait que tout le monde le traite comme un membre de la royauté lui tapait sur les nerfs. Tout ce qu'il voulait, c'était rentrer à l'appartement, s'asseoir sur un futon inconfortable ou un canapé revêtu d'une housse en plastique ou cuisiner dans une modeste kitchenette en compagnie de Ledi.

— Tu peux lui expliquer que je ne suis pas disposé à rencontrer de nouvelles prétendantes, répondit-il en s'adossant à la niche dans laquelle il s'était réfugié.

Il lui faudrait se mêler aux invités à un moment ou l'autre, mais pour l'instant, personne ne l'avait reconnu.

— C'est un problème dont je n'ai plus à me soucier depuis que mes parents se sont chargés de me trouver une fiancée.

— Oui, Altesse.

Tandis que Likotsi s'éloignait, Thabiso remarqua une jeune femme qui faisait le pied de grue non loin de lui. Il faillit la congédier, mais il s'aperçut qu'elle portait un plateau. C'était une serveuse, comme il l'avait été pendant ces quelques heures catastrophiques quand il avait secondé Naledi à l'Institut.

— Désirez-vous encore un peu d'eau pétillante, Altesse ? Monsieur ?

— Oui, dit-il en lui présentant son verre vide. Merci, ajouta-t-il.

La main de la jeune femme trembla lorsqu'elle le servit, et quelques gouttes éclaboussèrent la chaussure de Thabiso.

— Toutes mes excuses ! Je ne renverse jamais rien d'habitude.

— Ce n'est pas grave, la rassura-t-il. Je sais à quel point ce travail est difficile. Ce n'est pas comme si vous aviez mis le feu à mes vêtements. Alors, nous aurions eu un problème.

Il sourit, espérant que cela la mette à l'aise, et fut ravi de la voir lui rendre son sourire.

— Merci, monsieur. Et félicitations.

— Je participe à ce gala de bienfaisance au nom de mon peuple, je n'agis pas dans mon propre intérêt, mais je vous remercie.

— Oh, félicitations pour ça aussi ! dit-elle avant de s'éloigner, la mine enjouée.

Thabiso fut quelque peu troublé par son attitude, mais les gens se comportaient bizarrement quand ils prenaient conscience qu'ils s'adressaient à une personne royale.

Des hanches familières drapées dans une étoffe violine traversèrent son champ de vision, attirant son attention, mais quand Thabiso tourna la tête dans la direction de l'apparition, il vit à la place de celle-ci une majestueuse robe de bal évasée dont l'imprimé reprenait les motifs traditionnels du wax.

Peut-être était-il tellement obsédé par Naledi qu'il commençait à halluciner. Ce ne serait pas la première fois ; après tout, ça lui était déjà arrivé quand il était enfant. Certes, il y aurait matière à s'inquiéter si tel était le cas, mais cela ne mit guère un terme au malaise qui semblait le gagner. Il devait la voir. Il devait lui dire la vérité. Il avait dressé toute une liste de conditions préalables dans sa tête, mais c'était ridicule, car le meilleur moment pour passer aux aveux, c'était *le plus tôt possible, espèce de lâche.*

Likotsi revint, mâchant quelque chose et enlevant les miettes de son revers.

— Ces plantains farcis sont divins. Voulez-vous en goûter un avant votre discours ?

— Non, répondit-il d'une voix tendue qui n'avait aucun rapport avec le fait qu'il allait devoir parler devant une centaine de personnes. Dans combien de temps pourrais-je partir, au plus tôt ?

— L'usage veut que l'invité d'honneur soit présent pendant au moins les deux tiers de la soirée. (La désapprobation empreignait les paroles de Likotsi.) Ne me dites pas que vous envisagez de partir pour la retrouver ? Pensez-vous vraiment qu'elle vous attend sagement chez elle ? Elle vous a dit qu'elle était prise. Peut-être est-elle avec un autre homme – un homme qui ne lui ment pas.

L'idée ne plut guère à Thabiso, qui serra les poings. La panique l'envahit tandis qu'il imaginait Ledi en compagnie d'un autre, peut-être celui qui la réconforterait quand elle découvrirait que Jamal s'appelait en réalité Thabiso.

— Elle n'a pas mentionné d'autre homme, répliqua Thabiso sur la défensive.

— Et vous n'avez pas mentionné que vous viviez dans un palais, lui rétorqua Likotsi avec un grand sourire. C'est amusant, toutes les choses qu'on omet de dire au début d'une histoire d'amour.

L'amour ? Serait-ce donc la raison du bonheur qui s'emparait de lui dès qu'il pensait à Naledi et de la colère qui lui brûlait les veines quand il l'imaginait dans les bras d'un autre ?

Impossible.

Ou inéluctable, si les prêtresses ne s'étaient pas trompées dans leur évaluation.

La musique s'arrêta et le brouhaha s'éleva dans la salle avant que le silence ne soit demandé. Le maître de cérémonie attrapa le micro et commença à plaisanter avec les convives.

— Tu as raison, dit Thabiso. J'ai une obligation et je ne peux pas m'en défausser parce que j'ai trop attendu pour parler à Naledi. Mais cette nuit...

— Si je ne m'abuse, vous m'avez dit un jour que votre vie sentimentale ne relevait pas de mes responsabilités. Ne changeons rien jusqu'à ce que vous lui parliez, si vous le voulez bien. Je ne suis pas d'humeur très charitable ce soir.

— Veux-tu te confier à moi, Kotsi ?

L'expression morne de son assistante inquiétait Thabiso. En l'observant avec attention, il remarqua les plis qui froissaient sa chemise. De plus, sa coupe aurait mérité d'être retouchée. Elle avait eu du temps pour se préparer avant la soirée, pourtant elle n'en avait rien fait. Dans le monde de Likotsi, c'était catastrophique.

— Si Naledi vous envoie sur les roses, comme c'est son droit le plus légitime, alors nous pourrons nous lamenter ensemble de nos déboires sentimentaux américains, répondit-elle. Un jour. Mais pas maintenant. C'est encore un peu douloureux, voyez-vous.

Thabiso posa une main sur son épaule.

— Tu es une femme bien. J'ignore ce qui s'est passé, mais je sais qu'elle est folle de t'avoir blessée.

— Je suis entourée de fous, dernièrement, répliqua-t-elle, mais son sourire était affectueux. J'espère pour vous que Naledi les apprécie autant que moi.

La voix du maître de cérémonie retentit.

— Le dîner sera servi sous peu, mais avant, permettez-moi de vous présenter notre invité d'honneur. Élu homme le plus puissant d'Afrique, et connu jusqu'à présent pour être l'un des célibataires les plus convoités au monde, Son Altesse royale, Porteur de Lumière et d'Amour, le prince Thabiso Moshoeshoe du Thesolo !

Thabiso voulut lever les yeux au ciel, mais l'homme se contentait de lire ce qui était écrit sur une carte. De plus, ce titre honorifique l'avait bien aidé à briser la glace lors de ses interactions avec les femmes. Ce passé n'était d'ailleurs guère lointain, mais penser à cela lui parut inapproprié. Tout ce qu'il voulait, c'était retrouver Ledi et lui avouer la vérité, puis rentrer chez lui auprès des siens. Tout le reste lui semblait dérisoire.

— Et apparemment, nous serons les premiers à féliciter le prince pour son mariage imminent ! Félicitations !

Quoi ? Les nouvelles allaient vite ! Il ne pouvait pas démentir l'information, cela provoquerait un scandale.

Thabiso serra les mâchoires. Il allait devoir faire semblant pendant un petit moment encore.

Il s'avança vers la scène. Alors qu'il montait la première marche, la robe violette apparut à nouveau dans son champ de vision, cette fois accompagnée de vacarme. Il se retourna et son regard croisa deux yeux bruns familiers écarquillés de stupeur. Son estomac se révulsa comme s'il venait de dévaler la plus haute cascade du Thesolo dans un tonneau.

Ledi. Avec son amie Portia, la même que la dernière fois, assise à côté d'elle. Ledi s'était levée, les poings serrés le long du corps, et la fureur visible sur son visage. Elle savait désormais qu'il était un prince. Elle pensait qu'il était fiancé et sur le point de se marier. Il s'attendit à ce qu'elle hurle et fasse une scène, mais elle tourna la tête vers sa copine et la foudroya du regard.

— Tu étais au courant, souffla-t-elle à voix basse, mais ses mots retentirent.

— Non ! Oui. Je m'en doutais.

Les épaules de Portia se voûtèrent de culpabilité.

— Tu t'en doutais et tu m'as amenée ici pour m'humilier ? lui demanda Ledi.

— Qu'est-ce que tu racontes ? s'écria Portia sous l'effet de la panique. C'est lui qui a menti ! C'est lui qui devrait être humilié !

— Dis ça à tous les gens qui nous regardent, gronda Ledi avant de contourner son amie et de se frayer un chemin à travers la foule désormais en pleine effervescence.

Thabiso eut l'impression que ses pieds étaient collés au sol, comme s'il se trouvait dans un film muet et qu'il regardait l'héroïne s'enfuir, mais soudain la rumeur s'élevant de la salle emplit ses oreilles et ses jambes remuèrent, le portant entre les tables décidément trop proches jusqu'à la porte que venait de franchir Ledi.

Il s'apprêtait à courir pour la rattraper, mais un fauteuil roulant lui barra la route. La femme aux cheveux courts qui était assise dedans lui jeta un regard plein d'arrogance tandis qu'elle enfonçait un bouton du fauteuil.

— Oracle, SMS pour Kelly : viens chercher une amie dénommée Ledi devant le Waldorf immédiatement, et emmène-la à l'endroit de son choix, dicta-t-elle.

Puis elle ôta son doigt et sourit à Thabiso.

— Il va falloir faire le tour. J'espère qu'elle ne sera pas partie quand vous arriverez en bas.

Thabiso ne savait pas qui était cette femme ni pourquoi elle s'interposait entre lui et la seule chose qui comptait vraiment pour lui, mais il s'exécuta. Il y avait peu d'espace pour circuler entre les tables et il bouscula au passage des convives scandalisés qui commençaient à se lever pour exiger des explications.

Il arriva devant l'ascenseur alors que la porte se refermait. Il glissa sa main dans l'étroite ouverture, priant pour que les détecteurs ne soient pas défectueux tout en se disant que c'était un risque à prendre. Les portes se rouvrirent, laissant voir Ledi, adossée à la paroi de la cabine. Son expression dénotait la panique – avait-elle peur de lui ? – et elle secouait la tête.

— Laisse-moi t'expliquer.

— Que vas-tu m'expliquer en premier ? Tes e-mails sans queue ni tête ? Ton irruption sur mon lieu de travail ? Comment tu t'es retrouvé dans l'appartement en face du mien ? Pourquoi tu m'as menti sur toute la ligne depuis le début ?

Elle ferma les yeux et gonfla les narines. Elle s'efforçait de contenir son chagrin, dont il était la cause. Thabiso voulut la prendre dans ses bras, mais cela apaiserait sa peine, pas celle de Naledi.

— Écoute, Naledi...

— Arrête, l'interrompit-elle d'une voix tremblante d'émotion qui ne manqua pas le surprendre. Je t'en prie... tais-toi. Rien de ce que tu pourras dire n'arrangera la situation.

Les larmes ruisselèrent sur ses joues et Thabiso sut que c'était terminé. Il ne savait pas tout d'elle après le peu de temps qu'ils avaient passé ensemble, il le reconnaissait, mais il savait la valeur qu'elle accordait à la fierté et à la résilience. Il l'avait blessée et, pire, il avait été témoin des larmes qu'elle n'avait su réprimer – ce qui était peut-être même plus grave que de les avoir provoquées. Il retira sa main, se retenant de tressaillir au son du « ding » qui annonçait la fermeture des portes. Naledi rouvrit les paupières juste avant, et la douleur qu'il lut dans ses yeux confirma à Thabiso à quel point il avait été ridicule et égoïste.

Il appuya le front contre le métal froid qui encadrait les portes.

— Altesse ?

— Je te rejoins dans un instant, Kotsi. (Peu importait l'endroit où il se trouvait, finalement. Il était comme engourdi par le choc, mais il était prince. Les sentiments attendraient.) Je sais que j'ai des obligations.

— J'allais vous suggérer qu'on s'en aille, répondit-elle. Peine de cœur et scandale sont des raisons suffisantes pour que l'invité d'honneur quitte une soirée, comme le veut l'usage. Mais nous devrions peut-être attendre quelques minutes.

Pour laisser à Naledi le temps de filer ; son assistante avait beau le traiter avec compassion, elle l'avait prévenu dès le début qu'il blesserait la jeune femme, et Likotsi avait toujours raison.

— D'accord. Crois-tu que l'épicerie vende du whisky écossais ?

— Non, mais nous sommes à New York. On y trouve tout ce qu'on veut.

— Presque tout, la corrigea Thabiso.

Likotsi hocha la tête avec tristesse.

Dans la salle de réception, les gens semblaient s'agiter, leurs bruits de pas et leurs éclats de voix parvenaient jusqu'à l'ascenseur.

— Prenons l'escalier.

Quarante-sept volées de marches plus tard, Thabiso s'était presque convaincu que c'était mieux ainsi.

21

— Lediii !

Ledi comprit que le sort continuerait à s'acharner sur elle dès qu'elle vit Brian pointer la tête dans son bureau le lendemain. Elle avait voulu se réfugier dans une cabane construite avec des coussins et se cacher du monde extérieur, mais son cursus ne permettait pas qu'on s'accorde un temps pour se remettre des tragédies mineures que nous réservait la vie – ni même des comédies. Peut-être expérimentait-elle un peu des deux. Ce matin, elle fonctionnait en pilote automatique. Après avoir nourri les Grams, elle avait quitté son appartement sur la pointe des pieds, feignant de ne rien ressentir quand elle vit la porte du logement 7 N. Elle n'avait presque pas fermé l'œil de la nuit, car elle craignait qu'il débarque à tout moment, puis elle s'était rappelé que son petit jeu visant à s'encanailler avec des roturiers avait été mis au jour et qu'il avait probablement regagné ses luxueux pénates… où l'attendait sa nouvelle fiancée.

Inspire profondément. Tu t'en fiches. Ce n'est qu'un enfoiré de plus dont tu pourras étudier le comportement.

Le collier qu'il lui avait offert bougea sous son chemisier. Si elle avait été plus forte, elle le lui aurait jeté au visage au moment où les portes de l'ascenseur se refermaient, mettant un terme à leur histoire comme dans un film. Mais elle n'avait pas pu. Ce parfum la réconfortait, et c'était le plus beau cadeau qu'elle avait jamais reçu, même s'il lui avait été offert par une ordure.

Elle avait laissé son téléphone à la maison ; dans l'ascenseur du Waldorf, elle avait enlevé la batterie de l'appareil, les doigts tremblants, pour éviter l'imminent déluge de messages de Portia. Jamal – Thabiso – l'avait blessée terriblement. Mais être déçue par un homme, ça n'avait rien d'exceptionnel ; quand votre meilleure amie vous faisait le même coup, en revanche, c'était insupportable.

— Bonjour Brian, dit-elle poliment, refusant de montrer ses émotions devant lui, sans compter qu'elle n'était vraiment pas d'humeur à se prendre la tête avec lui.

— Mon assistante de labo préférée ! Tu le sais que t'es ma préférée, hein ?

Elle se demanda s'il pensait vraiment que son rictus passait pour un sourire. Sans doute se disait-il que s'il lui demandait gentiment, elle passerait outre au fait qu'il s'intéressait à elle uniquement quand il voulait lui refourguer son boulot.

— Je sais que tu es censée t'occuper des colorations de Wright-Giemsa aujourd'hui, mais Kevin est malade et il faudrait que tu le remplaces.

— Encore ?

Ledi était épuisée depuis quelque temps déjà, elle se rapprochait de plus en plus du burn-out. Elle avait espéré un peu de répit en venant travailler après le cirque de la veille. Centrifuger des cellules, les colorer… tâcher de ne pas penser à l'abruti magnifique qui avait percé ses défenses non pas une, mais deux fois.

La révélation de Jamal avait également déterré une question qui la turlupinait de plus en plus et qu'elle dissimulait derrière sa colère et sa déception depuis la nuit dernière : si le prince existait, pourquoi recevait-elle tous ces spams du Thesolo ?

— Naledi ? (Brian haussa les sourcils et son front se plissa, évoquant les minuscules cerveaux qu'il voulait qu'elle dissèque.) Je peux compter sur toi pour sacrifier les souris ? (Il lui tendit sa blouse blanche et ses lunettes de protection comme s'il s'agissait d'accessoires sacrés nécessaires à l'accomplissement d'un tel rituel.) Si tu pouvais effectuer une perfusion transcardiaque sur le groupe rétrocroisé C57BL/6, ce serait super !

Il posa la blouse et les lunettes sur la table à côté d'elle, comme si elle avait déjà accepté. Déjà qu'elle avait du mal avec sa propre vie, voilà qu'elle devait tuer des rongeurs ! Maudit Brian ! Maudit Thabiso ! Trop, c'était trop.

— Non. (Brian continua de marcher, alors elle répéta en haussant la voix :) Non, Brian.

Il se retourna, l'air contrarié et agacé.

— Comment ça, « non » ?

Ledi inspira profondément.

— C'est très simple. J'ai mille choses à faire ce matin et je ne peux pas m'occuper de la dissection. Tu m'as demandé si je pouvais, et ma réponse est « non ».

Brian devint tout rouge.

— Qu'est-ce qui ne tourne pas rond chez toi ? Avoir l'esprit d'équipe, c'est donner un coup de main quand il le faut.

— Et être un bon superviseur, c'est veiller à répartir les tâches équitablement, répliqua Ledi d'une voix calme qui l'étonna elle-même, surtout quand elle sentait que ses joues chauffaient et qu'elle retenait son souffle. C'est moi que tu viens trouver, systématiquement, quand tu cherches à refiler ton sale boulot, alors que j'ai plus d'expérience que les autres. Tu me sermonnes quand j'arrive en retard, mais tu ne dis rien à Kevin quand il est « malade » chaque fois qu'il doit se charger des dissections. Je dis « non ».

Ils se fusillèrent du regard pendant plusieurs secondes. Ledi affûtait mentalement ses arguments, se tenant prête à riposter au cas où il rejetterait la faute sur elle et la ferait passer pour la méchante de l'histoire. Désormais, elle ne se laisserait plus marcher sur les pieds.

Apparemment, la Ledi facile à vivre avait été dévorée par les flammes de sa frustration et une Ledi beaucoup moins conciliante avait resurgi de ses cendres.

Ils continuèrent de se toiser ainsi, Ledi défiant Brian du regard, jusqu'à ce que la porte du laboratoire s'ouvre brusquement. Elle se retourna et vit une femme entrer, ses longs cheveux noirs balayant sa blouse fuchsia.

— Docteur Taketami ? (Ledi n'avait pas vu sa référente depuis trois semaines.) J'ignorais que vous étiez rentrée.

— Oui, la conférence sur l'immunologie s'est achevée hier soir. Je ne me suis pas encore remise du décalage horaire, dit-elle avec un sourire. Je suis venue ce matin parce que j'ai un service à te demander. J'ai quelqu'un qui souhaiterait en savoir davantage sur le laboratoire et j'aimerais que tu lui serves de guide. Pourrais-tu lui faire visiter nos locaux et lui parler du travail que nous effectuons ici ?

— Ledi était sur le point de disséquer les souris, s'interposa Brian, arborant un sourire dégoulinant d'arrogance.

— Non, j'étais sur le point de m'atteler à mon travail. J'en ai plus qu'assez de faire le tien en plus.

Le Dr Taketami les observa à tour de rôle.

— Brian, va m'attendre dans mon bureau. (Il émit un son de protestation, mais le Dr Taketami s'était tournée vers Ledi et ne prêtait plus attention à lui.) Je sais que tu as du travail, mais cette personne a exigé que je fasse spécialement appel à toi.

— Ah bon ? Pourquoi me voudrait-on moi, spécialement ?

Ledi s'efforçait d'assimiler tout ce qui venait de se passer. Elle avait dit « non » à Brian, l'avait à nouveau envoyé sur les roses devant leur responsable, et le ciel ne lui était pas tombé sur la tête. Le soulagement l'envahit, mais céda vite la place à l'appréhension. Chaque fois qu'un événement joyeux s'était produit au cours des derniers jours, elle avait eu un lourd tribut à payer par la suite. Pourquoi cela serait-il subitement différent ?

La porte s'ouvrit à nouveau et la colère chassa toutes les pensées de Ledi.

Cet enfoiré.

— Qu'est-ce que tu fiches ici ? s'écria-t-elle alors que Thabiso entrait dans le laboratoire d'un pas altier.

Il portait un pantalon de costume et une chemise finement tissée dont les motifs hexagonaux rouges, noirs et jaunes détournèrent presque l'attention de Ledi de sa peau d'ébène parfaite.

Naledi se tourna aussitôt vers sa supérieure hiérarchique :

— Je ne peux pas. Désolée, vous devrez trouver quelqu'un d'autre pour lui servir de guide.

— Mademoiselle Smith ! (Une main ferme se posa sur son bras, même si le Dr Taketami souriait de toutes ses dents.) Cet homme est un donateur. Un très généreux donateur.

— Alors vous me refilez à un étranger contre de l'argent ? répliqua Ledi à voix basse. Il existe un terme spécifique pour ça, vous savez.

Le Dr Taketami se pencha vers elle et murmura :

— Cet homme te harcèle-t-il ? Si c'est le cas, j'appelle tout de suite la sécurité. Sinon, la direction de l'université te saura gré de bien vouloir accomplir cette mission. Nous manquons de ressources financières et sans les subventions du gouvernement, c'est encore plus difficile. Si nous renonçons aux donations, autant arrêter tout de suite.

Ledi fusilla Thabiso du regard. Ce dernier l'observait d'un air hautain, le menton relevé, mais son regard trahissait une certaine nervosité.

Le Dr Taketami poursuivit :

— Et si tu lui accordes une minute, tu apprendras qu'il détient peut-être la solution à ton problème de stage pratique.

— J'ai déjà trouvé une étude de terrain en remplacement puisque l'université m'a laissée en plan, répondit Ledi avant de se rappeler le drame de la veille.

Le Dr Okri souhaiterait-elle toujours travailler avec Ledi après avoir assisté à la scène que celle-ci avait en partie causée ? Les commérages avaient dû aller bon train avant même qu'elle ait quitté la pièce. Le stage promis était-il encore d'actualité ?

Ledi continuait de fixer Thabiso d'un regard noir, alors le Dr Taketami se plaça devant elle.

— J'ignore ce que tu as trouvé, mais il est peu probable que ce soit aussi bénéfique pour ta carrière. Et je ne dis pas ça uniquement pour te convaincre de faire ce que je veux. Il s'agit là d'une chance incroyable, pour nous deux comme pour le programme.

Ledi plissa les yeux et croisa les bras. Elle détestait qu'on utilise sa carrière pour l'appâter, mais le Dr Taketami avait éveillé sa curiosité. Cette dernière en avait d'ailleurs parfaitement conscience tandis que son regard alternait entre Ledi et Thabiso.

— Puis-je vous laisser seuls, dans ce cas ?

— Bien sûr, répondit Ledi. Si vous faites en sorte que Brian s'occupe de traiter mes données et de disséquer les souris.

Le Dr Taketami sourit.

— Il sera ravi de s'en occuper. Passe dans mon bureau quand tu auras fini de lui faire visiter nos locaux.

Et sur ces mots, elle quitta la pièce.

Ledi baissa les yeux sur les chaussures de Thabiso avant de se rappeler qu'elle n'avait rien fait de mal. Elle releva la tête pour soutenir son regard et alors, un frisson la parcourut. Elle aurait souhaité n'éprouver que du dégoût pour lui. Hélas, elle se remémorait la caresse de ses mains sur sa peau sensible, le contact de sa bouche exquise contre la sienne. Elle détestait la façon dont il la regardait, avec ses grands yeux pleins d'innocence, comme un personnage dans un dessin animé Disney. À croire qu'il ne s'était pas immiscé dans sa vie pour la dynamiter de l'intérieur. Elle avait pensé qu'il pouvait être un virus à la minute où elle l'avait rencontré, et elle ne s'était pas trompée. Simplement, elle n'avait pas pris conscience qu'il agirait aussi vite.

— Voici donc l'équipement qui sert à tuer les souris ? lui demanda-t-il comme s'il était en droit de se rappeler leur conversation après ce qu'il avait fait.

Le visage de Naledi s'empourpra de colère.

— Que fais-tu ici ? Tu penses qu'en distribuant ton pognon à droite à gauche tu arrangeras les choses, monsieur le prince ? répliqua-t-elle.

Elle avait promis de lui faire visiter les lieux ; elle n'avait jamais dit qu'elle lui lécherait les bottes.

Il partit d'un rire caverneux qui s'insinua sous les vêtements de Ledi pour l'envelopper. Elle s'efforça de réprimer la sensation qui la gagnait.

— Même moi, je sais que certaines choses ne peuvent être achetées, répondit-il, et à présent qu'elle l'observait, elle vit le regret dans ses yeux. Mais il faut que tu saches que j'avais prévu de t'en parler...

— Stop. Tu as payé pour une visite et des informations sur le travail que nous accomplissons dans ce labo, pas pour que je t'autorise à t'insinuer à nouveau dans ma vie.

Thabiso eut un mouvement de recul comme pour esquiver un coup.

— Je sais que j'ai tout gâché, mais ne penses-tu pas au moins mériter une explication ?

Ledi leva les yeux au ciel.

— Garde-la pour ceux que ça intéresse. Moi, je m'en fiche. Je n'ai pas besoin de toi, ajouta-t-elle. Je n'ai besoin de personne.

C'était la vérité... auparavant. À présent, ces mots sonnaient faux. C'était un mensonge éhonté qui suscitait la pitié de tous ceux qui en étaient témoins.

— J'aimerais pouvoir en dire autant, dit-il en plongeant les mains dans ses poches.

— Voici le labo, fit Ledi d'un ton monocorde avec un geste de pure nonchalance.

Elle refusait d'écouter d'autres de ses mensonges, surtout quand il était si tentant d'y croire.

— On y fait des trucs de scientifiques. Un genre de magie, si tu veux, mais avec plus de paperasse.

— Je n'ai pas besoin d'un guide, Naledi, dit doucement Thabiso.

— Ici se trouvent les microscopes électroniques, poursuivit-elle comme si de rien n'était. Ils permettent de voir les plus infimes détails d'un organisme vivant. Rien n'échappe à ces lentilles Zeiss. Dommage qu'il n'existe pas de microscope pour passer les types comme toi à la loupe.

Elle n'avait pas eu l'intention de dire ça, mais l'avoir en face d'elle et être incapable de le haïr autant qu'elle l'aurait dû l'exaspérait.

— Naledi.

Il effleura son bras et elle recula pour se soustraire à la sensation qui avait commencé à parcourir sa peau. Elle refusa de le regarder, mais elle humait son parfum familier – l'odeur du bonheur. Elle eut soudain la gorge sèche. S'il la faisait pleurer dans le laboratoire, elle ferait mine de l'infecter avec de l'anthrax... à moins qu'elle le fasse vraiment.

— Je ne suis pas fiancé, déclara-t-il. C'est important que tu le saches. Il y a eu méprise. Il n'y a personne d'autre que toi dans ma vie.

Ledi ne prêta pas attention au soulagement qui la gagna à ces mots, parcourant ses veines, exposant son imprudence. Elle n'avait aucune raison de lui accorder le bénéfice du doute, si ce n'est pour le fait qu'il se tenait devant elle alors qu'il pourrait être en train de nager dans une piscine de billets ou de s'adonner à tout autre loisir princier. Cela ne changeait rien.

— Rectification : il n'y a personne dans ta vie, lui rétorqua-t-elle.

Il inspira.

— J'ai toujours pensé qu'on ne pouvait pas revenir en arrière, déclara-t-il, qu'il fallait payer pour ses erreurs – en partie parce qu'on m'a appris que je ne pouvais pas en commettre moi-même. (Elle lui jeta un coup d'œil, réprimant l'envie de le gifler pour lui ôter ce sourire penaud.) Je suis égoïste. J'estime que tout m'est dû. Tu as toi-même été témoin de ces traits de caractère le jour où tu m'as rencontré. Mais je suis un prince, Ledi. Avant cette semaine, je n'avais jamais eu à penser à autre chose qu'à ma personne et à mon peuple. Obtenir ce que je veux quand je le veux me paraissait un compromis équitable à une existence de servitude.

— Servitude ? J'ai Google, tu sais. J'ai enfin effectué des recherches sur toi, et tu m'as tout l'air de mener la belle vie. Tu as des serviteurs ; tu vis dans un palais ; tu es chéri par ton peuple. Tu m'excuseras de ne pas verser ma petite larme, hein.

Thabiso se rembrunit.

— Tu peux mépriser ma richesse, mais tu aurais eu la même vie si tes parents n'avaient pas fui le pays. Tu serais probablement déjà mon épouse et tu vivrais dans ce palais, entourée de serviteurs et adorée par ton peuple – *notre* peuple.

Ledi prit une profonde inspiration et, cette fois, elle ne parvint pas à cacher son émotion. Quand elle était enfant et qu'elle habitait chez des étrangers, elle se racontait les plus folles histoires quand elle n'arrivait pas à dormir, la nuit dans son lit. Des histoires où figuraient des châteaux et des rois, des princesses et des reines, et où les foyers d'accueil n'apparaissaient que dans les cauchemars. Elle avait enterré depuis belle lurette tous ces rêves stupides, mais voilà qu'ils resurgissaient sans crier gare.

— Pourquoi fais-tu ça ? Si ce que tu dis est vrai, mes parents étaient mon seul lien avec le Thesolo. Ils sont morts. Quel que soit le pacte ridicule qu'ils ont conclu quand j'étais gamine, cela ne me concerne en rien, répliqua-t-elle sur un ton glacial, mais c'était précisément ce dont elle avait besoin pour contenir les larmes brûlantes qui lui montaient aux yeux.

Il savait tout d'elle, et elle ne savait rien. À présent, il n'était plus seulement question de la trahison de Thabiso. Ignorer tout de ses origines lui avait permis d'affronter le monde de manière indépendante et autonome, et voilà qu'il lui proposait de la révéler aux yeux de tous. Et ça, ça changerait tout. La peur l'étreignit, lui faisant entrevoir une simple vérité : si elle apprenait qui étaient ses parents, elle saurait ce qu'elle avait perdu, ce dont on l'avait privée.

Elle n'était pas sûre de pouvoir le supporter.

Jamal – Thabiso – hocha la tête.

— Je n'ai pas le droit de te demander quoi que ce soit, mais un bon prince est avant tout un homme d'affaires. J'ai une proposition à te faire, qui te profitera autant qu'à moi.

Ledi voulait tourner les talons et s'en aller, mais elle en était incapable. Si ces e-mails étaient vrais...

— Crache le morceau.

— Mon pays fait face à une crise sanitaire. Mes sujets sont frappés les uns après les autres par une maladie qui semble n'avoir aucune source, et nos meilleurs médecins ne sont pas parvenus à résoudre ce mystère. Cette situation est évidemment problématique, entre autres parce que les gens ont commencé à chercher des réponses dans la sorcellerie et les superstitions. (Il soupira et passa la main dans sa barbe.) Certains dirigeants religieux, regroupés dans une secte petite par la taille, mais dont l'importance dans la vie politique est indéniable, pensent que ce fléau a frappé mon pays car j'ai courroucé la déesse.

Ledi pencha la tête sur le côté, comme si cela pouvait l'aider à mieux comprendre.

— Parce que tu n'as fait que raconter des craques ?

Il la regarda brièvement avant de détourner les yeux.

— Parce que je suis resté célibataire.

— Est-ce que tu te fous de…

— Écoute-moi, s'il te plaît. (Il tendit la main vers Naledi, mais il replia les doigts à la dernière seconde sans même l'avoir touchée. Le regret de n'avoir pu recevoir cette caresse tenailla Ledi, même si elle détestait se l'avouer.) Voici ma proposition : accompagne-moi au Thesolo. Tu pourras accéder à toutes nos ressources ; mon équipe d'épidémiologistes et de médecins sera à ta disposition. Il s'agit d'une situation inédite, d'une singularité comme disent les scientifiques. Les idées originales sont valorisées dans ton domaine, si je ne m'abuse.

Et merde. Il avait raison. Certes, elle aurait de quoi écrire si elle travaillait au sein du service de la santé de la ville de New York, mais sa thèse ne se démarquerait nullement de toutes les autres à moins qu'un événement remarquable ne se produise. Elle était certaine, en revanche, qu'aucun autre étudiant de sa promotion, voire des États-Unis, n'aurait l'occasion d'étudier une épidémie de faible ampleur localisée dans un royaume africain homogène. Savoir que ces gens souffraient ne l'enchantait guère, et si elle acceptait de suivre Thabiso, elle pourrait leur venir en aide tout en se forgeant une réputation. D'une pierre, deux coups. Et…

— Tu pourras également te familiariser avec ton histoire. Ton peuple. Le pays que tu n'as jamais connu.

— Je t'ai déjà dit que ça ne m'intéressait pas, répliqua Ledi même si son cœur s'était serré quand Thabiso avait prononcé ces paroles.

— Tu pourras faire la connaissance de ta famille, reprit-il avec douceur, comme s'il avait honte de jouer cette carte.

— J'ai… J'ai de la famille ? (Elle ressentit un éclair de joie aussi bref qu'inattendu, mais il fut bien vite suivi par un élan de rage.) J'ai de la famille et tu as attendu pour me le dire ? s'écria-t-elle d'une voix bien plus forte qu'elle ne l'avait voulu.

Thabiso eut un mouvement de recul et Ledi pinça les lèvres, repoussant la colère, l'espoir et le sentiment de trahison qui essayaient de l'envelopper. Elle ne se laisserait pas submerger. Elle le refusait.

— Je t'ai posé la question directement et tu m'as répondu que tu ne voulais rien savoir. Aurais-je dû te donner cette information de force ?

— Oui ! s'exclama-t-elle d'une voix déterminée, avant de se rappeler la fermeté dont elle avait preuve quand ils avaient évoqué le sujet au parc Fort Tryon. Non. Bref, dis-le-moi maintenant.

— Tu as un oncle et une cousine. Tes grands-parents, les parents de ta mère, font partie des personnes malades. Nous faisons tout pour les sauver.

Ledi le fixa du regard ; elle était incapable de savoir s'il mentait, mais elle ne pouvait croire qu'il pût tomber aussi bas.

— Que dois-je faire ? Et qu'en retires-tu, toi ?

Thabiso soupira, mais cette fois, il ne détourna pas les yeux.

— Tu n'as rien à faire de plus, en vérité. Seulement accepter d'être ma fiancée.

Ledi porta la main à son front et plaça l'autre devant Thabiso.

— Attends un peu. Tu es venu me présenter tes excuses pour avoir menti sur ton identité, et maintenant, tu me demandes de mentir à mon tour ? C'est ridicule.

— Je ne te demande pas de mentir. Tu es ma promise, par décret royal et religieux. Je ne te demande pas de faire semblant de m'aimer…

— Tu fais bien. Je suis une scientifique, pas une actrice, Bones.

— Bones ? (Elle le dévisagea, et il n'insista pas.) Quoi qu'il en soit… (Thabiso enfonça un peu plus les mains dans ses poches.) Les rumeurs vont déjà bon train après l'incident du Waldorf, mais on peut faire en sorte que ça joue en notre faveur. On peut raconter que tu ignorais qui j'étais, qui tu étais, et tu peux retourner au pays en fille prodigue. Ça devrait calmer ceux qui reprochent à tes parents d'avoir fui. Puis une fois que l'épidémie sera maîtrisée et la situation revenue à la normale, tu pourras dire que les États-Unis te manquent et rentrer à New York.

Ledi s'efforçait de n'éprouver aucune émotion, mais les dernières paroles de Thabiso avaient fait mouche. La fillette romantique qui se cachait en elle espérait qu'il la supplierait de rester, même si c'était bien la dernière chose qu'elle voulait faire. Ne méritait-elle pas qu'il lui mente également sur ce point ? Puis elle se rappela que personne ne voulait jamais qu'elle s'attarde trop longtemps.

Velcro défectueux.

Elle faillit décliner sa proposition.

C'est pour le boulot. Ça pourrait lancer ta carrière.

— D'accord. Je ferai semblant d'être ta fiancée, accepta-t-elle en lui tendant la main.

Elle serra fermement celle de Thabiso dans la sienne avant de la lâcher.

— Et ensuite, je m'en irai.

22

Ledi avait fait et refait sa valise plusieurs fois au cours d'une semaine déjà bien chargée. Partiels, recherche d'une nounou pour les Grams, rendez-vous de dernière minute pour se faire vacciner, obtenir un passeport et un visa spécial expédiés sur ordre du consulat du Thesolo.

Et surtout, éviter Portia.

`J'aurais dû le mettre au pied du mur et l'interroger dès que j'ai eu des soupçons. Je ne pensais pas que tu souffrirais autant si j'avais raison.`

Ledi devait reconnaître qu'elle avait passé des années à convaincre Portia, et à se convaincre elle-même, qu'aucun homme – quoi qu'il fasse – ne pouvait la blesser. Toutefois, Portia aurait dû savoir à quel point elle pouvait blesser Ledi.

`Je ne cherche pas d'excuses. J'ai mal agi, et j'en suis sincèrement désolée.`

Ledi rangea son téléphone, accablée de tristesse. Elle avait envie de voir son amie, même si celle-ci avait manqué de tact et de discernement, mais elle avait besoin de temps pour réfléchir avant de lui adresser à nouveau la parole. Elle tenait à analyser leur relation pour repérer les schémas dysfonctionnels et modifier son comportement en conséquence. Restait à savoir si Portia et elle en étaient capables.

Voilà pourquoi sa bicouche lipidique était si importante. Si quelqu'un la franchissait, c'était fichu. Elle continuerait de se soucier de cette personne, même si celle-ci la faisait horriblement souffrir. Du point de vue de l'évolution, il était nécessaire de se soucier des autres, mais d'un point de vue personnel, c'était une plaie.

Elle se concentra sur ses bagages, hésitant entre un ensemble jupe-veste classique et un jean skinny rose fuchsia. Elle fourra les deux dans la valise qu'elle referma d'un air résolu. Il n'existait pas de tenue idéale pour une toute première rencontre avec ses compatriotes – ou pour rendre un prince vert de jalousie.

Ne sois pas ridicule.

Elle avait à peine vu Thabiso – elle détestait ce nom. Chaque fois qu'elle devait corriger ce prénom dans sa tête, elle se rappelait qu'il l'avait dupée. Qu'y a-t-il dans un nom ? Embarras et humiliation, visiblement.

Elle avait de quoi s'occuper pendant son séjour ; elle avait téléchargé sur son téléphone toutes les informations disponibles sur l'épidémie potentielle ainsi que des dizaines d'études de cas à lire pendant son vol. Elle avait rassemblé les e-mails en rapport avec le Thesolo, les plus récents qui contenaient des explications sur l'histoire et la culture du pays. Elle se rendait compte à présent que ces courriers avaient été rédigés par Likotsi – la mystérieuse amie de Thabiso qu'elle avait croisée dans le hall de son immeuble, et qui était en réalité son assistante – afin de la préparer à la confession de Thabiso, qui n'était jamais passé aux aveux.

Elle les avait déjà lus en intégralité, s'imprégnant des faits et des photos comme une éponge desséchée. Cela faisait beaucoup à absorber en une fois, c'est pourquoi elle les avait lus et relus, se répétant qu'elle procéderait exactement de la même manière s'il s'agissait d'un devoir reçu en classe. L'objet du seul e-mail qu'elle n'avait pas encore lu allait droit au but : `Libiko et Kembe Ajoua, vos parents`. Ledi n'avait pas réussi à se voiler la face au sujet de celui-là, alors elle ne l'avait pas ouvert... pour l'instant.

La sonnerie de son téléphone la fit sursauter, l'arrachant à sa rêverie.

— Madame Naledi Ajoua, fiancée à Son Altesse royale le prince, Porteur de Lumière et d'Amour, Thabiso Moshoeshoe du Thesolo ?

L'homme au bout du fil aurait pu être commissaire-priseur tant son élocution était claire et rapide.

Entendre son nom de famille authentique à la place de celui qui figurait sur ses documents administratifs lui fit un choc. Le fait de s'appeler Smith lui avait offert l'anonymat ; elle avait toujours occupé les derniers rangs, que ce soit en classe ou ailleurs. Le patronyme Ajoua, au contraire, devait apparaître en premier dans une liste alphabétique. Un tel patronyme ne supportait pas la discrétion. Elle se demanda quelle aurait été sa vie si les travailleurs sociaux n'avaient pas trouvé les faux papiers de ses parents, mais cette pensée la mena sur un sentier périlleux, l'amenant à s'interroger sur la vie qu'elle aurait eue si ses parents n'étaient pas morts et sur les raisons qui avaient poussé ceux-ci à dissimuler leur identité.

— C'est bien moi, répondit Ledi, adoptant aussitôt un ton formel même si elle avait envie de raccrocher au nez de son interlocuteur et de balancer son téléphone à la poubelle, pour de vrai cette fois.

— Je suis votre chauffeur, missionné par le consulat du Thesolo pour vous conduire à l'aéroport. Avez-vous besoin de moi pour porter vos bagages ?

Waouh. Elle n'était guère habituée à être aussi bien traitée. Likotsi lui avait assuré qu'elle n'avait pas à s'inquiéter de quoi que ce soit concernant son voyage, et elle n'avait pas menti.

— Non merci, ça va, répondit-elle. Je descends.

— Je serai ravi de vous aider, insista le chauffeur.

— J'ai besoin de quelques minutes, dit Ledi en parcourant du regard son studio parfaitement rangé.

Elle toucha le rebord de la fenêtre où se trouvait normalement la cage des Grams et inspira profondément.

— Je comprends. Prenez votre temps.

— Merci.

Elle verrouilla l'écran de son téléphone portable et le glissa dans sa poche.

Elle se prépara à affronter ce qui l'attendait tandis qu'elle quittait son appartement avec sa valise et fermait la porte à clé. Aussi loin qu'elle se le rappelait, elle n'avait connu qu'une vie sans racines, trimballée d'une famille d'accueil à l'autre tel un plat de choux de Bruxelles dont personne ne voulait avant que ce légume ne devienne tendance. À présent, elle était sur le point d'embarquer pour son pays natal, sa mère patrie, et elle ignorait ce qu'elle était censée ressentir.

La porte de l'appartement 7 N s'ouvrit et Mme Garcia, bronzée et radieuse, passa la tête dans le couloir.

— Bonjour, *linda* ! Je t'ai à peine vue depuis que je suis rentrée et voilà que tu t'en vas ?

Ledi s'efforça de ne pas avoir l'air d'une personne qui avait commis des actes indicibles sur le canapé de sa voisine.

— Bonjour ! Comment s'est passé votre voyage ?

— C'était incroyable ! Je suis allée à la plage – une plage digne de ce nom ! J'ai pu revoir ma famille ainsi que des amis à qui je n'avais pas parlé depuis que j'avais quitté le pays à l'adolescence. (Mme Garcia sourit de toutes ses dents.) L'homme riche qui m'a payé des vacances pour que je lui laisse mon appartement doit être un ange. Je t'assure. C'est fou comme l'arrivée d'une seule personne dans ta vie suffit parfois à tout bouleverser.

Ledi décida de ne pas dire à Mme Garcia que Thabiso n'était qu'un menteur doublé d'un usurpateur qui utilisait sa fortune pour obtenir ce qu'il voulait.

Et qu'avait-il voulu au juste ?

Peu importait. Mme Garcia était heureuse, et elle n'avait pas forcément tort. La vie de Ledi avait clairement changé au cours des quinze derniers jours. Restait à déterminer si c'était pour le meilleur ou pour le pire.

— Didi ! *Ven aquí, mi amor !* cria une voix rauque et masculine qui provenait du fond de l'appartement.

À cet instant, Ledi se rendit compte que seules la tête et l'épaule nue de sa voisine étaient visibles dans l'entrebâillement de la porte.

— Je dois te laisser, dit Mme Garcia avec un sourire espiègle.

Ledi entendit distinctement le bruit des pas qui se rapprochaient, puis le visage de la vieille dame devint tout rouge.

— Un vieil ami que j'ai retrouvé pendant mon séjour à Puerto Rico est venu me rendre visite. Tu sais ce que c'est. Mmm... ah ! Bon voyage !

Une fois la porte fermée, des rires rauques – masculin et féminin – lui parvinrent de derrière la porte, suivis par le crissement du plastique. Ledi souhaita à Mme Garcia plus de chance en amour qu'elle-même en avait eu.

Elle descendit les sept étages plus lentement que d'habitude et, quand elle sortit dans la rue, elle était tellement préoccupée qu'elle ne remarqua pas tout de suite l'attroupement de gens au pied de son immeuble. Plusieurs d'entre eux tenaient leur téléphone portable en l'air.

— Vous croyez qu'une célébrité se cache là-dedans ? demanda un adolescent en train de zoomer avec son iPhone.

— T'imagines si c'est Beyoncé ? lui lança son ami.

La foule fixait d'un regard enthousiaste la longue et élégante limousine garée en double file devant l'immeuble. Ledi se laissa contaminer par leur excitation ; si Beyoncé se trouvait vraiment dans le quartier, elle devrait demander à son chauffeur d'attendre encore un peu.

La portière s'ouvrit et un homme chauve en costume noir sortit et balaya la rue du regard.

Il sourit en reconnaissant Naledi.

— Madame Ajoua ? (Il s'avança vers elle et les gens s'écartèrent, tournant leurs portables vers Naledi tandis que le chauffeur s'occupait de sa valise.) Suivez-moi, je vous prie.

Ledi resta immobile pendant quelques secondes.

— Je ne suis pas Beyoncé, bredouilla-t-elle, troublée.

— Non, ça, c'est sûr ! grommela une femme plus âgée dans la foule.

— Ce n'est pas la peine d'être malpolie, madame, lui lança le chauffeur avec un regard désapprobateur avant de prendre Ledi par le bras pour l'escorter jusqu'à la limousine.

Il ouvrit la portière et se pencha légèrement en attendant qu'elle monte.

— Je crains qu'il n'y ait méprise, dit Ledi.

— Êtes-vous Naledi Ajoua, fiancée de Son Alt…

— Oui, c'est moi, l'interrompit-elle.

Elle était filmée et elle voulait éviter que la rumeur de ses fausses fiançailles circule dans le quartier ou sur Internet. Elle s'était faite discrète pendant des années et, à son retour, elle aurait déjà bien du mal à expliquer pourquoi elle se déplaçait en limousine. Car elle rentrerait à New York tôt ou tard, plus seule que jamais, et elle n'avait aucune envie que ses voisins pensent qu'elle avait perdu un prince quand en vérité, il ne lui avait jamais appartenu.

— Dans ce cas, il n'y a pas d'erreur. Montez et vous serez à l'aéroport en moins de deux.

Ledi grimpa dans la limousine et s'installa tant bien que mal au milieu de la banquette arrière. Elle se sentait ridicule dans cet énorme habitacle qui était décoré avec des panneaux de bois et qui sentait le cuir, ainsi qu'un autre parfum qu'elle avait du mal à identifier.

C'est l'odeur de l'argent, songea-t-elle. *Normal que tu ne la reconnaisses pas.*

— Êtes-vous à l'aise ? (La voix du chauffeur résonna dans la voiture, émanant de haut-parleurs cachés, tandis qu'ils s'inséraient dans la circulation.) Il y a des boissons dans le réfrigérateur ainsi qu'une assiette de crudités et des amuse-bouches. Si vous préférez manger chaud, il y a des barquettes qu'on peut passer au micro-ondes.

— Il y a un micro-ondes dans la limousine ? s'étonna-t-elle.

— Bien sûr, répondit le chauffeur comme si elle venait de mettre en doute l'honneur de ce dernier. Ainsi qu'une Tassimo, si vous avez envie d'un café ou d'un thé.

— Je vous remercie. (Ça roulait plutôt bien, mais elle craignait qu'ils tombent sur un embouteillage.) Au fait, quelle est l'heure exacte de mon vol ? Likotsi m'a demandé d'être prête quand une voiture viendrait me chercher sans me fournir davantage de précisions.

Il y eut une pause.

— Pardon ?

— À quelle heure est prévu mon vol ? répéta Ledi.

Elle fouilla l'habitacle du regard pour trouver un interphone qui lui permettrait de mieux se faire entendre. Elle appuya sur un bouton qui se trouvait sur le mur latéral à côté de sa tête et un panneau coulissa pour laisser apparaître un écran tactile sur lequel figuraient plusieurs icônes. Le verre à martini représentait sans doute le bar. Les trois vagues, ça devait être pour la climatisation. Elle n'aurait su dire ce que représentait le symbole avec les flammes, mais préféra ne pas y toucher de peur d'être victime de sa curiosité.

— J'imagine que c'est dans une heure et demie environ, répondit-il, mais c'était beaucoup trop vague au goût de Ledi.

— Vous êtes sûr ? s'enquit-elle.

Elle tapota l'icône représentant une bouteille d'eau et un autre panneau coulissa. Une seconde plus tard, une petite bouteille d'eau minérale tomba dans le compartiment vide.

Sérieusement ?

— On est censés se présenter à l'aéroport deux heures avant le vol. Ça m'ennuierait de rater l'avion et de devoir effectuer une nouvelle réservation.

Un gloussement lui parvint des haut-parleurs.

— L'avion ne décollera pas sans vous, alors détendez-vous et profitez du voyage. Si vous voulez écouter une musique en particulier, vous pouvez synchroniser votre téléphone avec le système audio du véhicule.

Ledi sortit son portable et sélectionna le dernier épisode de son podcast scientifique préféré. Les voix familières des présentateurs discutant joyeusement du microbiote intestinal l'apaisèrent pour le reste du trajet.

La circulation ralentit un peu et Ledi commença à paniquer à l'idée d'arriver à l'aéroport juste à temps pour assister au décollage de son avion. Elle allait passer le contrôle de sûreté pour la première fois et ne savait donc pas à quoi s'attendre, mais Portia disait toujours que c'était un cauchemar si on ne s'était pas inscrit pour bénéficier de procédures de contrôle accélérées.

Portia.

Si seulement Ledi avait eu la force de parler à son amie ! Elle lui aurait demandé des conseils sur la tenue à porter quand on rencontrait une famille royale, par exemple. Portia était une experte pour tout ce qui touchait à la haute société, mais Ledi allait devoir se débrouiller toute seule.

Elle éprouva un pincement de culpabilité ; elle prenait l'avion pour voir Thabiso, mais snobait sa meilleure amie ? Non. Stop aux reproches et aux récriminations. Le fait est qu'elle en voulait toujours à Portia pour avoir trahi sa confiance. De toute façon, cette histoire avec Thabiso n'était qu'une imposture qui serait bientôt terminée. Le jour où elle retrouverait Portia… Elle avait besoin de temps et elle le prendrait. Si leur amitié n'y survivait pas, c'est qu'elle n'en valait pas la peine.

La limousine s'arrêta devant l'aéroport et Ledi céda à la pulsion qui l'avait titillée pendant tout le trajet. Elle balaya l'habitacle du regard, puis tapota rapidement sur l'icône représentant des flammes dans le menu tactile. S'ensuivirent quelques secondes de silence et elle craignit d'avoir activé l'option « autodestruction » du véhicule, mais un panneau finit par coulisser verticalement sur la paroi d'en face et un feu de cheminée s'alluma.

Qui a besoin d'une cheminée à l'intérieur d'une voiture ?

La portière de Ledi s'ouvrit et elle effleura l'icône pour éteindre le feu. Une femme à la peau foncée vêtue d'un costume rose passa la tête dans l'habitacle.

— Madame Ajoua ?

— Oui.

Ledi lui fut reconnaissante de ne pas avoir cité les titres de noblesse de Thabiso. Vive la simplicité !

— Je m'appelle Natalie, je serai votre intermédiaire à l'aéroport. Suivez-moi, je vous prie. (Le chauffeur lui souhaita un bon vol et remit sa valise à Natalie, qui marchait si vite que Ledi dut courir pour la rattraper.) C'est moi qui ai votre passeport, l'informa celle-ci tandis qu'elle passait à côté d'une longue file de voyageurs. Vous êtes beaucoup plus jolie en personne.

— Merci… je crois. C'est la queue pour le contrôle de sécurité ? demanda Ledi.

Elle allait rater son vol, c'était sûr.

— Pour les roturiers, répondit Natalie. Vous bénéficiez d'un enregistrement accéléré.

— Comme quand on s'inscrit sur la liste au préalable ?

La femme éclata de rire.

— Cela concerne également la roture. Pensez-vous que la reine d'Angleterre fasse la queue dans une file réservée aux préenregistrements ?

Ledi n'avait jamais eu à réfléchir à ces choses-là. Elle avait du mal à imaginer la reine flâner dans un aéroport, mais elle allait bien devoir se faire une raison.

Natalie s'arrêta devant une porte affichant l'inscription « Personnel autorisé seulement » et passa une clé magnétique devant un lecteur.

— Par ici.

Derrière la porte, un long couloir les mena à un salon dont l'ambiance était très différente. Fini le vacarme, place au calme. De la musique classique s'élevait des haut-parleurs, et au lieu de néons fluorescents, la lumière était douce et chaude. Derrière le détecteur de métal, des photos encadrées s'alignaient sur le mur, recouvert par ailleurs d'un épais papier peint velouté. Des canapés aux coussins moelleux remplaçaient les chaises en plastique. La tenue de Ledi – un jean et des baskets – était trop décontractée pour un tel endroit, mais déjà trop élaborée pour un vol long-courrier classique où la plupart des passagers voyageaient en jogging ou carrément en pantalon de pyjama.

— Patientez ici, lui dit la femme avant de s'approcher d'un agent de sécurité assis à un bureau en bois.

Elle lui montra le passeport de Ledi et posa son sac sur le tapis roulant du scanner avant de passer sous le détecteur de métaux.

— À vous, madame Ajoua.

Ledi la suivit et, quelques secondes plus tard, elles traversèrent un vaste salon propre et cosy. De luxueux fauteuils trônaient sur des tapis, séparés par des tables basses en bois agrémentées de chargeurs, de magazines, de lotions pour les mains et d'autres produits indispensables.

— J'ignorais que de tels endroits existaient, s'émerveilla Ledi tandis qu'elle admirait toute cette opulence.

Elle avait entendu tellement d'histoires horribles et rocambolesques sur LaGuardia ! Si les gens qui attendaient une part de pizza vieille de trois jours attablés dans l'un des fast-foods de l'aéroport savaient que, dans le même périmètre, se trouvait un restaurant quatre étoiles dans lequel on pouvait déguster des plats gastronomiques confortablement installés dans des fauteuils en cuir…

— Comme la plupart des gens, répondit Natalie. Les célébrités essaient parfois d'entrer en douce, mais elles n'y parviennent jamais. Nous sommes porte R, le salon d'embarquement réservé à la royauté. Venez, je vous en prie.

Une fois de plus, Ledi dut presser le pas pour rattraper Natalie.

— Les autres passagers ont déjà embarqué ? demanda Ledi en voyant le salon vide.

Natalie la regarda par-dessus son épaule tout en continuant à marcher.

— Il n'y a personne d'autre. Seulement vous.

Elles s'avancèrent vers l'immense baie vitrée qui donnait sur le tarmac. Dehors attendait le genre de jet que Ledi avait seulement vu en photo dans des articles dénonçant l'empreinte carbone des riches, des puissants et des célébrités. Une fleur jaune était peinte sur l'empennage.

Ledi sentit son estomac se contracter et elle s'arrêta, laissant Natalie poursuivre sans elle.

Se rendre au Thesolo était dingue en soi. Mais la limousine ? La porte secrète ? Le jet privé qui attendait pour la transporter à l'autre bout du monde ? Elle, une femme qui habitait un minuscule appartement avec deux souris, qui se nourrissait presque exclusivement de nouilles asiatiques et qui enveloppait son téléphone dans de multiples protections, car le casser était inenvisageable.

Ne suis-je pas en train de rêver ?

Natalie, qui se trouvait déjà à la porte menant au tarmac, tendit le sac de Ledi à un membre d'équipage.

— Princesse ! C'est l'heure d'y aller !

Ledi regarda autour d'elle, se demanda à qui la jeune femme parlait, avant de se rappeler la raison de son voyage. Les jambes flageolantes, elle se dirigea vers Natalie.

— Je ne suis pas une princesse, protesta-t-elle.

Natalie haussa les épaules.

— Vous n'en êtes pas loin. Dans le cas contraire, vous n'apparaîtriez pas dans ma liste comme « la fiancée du prince Thabiso » et vous n'embarqueriez pas porte R.

Ledi posa la main sur son ventre et s'ordonna de ne pas vomir. De ne pas s'enfuir avant d'être arrivée au Thesolo et de constater que personne ne voulait d'elle là-bas, comme ailleurs.

— Je ne peux pas faire ça. Je peux vomir, en revanche, et je ne suis pas sûre de pouvoir me retenir.

Natalie soupira. Lorsqu'elle reprit la parole, son intonation était plus chaleureuse, moins formelle :

— Écoutez, je ne suis pas psychologue, mais je vais vous donner un conseil : détendez-vous. Vous allez monter dans ce jet et savourer un succulent repas. Vous pourrez boire du vin, dormir dans un lit confortable…

— Il y a un lit ?

— En effet, et je vous garantis que vous n'avez jamais dormi dans un lit aussi confortable, répondit Natalie, un filet d'envie dans la voix. Ensuite, vous vous réveillerez dans un lieu où vous pourrez soit dire à tout le monde que vous n'êtes pas une princesse, soit faire ce que je ferais si une telle occasion se présentait.

— C'est-à-dire ?

— Profiter un peu. (Natalie sourit.) Faites-le pour nous autres qui sommes coincés à LaGuardia à regarder jour après jour les avions décoller sans jamais monter dedans. La porte R est classe, mais ça reste le Queens.

Ledi hocha la tête. C'était l'occasion d'une vie et elle ne laisserait pas ses nerfs – ou un prince exaspérant – la lui faire rater.

— Merci, Natalie.

— Je ne fais que mon travail. Bon vol !

Sur ces paroles, elle s'en alla.

Le steward qui portait le sac de Ledi descendit pour l'accueillir sur le tarmac. Dès qu'elle fut dehors, le rugissement du moteur l'assourdit, couvrant les battements rapides de son cœur.

— Thesolo, me voilà !

23

Thabiso se tenait sur le tarmac de l'aéroport international de Kwetsi, le vent des hauts plateaux soufflant devant lui et le cortège royal. Il n'aurait su dire lequel était le plus froid.

Il suivit l'avion du regard dès que celui-ci apparut entre les montagnes du Thesolo connues dans le monde entier et entama sa descente. Il inspira profondément pour se donner du courage et jeta un coup d'œil à ses parents : le roi, élancé, et la reine égale à son époux en matière de taille, de stature et d'expression désapprobatrice. Le plan de Thabiso visant à céder aux demandes de son peuple pendant que médecins et scientifiques s'escrimaient à cerner la maladie qui les tourmentait ne s'était pas déroulé comme prévu.

— Vraiment, Thabiso, dit sa mère en lui jetant un regard oblique plein de colère, tu aurais dû nous informer de tes recherches pour retrouver la transfuge. Nous t'aurions expliqué que c'était inutile. Entre sa venue et le scandale qu'elle a causé au gala – et je peux t'assurer que l'incident a fait jaser toutes les commères du continent –, qu'allons-nous dire aux parents de Shanti ?

Shanti était la preuve vivante que les parents de Thabiso avaient été sérieux quand ils avaient promis à leur fils de lui trouver une épouse si ce dernier ne s'en occupait pas. Elle se trouvait au palais à cet instant même, à s'occuper comme pouvait le faire une femme dont le seul but dans la vie était de devenir reine. Il s'était brièvement entretenu avec elle pour l'informer qu'il ne l'épouserait pas, mais leurs parents respectifs avaient mis d'autres idées dans la tête de la jeune femme. Elle était assez agréable, mais cela ne l'intéressait guère. Pour le moment, Shanti ne représentait qu'un tracas de plus dans un océan de contrariétés.

— Dites-lui que vous êtes désolés, mais que vous devez lui demander de rentrer chez elle, répondit-il avec franchise. Si vous ne sélectionniez pas mes fiancées comme d'autres choisissent des fruits mûrs au marché, nous ne serions pas dans cette situation.

— Fils.

Ce seul mot prononcé par son père contenait tout un sous-texte qui n'échappa pas à Thabiso. *Fils, n'imagine pas que tu peux parler à ta mère de cette manière juste parce que tu as grandi.*

Cela lui fit le même effet que si son père lui avait tiré l'oreille.

— Pardonnez-moi, mère. Je suis nerveux, voilà tout.

— Nerveux ? Pourquoi donc ? Ce n'est pas parce que les déloyaux parents de cette fille se sont soustraits à leurs devoirs que cette dernière t'abandonnera de la même manière et te ridiculisera devant ton peuple. N'est-ce pas ? répliqua la reine avec un sourire entendu qui n'était pas du goût de Thabiso.

— Vous devriez vous réjouir qu'elle soit rentrée pour accomplir la volonté de la déesse, mère, répondit Thabiso sans hausser la voix.

— Ses parents n'auraient jamais dû s'enfuir. Un tel acte de trahison est impardonnable. Par ailleurs, il nous est impossible d'exiger la moindre explication étant donné...

Thabiso regarda sa mère lorsque celle-ci s'interrompit, gardant toutefois une expression parfaitement neutre. Un observateur extérieur aurait été berné par son calme apparent, mais Thabiso savait que ce n'était qu'une façade. Après tout, c'est elle qui lui avait appris à cacher ses émotions.

Montrer ses sentiments en public, c'est pour la roture, Thabiso.

— Nous verrons si la progéniture des traîtres Libi et Kembe est digne des nôtres, déclara-t-elle froidement.

L'homme qui se tenait derrière elle se racla la gorge.

— Je suis sûr que ma nièce sera à la hauteur des exigences de votre famille, Majesté.

Alehk Jarami n'avait pas lâché Thabiso d'une semelle depuis que celui-ci était rentré. Cependant, il s'était montré bien plus intéressé par l'accord non conclu avec Omega Corp que par le fait que sa nièce avait été retrouvée. Aussi Thabiso se réjouissait-il que l'oncle de Naledi prête un tant soit peu d'attention au retour de sa nièce. Naledi avait besoin du soutien des siens, et même s'il était regrettable qu'Alehk ne fût qu'un bouffon imbu de sa personne, il n'en demeurait pas moins son oncle et l'un des derniers membres de sa famille encore en vie.

— Nous verrons, se contenta de répondre la reine sans se donner la peine de dissimuler son scepticisme.

Thabiso n'avait jamais pensé que sa mère était d'une impolitesse outrageuse, mais il est vrai que sa vision de la vie avait radicalement changé au cours de la dernière semaine.

Le vrombissement du jet mit fin à leur conversation gênante et Thabiso reporta toute son attention sur l'avion qui roulait lentement sur la piste d'atterrissage. Le brouhaha s'intensifia comme les citoyens rassemblés sur le tarmac criaient pour se faire entendre. Thabiso n'avait pas vu une telle foule depuis des lustres ; elle débordait sur l'herbe saupoudrée de neige qui bordait l'aérodrome. Il savait qu'il y aurait des curieux, mais le comité d'accueil s'était vite transformé en un attroupement sans précédent. Ils avaient dû appeler des agents de sécurité en renfort pour garantir la sûreté de chacun. Des vendeurs avaient installé leurs stands sur lesquels s'alignaient casquettes et tee-shirts ornés de l'inscription #RetrouvaillesRoyales, qui était apparemment le hashtag officiel sur les réseaux sociaux. Des masques chirurgicaux étaient également disponibles pour ceux que la mystérieuse maladie inquiétait. La presse africaine dans son ensemble s'était déplacée pour immortaliser le moment où « le célibataire le plus convoité du continent » présenterait sa fiancée au royaume.

Aucune pression.

Quand l'avion s'arrêta enfin et que le moteur fut coupé, plusieurs représentants tribaux, chacun vêtu d'une cape finement tissée et ornée de leurs motifs traditionnels, formèrent un cortège derrière l'équipage au sol. Un tapis rouge fut déroulé au pied du jet et parsemé de pétales de fleurs qui embaumèrent l'air d'espoir. Les membres du conseil s'alignèrent sur le tapis ; certains souriaient avec hésitation, d'autres arboraient un air dubitatif. La trahison de la famille Ajoua était source de mécontentement national depuis plus de vingt ans, et voilà qu'on demandait au peuple d'accueillir Naledi sans réserve. Thabiso souhaita brièvement endosser le rôle de Jamal pour se fondre dans la masse et interagir avec ses concitoyens comme le ferait une personne lambda afin de découvrir les pensées et les sentiments de ces derniers. Malheureusement, Jamal avait disparu, et Thabiso devrait se contenter de ces mines incrédules.

Seuls les enfants – qu'il s'agisse de chevriers à peine plus grands que leurs bêtes ou de jeunes choristes attendant impatiemment leur instant de gloire – exultaient visiblement d'accueillir leur future princesse.

Les enfants et Thabiso.

Il avait essayé d'accepter l'idée qu'il avait tout gâché. Quand il était question d'amour, on avait souvent droit à une seconde chance. Malheureusement, il avait déjà grillé la sienne et, à moins d'un miracle, la troisième chance était rare.

Pour autant, même si Naledi le haïssait – et même s'il méritait sa haine –, elle était venue. Thabiso avait été prévenu dès qu'elle avait embarqué. Ainsi, il aurait la chance de la voir redécouvrir le pays qu'elle avait oublié, et peut-être parviendrait-il à donner un coup de pouce à sa carrière. Il savait à quel point cela comptait pour elle. C'était une bien maigre consolation comparée au fait de l'avoir comme épouse, mais au moins, il avait offert à Ledi la possibilité de mener une vie différente – meilleure – et de ne plus jamais souffrir de solitude, qu'ils se marient ou non. Cela suffisait à le rendre heureux.

Les murmures de la foule s'intensifièrent, virant au tumulte quand la porte de l'avion s'ouvrit et que Naledi apparut. Son tee-shirt, tout à fait inadapté aux fraîches températures de l'hiver dans les montagnes, était froissé après ces longues heures de vol et elle cligna des yeux, aveuglée par la vive lumière du soleil. Elle n'était pas maquillée et ses épais cheveux, que Thabiso savait incroyablement doux, étaient attachés en queue de cheval et enveloppés dans un foulard. Elle porta la main à sa tête et aussitôt, l'horreur se peignit sur son visage. Elle regagna l'intérieur de l'avion en courant et en ressortit quelques minutes plus tard, sans le foulard, sa chevelure balayant ses épaules. Elle esquissa un sourire empreint de nervosité et posa une main sur son ventre.

— C'est elle que tu as préférée à Shanti ? s'étonna la reine, les lèvres étirées en un sourire forcé.

— Absolument.

Il s'aperçut à cet instant précis qu'il était bel et bien le salopard pour lequel le prenait Naledi. Il avait beau prétendre être heureux pour elle de façon désintéressée et platonique, c'était un mensonge – un de plus dans sa longue liste de pipeaux. Naledi se tenait devant la porte du jet, l'air mal en point et habillée comme pour aller au marché, et il eut tellement envie d'elle qu'il dut serrer les poings pour calmer ses ardeurs.

Il voulait sentir ses hanches divines remuer sous ses mains tandis qu'elle descendait les marches de l'avion. Il voulait goûter ses lèvres qui se retroussèrent en un sourire quand un garçon s'avança pour lui offrir un bouquet de fleurs. Il voulait Naledi Ajoua, même s'il n'avait aucun droit sur elle ; ils avaient beau être fiancés, seule Ledi pouvait lui accorder un tel privilège. La chaleur dans sa poitrine devint une douleur lancinante, qui palpitait à chaque pas que Ledi faisait vers lui.

— Altesse. Vous la laissez marcher seule vers des inconnus alors qu'elle vient d'arriver dans un pays qu'elle ne connaît pas.

Avec le bout pointu de son mocassin italien, Likotsi donna un petit coup dans le mollet de Thabiso, le poussant à l'action.

Thabiso s'avança vers Ledi, et si son premier pas fut hésitant, le suivant le rapprocha d'elle, et c'était là ce qu'il désirait le plus au monde. Ledi savait qu'il se dirigeait vers elle même si son attention était fixée sur une fillette qui l'avait prise par la main et qui la regardait avec adoration.

— Bienvenue, ma chère Naledi, dit-il en s'avançant encore, mais sa voix fut presque recouverte par les voix des enfants qui avaient commencé à chanter l'hymne national.

Enfin, elle se tourna vers lui.

— Oh, bonjour, mon cher, répondit-elle avec un sourire ironique. Jolie couronne.

Il toucha le cercle de platine étreignant sa tête. Il l'avait oublié, même si l'anneau était censé lui rappeler constamment son statut, un peu comme une alliance.

Il haussa les épaules.

— Cette vieillerie ? C'est ma couronne de tous les jours. L'officielle mesure vingt centimètres de haut. (Elle grimaça.) Nous, les Moshoeshoe, ne sommes guère connus pour notre subtilité, déclara-t-il.

— Elle est belle, la princesse, s'extasia la fillette qui tenait la main de Ledi, baissant timidement la tête.

— C'est bien vrai.

La petite rejoignit la foule en courant quand Thabiso s'adressa à elle et alla se cacher derrière la longue jupe aux motifs géométriques de sa mère.

— Elle est aussi trop légèrement vêtue, dit Ledi en claquant des dents. N'est-il pas censé faire chaud en Afrique ?

Il voyait bien qu'elle tremblait ; elle était habillée pour le printemps dans l'hémisphère nord, pas pour l'hiver dans l'hémisphère sud. Il ôta son épaisse cape en laine et l'enroula autour de Naledi. La foule retint son souffle. Partager une cape était une preuve d'intimité ; c'était comme partager une seconde peau. Tandis qu'il rajustait le col, il remarqua la chaîne de métal finement ciselée qui parait sa gorge.

Le collier.

Pourquoi portait-elle toujours le cadeau qu'il lui avait offert ? Que cela signifiait-il ? L'espoir – plus puissant que la raison qui lui répétait qu'il ne récupérerait jamais Ledi quoi qu'il fasse – se répandit dans sa poitrine, telle l'une des majestueuses créatures légendaires au service d'Ingoka déployant ses ailes.

Il inspira profondément tout en boutonnant la cape pour la maintenir en place.

— Il fait chaud dans certaines parties du continent. Nous nous trouvons actuellement à quatre cent cinquante mètres au-dessus du niveau de la mer, à flanc de montagne, et c'est l'hiver. C'est la saison du ski ici.

— Évidemment, marmonna Ledi.

Thabiso se demanda comment Naledi, qui affectionnait tant les données en tous genres, avait pu oublier d'étudier le climat local. Dans l'un de ses e-mails, Likotsi avait dû sûrement l'en informer, mais Thabiso se rappela que Naledi avait tendance à ignorer tout ce qui malmenait ses émotions.

— Prête à rencontrer ton peuple ?

— Je crois.

Elle regardait ses pieds.

Il lui tendit la main et, quand elle l'accepta avec prudence, il l'attira vers lui et l'enlaça délicatement par la taille.

— Qu'est-ce que...

— Mère, père, estimés citoyens du Thesolo et invités. Je vous présente ma future femme et votre future reine : Naledi Ajoua. (Des applaudissements s'élevèrent timidement de la foule qui s'était rassemblée pour assister à cet événement historique. Il sentit Ledi se crisper à côté de lui.) Bien qu'elle soit l'une des nôtres, ses pieds n'ont pas foulé cette terre sacrée depuis de longues années. Les habitants du Thesolo sont réputés pour leur gentillesse et leur hospitalité, et je ne doute pas un seul instant que vous l'aiderez à redécouvrir les merveilles que recèle sa patrie – notre patrie.

Ces dernières paroles soulevèrent un tonnerre d'applaudissements. Ça ne mangeait pas de pain de complimenter les gens quand on leur demandait une faveur. Thabiso essayait de recruter 200 000 supporters ; il avait besoin de toute l'aide qu'il pourrait récolter.

Ledi se racla la gorge.

— Il y a vraiment beaucoup de gens qui me regardent. Et qui me prennent en photo avec leur smartphone. (Thabiso baissa les yeux vers Naledi et remarqua qu'elle semblait paniquée. Sa respiration était superficielle et ses yeux écarquillés.) Des milliers, poursuivit-elle. Il y en a autant que de cellules sur un hématimètre. Si on compte huit personnes au mètre carré et qu'on multiplie par...

Thabiso n'avait jamais réfléchi à la réaction qu'elle pourrait avoir face à la foule. Ledi avait dit pour plaisanter qu'elle l'aurait bien examiné au microscope, mais en vérité, il avait toujours été scruté ainsi. Pour lui, être observé et photographié dès qu'il quittait le palais était tout à fait normal.

Il ne savait pas quoi lui dire pour l'apaiser.

Alors, il leva la main vers le visage de Naledi et lui effleura délicatement la joue. Elle le regarda dans les yeux, mais sa respiration ne ralentit pas – au contraire, elle devint encore plus rapide. Son regard était un peu flou. Thabiso connaissait cette expression ; Ledi avait eu la même une seconde avant qu'il ne s'abîme en elle quand ils avaient couché ensemble dans son minuscule appartement. Avant qu'elle ne lâche un cri d'extase, cédant à seulement une fraction du plaisir qu'il avait voulu lui procurer.

Le désir lui tenailla les entrailles, mais ce n'était ni l'heure ni le lieu d'exhiber le membre royal. Tout le monde voulait immortaliser ce moment – le plus important des trente dernières années.

— Les gens te regardent, c'est vrai, mais tu n'as pas à craindre leur jugement.

La peau de Ledi chauffa sous sa paume.

— C'est à ça que ressemble ta vie ici ?

Le bruit de milliers d'obturateurs électroniques amena Ledi à détourner les yeux. Elle serra les paupières.

— Il n'y a pas toujours une telle effervescence, mais il est vrai que je suis un membre de la royauté, ce qui fait de moi une célébrité. (Il haussa les épaules.) On peut voir ça comme l'équivalent princier de la mise à mort rituelle que tu pratiques dans ton labo.

— Il s'agit d'un sacrifice, le corrigea-t-elle.

Thabiso devina qu'elle souriait et une douce émotion l'envahit.

— Appelle-le comme tu veux. À l'instar de ton sacrifice, ce n'est pas très amusant, mais c'est nécessaire pour atteindre mon but.

S'il bougeait sa main d'un centimètre, il pourrait suivre du doigt le contour de sa bouche...

— Tu peux retirer ta main maintenant, dit-elle, tournant la tête et rompant tout contact visuel. Je croyais que nous ne ferions pas semblant.

Ne plus toucher sa peau satinée lui déplut au plus haut point, mais il s'exécuta.

— Je ne fais pas semblant.

Il détourna la tête et vit le couple royal qui les regardait avec cette expression neutre et impériale qui l'avait tant terrifié enfant, car elle ne correspondait pas aux parents aimants et chaleureux qu'il connaissait.

— Viens. Il est temps que tu rencontres mes parents.

Il sentit l'inquiétude dans l'inspiration brusque de Ledi, qui s'était raidie. Likotsi s'était demandé si la jeune femme serait à la hauteur ; Thabiso n'en doutait pas. Sa seule interrogation était de savoir si cette fonction était digne de Naledi.

Ils s'avancèrent vers ses parents, qui demeuraient statiques, comme figés dans leur posture régalienne. Ils la dévisagèrent d'un regard hautain comme si elle était un souvenir kitsch que leur fils aurait rapporté de la boutique de souvenirs de l'aéroport.

— Mère, père, permettez-moi de vous présenter ma future épouse, Naledi Ajoua.

Naledi remua nerveusement avant de saluer le couple d'un geste discret.

— Reine Ramatla, roi Lerumo, c'est un plaisir de faire votre connaissance.

La reine jaugea Ledi d'un regard condescendant, n'essayant même pas de cacher son dédain.

— J'espère qu'à l'avenir elle portera une tenue plus appropriée lors d'apparitions publiques. Ce choix vestimentaire ne sied guère à une supposée future reine.

Thabiso s'était attendu à l'ire de ses parents, mais il avait pensé que son désir sincère d'engagement aurait apaisé la colère de ces derniers. Évidemment, cela aurait été trop simple.

— Le panorama depuis l'avion était magnifique, dit Ledi. Pendant que j'admirais les montagnes et les cascades, je me demandais pourquoi mes parents avaient quitté un tel paradis. (Elle regarda la reine avec le même air présomptueux que celle-ci affichait.) Je vous remercie d'avoir éclairé ma lanterne.

La reine parut scandalisée, le roi surpris.

Naledi reporta son attention sur Thabiso.

— Ta famille est charmante, mais j'aimerais rencontrer la mienne maintenant, si c'est possible.

— Me voici, ma nièce. (Alehk s'avança et, avant que Thabiso n'ait pu convenablement les présenter, il tira Ledi vers lui pour la serrer dans ses bras.) Mon Dieu, comme tu as grandi ! La dernière fois que je t'ai vue, tu m'arrivais au genou !

Ledi le dévisagea.

— Je suis désolée, je ne me souviens pas. Je...

— Ne t'excuse pas. (Alehk s'essuya les yeux.) Je suis ton oncle Alehk. Je représente les Jarami, étant donné que tes grands-parents, les anciens du village, sont à l'hôpital. Je te présente ta cousine, Nyakalla.

Une jeune femme mince, au dos légèrement voûté, portant une cape bleu nuit et un foulard noir s'avança vers Naledi pour l'embrasser. Thabiso, qui ne l'avait pas vue depuis quelque temps, fut ébranlé de constater à quel point elle était frêle. Elle avait toujours été chétive ; elle avait des problèmes de santé depuis la naissance et sa mère était morte en couche suite à des complications, même si le taux de mortalité maternel était bas dans le royaume. Les commères considéraient la survie de Nyakalla tantôt comme un miracle, tantôt comme une malédiction. Elle quittait rarement Lek Hemane, leur ville natale, et elle avait été élevée en partie par Annie et Makalele. Thabiso se demanda si son air mélancolique était exacerbé par la maladie de ces derniers. Thabiso exécrait Alehk, mais en voyant l'expression de Ledi, il refréna provisoirement ses sentiments négatifs. Elle se libéra de l'étreinte de sa cousine pour l'observer.

— On a le même nez. Et le même sourire, ajouta-t-elle quand Nyakalla remua le nez avant de rire.

— Je suis heureuse de te revoir après toutes ces années, cousine. Notre grand-mère n'a jamais cessé de croire à ton retour. (Ses yeux s'emplirent de larmes, qu'elle réprima d'un clignement de paupières.) Appelle-moi Nya, comme tu le faisais quand nous étions petites, si tu veux.

Naledi cligna plusieurs fois des yeux avant de se racler la gorge.

— Et tu peux m'appeler Ledi.

Elles continuèrent de se regarder et de se jauger mutuellement en souriant avec enthousiasme.

Nya détourna les yeux, comme si elle était gênée.

— J'adorerais que tu me parles de New York. J'ai toujours rêvé d'y aller, mais je n'ai jamais quitté le Thesolo.

— Il y a des rats à New York. Ils sont énormes, l'interrompit Thabiso.

La ressemblance entre Nya et Ledi fut encore plus frappante quand elles levèrent les yeux au ciel en même temps.

— Peut-être pourrais-tu me parler du Thesolo et je pourrais te parler de New York, proposa Ledi. Il a raison au sujet des rats, mais je suis sûre qu'ici aussi vous avez des nuisibles gigantesques.

Elle ne regarda pas Thabiso, mais sa pique l'atteignit quand même.

— Nous devrions rentrer au palais pour préparer la cérémonie de fiançailles, dit le roi d'une voix retentissante, mais une étincelle d'amusement brillait dans ses yeux.

— Naledi voyagera avec nous, déclara Alehk en se plaçant entre sa nièce et Thabiso.

— Non, sa place est dans la calèche royale, répondit ce dernier.

— C'est bon, dit Naledi en lui donnant une petite tape sur le bras. J'aimerais discuter davantage avec ma... ma famille. Je te verrai plus tard.

Sur ces paroles, elle tourna les talons et s'éloigna.

Likotsi s'approcha et remonta le col de sa chemise, les yeux braqués sur Alehk, qui avait passé son bras autour de Naledi.

— Est-ce bien prudent, Altesse ?

— Peut-être pas, mais telle est sa volonté et je suis son humble serviteur.

— Les Jarami sont connus pour leur opiniâtreté, Altesse, lui rappela Likotsi. La clémence ne fait pas partie de leur ADN.

Thabiso pria pour que Ledi ait hérité du côté paternel de sa famille.

24

Ce n'était pas vraiment de cette manière que Ledi avait imaginé passer sa soirée : vêtue d'une tunique trop courte et juchée sur un tabouret – un élégant tabouret matelassé, certes, mais un tabouret. Le tissu qui recouvrait l'assise lui grattait l'arrière des cuisses. À moins que ce fût la nervosité. En tous les cas, Ledi n'arrivait pas à tenir en place.

— Je préférerais ne pas passer à la postérité comme étant la femme qui a éborgné la future reine, l'avertit Nya avec un sourire timide avant d'essayer pour la dixième fois de tracer un trait de khôl sur les paupières de Ledi.

Ledi inspira profondément et s'efforça de rester immobile pendant que Nya terminait.

Rien ne se déroulait comme elle s'y était attendue. Elle avait pensé qu'on la conduirait immédiatement dans sa chambre et qu'on lui laisserait le temps de retrouver ses esprits avant de l'emmener à la rencontre des épidémiologistes locaux. Ce voyage représentait son stage de terrain, rien de plus. Toutefois, pour tout le reste du royaume, il s'agissait du retour au bercail d'une fille du pays et de la confirmation de ses fiançailles à Thabiso. Apparemment, les deux devaient être célébrés avant qu'elle ne puisse se mettre au travail.

Elle regrettait de ne pas avoir demandé conseil à Portia pour choisir sa garde-robe ; la plupart des vêtements qu'elle avait mis dans sa valise étaient terriblement inappropriés, et l'idée d'avoir été photographiée à l'aéroport dans un tel accoutrement la crispait. Son oncle avait commandé une robe, qu'elle recevrait bientôt ; c'était visiblement une personne importante dans le royaume, car les gens semblaient ravis de lui obéir au doigt et à l'œil. Ledi avait souvent rêvé de voler dans les plumes des clients qui s'adressaient à elle comme si elle était leur esclave, mais elle se montrerait indulgente avec son oncle. Il s'était montré relativement gentil avec elle, même si Ledi s'était assoupie dans la voiture pendant qu'il évoquait la fierté des Jarami et le rôle qu'elle pouvait jouer pour insuffler le changement dans le royaume. Cela, après l'avoir interrogée sur ses parents, ce qui, bien qu'étant compréhensible, ne fut guère une partie de plaisir pour quelqu'un qui n'en avait aucun souvenir. Il était... insistant, restant focalisé sur son objectif, mais il la traitait avec une affection quelque peu étouffante que certains reprochaient à leur famille quand celle-ci leur rendait visite.

J'ai une famille. Elle tâcha de ne pas s'enflammer. Alehk n'avait pas beaucoup parlé des grands-parents de Ledi pendant qu'il dissertait sur le devoir de tout citoyen envers sa patrie, sans doute parce que ces derniers ne se portaient pas très bien. La mine grave de Nya en disait long, en revanche.

— Puis-je avoir encore un peu de ce thé que m'a servi ton père ? demanda Ledi. Il était délicieux.

Elle avait veillé à ne pas se déshydrater dans l'avion. L'hôtesse de l'air lui avait conseillé de boire beaucoup d'eau et d'utiliser les huiles parfumées ainsi que les masques de soin pour la peau, mais Ledi était encore plus assoiffée que lors de son atterrissage.

— Goûte plutôt l'eau qui jaillit des sources de nos montagnes. On la dit bénie par Ingoka, et elle renfermerait l'essence même du Thesolo.

Nya s'avança vers un pichet en argile émaillée et en versa un peu à Ledi dans une tasse assortie.

Ledi avait appris grâce à ses lectures qu'Ingoka était la principale divinité vénérée au Thesolo et qu'elle constituait, avec les prêtresses qui la servaient, une part importante de la culture du pays.

Elle but une gorgée d'eau, et même si celle-ci n'avait pas la saveur de la bonne vieille eau du robinet de New York, elle s'en rapprochait.

On frappa à la porte et deux femmes en chemise violette et pantalon noir – la tenue que portaient les employés du palais – entrèrent avec précipitation. L'une tenait une housse à vêtements au-dessus de sa tête et l'autre, une mallette de toilette dans chaque main. Toutes deux avaient un air si sérieux que c'en était drôle. On aurait dit deux conseillères mode et beauté tout droit sorties d'une de ces émissions de relooking que Ledi mettait parfois en fond quand elle révisait.

— Vous êtes déjà maquillée ? s'étonna la plus grande et la plus ronde des deux, manifestement déçue.

— Je n'aurais pas dû ?

À en juger par leur réaction, la réponse était « non ».

— Jolie est maquilleuse professionnelle, demandée par toutes les starlettes de Nollywood, expliqua la jeune femme qui tenait la robe.

— Je peux l'enlever, répondit aussitôt Nya, attrapant une boîte de mouchoirs en papier, mais Ledi l'arrêta, quelque peu dérangée par la promptitude de sa cousine à obtempérer.

— Non. C'est mon visage et j'aime ce que tu as fait, alors ça reste, déclara Ledi, résolue à défendre sa cousine. Et j'ai mon propre rouge à lèvres. Désolée, Jolie.

— Soit, fit la collègue de Jolie en dégageant Nya de son chemin. D'abord, on va essayer de vous coiffer, et ensuite on vous aidera à vous habiller.

Jolie posa sa mallette par terre. Elle passa derrière Ledi et commença à tirer sur les boucles serrées qui encadraient son visage.

— Je pensais être déjà coiffée, dit Ledi.

Les deux jeunes femmes avaient les cheveux lissés, mais Ledi refusait de faire subir un tel traitement à ses cheveux, que ce soit pour Thabiso ou n'importe qui d'autre. Jolie et sa collègue échangèrent un regard.

— Non, mais sérieusement. Vous êtes fiancée à Son Altesse royale le prince...

— Oui, je sais qui il est, l'interrompit Naledi.

— Savez-vous qu'il a été élu l'homme le plus sexy du continent trois ans d'affilée ? Et je ne parle même pas des classements internationaux. (Jolie rassembla les cheveux de Ledi en une queue de cheval et les lissa avec sa main avant d'attraper une brosse. Elle vit le regard de Ledi dans le miroir et pointa la brosse dans sa direction.) Les prétendantes pleines d'espoir se comptent d'ici jusqu'au Maghreb.

Ledi tâcha de ne pas montrer à quel point cette idée la révulsait.

— Où voulez-vous en venir ?

Elle le savait très bien. Pour ce qui était de trouver une épouse, Thabiso avait l'embarras du choix. Ledi connaissait ses chances dans une telle situation. Elle l'avait appris à ses dépens chaque fois qu'elle avait fourré ses affaires dans un sac-poubelle noir et quitté sa famille d'accueil accompagnée d'un assistant social.

Personne ne te choisit.

— Sans vouloir vous manquer de respect, nous disons simplement que certaines familles ont des vues sur lui. Chaque fois qu'il refusait une alliance potentiellement fructueuse, celles-ci considéraient que leurs chances étaient décuplées. Si vous vous présentez dans une tenue inconvenante pour une future princesse, vous vous ferez tailler en pièces, déclara Jolie en mimant le geste. Vous avez beau être née ici, pour l'instant, vous n'êtes qu'une Américaine vorace venue nous déposséder. (La femme qui portait la robe émit un raclement de gorge et Jolie eut l'air penaude.) Enfin, c'est ce que pourraient dire les gens.

Ledi avait les paumes moites et elle était si nerveuse qu'elle en avait la nausée. C'était le problème avec la compartimentalisation ; Ledi avait réparti les aspects émotionnels de ce voyage – la peur, la colère, l'appréhension, l'anxiété – dans des cases bien distinctes. Ces dernières étaient renversées une par une, et le résultat ne serait pas beau à voir.

— Eh bien, ces gens-là feraient alors preuve d'idiotie, répondit Nya, venant se placer à côté de Ledi. Thabiso est un homme, pas un trophée. Et si Ledi et lui ont eu la chance de trouver l'amour, tout le monde devrait le célébrer, déclara-t-elle d'un ton sans réplique. Et si quelqu'un a un problème avec ça, qu'il s'adresse aux prêtresses.

Le silence s'installa ensuite et on n'entendit plus que le bruissement de la robe que l'on sortait de sa housse et le bruit que faisaient les cheveux de Ledi tandis que Jolie la coiffait.

— Et voilà, dit la jeune femme après ce qui avait semblé une éternité.

Ledi se tourna vers le miroir et en resta bouche bée. Ses cheveux avaient été tirés en un chignon haut et rond, une coiffure simple et élégante, maintenue en place par une dizaine d'épingles en or rose serties d'une perle de cristal qui conféraient à l'ensemble une allure royale. Son chignon était aussi beau qu'une couronne ornée de joyaux. Elle redressa le dos et porta la main à ses cheveux.

— Merci, Jolie. C'est magnifique.

L'intéressée répondit par un son qui signifiait à la fois « Je vous en prie » et « Évidemment ! », comme si elle n'avait jamais douté qu'elle rendrait Ledi époustouflante.

— Maintenant, la robe, fit l'autre femme. Alehk s'est vraiment surpassé.

Ledi pivota sur elle-même et vit la jeune femme lui présenter ce qui s'apparentait à un voile de soie noir et rouge. Elle l'enfila et retint son souffle, regardant la robe prendre forme tandis que la servante remontait la fermeture Éclair dans son dos. Quand cette dernière eut terminé, Ledi s'admira dans la glace. Elle n'en croyait pas ses yeux.

Le corsage noir épousait son buste et le décolleté en forme de cœur flattait sa poitrine, mise en valeur par les larges bretelles à volants qui dévoilaient ses épaules. La jupe en soie se composait d'une superposition de taffetas noir et rouge qui formait des volutes autour d'elle et faisait penser à une rose en pleine éclosion. Cette robe splendide, assortie de l'élégant chignon et du maquillage réalisé par Nya, avait transformé Ledi en une tout autre femme – peut-être celle qu'elle aurait été si ses parents ne l'avaient pas emmenée à New York.

— Le prince n'aura d'yeux que pour toi ce soir, déclara Nya. Et ton rouge à lèvres sera parfait avec cette tenue.

Ledi laissa Jolie lui appliquer le crayon ainsi que le rouge à lèvres, car elle ne voulait pas marcher davantage sur ses plates-bandes, avant de se regarder dans le miroir.

— Waouh, lâcha-t-elle, s'accordant quelques instants de vanité.

— Waouh, répéta Jolie en riant doucement.

Ledi crut que la jeune femme se moquait d'elle, mais constata après lui avoir jeté un coup d'œil que celle-ci semblait sincèrement admirative.

— C'est comme ça que disent les Américains ? « Waouh », en effet. Cool.

Dans la glace, Ledi vit Nya regarder le tube de rouge à lèvres avec mélancolie. Contrairement à la somptueuse robe de Ledi, celle de Nya était modeste ; ample, elle ne mettait guère en valeur sa frêle silhouette. Ses cheveux étaient simplement enveloppés dans un foulard noir, sans autre fioriture – aucun rapport avec les coiffes sophistiquées que Ledi avait pu admirer au gala. Elle n'était pas maquillée. Elle était jolie, mais elle avait l'air de se négliger, ce qui était préoccupant. Ledi se demanda pourquoi Alehk l'avait gâtée avec ce cadeau alors que sa propre fille était habillée comme une Cendrillon.

— Tu veux l'essayer ? demanda-t-elle à l'intention de sa cousine.

— C'est trop osé pour moi. Le rouge ne sied pas aux peaux noires, de toute manière, répondit Nya.

— Depuis quand ? (Ledi pencha la tête et observa sa cousine.) Nous avons la même couleur de peau, je te signale.

— Mais tu es new-yorkaise, répliqua Nya en couvant le rouge à lèvres du regard. Moi, je ne suis qu'une institutrice de village.

Ah... Voilà qui expliquait le ton autoritaire qu'elle avait employé avec Jolie.

— Je suis une serveuse et une pro des chiffres. Ça n'a rien de très glamour, la rassura Ledi.

Cette dernière connaissait sa cousine depuis quelques heures à peine, mais elle voyait déjà les ressemblances entre elles, et pas uniquement physiques. L'habitude qu'avait Nya, par exemple, de voûter les épaules et d'éviter de se faire remarquer.

— Si on te questionne, tu n'auras qu'à répondre que l'Américaine tyrannique t'a obligée, dit Ledi en dévissant le capuchon et en lui tendant le tube.

Elle observa Nya tandis que celle-ci appliquait soigneusement le liquide rubis sur ses lèvres et vit les yeux de sa cousine s'illuminer quand elle se regarda dans le miroir.

— Jolie, puisque vous n'avez pas pu me maquiller, pourriez-vous maquiller Nya à la place ?

Quelques minutes plus tard, le visage de Nya était transfiguré. L'anticerne, le fond de teint, l'illuminateur, le blush... rien n'avait été oublié. Jolie lui avait même posé des faux cils. Son foulard avait été renoué autour de sa tête comme un *gele*, conférant à sa coiffure raffinement et sophistication. À présent, Nya, qui était déjà mignonne, avait tout d'une star.

— Ça mérite un selfie, déclara Ledi, prenant une pose ridicule à côté de Nya devant le miroir.

Elle prit plusieurs clichés et sélectionna le plus beau : celui où elles riaient aux éclats, la bouche grande ouverte.

Elle allait l'envoyer à Portia avant de se rappeler qu'elle ne lui parlait plus. Toutefois, ne pas exploiter une telle photo aurait été un péché, alors elle lança InstaPhoto pour la publier. Elle n'avait que trois followers, dont Portia. Et alors ? Elle n'avait personne d'autre avec qui partager les bizarreries qui émaillaient sa vie.

Quand elle se connecta à son compte, elle remarqua ce qui devait être une erreur : des milliers de notifications. Elle avait beaucoup plus que trois followers désormais, et elle avait été taguée dans une centaine de photos – dont celle où elle descendait de l'avion, et celle où Thabiso plongeait son regard dans le sien comme si elle comptait pour lui.

En légende on pouvait lire :

Moi aussi je veux un homme qui me regarde comme ça ! #RetrouvaillesRoyales

Premier commentaire : *Je suis trop jalouse !*

Deuxième commentaire : *Elle ? Sérieux ?*

Elle ferma l'application sans avoir publié sa photo et rangea son téléphone. Elle n'avait pas réfléchi à tous les détails. Elle se répéta que les propos que des étrangers tenaient sur Internet n'avaient aucune importance. De toute façon, sa relation avec Thabiso n'était qu'une vaste supercherie, et ce dernier, comme tous les autres, se fichait bien qu'elle reste ou pas.

« Et ensuite, tu pourras rentrer à New York. »

Il n'empêche que ce « Elle ? Sérieux ? » la piqua dans sa fierté. Elle sortit son téléphone et téléchargea la photo qu'elle venait de prendre avec Nya, puis écrivit en légende : « Eh oui, crétin. Elle, sérieux. », ponctué d'une émoticône moqueuse.

— Très bien, mesdames ! Assez traînassé. Il est temps de faire notre entrée !

Alehk frappa à la porte avec vigueur et impatience, comme s'il était déjà passé cinq fois alors qu'il venait tout juste les chercher.

— Désolée, dit Nya, et Ledi devina que la jeune femme avait l'habitude de demander pardon à son père.

Soudain, Ledi prit conscience que sa cousine n'avait jamais évoqué un éventuel compagnon, des enfants ou encore un foyer à elle. Et elle se demanda, une fois de plus, si elle aurait ressemblé à Nya si elle n'avait pas quitté le Thesolo, ou si Nya lui aurait davantage ressemblé.

Elles sortirent dans le couloir et furent happées par un tourbillon multicolore à faire pâlir le gala de bienfaisance. Alehk menait la conversation que Ledi feignait de suivre. Il y avait tant de choses à admirer !

La garde royale s'alignait le long de la galerie qui aboutissait à la salle de bal ; chaque soldat était vêtu d'un uniforme bleu vif et portait un sabre ainsi qu'une corne de chaque côté de la taille. Le couloir était plein de monde, chacun jouant des coudes pour entrer, mais Naledi braqua aussitôt son attention sur Thabiso.

Il se tenait à la dernière place sur la ligne des sentinelles et l'observait. Il portait un costume noir traditionnel composé d'une tunique à col montant et d'un pantalon, à la différence d'Alehk qui arborait un smoking conventionnel.

— Cette manie de s'accrocher aux vieilles coutumes, marmonna Alehk avant de donner une tape sur l'épaule de sa nièce. Espérons que tu arriveras à changer les choses.

— Mmm, répondit-elle.

Le Thesolo était constamment cité comme l'un des pays les plus progressistes au monde, qui connaissait de véritables avancées en matière de technologie et d'environnement à mesure que Thabiso jouait un rôle plus important au sein du gouvernement. Elle ne l'avait jamais vu se servir d'un téléphone portable, mais cela ne faisait pas de lui un homme rétrograde. Et si sa tenue représentait l'ancien temps, eh bien, elle n'avait rien à y redire.

Le costume, visiblement cousu sur mesure, soulignait ses épaules carrées, accentuait la largeur de son torse et la minceur de sa taille. Ses manches étaient bordées d'un liseré écarlate, assorti à la robe de Ledi.

Alehk relâcha son bras et gratifia Thabiso d'un rictus. Nya fit signe à Ledi avec le pouce levé avant d'être entraînée à la suite de son père. Elle disparut de son champ de vision et Ledi resta seule, avec le poids du regard de Thabiso braqué sur elle.

Elle sentit soudain sa peau la picoter, faisant voler en éclats sa détermination à rester indifférente dès lors qu'il s'agissait de Thabiso. Elle connaissait la raison physiologique de son émoi, mais elle peinait à comprendre pourquoi elle continuait d'éprouver de tels sentiments pour lui alors qu'il lui avait menti. Alors qu'il avait prétendu s'appeler Jamal, la faisant rire, lui faisant l'am...

Hé oh ! Tu nous fais quoi, là ?

Rien qu'à cette pensée, elle voulut faire demi-tour et regagner l'aéroport au pas de course, mais ses pieds continuèrent d'avancer jusqu'à ce qu'elle se trouve si près de lui qu'elle n'eut d'autre choix que de le regarder. Elle prit un air dur, se rappelant que cet homme n'était pas celui dont elle s'était rapprochée au cours de la semaine passée.

— Prince Thabiso, dit-elle d'un ton froid et détaché, comme si son prénom était une autre barrière qu'elle pouvait dresser entre eux.

— Ma merveilleuse promise, répondit-il.

Il prononça ce mot avec tellement de tendresse qu'il aurait berné n'importe qui. Pour toutes les personnes présentes, il avait tout l'air d'un homme qui avait hâte de se marier. Cela dit, elle n'aurait jamais pensé non plus que Jamal pût être un prince avant le soir où il était monté sur l'estrade pour faire un discours. La poitrine de Ledi se serra à ce souvenir.

— Tu es sûre que tu n'es pas trop fatiguée pour participer à cette soirée ? s'enquit-il.

Il posa la main sur son épaule et elle ferma les yeux, savourant l'agréable contact de sa paume contre sa peau.

Elle était exténuée. Elle n'avait pas la moindre idée de l'heure qu'il était à New York, mais elle souffrait du décalage horaire, et rencontrer sa famille et tous les citoyens d'une nation n'avait pas arrangé les choses. Elle n'avait pas envisagé que la présence de Thabiso l'émouvrait autant ; elle le connaissait depuis seulement quelques jours, elle aurait déjà dû l'expulser de son système. Ce n'était pas la première fois qu'un homme la malmenait, et elle avait toujours été capable de tourner la page rapidement. Thabiso, lui, l'avait réellement blessée, ce qui compliquait encore un peu la situation.

— Ça va, répondit-elle.

Il hocha la tête, puis la prit délicatement par le bras.

— Au Thesolo, une célébration peut durer plusieurs jours, mais nous sortirons d'ici deux heures, au cas où ça n'irait plus.

— Je pense être en mesure de tenir le temps d'un dîner, répliqua-t-elle sèchement.

Puis ils entrèrent dans le grand salon et elle regretta son attitude. Ce dernier était immense, avec de hauts plafonds voûtés et de luxueuses tentures tapissant les murs. La longue table dressée sur une estrade, à l'évidence pour les invités d'honneur, se trouvait de l'autre côté de la pièce. Pour y accéder, ils durent passer entre deux rangées de convives, apparemment tous venus pour rencontrer Naledi.

— C'est parti, murmura-t-il, effleurant d'une caresse le revers de sa main avant de l'entraîner parmi la foule.

Après les dix premières personnes, Ledi se rappela seulement avoir serré des mains et embrassé des joues. Elle n'avait retenu aucun nom, et elle ignorait pourquoi elle riait aux plaisanteries de ses interlocuteurs ; elle ne faisait qu'imiter Thabiso.

— Tu es le portrait craché de ta mère ! s'exclama un vieil homme en lui serrant la main si fort qu'elle ne sentit plus le sang circuler dans ses doigts.

Toutes les personnes âgées qu'elle avait rencontrées avaient dit quelque chose de similaire, même si les avis sur la question divergeaient, certains trouvant qu'elle avait les traits de sa mère et d'autres de son père. Ledi sourit et hocha la tête avec politesse. Néanmoins, chaque fois qu'un invité évoquait cette ressemblance, elle n'arrivait pas à penser à autre chose qu'au fait que ces étrangers avaient connu ses parents mieux qu'elle.

— Oui, Ledi est d'une beauté à couper le souffle, commenta Thabiso en donnant une tape amicale dans le dos du vieillard si bien qu'il lâcha la main de Ledi.

Il intervenait constamment, volant à son secours chaque fois qu'elle ne trouvait pas ses mots ou qu'elle semblait perdue.

— Ils vont bientôt servir les salades. Nous devrions gagner nos places.

Il la prit à nouveau par le bras et, bien que ce geste eût agacé Ledi auparavant, elle était à peu près certaine qu'il l'aidait à rester debout. Elle n'aurait su dire avec exactitude combien de temps s'était écoulé depuis qu'ils étaient descendus à l'étage principal, mais elle avait serré tant de mains et elle se sentait tellement fatiguée qu'elle avait l'impression de se trouver là depuis plusieurs jours.

Elle n'avait aucune envie qu'il l'aide, mais elle était pragmatique et il était juste à côté d'elle. Alors elle s'appuya contre lui.

— Tu te débrouilles très bien, lui murmura-t-il d'une voix pleine d'encouragements.

Elle rit, et cela suffit à lui faire perdre l'équilibre. Elle chancela et Thabiso s'arrêta pour la jauger du regard.

— Ledi, tu n'as pas l'air d'aller bien.

— Tu as raison, reconnut-elle. On peut s'asseoir ?

Il la mena à son siège, en tête de table, et les autres convives leur emboîtèrent le pas.

Le roi et la reine étaient déjà assis, et elle les salua avec toute l'énergie qu'elle put rassembler. Elle avait des vertiges et ne désirait qu'une seule chose : dormir.

— Et voilà, dit Thabiso en l'aidant à prendre place.

Il était si prévenant avec elle ! Ledi ferma les paupières pour éviter de trop y penser. Il était même un peu trop prévenant.

— Ne me dis pas qu'elle est enceinte !

Le murmure indigné de la reine amena Ledi à rouvrir brusquement les yeux.

— Mère, l'avertit Thabiso.

— Est-ce bien ça ? insista la reine. Honnêtement...

— Je ne suis pas enceinte. (Ledi était trop épuisée et de mauvaise humeur pour feindre la politesse.) Je sais utiliser un préservatif, mais je porte également un stérilet, et je viens d'avoir mes règles. Vous désirez d'autres informations personnelles ? Ou peut-être que je fasse pipi sur un bâton ?

— Naledi, gloussa Thabiso.

Le roi saisit son verre de vin et en but une lampée. La reine la regarda d'un drôle d'air, mais Ledi n'y prêta guère attention.

Elle se demanda si tout le monde pensait la même chose : qu'elle avait piégé Thabiso en lui faisant un enfant dans le dos, ou une autre absurdité digne d'un scénario de *telenovela*. Cela l'angoissa, puis elle se rappela que leur ruse était plus audacieuse encore et elle sourit. Faire semblant d'être la fiancée de Thabiso ne l'enchantait guère, mais ce secret qu'ils partageaient était comme un doigt d'honneur à ses parents qui s'évertuaient à la traiter en persona non grata.

— Tu souris, lui fit remarquer Nya en s'asseyant à côté d'elle. J'espère que tu passes un moment agréable.

— Je me sens un peu vaseuse, mais ça doit être le décalage horaire, répondit Ledi.

Le visage de Nya s'assombrit. Elle fouilla dans son sac à main et lui tendit un petit flacon.

— Si tu n'es pas dans ton assiette, j'ai la solution. C'est un remède local ; ça guérit tout. Ça devrait te requinquer en un rien de temps. Prends une gélule avec de l'eau.

Ledi lut la liste des ingrédients avant d'ouvrir le flacon. Elle laissa tomber une grosse gélule au creux de sa paume avant de l'avaler. Quand elle voulut rendre le flacon à Nya, celle-ci secoua la tête.

— J'en ai encore à la maison. Tu en auras besoin, car tu risques d'être fort occupée les prochains jours. Prends une gélule le matin, et une le soir au coucher.

— Merci.

Ledi commença à se sentir mieux peu de temps après, mais tandis que le dîner se poursuivait, elle ne put s'empêcher de se demander si Nya ne lui avait pas refilé un hallucinogène.

Est-ce vraiment ma vie ?

Elle s'y connaissait plutôt bien en cuisine internationale, mais la variété des ragoûts au fumet alléchant, des viandes tendres et juteuses et des desserts aux mille saveurs donnait l'impression d'assister à un banquet de conte de fées. Ledi estimait être une excellente serveuse, mais elle faisait pâle figure à côté des serviteurs du palais. Par moments, il lui sembla que des mets apparaissaient par magie devant elle et que ses assiettes sales disparaissaient dans le ciel. Elle s'attendit presque à ce que l'un des chandeliers se mette à chanter quand le dernier plat fut débarrassé.

Nya l'aida à se familiariser avec la haute société du royaume, lui désignant les personnes importantes tout en partageant avec elle des ragots sur d'autres. Le roi et la reine, assis en face d'elle, lui posaient de temps à autre quelque question volontairement insultante ou qui semblait l'être du fait d'une incompréhension culturelle. Ledi était toutefois convaincue que la première hypothèse était la bonne ; elle ne parlait que l'anglais, mais aucun sous-entendu ne lui échappait.

— Épidémiologiste ? fit la reine entre deux délicates bouchées. Pas médecin ? C'est bien de reconnaître ses limites.

— Les médecins diagnostiquent des maladies, mère. Les épidémiologistes empêchent celles-ci de ravager le monde, répondit Thabiso, qui était resté plutôt silencieux depuis le début du dîner.

Au lieu de plaisanter, il avait répliqué aux attaques de ses parents de manière claire et concise. Chaque fois qu'il essayait de parler à Ledi, il était interrompu par un ministre, un conseiller ou une prêtresse, tous sollicitant son attention et le pressant d'honorer l'une ou l'autre requête. Ledi commençait à se sentir stressée pour lui alors qu'elle n'écoutait qu'à moitié.

Ledi repensa aux blagues idiotes qui l'avaient tant fait rire dans l'appartement de Mme Garcia, au fait qu'il avait cuisiné pour elle et à la fierté qu'il avait retirée de cet infime accomplissement. Jamal était différent en tout point du Thabiso rigide qui semblait porter le poids du monde sur ses épaules et qui avait du mal à se détendre même au beau milieu d'une fête en son honneur. Une part de Ledi, juste quelques molécules en vérité, comprit pourquoi il avait voulu se glisser dans la peau d'un autre, même brièvement.

— Vous n'avez vraiment aucun souvenir de vos parents ? s'enquit le roi, reprenant le cours de l'interrogatoire commencé par sa femme. C'est bien... commode.

Ledi manqua s'étouffer avec une bouchée de gâteau, et Nya et Thabiso lui tapotèrent délicatement le dos. Elle avait encaissé les humiliations que le couple royal n'avait cessé de lui infliger, mais sa patience avait des limites. Le rouge lui monta aux joues comme elle se levait et les fusillait du regard.

— Divers adjectifs seraient appropriés pour décrire le fait d'être orpheline, mais « commode » n'en fait pas partie.

— Assez, fit Thabiso d'un ton que Ledi ne l'avait encore jamais entendu employer.

Rauque et sans appel, il traversa ses tympans et éveilla une curieuse sensation entre ses cuisses. De toute évidence, cette intonation autoritaire lui plaisait énormément.

— Exactement, dis-lui de se rasseoir, ordonna la reine.

— Pour être honnête, c'est toi qui devrais t'asseoir, mère.

La reine l'observa, l'air sincèrement interloquée.

— Je *suis* assise.

Le roi se pencha vers son épouse.

— C'est une expression de jeunes. Ça signifie...

— Ça signifie que tu vas cesser de manquer de respect à ta future belle-fille, déclara Thabiso. Sur-le-champ.

Un long silence tendu s'ensuivit, puis le roi attrapa sa fourchette et entama son dessert.

— Ce gâteau n'est-il pas délicieux ?

Ledi reprit lentement place dans son fauteuil.

— Si, il l'est. Mes compliments au chef.

— Notre école hôtelière forme certains des meilleurs chefs cuisiniers au monde.

Le roi poursuivit la discussion, évoquant gâteaux, tartes et pâtisseries en tous genres pendant quelques minutes. La reine but son café en silence. Elle lançait de temps en temps un regard à Naledi, mais son expression demeurait insondable.

Le reste du dîner se déroula sans problème majeur. Des groupes issus de différentes tribus interprétèrent des danses et Ledi eut un regain d'énergie même si elle resta loin de la piste. Ce déploiement de couleurs vives sur une musique exotique la subjugua et la poussa presque à braver sa timidité. Cela ne l'empêcha pas pour autant de s'assoupir dans son fauteuil. Elle somnola, malgré le café corsé et amer qui fut servi en fin de repas.

Naledi se réveilla dans les bras de Thabiso alors qu'il la ramenait dans sa chambre. Ses yeux papillotèrent pendant quelques secondes. Il était toujours aussi beau, mais son regard dénotait la fatigue et une grimace déformait ses lèvres d'ordinaire étirées en un sourire. Le désir de chasser cette expression maussade s'empara d'elle avec une telle violence qu'elle remua pour essayer de fuir cette sensation.

— Bonjour, ma Belle au bois dormant, souffla-t-il, et le cœur de Ledi exulta de le revoir sourire.

L'imbécile. Jusqu'à ce qu'elle rencontre Thabiso, l'organe s'était contenté de jouer son rôle, pompant son sang à un rythme régulier, mais depuis l'irruption de « Jamal » dans les cuisines de l'Institut, il manifestait un comportement erratique.

— Tu as lu trop de contes de fées, marmonna-t-elle tandis qu'il la déposait devant sa suite. Désolée de t'apprendre la mauvaise nouvelle, mais les fins heureuses, ça n'existe pas dans le monde réel.

— On ne lit jamais trop de contes de fées, répliqua-t-il.

Il s'avança vers elle. En voyant son imposante carrure d'aussi près, Ledi se rappela le bonheur que c'était d'être allongée sous son corps musclé tandis qu'il s'abîmait en elle. La chaleur se répandit soudain dans ses membres et elle voulut retirer sa robe – qui commençait à être lourde, certes, mais ce n'était pas l'unique raison.

Du revers de la main, Thabiso effleura délicatement sa nuque. Ce qu'elle éprouva à cet instant ne figurait dans aucun conte de fées, exception faite des versions coquines qu'elle avait trouvées sur Internet. Elle sentit la moiteur gagner son entrejambe et ses genoux flageoler rien qu'à cette caresse.

— Et je sais que tu as connu une fin heureuse – voire deux, au moins. (Sa main cessa de bouger et resta posée au creux de son cou.) Je t'ai sentie trembler dans mes bras, je t'ai entendue crier mon nom. Et tu peux revivre ça dès que tu le désires, Naledi.

Sur ces paroles, il retira sa main et tourna les talons pour enfiler le long couloir. Ledi se rendit compte qu'elle se tenait sur la pointe des pieds et que ses sens, en alerte, la poussaient vers Thabiso.

Elle reposa les talons au sol et expira. Naledi avait pensé que Jamal et Thabiso étaient deux hommes très différents, mais malheureusement pour elle, ils avaient un point commun : ils neutralisaient tous deux ses défenses.

25

Ledi regarda par la fenêtre de sa chambre – qui faisait trois fois la taille de son appartement new-yorkais – tandis qu'elle savourait le thé qu'Alehk lui avait offert tout en regrettant que celui-ci ne contienne pas plus de caféine. Elle en était à sa troisième tasse, mais ne se sentait pas plus alerte. Au contraire, elle se sentait encore plus vaseuse qu'avant. Saleté de décalage horaire !

Elle s'était réveillée en pleine nuit et n'avait pas réussi à se rendormir. Alors, elle avait ouvert l'e-mail de Likotsi concernant ses parents. Elle s'était sentie embarrassée devant tous ces gens qui étaient venus lui parler pendant les festivités et s'était contentée de hocher la tête tandis qu'ils lui racontaient diverses anecdotes, car elle ne savait absolument rien sur sa famille.

Le courriel de Likotsi contenait des informations basiques, comme leurs villages de naissance. Libiko, Libi, avait un frère, tandis que Kembe était fils unique. Ils s'étaient rencontrés au lycée et s'étaient mariés dès l'obtention de leur diplôme de fin d'études secondaires. À l'université du Thesolo, Libi avait étudié la technique de laboratoire et Kembe, les mathématiques. Naledi s'était redressée dans son lit et avait agrippé son téléphone.

En son for intérieur, elle avait dû le savoir. Elle pensait avoir effacé toute trace de ses parents, mais peut-être que son désir de devenir scientifique n'avait pas été motivé par la couverture du National Geographic, mais par le souvenir de sa mère, qui en fut une elle-même.

Elle avait fermé les yeux pour refouler ses larmes avant de faire défiler l'e-mail jusqu'à la pièce jointe – une courte vidéo. Trente secondes montrant des versions miniatures de Thabiso et elle sur un lit de coussins au milieu d'une espèce de pergola, deux bambins joufflus jouant avec les pétales de fleurs qui les entouraient. Une femme vêtue d'une robe jaune et vert prononçait des paroles de bénédiction tandis que leurs parents observaient solennellement la scène. Quelques secondes avant la fin de la vidéo, sa mère avait murmuré quelque chose à l'oreille de la reine Ramatla, qui s'était mise à rire en serrant la main de Libiko. Voir les regards amicaux qu'échangeaient les deux femmes avait serré le cœur de Ledi, qui s'était aperçue alors que Portia lui manquait terriblement.

Elle avait reposé son téléphone pour sortir le livre qu'elle avait emprunté et qui traitait des épidémies africaines du XXe siècle, en partie parce qu'elle trouvait cet ouvrage moins pénible à lire que la biographie de ses parents.

À présent, elle regardait le soleil répandre ses rayons matinaux sur le jardin d'hiver que surplombait sa chambre ; on lui avait dit que c'était le petit jardin. Elle ne pouvait imaginer à quoi ressemblait le « grand » jardin. Des arbres et de solides arbustes résistants au froid bordaient les sentiers saupoudrés de neige, et de petits animaux gambadaient çà et là. Une tache de couleur attira son attention. L'espace d'un instant, elle se dit que le décalage horaire combiné à la fatigue commençait à lui faire perdre la boule, mais il s'agissait en réalité d'un paon qui arpentait fièrement l'un des chemins. Thabiso ne lui avait pas menti en décrivant le jardin de son enfance, bien qu'il eût omis des informations cruciales – par exemple, que le parc en question se trouvait dans l'enceinte du palais. Il lui avait décrit le lieu où elle vivrait déjà si elle était restée.

Naledi était trop émue pour analyser cela, et bien trop troublée par la réaction que Thabiso avait suscitée en elle quand il l'avait raccompagnée à sa porte à la fin de la soirée. Elle était entrée d'un pas chancelant dans sa suite outrageusement spacieuse, exténuée, agacée, mais aussi tellement excitée qu'elle n'avait pas pu s'endormir avant de glisser la main entre ses cuisses pour apaiser le tiraillement que Thabiso avait fait naître. Et comme elle l'avait fait la nuit où il avait débarqué dans l'appartement 7 N, tandis qu'elle dégustait le plat qu'ils avaient cuisiné ensemble, elle s'était demandé s'il faisait la même chose dans sa chambre. Des tremblements avaient parcouru son corps et elle avait cambré le dos en l'imaginant se caresser. Cela pouvait-il être mis sur le compte du décalage horaire ?

Probablement.

Elle s'écarta de la fenêtre, posa sa tasse de thé tiède et s'assit sur son lit juste au moment où on frappait à sa porte.

— Entrez !

Elle se leva, se tordit les mains avec nervosité, puis serra la ceinture de son peignoir.

La porte s'ouvrit et un portant de vêtements roula tout seul jusque dans la pièce… ou du moins, c'est ce qui lui sembla au début. Un autre aspect magique du palais ? Puis Naledi repéra une paire de pieds et comprit qu'une femme poussait la penderie à roulettes.

— *Mmoro ! O fela jang ?* lança la femme derrière la tringle dissimulée par les habits.

— Oh, euh… (Ledi courut jusqu'au bureau pour attraper la fiche cartonnée sur laquelle elle avait recopié des phrases basiques dans la langue.) *Lanthe fela, anwo fela jang ?*

Un éclat de rire retentit, puis une femme menue d'âge moyen se présenta à elle, vêtue d'un chemisier violet et d'un pantalon noir.

— Oh, ils ne plaisantaient pas au sujet de votre américanisation ! dit-elle avec un petit son de désapprobation même si elle souriait toujours. Votre accent est adorable, mais je peux parler en anglais, si vous préférez. Tout le monde parle anglais ici, alors il n'y aura pas de problème.

La femme lui fit signe avec le pouce levé et Ledi lui rendit son geste, à la fois contrariée et reconnaissante. C'était frustrant de savoir que le thesoloo était sa langue maternelle alors qu'elle butait sur des mots avec toute la maladresse d'une étrangère – ce qu'elle était après tout, par la faute de ses parents.

Pourquoi sommes-nous partis ? Cette question hantait le moindre recoin du palais et, à l'instar de ses recherches en laboratoire, elle n'avait aucune garantie d'obtenir la réponse.

— Voici votre garde-robe. Le prince a choisi chacune de ces pièces personnellement pour vous. Et bien sûr, si vous désirez une tenue cousue sur mesure, il ne faut pas hésiter à me le faire savoir.

Ledi n'aurait même pas su quoi demander comme tenue. Elle achetait la plupart de ses vêtements en solde. Par ailleurs, avec ce que Thabiso avait commandé, elle avait de quoi s'habiller jusqu'à la fin de ses jours.

— Je connais ce garçon depuis sa plus tendre enfance et il n'avait jamais témoigné un tel intérêt pour la mode ! déclara la femme en lançant à Ledi un regard espiègle.

— Pourtant, Thabiso est toujours tiré à quatre épingles, s'étonna Ledi.

La femme rit.

— C'est grâce à Likotsi. Il porte ce qu'elle lui suggère de porter, et elle ne se trompe jamais. À l'exception d'une fois où elle lui avait choisi un sarouel... (La femme grimaça et Ledi rit.) La semaine dernière, pour la première fois, il est venu me trouver avec une requête spécifique. Interprétez ça comme bon vous semble. Bien, voici des pantalons en laine pour vous tenir chaud. Et vous aurez également besoin de ce pull.

Ledi trouvait bizarre de se déshabiller devant une inconnue, mais la femme insista. Elle enfila donc l'épais pantalon noir moulant ainsi que le pull à col roulé en cachemire assorti. Dans le miroir, elle constata qu'ils étaient parfaitement coupés, ajustés à la taille, épousant ses formes et tombant pile sur ses poignets.

— Ah, je craignais qu'il ne soit difficile de jauger votre gabarit à partir d'une photo, mais j'ai encore l'œil ! Maintenant, essayez ceci. (Elle tendit à Ledi une cape semblable à celle dont l'avait enveloppée Thabiso la veille, et que portaient bon nombre de personnes présentes à l'aéroport.) C'est un manteau du Thesolo. Ils font partie intégrante de notre culture, expliqua la femme tandis qu'elle montrait à Naledi comment replier la couverture pour s'y enrouler confortablement. Ils ont de multiples usages. Vous en trouverez des similaires dans les boutiques pour touristes, mais certaines personnes préfèrent choisir leur propre motif. Le prince a sélectionné cette cape pour vous. Le dessin n'a pas été évident à reproduire, mais mes tisserands ont fait de leur mieux.

Ledi examina les motifs roses en forme de grain de café qui flottaient dans un océan d'améthyste et comprit soudain ce qu'ils étaient censés représenter. Elle éclata de rire tout en faisant courir ses doigts sur l'étoffe luxueuse.

— Si ça ne vous plaît pas, je peux en confectionner une autre, offrit la femme en baissant les yeux. Je suis désolée si je vous ai contrariée, madame.

Ledi referma sa main sur le bras de la servante.

— Non ! Ça me plaît énormément ! C'est seulement que...

Comment expliquer que le motif s'inspirait de la bactérie *Neisseria gonorrhoeae*, c'est-à-dire du gonocoque ? Que Thabiso s'était rappelé l'humiliante anecdote qu'elle lui avait racontée le soir de leur rencontre ?

— C'est une petite blague entre le prince et moi. Cette couverture est somptueuse.

La tristesse quitta le visage de son interlocutrice et fut remplacée par un éclatant sourire.

— Très bien. J'espère que le reste vous conviendra également. Vous trouverez une sélection de chaussures et de chaussettes pour vous tenir bien chaud aux pieds.

Elle exécuta une révérence, puis quitta la pièce. Alors que la porte se refermait, un visage familier apparut dans l'entrebâillement.

— Nous autorisez-vous à entrer, madame ? demanda poliment Likotsi.

— Oui, entrez.

Elle n'était pas habituée à tant de formalités, mais il était difficile de s'exprimer normalement quand tout le monde parlait comme dans un film historique.

Likotsi entra, élégante comme toujours dans son costume vert fort seyant, suivie par Thabiso.

— *Mmoro*, dit Ledi, tâchant de ne pas grimacer en s'entendant massacrer cette langue si mélodieuse.

Comment deux syllabes pouvaient-elles être si difficiles à prononcer ? Sa tentative fut toutefois accueillie avec enthousiasme par Thabiso et son assistante.

— Bonjour à vous, répondit Likotsi avant de sortir sa tablette et de balayer l'écran du doigt. Nous pensions faire un petit détour pour voir Annie et Makalele. Vos grands-parents. Ils se trouvent à l'hôpital royal, ici, dans l'enceinte du palais.

Ledi tira sur sa cape.

— Je vois. Merci de m'avoir parlé d'eux dans vos e-mails. Vous avez une belle plume.

Elle avait découvert la source des e-mails incessants et, à présent qu'elle savait ce que ces derniers renfermaient, elle se rendait compte à quel point Likotsi avait fait preuve de bienveillance envers elle, même si elle avait été complice des mensonges de Thabiso. Quand elle avait parcouru ces e-mails après que la vérité avait éclaté, elle avait constaté un changement de contenu. On ne demandait plus qu'elle y réponde, on lui racontait des histoires informelles sur des gens qu'elle n'avait pas connus, des récits bien plus personnels que ce qu'elle avait pu trouver sur Wikipédia ou encore des sites de tourisme. Elle avait appris quel était le point culminant du Thesolo sur Internet, mais c'était Likotsi qui lui avait décrit le festival du solstice d'été qui se tenait tous les ans au sommet de la montagne, lui brossant un portrait sensoriel des plus détaillés. Elle avait appris le nom de ses parents, mais c'était Likotsi qui lui avait raconté comment ils s'étaient rencontrés, les espoirs et les rêves qu'ils partageaient.

— Il n'y a pas de quoi, ce fut un plaisir, répondit Likotsi.

— Et je vous présente mes excuses, je n'aurais pas dû vous répondre de façon aussi grossière.

Ledi se racla la gorge.

— C'est déjà oublié, madame. Surtout, prévenez-moi si vous avez besoin de quoi que ce soit. Je suis l'assistante de Thabiso, mais je suis également la vôtre jusqu'à ce que d'autres dispositions soient prises.

Ledi serait partie bien avant d'avoir besoin d'une assistante, mais elle garda cette pensée pour elle.

— C'est pour vous, dit Likotsi.

Elle tendit à Ledi l'enveloppe qu'elle tenait à la main.

Ledi s'attendit à ce que celle-ci soit légère, mais elle était un peu trop lourde pour une pile de papiers de cette épaisseur, et également plus ferme. Elle ouvrit l'enveloppe et en sortit une élégante tablette ultrafine, celle qu'encensaient tous les internautes sur MeufsÀLunettes quinze jours plus tôt ; celle dont Brian n'avait cessé de vanter les mérites pendant qu'elle était occupée à remplir les formulaires dont il aurait dû se charger ; celle dont elle n'avait même pas pris la peine de regarder le prix, car un tel appareil ne lui était pas destiné.

— C'est beaucoup trop cher. Je ne peux pas accepter.

Elle voulut rendre la tablette, mais curieusement, elle serrait toujours dans sa main le rectangle de plastique et de verre, songeant aux mille façons dont il lui serait utile dans ses recherches.

— Bien sûr que si. J'y ai déjà téléchargé des documents importants, tels que votre acte de naissance, une sélection de dissertations que vos parents ont écrites à l'université ainsi que des photos de famille. Elle est déjà personnalisée.

— Autant que je la garde, dans ce cas.

Elle posa la tablette sur son oreiller. Elle parcourrait les photos plus tard, quand elle serait seule. Elle se dirigea vers le portant et choisit une paire de chaussettes ainsi qu'une paire de bottines en cuir rose, puis elle s'assit sur une chaise.

— Puis-je vous suggérer plutôt celles-ci ?

Likotsi lui tendit une paire de bottes noires munies d'épaisses semelles. Son expression indiquait que ce n'était guère une suggestion.

Ledi prit les bottes.

— Tu vois maintenant ce que j'endure tous les jours, plaisanta Thabiso avec un sourire.

Il s'était montré étonnamment silencieux, mais Ledi n'avait jamais oublié sa présence. Elle avait eu un mal fou à ne pas laisser son regard dévier vers lui, alors même qu'elle accordait toute son attention à Likotsi.

Celle-ci émit un son désapprobateur.

— Faire comme si vous vous débrouilliez seul chaque matin pour choisir quelles chaussures porter ne vous sied guère, Altesse.

Thabiso fit mine de s'insurger.

— C'est faux ! Je ne t'ai pas demandé conseil depuis plusieurs jours, voire une semaine. Ne l'écoute pas, Naledi.

Ledi sourit, même si cette interaction lui serra le cœur. Revoilà l'homme qu'elle avait connu à Manhattan : taquin, ouvert, désireux de la faire rire. Elle ignorait comment elle était censée réagir ; elle n'arrivait même pas à savoir ce qu'elle éprouvait au juste.

Pourquoi lui était-il si naturel de bavarder avec Thabiso et Likotsi ? Pourquoi lui tardait-il tant de revoir sa cousine Nya et de l'entendre lui raconter le reste de sa nuit ? Était-elle censée se soucier d'Annie et de Makalele, des gens qu'elle ne connaissait ni d'Ève ni d'Adam, mais qui étaient en partie responsables de son existence ? Serait-elle une personne horrible, inhumaine, si elle ne ressentait rien en les rencontrant ?

Elle leva les yeux et vit que Thabiso regardait ses pieds tandis qu'elle enfilait ses chaussettes.

Elle remua les orteils, exhibant son vernis à ongles rose.

— Il est assorti à ma cape, fit-elle remarquer. Tu refiles des IST à toutes les filles ?

— Majesté ! s'écria Likotsi en fusillant Thabiso du regard, lequel s'efforça d'avoir l'air sérieux.

— Uniquement à celles qui me plaisent vraiment, répondit-il. Cela te va à ravir.

Elle remonta la fermeture Éclair des bottes et soupira, finissant par poser la question qui lui brûlait les lèvres :

— Annie et Makalele... vont-ils mourir ?

— Nous l'ignorons, répondit Thabiso, l'air grave. Le Dr Bata, le médecin avec qui tu collaboreras, s'occupe de rassembler des données. À son retour, vous pourrez discuter avec elle des symptômes et des issues possibles.

Naledi hocha la tête.

— J'aurais besoin d'un café avant qu'on ne se mette en route.

— Votre café vous attend. Ainsi que votre carrosse.

Likotsi ouvrit grand la porte, révélant les trois Segway garés devant. L'un de ces transporteurs personnels était équipé d'un porte-tasse dans lequel se trouvait déjà un mug de voyage orné d'un joli motif floral dessiné à l'aquarelle.

Ledi se dit que c'était une blague. Elle prit le mug et but une gorgée de café – d'excellente qualité – avant de regarder le Segway avec appréhension.

— Ce sera vraiment notre moyen de locomotion ?

— Le palais est immense, madame. (Likotsi monta sur son Segway et l'alluma.) Dans l'ancien temps, la royauté se déplaçait en pousse-pousse. Nous sommes passés aux voiturettes de golf, puis à ces petites merveilles il y a quelques années. C'est beaucoup plus sympa, si vous voulez mon avis.

— Je ne sais pas m'en servir, admit Ledi en grimpant sur la plateforme.

Elle glissa son mug dans le porte-tasse et appuya sur le bouton « Marche » comme l'avait fait Likotsi.

— Comment je le fais avancer ?

— C'est simple. (Thabiso se plaça derrière elle et glissa les bras autour d'elle.) Il suffit de te pencher, comme ceci, et de pousser l'appareil dans la direction où tu veux aller.

Il s'appuya contre elle et Ledi sentit, malgré l'épaisseur de la cape, la puissance de son corps, la contraction de ses muscles.

— Ça paraît trop facile, dit-elle, maudissant le tremblement de sa voix.

Celle de Thabiso se fit rauque et sensuelle.

— *C'est* facile, Ledi. C'est toi qui diriges la machine. Tu décides du chemin à suivre. C'est toi qui as le contrôle.

Merde. Elle se demanda si Likotsi avait fourni une fiche de renseignements à Thabiso, ou si ce dernier savait instinctivement quoi lui dire pour lui donner envie de lui sauter au cou.

Likotsi se racla la gorge.

— Vers l'avant, madame. Là, vous vous penchez vers l'arrière, fit-elle sans se donner la peine de cacher son amusement.

— Oh ! Mince. (Ledi corrigea sa position et sentit que les roues tournaient, l'éloignant de la chaleur de Thabiso.) C'est pas mal.

Elle traversa le couloir sur son Segway, le faisant avancer à un rythme régulier, assez vite pour que ses cheveux lui fouettent le visage et qu'une excitante sensation de liberté la gagne. Elle conduisait ! Enfin, en quelque sorte ! Elle jeta un regard triomphant derrière elle, juste à temps pour voir le sourire de Thabiso se muer en grimace et Likotsi tendre la main dans sa direction. Puis son transporteur s'arrêta brusquement dans un bruit sourd et elle se retrouva par terre, sur les fesses. Thabiso et Likotsi se précipitèrent vers elle, leurs pas résonnant dans l'immense couloir.

— Madame, vous devez vous pencher en avant et regarder devant vous.

Likotsi essuya la marque sur l'énorme sculpture en bois – fort bien pourvue par la nature, soit dit en passant – que venait de percuter Ledi.

Thabiso la prit par la main pour l'aider à se relever.

— Nous ferions peut-être mieux de marcher.

— Moi qui voulais choisir ma propre voie..., maugréa Ledi.

Il serra sa main.

— Choisir sa voie en fonction d'une représentation du dieu de la passion était un choix intéressant. J'aime voir où tu vas quand tu décides de prendre le contrôle.

— Vraiment ?

Elle retira sa main et reprit son café. Le mug était chaud contre sa paume, mais son corps ne se contracta pas comme il l'avait fait au contact de Thabiso.

Il leur fallut environ un quart d'heure pour arriver à l'hôpital. Sur le trajet, ils passèrent devant des centaines d'œuvres d'art hors de prix, divers animaux sauvages et une myriade d'employés qui les saluèrent chaleureusement tandis que Likotsi commentait pour elle tout ce qu'ils voyaient. Ledi ne garda pas tout en mémoire. Ça bourdonnait à l'intérieur de son crâne et elle commença à perdre le fil de la conversation, incapable de gérer un tel flux d'informations.

C'est le décalage horaire.

Elle avala l'une des gélules que Nya lui avait données avec le reste de son café, puis tendit sa tasse vide à une domestique qui s'arrêta et lui demanda si elle avait terminé.

— Ça ne te fait pas bizarre d'être ainsi bichonné vingt-quatre heures sur vingt-quatre ? demanda-t-elle à Thabiso en regardant la femme s'éloigner. As-tu vraiment besoin que tous ces gens arpentent le palais nuit et jour dans l'attente de te servir ?

— Ce qui te paraît bizarre ne l'est pas pour moi, répondit Thabiso en haussant les épaules. Je trouve bizarre, personnellement, de vivre dans une cage à lapins avec de la vermine, mais je ne te juge pas pour autant. Et au cas où tu te poserais la question, les employés du palais touchent un salaire élevé, bénéficient d'excellents avantages et peuvent prendre leur retraite dès quarante-cinq ans avec une pension à vie et un logement à l'endroit de leur choix. Ces postes sont très convoités.

— La même chose existe forcément aux États-Unis, dit Likotsi avec un grand sourire. Puisque je fais partie des personnes bizarres auxquelles vous faites allusion, je dois rester ouverte à toutes les possibilités. Parlez-moi des merveilleuses conditions de travail, des salaires et des pensions de retraite dans votre pays.

— Oh non, je ne parlais pas de vous ! Ni de personne en particulier. Je blablate, c'est tout, dit Ledi comme ils entraient dans l'hôpital.

Thabiso ricana comme un gosse se moquant d'une camarade venant de se faire réprimander. Elle le fusilla du regard.

— Évidemment, répondit Likotsi.

Des infirmières en blouse parme s'affairaient, effectuant leurs tournées. L'une d'elles, une femme grande et athlétique aux cheveux tressés, vint à leur rencontre.

— Altesse. Madame. (Elle exécuta une petite révérence, puis regarda Likotsi avec un air beaucoup moins solennel.) Kotsi.

— Bonjour, Sesi. (Likotsi rajusta sa cravate.) Ça fait un bail.

— J'imagine qu'une petite chanceuse t'a mis le grappin dessus, dit Sesi en prenant un dossier médical en main.

— Pas encore. Je continue de profiter de la vie de célibataire, répondit Likotsi avec un sourire malicieux, mais même Ledi remarqua qu'il n'arriva pas jusqu'à ses yeux.

Sesi sembla ravie par cette information, mais elle cessa de flirter dès qu'elle ouvrit le dossier. Sa mine rieuse se fit grave.

— L'état d'Annie, de Makalele et des autres est stationnaire. Ça n'a pas empiré, mais ça ne s'est pas amélioré non plus. Les habitants de leur village leur rendent visite tous les jours. Ils leur parlent, leur apportent divers remèdes, mais il n'y a personne à leur chevet en ce moment. (Elle reporta son attention sur Ledi.) Vous êtes leur petite-fille, n'est-ce pas ? (Ledi hocha la tête et Sesi sourit avec bienveillance.) Ils parlaient souvent de votre mère, avant de tomber malades. Ils sont dans le coma, mais votre présence les aidera peut-être.

Ledi savait que l'infirmière essayait de la réconforter, mais elle sentit malgré tout sa nervosité monter d'un cran. Elle voulut lui rendre son sourire, mais si celui-ci paraissait forcé, elle ne duperait personne. Puis une chaleur familière enveloppa ses doigts. Thabiso la prenait délicatement par la main tandis qu'ils emboîtaient le pas à Sesi, lui laissant l'occasion de retirer à nouveau sa main si elle le souhaitait.

Elle n'en fit rien.

Il se pencha vers elle et lui murmura :

— Ne te mets pas la pression, Naledi. Tu sais ce que je pense des contes de fées, mais personne ne s'attend à ce que tes grands-parents bondissent du lit et se mettent à danser dès que tu seras entrée dans la pièce. Si jamais ça se produit, je devrais empêcher nos prêtresses de t'enrôler dans leur culte.

— Ça me botterait bien d'être une prêtresse, dit Ledi, ravie de parler d'autre chose que de ses grands-parents malades.

Son estomac se retourna quand ils franchirent la porte du service de soins intensifs.

Thabiso lui jeta un regard faussement sérieux.

— Ah oui, j'oubliais que tu avais de l'expérience en matière de sacrifice rituel. Je ne suis pas sûr que le célibat te conviendrait, cela dit.

— Je commence à l'envisager, figure-toi, après mes dernières relations avec des hommes, lui rétorqua-t-elle en retirant sa main comme elle se remémorait ce qui s'était passé entre eux.

Elle désirait qu'il la réconforte, mais la dernière fois qu'elle lui avait ouvert son cœur, il avait trahi sa confiance.

Thabiso ne se laissa pas démonter.

— Dans des temps plus reculés, le roi pouvait coucher avec la prêtresse de son choix.

Ledi ne prêta pas attention à ses paroles. Thabiso essayait de la divertir, mais Sesi leur distribuait des masques chirurgicaux ainsi que des blouses en papier et des gants.

— C'est par ici, indiqua-t-elle en poussant une porte. Madame, voulez-vous entrer seule ?

Ledi ne voulait pas entrer du tout. Elle voulait rebrousser chemin, enfiler le couloir blanc intensément éclairé en sens inverse et au pas de course. Elle avait envie de vomir. Peut-être ferait-elle les deux en même temps. L'idée de pénétrer dans cette chambre d'hôpital toute seule lui donna des sueurs froides.

Elle tourna la tête et jeta un regard derrière elle.

— Tu peux m'accompagner ?

Thabiso s'avança, mais Likotsi posa délicatement la main sur son bras.

— Je crois qu'elle s'adressait à moi, Altesse.

— Oh ! Bien sûr.

Ledi ne tint pas compte de la déception qui passa sur le visage de Thabiso ni du regret qui la tenailla au même moment du fait qu'il ne l'accompagnait pas. Non pas qu'elle s'inquiétait de lui faire du mal ; elle quitterait bientôt le Thesolo de toute façon. Les sentiments de Thabiso n'étaient pas sa priorité. Ce qui importait au bout du compte, c'était qu'elle parvienne à venir en aide à ses grands-parents et aux autres villageois souffrants.

Elle entra dans la pièce et Likotsi la suivit, refermant la porte derrière elle.

Les deux lits d'hôpitaux standards avaient été rapprochés et deux couvertures traditionnelles vert et marron aux motifs circulaires avaient été posées dessus. Ces derniers semblaient identiques, mais en y regardant de plus près, on constatait qu'il s'agissait d'une variation sur le même thème. Une théière se trouvait sur la table de chevet, ainsi que deux tasses qui avaient dû être rapportées de chez eux, vu leur apparence usée.

Ledi prit un moment pour observer leurs visages. Tous deux avaient la peau brun foncé, comme elle. On voyait qu'ils étaient âgés, même s'ils n'étaient pas complètement fripés. L'éruption vésiculeuse couvrait leurs joues, leurs cous et le haut de leurs bustes, sans pour autant dissimuler la ressemblance flagrante avec ce que Ledi voyait tous les jours dans le miroir. Elle eut soudain l'impression de se dissocier de son corps et d'assister à cette scène de l'extérieur, comme si elle regardait une autre orpheline et ses grands-parents.

— Bonjour. (Que disait-on à une personne dans le coma ?) Je suis Naledi, votre petite-fille. Euh… enchantée de faire votre connaissance. Enfin, ce serait mieux si vous n'étiez pas dans le coma, c'est sûr.

Aucune réponse. Elle se rapprocha et posa la main sur la rambarde de lit.

— J'aime beaucoup vos couvertures. Chouette motif. Sur la mienne, ce sont des gonocoques qui sont tissés, parce que Thabiso se croit drôle.

Les électrocardiographes émirent un « bip » en même temps, mais ses grands-parents ne bougèrent pas. La situation était un peu étrange, mais si elle pouvait parler à ses souris sans attendre de réponse de leur part, elle pouvait certainement faire de même avec ses grands-parents.

— Je suis en dernière année de doctorat. J'étudie les maladies infectieuses. La charge de travail est assommante et ça coûte une blinde, et je passe la moitié de mon temps à me demander si je n'ai pas fait les mauvais choix. Mais j'adore ce que je fais. Et je viens de découvrir que l'amour de la science est une affaire de famille. Marrant, non ?

Silence.

Elle soupira et jeta un coup d'œil au milieu des lits, et c'est alors que l'émotion la submergea telle une vague sournoise. Quelqu'un avait placé un oreiller entre ses grands-parents, à cheval sur les deux matelas. Les mains du couple reposaient l'une sur l'autre, leurs doigts étaient légèrement entrecroisés. Même dans leur profond sommeil, ils ne se lâchaient pas.

Elle prit une profonde inspiration et observa les deux êtres si frêles à qui elle devait en partie la vie, qu'elle avait oubliés et qu'elle n'aurait peut-être jamais l'occasion de connaître.

Elle se racla la gorge. L'air sec de la pièce devait irriter ses muqueuses.

— J'aurais aimé vous rencontrer plus tôt. Vous deviez être de super grands-parents. Je suis sûre que vous m'auriez donné des bonbons en douce même quand mes parents s'y seraient opposés et que j'aurais adoré vos câlins. Peut-être que vous êtes des enfoirés, cela dit, vu que mes parents ont filé à l'anglaise, mais vous m'avez l'air sympas. Vraiment sympas.

Ledi s'interrompit car, soudain, elle n'arriva plus à parler. Dans son arbre généalogique mental, ses parents avaient désormais un visage, et à présent ses grands-parents y figuraient aussi. Son cerveau possédait l'information, et si elle ne se considérait pas comme quelqu'un de particulièrement créatif, il y avait un domaine dans lequel elle avait toujours excellé avant de s'obliger à arrêter : imaginer ce qui aurait pu être.

Les anniversaires, les dîners partagés, les disputes suivies des réconciliations... Ledi avait à présent les facteurs élémentaires pour imaginer son enfance, son adolescence, sa vie au sein d'une famille. Le sentiment d'injustice qu'elle n'avait jamais autorisé à éclore commença à s'emparer d'elle. À cet instant, plus que tout au monde, elle voulut tout ce qu'elle avait raté, le bon comme le mauvais.

Comment mes parents ont-ils pu me priver de ça ?

Le visage de sa grand-mère remua, puis ses yeux papillotèrent et elle posa le regard sur Ledi. Un sourire béat illumina ses traits.

— Libiko.

Sa voix était enrouée, son accent déformait presque ces trois syllabes, mais en entendant la vieille femme prononcer le prénom de sa mère, que Ledi venait d'apprendre, celle-ci eut l'impression d'être frappée par la foudre. Sa grand-mère soupira et dit quelque chose en thesoloo que Ledi ne comprit pas.

— Quoi ?

Annie sourit et referma les yeux.

— Elle a dit : « Je savais que tu nous reviendrais, mon cœur », traduisit Likotsi avec émotion.

Le bruit des machines qui maintenaient le couple en vie meubla le silence qui suivit les paroles de Likotsi, avant que les reniflements de Ledi ne s'y mêlent. Que se passait-il ? Si elle ne connaissait pas ces gens, pourquoi une douleur fulgurante lui étreignait-elle la poitrine ? Pourquoi les larmes ruisselaient-elles sur son visage ? Pourquoi souffrait-elle de les voir dans cet état alors qu'elle ignorait comment ils étaient auparavant ?

Les larmes commencèrent à s'infiltrer sous son masque. On glissa un mouchoir dans sa paume et elle sentit la main de Likotsi sur son épaule. Elle s'essuya les yeux et se racla la gorge avant de reprendre la parole. Les émotions étaient une distraction, et elle était venue au Thesolo dans un but très précis.

— Tu as dit que tu m'assisterais si jamais j'en avais besoin, n'est-ce pas ?

— Absolument, madame.

Likotsi redressa les épaules et Ledi crut qu'elle allait faire un salut militaire. Au lieu de quoi, elle sortit sa tablette de la poche qui avait dû être cousue sur mesure dans la doublure de sa veste. Ses doigts gantés de latex s'immobilisèrent au-dessus de l'écran, prêts à obéir à Ledi.

— Je dois m'entretenir immédiatement avec leurs médecins. J'aimerais aussi des copies des dernières découvertes du Dr Bata ainsi qu'un accès total aux archives de l'hôpital, et un rapport sur les épidémies, maladies et anomalies qui ont frappé le pays au cours des cinquante dernières années. Pour commencer.

Likotsi hocha la tête et reporta son regard sur Ledi, qui fut surprise de voir dans les yeux de l'assistante ce qui semblait être de la fierté.

— Je m'en occupe, madame.

— S'il te plaît, appelle-moi Ledi.

Elle se retourna et posa sa main gantée sur celles de ses grands-parents. Elle ignorait ce qui l'y poussa, mais quand sa paume toucha la peau froide de son grand-père, elle ferma les paupières et conclut un pacte avec eux.

Je vous aiderai à découvrir ce qu'il se passe ici.

26

— Ledi ?

N'obtenant aucune réponse, Thabiso poussa la porte de la suite de Ledi, s'attendant à – ou espérant – la trouver allongée entre les draps de soie et la couette moelleuse. Au lieu de quoi, il la vit penchée sur son bureau, lui tournant le dos. La couverture qu'il avait fait tisser pour elle enveloppait ses épaules et traînait par terre, et les documents éparpillés devant elle étaient éclairés par une lampe de bureau décorée ainsi que par l'écran de sa tablette.

L'espace d'un instant, il pensa qu'elle s'était assoupie là. Puis il remarqua que sa main droite griffonnait furieusement tandis que son index gauche suivait une ligne sur le texte à côté d'elle. Elle posa la feuille sur une pile et suivit du doigt les mots imprimés sur la page suivante.

— Je t'apportais le petit déjeuner au lit, mais j'arrive trop tard apparemment, dit-il en s'avançant dans la pièce.

— Trop tôt, le corrigea-t-elle d'une voix rauque de fatigue.

Elle cessa d'écrire et leva les bras pour s'étirer, ce qui fit glisser la couverture. Elle portait un peignoir en flanelle épaisse et sa silhouette gracieuse se découpait sur le mur que caressaient les rayons blafards de l'aube pénétrant par l'immense fenêtre. La voir ainsi émut Thabiso, sans pour autant exciter son désir ; au contraire, il se sentit soudain triste. Les jardins du palais et les montagnes du Thesolo servaient de toile de fond à sa beauté mais, si tout se déroulait comme prévu, elle ne les contemplerait bientôt plus, tout comme il ne la verrait bientôt plus. Ce besoin impérieux qui le poussait vers Ledi s'apparentait-il à ce qu'elle avait ressenti cette fameuse nuit quand elle s'était ouverte à lui dans son appartement ?

Non, pas à lui. À Jamal. Thabiso était simplement l'homme qui avait pulvérisé le fragile embryon de confiance qu'elle avait eu la bonté de lui témoigner. Elle ne le reprendrait pas. Cela n'empêcha pas Thabiso de savourer le souvenir de Ledi dans ses bras après qu'elle s'était endormie sur le canapé de Mme Garcia pendant leur premier dîner. Une pensée ridicule lui avait alors traversé l'esprit.

Voilà à quoi pourrait ressembler notre nuit de noces. Quelle absurdité ! C'était mièvre et aussi peu probable qu'accepter l'offre d'Omega Corp. Il avait compromis toute négociation future entre Ledi et lui ; à présent, ils ne faisaient qu'honorer un contrat temporaire.

Il posa le plateau sur le lit et constata que les draps n'étaient pas froissés, et que la fleur d'eng que les domestiques disposaient sur les oreillers du palais pour favoriser un sommeil agréable s'y trouvait toujours. Et elle était intacte.

À présent qu'il se trouvait plus près, il remarqua que les yeux de Ledi étaient injectés de sang et cernés de noir.

— Tu n'as pas dormi ?

— Dormir, c'est pour les faibles, répondit Ledi avant de bâiller à nouveau. Et pour ceux qui n'essaient pas de découvrir l'origine d'une éventuelle épidémie.

Il porta le bol de mealie-pap ainsi que la tasse de café jusqu'au bureau et les posa dessus.

— Nous devrions reporter la cérémonie prévue aujourd'hui au temple pour que tu puisses te reposer. Je ne t'ai pas amenée ici pour que tu t'épuises à la tâche.

Ledi émit un grognement moqueur et attrapa la tasse. Elle jeta une gélule de vitamines dans sa bouche et l'avala avec une gorgée de café.

— Je prépare mon doctorat. Le sommeil, c'est du bonus, mais c'est loin d'être nécessaire. Ne t'en fais pas pour moi.

Thabiso voulut lui rétorquer qu'elle puisait dans ses réserves depuis qu'il l'avait rencontrée, mais Ledi n'était pas le genre de femme qu'on pouvait mettre au lit avec un verre de lait chaud. Il espérait qu'après leur entrevue avec les prêtresses d'Ingoka il parviendrait à la convaincre de faire au moins une sieste, mais le repos n'était visiblement pas son truc.

— Je t'en prie, mange un peu. Je peux t'apporter autre chose si ce n'est pas à ton goût. Et j'adorerais savoir comment s'est passée ta journée hier, si ce n'est pas trop indiscret. J'imagine que revoir tes grands-parents n'a pas dû être facile.

— Raconte-moi plutôt ta journée pendant que je fais le plein d'énergie et de caféine.

Thabiso doutait qu'elle fût réellement intéressée par sa journée – elle savait changer de sujet mieux que personne quand elle trouvait une question trop personnelle – mais elle prit une cuillère et la plongea dans le porridge, ce qui suffit à Thabiso pour obtempérer.

— Eh bien, après que tu es partie avec Likotsi pour commencer tes recherches, j'ai été appelé pour une réunion d'urgence avec les ministres des Finances – des ministres des Finances fort mécontents.

— Pourquoi étaient-ils en colère ? (Elle fit tourner son fauteuil de bureau et s'y adossa, l'air toujours contrariée, mais au moins, elle engageait la conversation.) Tu as dilapidé ton allocation en envoyant Mme Garcia à Porto Rico ?

Elle prit une deuxième bouchée de porridge et Thabiso la regarda porter la cuillère à sa bouche, envoûté par le mouvement de ses lèvres sur le métal, par le passage de sa langue sur ses lèvres.

Il reporta son attention sur ses yeux.

— Non, ça, c'était une mission humanitaire, même si Mme Garcia a bien profité du minibar du Ritz, l'informa-t-il, ce qui la fit sourire. Pendant mon séjour à New York, j'ai renoncé à signer un accord de plusieurs millions de dollars avec une grosse société.

— Rien que ça ? Pourquoi pas, après tout... Plusieurs millions de dollars, ce n'est pas grand-chose, répondit-elle en mastiquant sarcastiquement, ce que Thabiso n'aurait pas cru possible jusqu'à cet instant.

— Le Thesolo a beau être un pays riche, plusieurs millions de dollars, c'est une sacrée somme. Tu imagines tous les sandwichs italiens que je pourrais acheter avec tout cet argent ?

— Alors, pourquoi avoir fait capoter l'accord ? demanda-t-elle sans prêter attention à son allusion.

Elle baissa les yeux sur son assiette, battant des cils et lui dissimulant son regard.

— Parce qu'en acceptant j'avais l'impression d'assurer la destruction de notre royaume, même si cet accord était censé le propulser dans le futur. J'ai refusé qu'une entreprise vienne exploiter nos ressources et dévaster nos terres, mais les ministres considèrent que j'ai fait preuve d'impertinence et outrepassé mes prérogatives. (Thabiso repensa au débat houleux qui avait suivi la réunion durant laquelle on l'avait carrément traité d'incompétent.) C'est comme s'ils regardaient les autres nations se faire dépouiller de leurs ressources et se disaient : « Oh, mais s'ils se font avoir, c'est parce qu'ils sont stupides. » Ces hommes sont intelligents, mais ils font fi de l'histoire économique, de la colonisation, de la mondialisation. Ils ne pensent qu'à court terme alors que nous devons réfléchir plus loin, prévoir sur un siècle, voire au-delà, et anticiper.

Naledi l'observait à présent avec des yeux ronds, comme si l'une des énormes araignées qui logeaient dans les recoins poussiéreux du palais venait de descendre du plafond en rappel pour se poser sur son épaule. Il passa la main sur sa tête jusqu'en bas de sa nuque.

— Qu'est-ce qu'il y a ?

Elle remua son gruau de maïs et détourna les yeux.

— Désolée, c'est juste... Tu sais de quoi tu parles.

— Je suis prince, répliqua Thabiso, légèrement vexé. Évidemment que je sais de quoi je parle.

— Eh bien, quand des princes font la une des journaux, c'est souvent à cause de leurs frasques. On les voit parcourir le monde, monter à cheval ou jouer au strip-poker. Mais toi, tu maîtrises ton sujet.

Il gémit.

— Johan nous a vraiment fait du tort avec son strip-poker. Un bon prince guette toujours la présence de caméras ou de smartphones avant de se déshabiller. (Ledi leva les yeux au ciel.) Je plaisante... en partie. (Il se racla la gorge.) Monter à cheval et parcourir le monde, c'est du marketing ; dans notre société actuelle, c'est indissociable de la fonction, quel que soit le royaume d'origine. Toutefois, même si j'ai eu une vie facile, privilégiée, j'ai également été préparé à diriger un royaume dès que j'ai su me redresser dans mon berceau. Je maîtrise, en effet, les sujets que je suis censé connaître.

— Je vois ça. J'en suis contente. Je te prenais pour un célibâtard avec une couronne, mais tu sembles sincèrement te soucier de ton peuple.

Thabiso réprima le sentiment d'indignation qui monta en lui par automatisme.

— Je ne sais pas ce qu'est un célibâtard, mais vu le comportement déplorable dont j'ai fait preuve envers toi, je peux comprendre que tu penses les pires choses de moi.

— Déplorable ? Ça, c'est du marketing. Mais j'imagine que te faire passer pour un roturier afin de t'envoyer en l'air fait partie de tes « fonctions ».

Elle prononça cette phrase sans y mettre d'émotion, mais le sous-entendu frappa Thabiso en plein cœur.

— Tu penses que j'ai menti pour coucher avec toi ?

Elle baissa les yeux.

— Tu m'as menti. Tu as couché avec moi. J'ai raté un truc ?

— Je ne peux pas t'en vouloir de penser que je suis un salaud, mais tu devrais savoir mieux que quiconque que la corrélation n'implique pas la causalité. (Ledi refusait de le regarder, mais il espérait qu'elle l'écoutait. Certes, il avait tout gâché, mais il ne pouvait la laisser penser qu'il avait voulu la manipuler pour la mettre dans son lit.) J'ai voulu te dire la vérité dès que je suis entré dans les cuisines de l'Institut. J'avais préparé tout un discours dans lequel j'exigeais que tu m'expliques pourquoi tes parents avaient fui le Thesolo.

Il rapprocha sa chaise de Naledi et contempla le visage qui deux semaines plus tôt n'était qu'une image floue dans les confins de son imagination. Il se rappelait à quel moment exactement tout était devenu très net.

— Tu fais partie de ma vie depuis que je suis gamin, vois-tu. Tu ne te souviens peut-être pas de moi, mais moi, je n'ai jamais pu t'oublier. Tu es devenue un mythe auquel je ne pouvais échapper, un chemin qui m'était désormais barré. Je voulais te retrouver et étouffer enfin ce stupide espoir que je nourrissais depuis toutes ces années. Et puis, soudain, tu étais en face de moi. Tu m'appelais Jamal et tu me passais du kale, comme si c'était normal. Je m'étais attendu à tomber sur une femme grossière et indélicate, mais tu étais... toi.

Ledi laissa tomber sa cuillère dans son bol avec fracas.

— Alors quoi ? Me mentir était une sorte de vengeance parce que je suis partie ? Navrée de te l'apprendre, mais tu arrives trop tard. Je paie pour les décisions de mes parents depuis des années. Passe le mot aux autres, d'ailleurs, puisqu'ils n'ont visiblement pas reçu le mémo.

— Te mentir était une erreur, répondit Thabiso avant de rectifier sa phrase. Non, ce n'est pas vrai. Peut-être qu'une part de moi voulait effectivement te punir. N'oublie pas que j'ai passé une grande partie de ma vie à entendre que ta famille avait trahi la mienne. Je me suis dit qu'un petit mensonge, ce n'était pas bien grave comparé à la tromperie de ta famille. Mais surtout, dès que je t'ai vue, j'ai voulu te connaître. Et je sais d'expérience que c'est très difficile une fois qu'on a prononcé les mots « je suis prince ».

— Et tu penses que ça justifie tes agissements ?

Le visage de Ledi était déformé par la colère et l'incrédulité.

— Non. Mais si je t'avais dit la vérité dès le début, je n'aurais jamais travaillé à ton côté. Nous n'aurions pas cuisiné ni pris le métro ensemble, nous ne nous serions pas promenés dans le parc main dans la main. Et en sachant cela, je ne suis pas sûr que j'agirais autrement si c'était à refaire.

Ledi ouvrit la bouche, puis elle la referma et détourna le regard. Elle semblait démoralisée, ce qui ne plut guère à Thabiso.

— Je garde mes distances avec les gens, lâcha-t-elle enfin. J'y ai toujours mis un point d'honneur à cause de mon Velcro défectueux.

Thabiso crut avoir mal entendu.

— Pardon ? De ton Velcro ?

— Personne ne reste jamais, souffla-t-elle.

Elle avait une toute petite voix. Elle semblait soudain très différente de la Ledi habituelle, ou peut-être était-ce justement la Ledi qu'elle cachait derrière cette armure. Puis elle secoua la tête et la colère brilla à nouveau dans ses yeux.

— Mais, va savoir pourquoi, j'ai eu l'impression que je pouvais m'ouvrir à toi – enfin, à Jamal. Que tu en valais la peine. Que tu ne m'abandonnerais pas. Alors que tu me mentais depuis le début. Tu voudrais que j'oublie ça ? J'en suis incapable. (Elle secoua la tête.) Sors d'ici.

Elle lui tourna le dos et reprit son stylet, fixant la fenêtre du regard en attendant qu'il quitte la pièce. Les pieds de Thabiso étaient comme cloués au sol ; les paroles de Naledi l'avaient médusé. Il ignorait qu'il l'avait blessée à ce point, mais il venait de comprendre à quel point cela l'affectait.

« Que tu ne m'abandonnerais pas. »

Elle l'avait désiré pour celui qu'il était, sans rien savoir de sa fortune, de sa célébrité ou encore de leur passé commun. Thabiso réfléchit à cela en parallèle de son mensonge, avec ce qui était arrivé parce qu'il avait menti et avec ce qui aurait pu se passer s'il s'était montré honnête.

— Je ne m'attends pas à ce que tu oublies. Mais Ledi, franchement, comment aurais-tu réagi si j'avais débarqué sur ton lieu de travail et clamé que j'étais le prince d'un obscur royaume africain et que tu étais ma promise ? Sois franche.

Elle resta penchée sur son bureau.

— *Sors d'ici.*

— CQFD. (Il soupira et passa la main sur sa barbe.) Écoute, nous devons participer à cette cérémonie avec les prêtresses dans une heure environ. J'ai compris que tu ne voulais pas te trouver près de moi, tu as été très claire sur ce point et c'est ton droit le plus légitime, mais je te rappelle que nous devons jouer la comédie jusqu'au bout, Bones.

Elle souleva la tête.

— Bones ?

— Tu m'as appelé Bones dans ton labo...

Thabiso fut interrompu par quelque chose de tout à fait inattendu : l'éclat de rire de Naledi. En une fraction de seconde, son air pincé s'envola, laissant la place à un visage ouvert et souriant. Elle renversa la tête en arrière pour rire à gorge déployée, et Thabiso sentit son sexe tressaillir comme il se remémorait la fois où elle avait exécuté un geste similaire alors qu'il était abîmé en elle. Par la Déesse, elle était toujours magnifique, mais elle l'était encore plus quand elle était trop préoccupée pour le repousser.

— Tu n'as jamais regardé *Star Trek*, hein ? s'enquit-elle.

— C'est la série avec le mec qui porte un casque noir et qui a une voix bizarre ?

Il connaissait la série, mais il ne pouvait manquer l'occasion de la faire sourire à nouveau.

— Il me semblait t'avoir dit de sortir.

C'était prononcé avec fermeté, mais sans méchanceté ; il y avait même un soupçon d'amusement dans son intonation. C'était toujours ça de pris.

— Quelqu'un viendra te chercher pour te conduire au temple, dit-il tandis qu'il quittait la pièce.

— Oh, j'ai reçu une notification. Likotsi a ajouté l'entrevue à mon agenda, l'informa-t-elle en attrapant sa tablette.

Kotsi serait ravie d'apprendre que quelqu'un se montrait enfin sensible à ses tentatives de planification moderne. Ledi passa l'index sur l'écran, qu'elle examina les yeux plissés.

— « Cérémonie de purification ». Ça ne sera pas trop bizarre, j'espère ?

— C'est un simple rituel de bénédiction ; ça ne devrait pas être trop excessif.

Elle ne releva pas la tête et, au bout de plusieurs secondes, Thabiso comprit que c'était parce qu'elle l'avait déjà mis dehors trois fois.

L'affection qu'il lui portait était peut-être vaine, mais s'il l'avait blessée plus que quiconque, n'était-ce pas précisément parce qu'elle lui avait porté plus d'intérêt qu'à quiconque ? Et s'il existait une infime chance qu'il ait raison, il ne pouvait pas abandonner. Pas encore.

27

Après le départ de Thabiso, Ledi ne put se concentrer sur les faits et les chiffres devant elle. Il l'avait distraite, ce qui faisait un point de plus à ajouter à la liste des raisons pour le détester : il mentait, l'empêchait de se concentrer, cuisinait mal, embrassait comme un dieu, la rendait folle de désir…

Minute.

Elle avait perdu le fil de ses pensées. Passer une nuit blanche n'avait peut-être pas été très judicieux. Voilà pourquoi elle se sentait grisée alors qu'elle aurait dû être en colère, pourquoi elle mourait d'envie de faire un montage vidéo d'un amusant médecin intergalactique pour le regarder avec Thabiso au lieu de mettre l'exaspérant prince à la porte. Dieu soit loué, elle ne lui avait pas demandé de rester ! Cela aurait été dangereux. Elle ne savait que trop bien ce qui arrivait quand elle regardait la télé à côté de Thabiso – ou plutôt quand elle s'endormait en regardant la télévision avec lui. D'ailleurs, quelques battements de cils la séparaient de la torpeur, même si elle s'obstinait à prétendre le contraire.

Elle se leva et s'étira, manquant s'écrouler comme le sang affluait à sa tête. Mauvaise idée, la nuit blanche. Très mauvaise idée. Elle attrapa sa tablette et se traîna jusqu'à son lit. Elle grimpa sur le rebord et attendit que les vertiges passent. Elle avait vraiment sous-estimé les effets du décalage horaire, mais elle voyageait si peu qu'elle ignorait ce que c'était. Elle se montrerait plus compréhensive à l'avenir envers ses collègues revenant de conférences à l'étranger quand elle rentrerait à New York.

Car tu vas rentrer.

Elle cliqua sur le widget photo de la tablette et parcourut les images téléchargées. Elle ne s'attarda sur aucune photo en particulier ; elle ne pouvait s'y résoudre, même si elle les avait déjà regardées plusieurs fois. Une fillette joufflue – elle, a priori – qui courait dans un jardin et essayait d'arracher des fleurs. Ses parents assis sur un canapé qui se regardaient amoureusement, la main de son père posée sur le ventre de sa mère. Quand elle essayait de se souvenir de ses parents, elle pensait toujours qu'elle imaginait certains détails – la façon dont son père fronçait les sourcils comme un méchant de dessin animé, par exemple. Il avait de grands yeux, cela dit, et un regard bienveillant. Ça, elle ne se le rappelait pas.

Ils avaient l'air si heureux sur ces photos... ce qui était assez logique, étant donné qu'on se prenait rarement en photo quand on n'était pas dans son assiette, mais quand même. Elle n'arrivait pas à comprendre pourquoi ils avaient décidé de partir. Qu'est-ce qui avait bien pu les pousser à fuir ? À l'arracher à tout ce qui lui était familier ? Elle n'en avait jamais voulu à ses parents auparavant, durant toutes ces années qu'elle avait passées en foyer, mais à présent, chaque souvenir, chaque réminiscence de ce qu'elle avait possédé et perdu attisait son ressentiment.

La fatigue s'abattit soudain sur elle. Ledi posa la tablette à côté d'elle et s'étendit sur le lit moelleux. La sensation était comparable à tomber dans un puits, là où ses pensées concernant ses parents, Thabiso ou le Thesolo ne pouvaient l'atteindre.

— Madame ?

On frappa à la porte et Ledi sursauta. Elle avait juste voulu se reposer les yeux une minute, mais à présent, elle se sentait groggy et elle n'aurait su dire combien de temps s'était écoulé.

— Merde ! murmura-t-elle en bondissant sur ses pieds, perdant presque l'équilibre. J'arrive !

La domestique de la veille entra, cette fois sans le portant à roulettes. Elle n'avait qu'un seul vêtement drapé sur son bras.

— Êtes-vous prête pour la cérémonie ? s'enquit-elle.

— Je ne suis ni douchée ni habillée. Je suis désolée, mais il me faut encore cinq minutes.

Super. Il ne manquait plus qu'elle mette les prêtresses en rogne. Elle espérait que leur déesse n'était pas une divinité vengeresse.

— Habillée ? Douchée ? (La domestique arqua les sourcils.) Vous n'avez pas été informée des spécificités de la cérémonie ?

Les épaules de Ledi se voûtèrent.

— Non.

— Vous n'avez besoin que de ceci. (Elle secoua le peignoir de soie drapé sur son bras.) Et d'un cœur pur.

— Mmm, d'accord. Un sur deux, ce n'est déjà pas si mal, marmonna Ledi en s'avançant vers le peignoir.

La domestique recula.

— Je n'ai pas été assez claire. Vous n'aurez besoin de rien d'autre que ceci, ajouta-t-elle en regardant le jean et le sweat-shirt de Ledi avant de détourner la tête tout en lui tendant le peignoir.

Ledi soupira et commença à se déshabiller. Plus vite elle serait nue et dans le peignoir, plus vite elle pourrait rejoindre Thabiso… et l'étriper.

— Tu avais dit que ce ne serait pas bizarre, marmonna Ledi à l'intention de Thabiso. Jusqu'à présent, des femmes que je n'avais jamais vues m'ont lavé et huilé le corps, d'autres m'ont baisé les pieds, on a massé mon aura et maintenant on m'observe comme une bête curieuse.

Après que les prêtresses l'avaient examinée, un bandeau en lin blanc avait été ceint autour de sa poitrine et un drap de lin avait été noué autour de sa taille en guise de jupe. On l'avait conduite sur une scène où elle devait se tenir à côté de Thabiso, qui était vêtu comme elle – torse nu et jupe de lin. Un look qui lui allait à ravir.

Ils s'agenouillèrent tête baissée devant un parterre de gens, dont le roi et la reine, qui les regardaient d'un air solennel.

— Sérieux, ce massage a touché des zones que je doute d'avoir jamais explorées, murmura-t-elle et Thabiso s'efforça, en vain, de ne pas pouffer.

Une prêtresse se tourna vers eux et les fit taire, et Ledi eut l'impression de s'être fait réprimander pour avoir bavardé à la bibliothèque. Cependant, le courant d'air qui passa sous sa jupe lui rappela qu'elle portait d'ordinaire des sous-vêtements quand elle allait consulter des livres.

— Les gens paient une fortune pour aller se faire masser dans un spa à New York, non ? répondit Thabiso, et elle devina à son intonation qu'il souriait.

— Si jamais je découvre que j'ai été enrôlée dans une secte, tu es mort, marmonna-t-elle.

— Je t'assure que ce n'est pas une secte. Et, encore une fois, tout est relatif. Nous trouvons assez bizarre, par exemple, de manger le corps et de boire le sang d'une divinité, mais nous ne jugeons pas les adeptes de cette tradition pour autant.

Une voix claire et puissante retentit entre les prêtresses. Toutes avaient la même robe de lin ample et un foulard assorti sur la tête. Ledi n'aurait su dire si elles étaient en moyenne plus jeunes ou plus âgées qu'elle, car manifestement les onctions à l'huile et les massages d'aura, ça conservait plutôt pas mal.

— Nous, prêtresses d'Ingoka, mère de tout et façonneuse du Destin, avons passé ces vingt dernières années dans le doute. (Un chœur de « oui » s'éleva des femmes derrière Ledi.) Deux décennies de récriminations, à nous demander si la déesse nous avait abandonnés ou si nous avions été dupés par l'Imposteur. Tout cela à cause de cette fille.

Elle se tourna et pointa l'index sur Ledi.

Ledi oublia qu'elle en voulait à Thabiso, oublia qu'il se trouvait à côté d'elle. Le pouvoir que renfermait la voix de cette femme l'enveloppa, la paralysa, comme si elle était une bactérie pathogène et elles, les neutrophiles chargés de l'éliminer. Le désarroi dans la voix de cette femme... *En suis-je vraiment la cause ?* Ledi n'était pas religieuse, mais avaient-elles examiné son âme et trouvé celle-ci impure ? Indigne d'Ingoka ? Cette pensée la fit paniquer. C'était le Velcro défectueux puissance mille, et ces femmes étaient sur le point de révéler à tout le monde ce qui clochait chez elle.

Ledi commença à se redresser, mais Thabiso referma la main sur la sienne. Pourquoi voulait-il qu'elle reste là où, visiblement, on ne voulait pas d'elle ?

Ça ne changera jamais.

Ledi inspira, puis expira, et il serra sa main plus fort. C'en était trop. Les doigts chauds et vigoureux de Thabiso retenant les siens, comme s'il la voulait à côté de lui alors que ce n'était pas sa place... Tout le monde le voyait – excepté lui.

La prêtresse poursuivit :

— Nous avons échoué en sélectionnant une future reine qui a déserté son royaume. La maladie traque les nôtres et l'avenir du Thesolo est en péril. À l'évidence, Ingoka nous punit pour nos erreurs, n'est-ce pas ?

Ledi ferma les yeux pour refouler ses larmes et ne pas entendre les murmures de la foule. Pourquoi avait-elle accepté de venir ? Comment avait-elle pu penser que, cette fois, ce serait différent ?

— NON.

Les voix des prêtresses retentirent à l'unisson en une réponse catégorique, qui pulvérisa les défenses de Ledi.

— Nous avons examiné cette femme, et elle possède le cœur pur et l'esprit brillant de la fillette que nous avions choisie vingt ans plus tôt. Elle porte l'âme de notre peuple en elle. Elle est digne d'être l'épouse d'un prince, et une future reine.

— Naledi nous est revenue ! cria l'une des femmes avec ferveur, sa plainte résonnant dans le temple.

— Par la grâce d'Ingoka ! claironna une autre.

— Naledi nous est revenue ! entonnèrent en chœur les prêtresses dans un concert de voix, certaines aiguës, d'autres graves. Elle est revenue parmi les siens, là où est sa place !

Poussant des cris d'allégresse, les prêtresses encerclèrent le couple tout en entamant une danse joyeuse tandis que des fleurs jaunes, violettes et roses pleuvaient sur eux. Ledi eut l'impression que son cœur allait exploser comme les femmes la gratifiaient de sourires chaleureux. Elles étaient heureuses qu'elle soit là. Extatiques.

Ces femmes ne te connaissent pas. C'est de la comédie.

Peut-être était-ce une performance théâtrale en l'honneur de la cour. Toutefois, Ledi sentit bel et bien une vague de chaleur l'envelopper en même temps qu'un sentiment d'appartenance la gagnait. Elle avait l'impression d'être une princesse et ne pouvait le nier.

Thabiso serra sa main et l'aida à se relever.

— Viens. Il est temps.

— De quoi ? fit-elle d'une voix à peine audible, car elle déployait toute son énergie à s'empêcher de pleurer.

— De faire ça.

Il fit un bond de côté, fléchit les genoux et commença à se déhancher comme il l'avait fait dans le parc à New York. La foule l'acclama et Ledi rit, grisée par le bonheur et le soulagement.

— Alors, tu n'avais pas inventé cette danse ?

— Cette danse a plus de mille ans, répondit-il en changeant de jambe.

— Toi seule peux répondre à cette question, déclara l'une des prêtresses en venant se placer à côté de Ledi.

Elle se pencha en avant, ouvrit les bras puis les ramena vers sa poitrine tout en décrivant de petits cercles avec ses hanches.

— Comme ceci.

Ledi ne se sentait pas capable de danser sur une scène devant une foule de gens. Mais Thabiso la regardait avec une telle sincérité tandis qu'il dansait, et les prêtresses tapaient dans leurs mains et chantaient, que soudain il y eut cette connexion. Ce lien qu'elle avait ressenti à l'instant où il était entré dans l'Institut se mit à palpiter en elle, en rythme avec les applaudissements des prêtresses. Elle s'était raidie à l'idée de danser, mais tâcha de se détendre et de laisser ses hanches se balancer comme le lui avait montré la prêtresse. Les mouvements de Naledi manquaient de fluidité et de précision ; elle avait du mal à coordonner ses bras et ses jambes, mais la prêtresse s'écarta, la laissant seule devant Thabiso.

Il plongea son regard dans le sien tout en se rapprochant. À chaque pas, il s'arrêtait pour bouger les hanches, la danse se muant en quelque chose de spirituel et sensuel à la fois. Ledi sentit sa peau la picoter et son cœur déborder d'amour, et au bout d'un moment, elle remarqua qu'elle ne cherchait plus à exécuter correctement les mouvements, mais à bouger naturellement.

Elle comprit alors en quoi consistait cette danse ; ses bras, ses hanches et tout son être appelaient Thabiso, l'invitaient à la rejoindre comme il s'avançait vers elle, tout doucement. Elle l'éprouva dans sa chair. Il fut enfin devant elle et ils s'immobilisèrent tous les deux, les yeux braqués l'un sur l'autre, les battements frénétiques de son cœur – de leurs cœurs – résonnant dans les oreilles de Naledi. Elle n'arrivait plus à respirer, à réfléchir, et elle n'avait pas la moindre idée de ce qu'elle devait faire. Mais Thabiso, lui, savait. Il s'agenouilla devant elle et inclina la tête. Toute la salle se tut. Son souffle caressa les orteils de Ledi, un contact si intime qu'elle en frissonna.

— La cérémonie d'union, entamée des décennies plus tôt, est désormais achevée. Naledi a accepté la demande de Thabiso. Accueillons-la dans nos cœurs.

Tout le monde exécuta une révérence, suivant l'exemple de Thabiso, à l'exception du roi et de la reine qui s'agenouillèrent. Cette dernière fixa Naledi du regard, mais son expression était insondable. Ledi parcourut la salle des yeux, ne sachant précisément ce qui était en train de se passer alors même que les participants commençaient à se relever.

Comme l'euphorie retombait, Naledi prit conscience des mots que la prêtresse avait prononcés.

— Accepté quoi ? demanda-t-elle.

— La demande en mariage de Thabiso. Vous êtes désormais officiellement fiancés aux yeux d'Ingoka.

28

— Fils ?

Thabiso se retourna en entendant la voix de sa mère résonner dans le couloir du palais. Il ne lui avait pas vraiment parlé depuis l'arrivée de Naledi ; d'abord parce qu'il avait été occupé à gérer l'insoumission des ministres des Finances ainsi qu'une possible épidémie, et ensuite, parce qu'il n'en avait pas eu envie. Étant donné l'attitude dont la reine avait fait preuve envers Naledi, il préférait se taire plutôt que dire quelque chose qui lui vaudrait d'être banni. Ce n'était pas pour cela qu'il se tracassait, toutefois. Il ne s'était jamais disputé avec ses parents sur un sujet important. Des désaccords concernant la gouvernance du pays ou son comportement, c'était une chose, mais les insultes à peine voilées auxquelles ces derniers recouraient dernièrement le laissaient démuni, car il ne savait comment y répondre. Comment réagir à ces attaques lancées par les personnes qu'il aimait le plus au monde ? Comment s'adapter à cette nouvelle relation ?

— Mère ?

Il attendit tandis que les talons de la reine martelaient le sol, l'écho de ses pas se répercutant sur les murs d'un palais qui trônait là depuis des générations, et qui un jour reviendrait à Thabiso.

Elle glissa le bras sous celui de son fils et ils continuèrent à marcher, en direction des appartements privés. Ils s'étaient promenés ainsi tant de fois, mais cela semblait forcé à présent, empesé.

— Vous nous avez offert un sacré spectacle.

Un spectacle ? Pendant qu'il dansait avec Ledi, il avait senti un changement s'opérer en lui. Il n'aurait su dire si c'était l'œuvre d'Ingoka, mais quoi qu'il en soit, la sensation était partie du centre de sa poitrine et s'était faite toujours plus lancinante à mesure que Ledi l'avait invité à s'approcher. Qualifier cela de « spectacle » était dévalorisant.

— Je suis fort satisfait du déroulement de la cérémonie de purification, répondit-il, mettant à profit ses leçons de diplomatie. Je suis ravi que les prêtresses l'aient trouvée digne. Si seulement tout le monde partageait leur foi en la volonté d'Ingoka.

Sa mère soupira, puis s'arrêta et leva les yeux vers lui.

— Thabiso, tu es notre unique fils. Nous avons essayé de t'inculquer l'importance de ton rôle dans ce royaume, mais peut-être avons-nous échoué à te faire comprendre la nécessité de choisir une épouse convenable.

— Intéressant. Tu étais moins exigeante avant mon départ, me jetant dans les bras de tout ce qui portait un jupon, allant même jusqu'à faire venir Shanti en mon absence.

— Shanti sait comment être une reine, car elle a été élevée dans ce but. Elle ferait une excellente épouse, attentive et dévouée, soucieuse de ton bien-être et...

Thabiso retira son bras, excédé par ses paroles et ne supportant plus qu'elle le touche.

— Je ne l'aime pas, mère !

Thabiso n'avait jamais haussé la voix en s'adressant à sa mère. Honte, colère et tristesse l'envahirent, ce qui était suffisamment difficile à encaisser sans prendre en compte l'aveu qu'il venait de faire.

La reine le dévisagea longuement avant de secouer la tête, visiblement dépitée.

— J'aurais dû sévir quand tu étais petit et que tu répétais avec insistance que ses parents et elle finiraient par revenir.

— Pourquoi ? J'avais raison. Elle est de retour, non ?

La reine plissa les yeux.

— Es-tu réellement prêt à parier l'avenir de notre pays sur le jeu auquel vous vous adonnez ?

— Cela n'a rien d'un jeu. (Il expira par le nez.) Je suis désolé, mais je refuse d'en discuter plus longtemps. Vous m'avez appris à ne jamais renier ce dont j'étais convaincu. J'ai vraiment du mal à comprendre ce que tu reproches à Naledi, mais quoi qu'il en soit, ma décision est prise.

— Et la sienne ? demanda la reine.

Quoi que dise Thabiso, ç'aurait été un mensonge, et il en avait fini de mentir.

— J'ai à faire, répondit-il.

Elle hocha la tête.

— Ton père et moi t'avons soumis à bien des contraintes, mais nous ne voulons que ce qu'il y a de mieux pour toi. Tu le sais, n'est-ce pas ?

Thabiso ne put supporter de lire l'incertitude sur le visage de sa mère. Il se pencha vers elle et la serra dans ses bras.

— Je le sais, mère. Mais cette fois, il va falloir me faire confiance.

— Je te fais confiance ; c'est d'elle que je me méfie. (Elle redressa la tête pour le regarder dans les yeux, incapable de dissimuler son inquiétude.) Thabiso, tu ne sais pas vraiment ce que ça fait de perdre un être cher. Tu ne sais pas ce que c'est d'aimer une personne, de lui ouvrir ton cœur, puis de la perdre – ou pire, d'être trahi par elle. C'est une épreuve que nous devons tous affronter à un moment ou à un autre, mais si je peux t'éviter de souffrir inutilement, je le ferai.

Elle tourna les talons et repartit dans la direction d'où elle était venue.

Thabiso regarda sa mère s'éloigner. Elle l'avait toujours protégé, peut-être avait-elle été trop indulgente, mais elle ne l'avait jamais couvé. Sa mère n'avait jamais pardonné la trahison des Ajoua, mais il avait pensé que sa colère faiblirait après avoir appris qu'ils étaient morts, et qu'ils seraient peut-être rentrés au pays. Il s'était trompé.

Il se dirigea vers la chambre de Naledi, les paroles de sa mère résonnant dans sa tête. Au cours de la cérémonie, alors qu'il était à genoux devant Naledi – ce qu'il n'avait encore jamais fait pour qui que ce soit –, Thabiso avait compris quelque chose de fondamental : il ne pouvait pas la laisser partir. Il s'y refusait. Il la désirait, non pas par nostalgie perverse ou parce qu'elle lui résistait, mais parce qu'elle était parfaite pour lui et – ce qui était peut-être tout aussi important – parfaite pour son peuple. Elle le poussait à se surpasser rien qu'en lui donnant l'exemple. Que pouvaient-ils accomplir ensemble en tant que mari et femme ? Roi et reine ?

Sa mère avait raison, cela dit. Ce qu'il voulait importait peu ; Naledi ne comptait pas rester, et il n'était pas égoïste au point de souhaiter que la crise sanitaire dure le plus longtemps possible rien que pour garder la femme qu'il aimait à son côté. Il l'imagina reprendre l'avion pour rentrer à New York et la contrariété lui noua les entrailles. Pouvait-il la laisser partir ? Pouvait-il la laisser penser une seconde de plus que sa décision le laissait indifférent ?

Il traversa l'interminable couloir qui menait jusqu'à sa chambre, le cerveau en ébullition.

— Naledi.

Il frappa fort et elle ouvrit la porte avec cet air exaspéré qu'elle semblait lui réserver.

— Je suis occupée, alors à moins qu'il ne s'agisse d'une urgence...

— On peut dire que c'en est une, oui.

Il l'enlaça par la taille, enfonçant les doigts dans sa chair souple tandis qu'il l'attirait contre lui. Il baissa la tête, cherchant ses lèvres, mais s'arrêta à un soupir de sa bouche et appuya le front contre le sien.

— Je peux ? demanda-t-il.

Il n'allait pas l'embrasser de force. Il avait déjà succombé à la force qui l'attirait vers elle ; il ne pouvait que lui demander de le rejoindre de son plein gré.

— Euh... (Sa respiration s'était accélérée et elle n'avait pas reculé, mais elle semblait prête à déguerpir.) Alors, ça, c'est nouveau. Les mecs ne demandent pas la permission passé la première nuit.

Son irritation monta d'un cran.

— Je suis un gentleman, que diable ! Les gentlemen ne se fondent pas sur des suppositions, ils demandent la permission, d'accord ? Bon. Je peux t'embrasser ?

— Waouh. Zéro pression, répondit-elle en haussant les sourcils.

— Oh, il y a une sacrée pression, lui rétorqua-t-il, prenant conscience du ridicule de sa réplique tronquée.

Dans mon pantalon. Il n'était pas un pur gentleman.

Ledi soupira.

— Dans ton pantalon ? fit-elle.

La tension entre eux éclata, comme une bulle transpercée par leurs éclats de rire. Il renversa la tête en arrière, mais garda les mains sur les hanches de Ledi.

— Par la Déesse ! Et dire que je fus élu naguère membre de la royauté le plus charmant.

Il secoua la tête.

— Les gens votent sérieusement pour ces trucs-là ?

Il ôta les mains de sa taille, s'avança jusqu'au lit et s'y laissa tomber.

— Heureusement pour moi, les votants sont généralement de parfaits étrangers qui n'ont jamais été témoins de mes tentatives de séduction.

— De toute évidence, répondit-elle en refermant la porte.

— Merci d'acquiescer aussi chaleureusement, grommela-t-il.

— J'avais bien besoin de rire, admit-elle dans un soupir en s'asseyant sur le rebord du lit. Cette journée m'a épuisée. Je n'ai presque pas dormi, j'ai passé la journée à lire des études de cas et cette cérémonie m'a vraiment retournée – sur le plan émotionnel.

— Moi aussi, dit-il en pliant l'oreiller sous sa tête de sorte à caler sa nuque pour pouvoir regarder Naledi.

— J'ai grandi sans personne, Thabiso. Sans personne. Et maintenant ? (Sa voix se brisa et elle se racla la gorge.) Je ne sais pas comment réagir à ce qui s'est passé aujourd'hui et j'ignore ce que je ressens. C'est trop. Les prêtresses et leurs chants pour m'accueillir, tous ces gens qui s'inclinaient devant moi… (Elle ferma les yeux.) Et puis toi. Toi.

— Quoi, moi ?

Il redressa la tête et elle rouvrit les paupières. Elle observa son visage, et la douleur mêlée de confusion qu'il lut dans son regard le transperça.

— Tout ça n'est pas réel, déclara-t-elle en montrant ce qui les entourait. Mais ça commence à me paraître bien trop réel et... je ne peux pas. Je n'y arriverai pas.

— Et si ça me paraissait réel à moi aussi ? demanda-t-il dans un murmure. Et si ça nous semblait réel parce que ça l'est ?

Son cœur battait la chamade, car ils avaient touché le nœud du problème. Tout cela était bel et bien réel pour lui, ça l'avait toujours été, et Naledi ne partagerait peut-être jamais son sentiment.

Elle secoua la tête.

— Si tu penses que nous sommes destinés à être ensemble, c'est uniquement parce qu'on te l'a dit, et qu'il te faut une épouse. Disons que ça, c'est réel. Et ensuite ? Un jour, tu finiras par t'apercevoir de ce dont tout le monde finit par se rendre compte. Désolée, mais je ne peux pas.

La frustration de Thabiso le poussa à se redresser.

— As-tu déjà envisagé que tu me plaisais ? Toi, Naledi. Et que tu m'aurais plu avec ou sans cérémonie de fiançailles ?

— Non, ça ne m'a jamais traversé l'esprit, répondit-elle avec raideur.

Il repensa à ce qu'elle avait dit au cours de leur précédente conversation.

— C'est cette histoire de Velcro, n'est-ce pas ? Qui ne colle pas ? Ledi, tu ne l'as peut-être pas remarqué, mais je suis là et je ne compte pas partir. Essaie un peu de me décoller, tu verras.

— Ça suffit, Thabiso.

Sa voix était plus faible qu'un murmure.

— Pourquoi ? Sortir avec moi serait-il vraiment la chose la plus terrible qui puisse t'arriver ?

— Non, me retrouver orpheline dans un pays étranger a été la pire chose qui me soit arrivée, répliqua-t-elle, son visage se fermant à nouveau.

— Ledi, reprit-il d'une voix douce, s'efforçant de se glisser entre les briques du mur qu'elle s'empressait de reconstruire.

Elle le regarda, les yeux dénués d'expression.

— C'est amusant que tu m'en aies voulu de t'avoir abandonné, alors que tu étais entouré de ta famille, de tes serviteurs et de ton peuple. Pendant ce temps-là, à l'autre bout du monde, j'étais seule et livrée à moi-même. (Elle s'essuya les yeux.) Tu aurais dû me le dire. À la minute où tu as compris que j'ignorais qui j'étais, tu aurais dû me le dire. Mais tu ne l'as pas fait. Alors, non, je ne peux pas te dire « oui » quand tu te présentes à ma porte et me demandes, la bouche en cœur, si tu peux m'embrasser.

Et voilà. Thabiso s'était tellement obstiné à faire oublier à Naledi qu'il lui avait menti à propos de Jamal qu'il avait perdu de vue l'essentiel. Il avait fait bien pire que ça ; il avait caché à Ledi la vérité sur ses origines. Likotsi l'avait traité de lâche, et elle avait eu raison.

Il poussa un profond soupir de lassitude.

— Que veux-tu que je te dise ? Je suis désolé d'être un enfoiré, Naledi.

Ledi haussa les épaules et s'essuya discrètement les yeux.

— C'est un mal répandu parmi les hommes âgés de dix-huit à trente-cinq ans.

— Quel est le remède ?

— Tu devras demander ça à ton médecin. Mais je peux d'ores et déjà te dire que ce n'est pas moi.

Sur ces paroles, elle se leva et regagna son bureau.

Thabiso résista à l'envie de la suivre et de lui ordonner de lui pardonner ; elle n'était pas l'un de ses sujets. Il se dirigea vers la porte.

— Nous visitons Lek Hemane, ton village natal. Habille-toi chaudement, car il est situé à plus haute altitude.

— Merci. J'espère que nous trouverons là-bas des indices sur ce qui s'y passe, car mes recherches n'ont rien donné. Je dois tirer ça au clair.

Pour que je puisse rentrer.

— Que la Déesse y pourvoie, dit-il avant de quitter la pièce, refermant la porte derrière lui.

Thabiso resta quelques secondes dans le couloir. Bien qu'on lui eût répété le contraire toute sa vie, il apprenait qu'il existait quelque chose de plus puissant que la volonté d'un prince Moshoeshoe.

La réalité.

29

Ledi pensait que ses déplacements quotidiens en métro l'avaient préparée à supporter tous types de transport, mais elle s'était trompée.

Elle rajusta sa position sur D'Artagnan – l'âne qui l'emmenait à Lek Hemane – tandis qu'il grimpait d'un pas tranquille et régulier le sentier qui serpentait à travers la montagne, priant pour que l'animal ne fasse pas de mouvements brusques. Il était trognon et il l'avait regardée comme si elle était sa meilleure amie après qu'elle lui eut donné des tranches de pomme, mais Ledi était moyennement à l'aise avec un moyen de locomotion qui pouvait également la mordre.

Quand la Land Rover censée les conduire à Lek Hemane s'était arrêtée au pied d'un chemin tortueux où une poignée de chevriers attendaient avec leur troupeau, Ledi avait pensé qu'il s'agissait d'une pause culturelle, et non de la prochaine étape de leur voyage. Elle avait nourri quelques bêtes d'une main hésitante et discuté avec un berger. Elle avait même eu l'impression de partir à l'aventure quand on l'avait hissée sur D'Artagnan, mais l'étincelle mourut bien vite une fois que Thabiso eut grimpé derrière elle. Une heure de montée abrupte à dos d'âne sur un sentier montagneux, entourée de chèvres, l'avait déjà bien secouée – les chèvres étaient bien plus bavardes qu'elle ne l'aurait cru – mais avec Thabiso assis derrière elle, elle était encore plus désorientée.

Leur conversation de la veille l'avait perturbée. Elle voulait vraiment croire à ses belles paroles, mais il lui avait menti par le passé. Pouvait-elle lui faire confiance ?

— Ça va là-devant ? s'enquit-il.

— Je ne comprends toujours pas pourquoi nous n'avons pas pris l'hélicoptère pour monter là-haut, marmonna-t-elle avant de frissonner lorsqu'une rafale glacée lui fouetta le visage.

— Parce que les vents de montagne sont trop forts pour assurer un atterrissage en sécurité. Ce chemin est le plus sûr.

Sûr ? Les cuisses de Thabiso appuyaient contre ses hanches, ses bras puissants l'encerclaient comme il tenait les rênes, et sa chaleur corporelle gravait dans son dos des souvenirs torrides de leur nuit passée ensemble. Il n'y avait rien de sûr là-dedans. Elle avait honte depuis le début de la montée tant elle mourait d'envie de se coller à lui et de le sentir grossir contre ses fesses, comme s'il ne l'avait pas trahie.

Elle arqua le dos pour s'écarter de Thabiso et inspira une goulée d'air si froid qu'elle aurait pu sentir ses bronchioles geler. Elle se concentra sur cette sensation plutôt que sur la façon dont son corps protesta contre cette séparation.

— Tu aurais pu te trouver un âne.

— J'aurais pu, concéda-t-il, se penchant en avant pour clore l'espace qu'elle avait créé entre eux sans toutefois se plaquer contre elle. Mais je pense que tu aurais beaucoup plus froid si je n'étais pas assis derrière toi. Désolé, mais tu es coincée avec moi.

Ses paroles l'émurent et elle regretta de lui avoir parlé de son stupide complexe du Velcro. Il ne pouvait pas être sincère. Elle en voulait pour preuve toutes ces années d'expérience ; les gens essayaient de lui faire une place dans leur vie, mais au bout du compte, personne ne souhaitait la garder.

— Tu sauras que je déteste avoir quelqu'un derrière moi, répliqua-t-elle. Surtout des personnes indignes de confiance.

Elle ne devait jamais oublier pourquoi il fallait qu'elle reste sur ses gardes, pourquoi elle ne pouvait pas le croire quand il affirmait que ça pouvait devenir sérieux entre eux.

Elle sentit le mouvement de sa cage thoracique lorsqu'il soupira.

— Sache que je couvre toujours les personnes qui me sont chères, que celles-ci me fassent confiance ou non. Il s'agit d'un prérequis pour un prince, même si mon désir de te protéger n'a aucun rapport avec mes fonctions. Que ce soit bien clair.

— Oh, maintenant tu veux être clair ? lui lança-t-elle sèchement.

Elle se montrait injuste, en réalité. Il avait essayé de clarifier la situation à maintes reprises depuis qu'elle avait découvert la vérité – et même auparavant. Elle se rappela leur promenade au parc Fort Tryon, et cette fameuse nuit, et toutes les fois où il avait tenté de lui avouer la vérité avant le gala.

Il resserra légèrement ses bras tout en se penchant vers l'oreille de Ledi.

— Oui, maintenant, je veux être clair. J'aurais dû être honnête avec toi plus tôt, mais j'avais peur de te perdre. Ironique, n'est-ce pas ? (Elle sentit le rire gronder dans sa poitrine, mais devina qu'il n'avait rien de joyeux.) Même si tu ne me pardonnes jamais, même si tu quittes le Thesolo sans te retourner, sache que je regretterai jusqu'à la fin de mes jours de t'avoir fait du mal. Et, je suis sûr que tu le sais déjà grâce à tes recherches, mais les Thesoloiens ont une assez longue espérance de vie.

Elle se dit que ses yeux larmoyaient à cause du vent glacé. Plus elle voulait le maintenir à distance, plus ses paroles semblaient l'affecter. Quant à son toucher...

— Thabiso...

— Le village se trouve juste après le virage, leur cria l'un des bergers.

Ils bifurquèrent au niveau du versant rocheux et arrivèrent dans une ville qui aurait pu figurer dans une scène de la Nativité. La plupart des maisons aux toits enneigés ressemblaient aux huttes traditionnelles dépeintes dans les ouvrages qu'elle avait consultés au cours de ses recherches – des structures arrondies surmontées de toits de chaume –, mais à mesure qu'ils se rapprochaient, Naledi se rendit compte qu'il s'agissait de constructions en béton, et non en argile, peintes en brun. Le chaume était authentique, mais il devait recouvrir un autre matériau si l'on en jugeait par le poids des antennes satellites et des panneaux solaires installés sur chaque maison. On aurait dit de grosses yourtes high-tech, et Ledi s'attendit presque à tomber sur l'équipe de tournage d'une émission de décoration.

Plus loin se dressaient des habitations moins traditionnelles – des demeures de style victorien, géorgien – ainsi que quelques immeubles.

La neige avait commencé à fondre sur les pavés foulés par D'Artagnan, mais les trottoirs étaient parfaitement dégagés. Ils étaient aussi fumants.

— Cette montagne est-elle un volcan ? demanda Ledi. Parce qu'avec ma veine il vaudrait mieux pour tout le monde que je m'en aille.

Thabiso gloussa.

— Des serpentins chauffants sont intégrés aux trottoirs pour faire fondre la neige, expliqua-t-il. L'eau s'écoule dans des conduits et sert ensuite à chauffer les logements, limitant ainsi le recours au bois et au charbon. Ça consomme peu et ça préserve l'environnement, même si ce n'est pas l'idéal quand le bétail décide de s'écarter de la rue.

— C'est impressionnant, dit Ledi. Tout le royaume est-il aussi avancé ?

— Pas encore. Nous avons lancé notre projet pilote à Lek Hemane parce que les chutes de neige y sont les plus abondantes, mais nous espérons l'élargir bientôt aux autres villes. Nous l'avons mis en suspens quand il a été question de signer l'accord avec Omega Corp.

— Pourquoi ? s'enquit-elle.

— Parce qu'il n'y avait aucun intérêt à investir dans une ville dont les habitants seraient chassés et les infrastructures rasées.

— Oh… (Un frisson la parcourut.) J'imagine que la décision a été difficile à prendre.

— Malheureusement, ce fut très facile pour certains.

Elle repensa à la réunion qu'il avait eue avec les ministres des Finances et à leur colère quand Thabiso avait refusé de conclure l'accord. Prendre des décisions majeures comme celle-ci devait être l'équivalent de travailler en groupe avec les pires connards, à une exception près : ce n'était pas une note qui en dépendait, mais le destin d'un pays entier.

— Tu as pris la bonne décision, dit-elle, le sentant se raidir dans son dos. Je t'en fais baver, mais tu sembles sincèrement avoir à cœur le bien-être de ton peuple. Je ne peux pas en dire autant de la plupart des gens au pouvoir.

— Presque tout le monde m'en veut actuellement, alors je te remercie pour ces paroles. Et pour être honnête, j'ai l'impression de tout faire de travers alors qu'on ne m'a confié qu'une fraction de responsabilité royale. J'ai l'impression de ne pas avoir droit à l'erreur, et quoi que je fasse, les gens sont mécontents.

Sa voix était empreinte de vulnérabilité. Ledi connaissait bien ce sentiment. Elle avait passé une grande partie de sa vie à penser que si elle faisait tout comme il fallait, tout finirait par rentrer dans l'ordre. Elle se ferait adopter, elle serait acceptée dans une bonne école, elle décrocherait le stage pratique qu'elle voulait. Au bout du compte, rien ne s'était passé comme prévu, mais tout s'était bien passé. Elle avait trouvé son stage, elle avait retrouvé sa famille, et elle chevauchait un noble destrier en compagnie d'un séduisant prince. Il n'y avait pas de quoi se plaindre.

— Si je devais citer une de tes qualités, je dirais que tu es persévérant et que tu assumes tes erreurs. Et tu te soucies des autres. C'est un bon début pour un futur roi.

Elle ferma les yeux et imagina l'espace d'un instant quelle serait sa vie si elle devenait sa reine. Avoir autant de responsabilités devait être éprouvant nerveusement, mais en contrepartie, on pouvait aider les autres. Appartenir à la royauté avait peut-être ses avantages, mais elle ne pouvait l'envisager pour elle-même. Ce serait aller au-devant d'ennuis certains.

— Tu ne seras jamais parfait...

— Parce que je suis un pervers manipulateur ? l'interrompit-il.

— Parce que tu es humain. Et les humains commettent des erreurs.

— Il paraît. Et j'en sais quelque chose.

Il dirigea l'âne de sorte à contourner un SUV.

Elle repensa à l'expression de Thabiso ce jour-là dans le parc quand il avait essayé de lui avouer la vérité, et cette nuit-là quand il avait réessayé, encore et encore. Elle pensa à Portia, dont elle ne comptait plus les bourdes, mais qui lui manquait terriblement. C'était bien le problème avec les gens qui passaient outre à son armure : ils merdaient forcément un jour ou l'autre, mais l'important, c'étaient les actes qu'ils accomplissaient après. Ledi se demanda si son Velcro était défectueux de manière systématique, ou si parfois, elle avait tellement peur de souffrir qu'elle l'arrachait elle-même de manière préventive.

Elle reporta son attention sur la ville au lieu de méditer plus longtemps cette pensée. Le ciel était gris et couvert et les lampadaires allumés éclairaient les voitures, les deux-roues et les chèvres qui arpentaient les rues, mélange d'ancien et de moderne.

— C'est d'ici que vient ma famille.

Derrière elle, Thabiso le lui confirma dans un murmure. Ledi s'efforça tant de se remémorer une vie avec ses parents qu'elle ressentit de brefs vertiges, mais en vain. Elle n'avait absolument aucun souvenir de cet endroit.

— C'est marrant. Je déteste la neige.

Il ne dit rien, mais son silence ne relevait pas de l'indifférence. Il la laissait respirer, tout simplement.

Son esprit avait du mal à appréhender toutes les différences entre la vie qu'elle menait à New York et ce qu'elle voyait à présent. Ils passèrent devant une grande maison et un groupe d'enfants franchit le portail en courant avant de se lancer dans une bataille de boules de neige. Leurs éclats de rire résonnèrent sur les pavés, puis deux femmes vêtues de parkas sortirent à leur tour et se joignirent aux bambins. Ledi aperçut le panneau devant la bâtisse et en eut le souffle coupé.

ORPHELINAT DE LEK HEMANE

— On dirait une maison comme une autre, souffla-t-elle. Les foyers d'accueil où j'ai grandi ressemblaient à ce qu'ils étaient : des endroits pour les gosses dont personne ne savait quoi faire. Les travailleurs sociaux avaient beau se démener, ils étaient sous-payés, débordés et aux prises avec un système qui aurait dû les épauler.

Thabiso prit les rênes d'une main et passa le bras autour de Ledi pour qu'elle puisse se blottir contre lui. C'était agréable, trop agréable, mais elle s'autorisa ces quelques instants de réconfort.

— Au Thesolo, les enfants qui ont perdu leurs parents sont élevés par la communauté. Ils habitent à l'orphelinat avec leurs tuteurs, mais l'orphelinat se trouve au centre du village, car nous considérons que tout le monde doit interagir avec ces petits et prendre soin d'eux. Nya travaille d'ailleurs à l'école qui y est rattachée.

Ledi repensa aux maisons de transition isolées et aux foyers d'accueil bondés. Ces enfants semblaient libres et heureux, et ils ne semblaient pas avoir peur de quoi que ce soit. Avait-elle jamais éprouvé pareil sentiment de sécurité ?

Oui, dans les bras de Thabiso.

Elle passa outre aux émotions qui menaçaient de la submerger quand il l'attira contre lui et soupira.

— Sommes-nous proches de l'hôpital ? demanda-t-elle.

— C'est tout droit, à quelques encablures d'ici.

— Bien. (Elle attrapa les rênes, plaçant ses mains sous celles de Thabiso, et tira dessus comme elle l'avait vu faire ;

il la relâcha. L'âne s'arrêta et elle lui tapota la tête.) Je vais descendre ici et explorer un peu les lieux avant de m'entretenir avec le Dr Bata.

Elle se laissa glisser de la selle et frissonna intérieurement, soudain privée de la chaleur corporelle de Thabiso.

Il hocha la tête.

— Je la préviendrai que tu arrives. Sois prudente, je t'en prie.

Sur ces paroles, il repartit. Il arrivait à être sexy même à dos d'âne. Mais comment faisait-il ? D'Artagnan tourna la tête vers elle et battit des cils comme pour acquiescer.

Ledi inspira profondément. Elle devait se ressaisir avant d'arriver à l'hôpital. Ce n'était pas le moment de penser à sa vie de reine, aux orphelins ou encore à Thabiso assis derrière elle lui promettant de la protéger quoi qu'il advienne. Elle prenait part à une enquête en cours, et même si on l'avait briefée, les autres chercheurs avaient un bon train d'avance. Ils en étaient déjà à l'étape 5 de l'étude épidémiologique ; ils essayaient de recouper les données en leur possession avec la période, le lieu et les personnes. Elle devait prouver son utilité au Dr Bata ; c'était la raison de sa venue au Thesolo.

Vraiment ? Tout comme sa théorie du Velcro, son leitmotiv « je ne suis pas là pour me faire des amis » se trouvait mis à rude épreuve. Elle ne pouvait plus compter sur sa membrane sociale, mais ce n'était pas forcément une mauvaise chose.

Elle passa devant un petit restaurant ; par la vitre, elle vit des hommes entassés dans le minuscule espace, qui riaient en se racontant leurs anecdotes tout en dégustant des plats qui avaient l'air délicieux. L'estomac de Ledi gargouilla malgré le copieux petit déjeuner qu'elle avait mangé – celui que Thabiso lui avait apporté en personne, une fois de plus, bien que le palais grouillât de domestiques.

Ledi se dirigea d'un pas traînant vers l'hôpital, mais une odeur familière attira son attention comme elle passait devant une petite boutique. Elle entra, faisant tinter le carillon au-dessus de la porte en même temps qu'un nuage de parfums l'enveloppait, un mélange d'effluves floraux et musqués.

Une femme d'un certain âge avec de longues dreadlocks grises et un visage rond se tourna vers elle, puis écarquilla les yeux.

— Madame ! Soyez la bienvenue.

Elle se précipita vers elle de derrière le comptoir et la salua d'une révérence.

— Euh...

Ledi en fit de même, ou du moins, elle s'efforça de l'imiter après avoir passé la matinée à chevaucher un âne.

— Oh, je me souviens encore quand vous n'étiez qu'une fillette joufflue qui gambadait partout, et maintenant regardez-vous ! Vous êtes le portrait craché de votre grand-mère. Nous sommes tous si heureux de votre retour ! dit-elle avec les larmes aux yeux.

Mal à l'aise, Ledi se balança d'un pied sur l'autre tandis que la vieille dame l'observait. C'était la première fois qu'elle se trouvait toute seule à l'extérieur du palais et elle n'avait pas réfléchi à la réaction qu'auraient les habitants en la voyant. Une chose était sûre, elle ne s'était pas attendue à un tel accueil.

La femme se courba à nouveau, comme si elle ignorait également le protocole à suivre dans ce genre de situation.

— Nous avons prié la déesse pour que le prince trouve une épouse et mette un terme à cette terrible malédiction qui a frappé nos terres, et nos prières ont été entendues !

— Merci. Je suis heureuse d'être revenue, même si tout cela est assez bouleversant. (Ledi souleva un sachet de feuilles et le renifla.) Pourquoi pensez-vous que la déesse punit le pays parce que Thabiso n'est pas marié ?

Celui-ci avait évoqué certaines rumeurs, mais Ledi n'avait pas quitté le palais depuis son arrivée. Personne n'oserait dire du mal de lui, là-bas.

La femme eut l'air surprise.

— Eh bien, vous devriez parler à votre oncle. C'est un homme éduqué, mais il connaît bien nos traditions. Avant même que ce fléau sévisse, il nous a prévenus de ce qui arriverait si le prince traînaillait. Ingoka a doté Alehk de prémonition, un don qu'il désire exploiter pour venir en aide aux habitants de Lek Hemane et du Thesolo.

La façon dont la commerçante parlait d'Alehk donna la chair de poule à Ledi. Peut-être ces deux-là entretenaient-ils une liaison, peut-être cette femme avait-elle simplement le béguin pour lui, mais quelque chose dans ses paroles suscita la méfiance de Ledi. Certains pensaient que la science n'était que données factuelles et expérimentations objectives, mais ce n'était pas tout à fait exact, surtout lorsqu'il s'agissait de travail de terrain.

« On finit toujours par prouver les faits, leur avait expliqué l'un de ses professeurs. Mais avant ça, il y a l'instinct. Ça n'a rien de magique ou d'ésotérique – nous sommes des animaux avant tout, et l'instinct est un outil comme un autre dont notre espèce dispose pour assurer sa survie. Ne l'oubliez jamais. »

— Les villageois sont-ils mécontents ? demanda Naledi. Trouvent-ils que mes grands-parents étaient de mauvais dirigeants ?

Elle repensa au vieux couple relié à divers appareils et éprouva de la colère pour leur compte.

— Non ! Pas du tout, madame ! (La femme grimaça et regarda autour d'elle, comme si elles n'étaient pas seules dans la boutique.) C'est juste que... vous avez été absente très longtemps et vous viviez aux États-Unis, avec toute l'opulence que ce pays peut offrir. Annie et Makalele se satisfont de changements progressifs, mais Alehk pense que nous pourrions faire davantage pour apporter plus de richesses à tous les habitants du royaume, au lieu que celles-ci ne profitent qu'à ceux qui habitent le palais.

Ledi allait répliquer que son studio n'avait rien d'opulent, mais elle garda ce commentaire pour elle, car ce n'était pas tout à fait vrai. Elle était certes privilégiée, mais de ce qu'elle avait vu jusqu'à présent, Lek Hemane n'avait rien d'une communauté laissée à l'abandon. De toute évidence, cette femme n'avait jamais vu une salle de classe bondée du Bronx ou encore un logement social de Brooklyn qui nécessitait des réparations urgentes.

Ledi tenta une autre approche.

— Ah, c'est donc Alehk qui a fait installer ces panneaux solaires ? s'enquit-elle. Et les équipements chauffants dans les trottoirs ?

— Non, ce sont vos grands-parents, reconnut la commerçante. Ils travaillaient avec le prince Thabiso pour multiplier les initiatives environnementales.

— Ça me paraît très avant-gardiste.

— En effet, répondit la femme avant de rire nerveusement, craignant sans doute d'en avoir trop dit. Nous prions tous pour qu'ils se rétablissent au plus vite. Je vous en prie, gardez le thé, je vous l'offre.

Elle prit la boîte de sachets que Ledi reniflait et la lui tendit.

— C'est un mélange de plantes locales réputées pour apporter la clairvoyance, la chance et... la vigueur au lit, expliqua la femme avec un sourire complice tout en la guidant vers la porte, et Ledi ne put s'empêcher de piquer un fard.

Thabiso se débrouillait très bien au lit en l'état.

Et pourquoi lui donnerais-tu ce thé, de toute façon ?

Ledi rangea le cadeau dans son sac, remercia la commerçante et se dirigea vers l'hôpital tout en s'efforçant de donner un sens à l'étrange comportement de son interlocutrice. Elle était seulement en visite au Thesolo, mais ce pays semblait réellement avoir à cœur le bien-être de ses citoyens. Elle devrait approfondir ses recherches, mais quelque chose ne tournait pas rond. À en croire les paroles de cette femme, les dirigeants au pouvoir n'en faisaient pas assez. Pire, elle avait sous-entendu que Thabiso avait volontairement porté préjudice à son peuple. Quelle terrible pression devait-on ressentir quand des milliers de gens nous reprochaient notre célibat censé être la cause d'une mystérieuse maladie ? Pas étonnant que Thabiso ait pris le risque de solliciter son aide.

Au début, elle lui en avait voulu, mais l'imaginer se tenir devant la foule avec une autre femme – feignant de l'aimer – donna envie à Ledi de taper dans quelque chose.

Elle entra dans la salle d'attente immaculée de l'hôpital, qu'elle trouva bondée, la plupart des gens rongés par l'inquiétude et espérant de l'aide. Des pères serraient leurs enfants contre leur poitrine, des malades restaient assis en petits groupes, refusant de se mélanger à leurs voisins. Un homme debout devant l'accueil s'en prenait à l'infirmière des admissions.

— Comment pouvez-vous nous demander de patienter alors que nous souffrons du mal du prince ? Il est responsable, il doit y remédier !

Tous ces gens étaient-ils réellement malades ? Comment pouvait-elle leur venir en aide ? Elle voulut rebrousser chemin et fuir, puis elle pensa à ses grands-parents et s'arma de courage pour passer à l'action. Elle avait toujours voulu aider les autres, et l'occasion se présentait enfin à elle.

Elle se fraya un chemin parmi les patients et une infirmière lui ouvrit la porte sécurisée.

— Nous vous attendions, dit la jeune femme. Ils sont tout au fond.

Thabiso discutait avec le Dr Bata, l'épidémiologiste, et Ledi courut les rejoindre.

— Ce que hurle cet homme est-il vrai ? Tous ces gens sont-ils malades ?

Rien dans les données que Ledi avait examinées la veille n'avait indiqué la possibilité d'une telle explosion de cas. Au contraire, la maladie semblait progresser très lentement, sa propagation respectant un schéma non déterminé et complètement aléatoire. Si elle n'avait pas frappé deux des plus importantes personnes du royaume, elle aurait pu passer inaperçue pendant des mois.

Le Dr Bata gratifia Ledi d'un sourire las et enleva ses lunettes rondes pour en essuyer les verres avec sa chemise.

— Aucun nouveau cas n'a été rapporté, mais il paraît qu'une réunion municipale a eu lieu hier soir. Il semblerait que les symptômes de la maladie aient été mentionnés de manière fort convaincante et incorrecte, et à présent, la moitié du village croit souffrir du mal du prince. Toutes mes excuses, Votre Altesse.

Thabiso eut un rire sarcastique.

— Je trouve que ça sonne plutôt bien. Ce n'est pas donné à tous les dirigeants de passer à la postérité comme le souverain qui a apporté la maladie à son peuple. Ça fait très biblique.

Il avait beau plaisanter, son expression et sa gestuelle trahissaient son inquiétude. Ledi l'avait vu pencher la tête sur le côté et se caresser la barbe ainsi à de nombreuses reprises depuis son arrivée au Thesolo. Elle se rappela qu'il en avait fait de même cette nuit-là dans son appartement quand il avait essayé de lui avouer la vérité ; la nuit où elle lui avait assuré que ses sentiments pour lui ne changeraient pas quoi qu'il lui dise.

Ce n'est pas le seul menteur dans la pièce, apparemment.

À en juger par son désir de rassurer Thabiso et de raisonner les patients dans la salle d'attente qui étaient en colère contre lui, fourvoyés qu'ils étaient par des gens en qui ils avaient confiance, peut-être que rien n'avait changé. Voilà ce qui arrivait avec les virus ; une fois qu'ils franchissaient vos barrières naturelles, ils s'incrustaient parfois à vie et ils demeuraient dans votre organisme longtemps après que vous pensiez avoir guéri. Parfois, ils modifiaient même votre ADN.

— C'est une version *old school* des psychoses créées par les recherches sur Internet ? demanda-t-elle au Dr Bata en détachant son regard de Thabiso. On leur a donné une liste de symptômes vagues et maintenant, ils sont tous persuadés d'être malades ?

— Oui. Quelqu'un a été irresponsable. C'est totalement irréfléchi de laisser entendre que l'un de ces patients est vraiment malade et susceptible de contaminer les autres. Nous allons devoir les examiner un par un pour nous assurer que ce n'est pas le cas. Vous allez bien vous amuser pour votre premier jour de stage !

— Génial, dit Ledi, et ce n'était pas uniquement du sarcasme.

— Likotsi m'a dit qu'elle avait installé les applications appropriées sur votre tablette. Pouvez-vous lancer l'application SansFrontiere ?

Ledi fit ce que le Dr Bata lui demandait tandis que cette dernière fouillait dans un sac plein de câbles. Elle en attrapa un et le brancha à la prise jack de la tablette ; l'appareil à l'autre bout n'était pas un chargeur, mais une version high-tech d'un otoscope. Sans préambule, elle introduisit l'embout dans l'oreille de Thabiso, et quelques secondes plus tard, des mesures s'affichèrent sur l'écran de Ledi.

— Excellent ! s'exclama celle-ci. Je n'avais pas les prérequis pour le cours de médecine moderne, mais je suis fascinée par l'usage de la technologie dans ce domaine.

Le Dr Bata sourit de toutes ses dents.

— Cette application est destinée à être utilisée lors d'épidémies à grande échelle ; elle s'avère fort pratique dans des lieux dépourvus d'infrastructures médicales et dans les communautés nomades. Ce n'est pas notre cas, bien sûr, mais je trouve ça vraiment cool. (Les yeux de l'épidémiologiste brillaient d'excitation.) Ces résultats sont enregistrés dans trois pièces jointes différentes, créant un dossier numérique pour chaque patient, une base de données facilement exploitable. D'autres applications de bases de données médicales sont consultées en temps réel afin d'établir un pronostic plausible. Il faut entrer le nom de chaque patient et ses symptômes, ajouter des notes, mais au bout du compte, nous aurons un paquet d'éléments à exploiter. Assurez-vous de bien vérifier la présence d'urticaire ou de rougeurs dans la zone du cou ; c'est là que les symptômes sont le plus exacerbés dans les cas que nous avons vus.

Ledi trépignait d'impatience. Certains de ses collègues avaient pensé qu'elle travaillerait dans un hôpital vétuste et des conditions difficiles quand elle leur avait parlé de son stage, mais elle non plus n'avait pas imaginé qu'elle utiliserait des équipements dont l'usage ne serait pas généralisé aux États-Unis avant plusieurs années – voire jamais, si on laissait faire les réacs réfractaires à la science.

— Au boulot, dit-elle, ressentant un sursaut d'énergie malgré le manque de sommeil.

Elle avait une promesse à tenir, après tout.

30

Dans la soirée, Ledi se réveilla sous une chaude couverture et ne désira rien d'autre que s'y emmitoufler et dormir pendant un siècle. Existait-il des stages en études du sommeil ? Elle aurait dû creuser la question.

— Te sens-tu mieux, cousine ?

Elle vit Nya à son chevet et se rappela qu'Alehk avait débarqué à l'hôpital dans la matinée. Son oncle l'avait invitée à déjeuner chez lui avec Thabiso. Ledi avait demandé à faire une courte sieste et s'était endormie avant même de se glisser sous les couvertures.

— Je me sens encore un peu vaseuse, mais ça va, répondit-elle. Il faut croire que mon cerveau ne s'est toujours pas calé sur le bon fuseau horaire. J'ai manqué le déjeuner ?

Nya esquissa un sourire plein d'indulgence.

— L'heure du déjeuner est passée, cousine, ainsi que l'heure du thé. Il est bientôt l'heure de dîner.

Ledi se redressa aussitôt.

— Quoi ? Pourquoi personne ne m'a réveillée ?

Elle s'empressa de récupérer ses bottes, qu'elle ne se rappelait pas avoir enlevées.

— Parce que le prince Thabiso a déclaré que tu devais dormir aussi longtemps que nécessaire et qu'il ne fallait te déranger sous aucun prétexte. (Nya sourit et baissa les yeux.) Il se montre très protecteur envers toi. Et il tient suffisamment à toi pour rester ici et se montrer courtois avec mon père, et ce malgré la sévère réprimande qu'il a subie hier.

L'esprit de Ledi était encore un peu embrumé, mais elle se rappela une bribe de la conversation qu'elle avait eue avec Thabiso le matin même.

— Alehk est l'un des ministres des Finances ?

— C'est LE ministre des Finances, et il est rarement sur la même longueur d'onde que la famille royale. Parfois, je me dis que c'est à cause... (Les joues de Nya rosirent légèrement.) Vois-tu, après la fuite de tes parents, il a présumé que je serais choisie pour devenir l'épouse de Thabiso. Nos mères étaient des amies très proches, et quand elles ont toutes été enceintes en même temps, cela a été vu comme un bon présage.

Ledi prit en compte cette nouvelle information.

— Attends un peu... Quoi ? Elles étaient meilleures amies ?

— Oh oui ! Une seconde.

Elle courut à l'autre bout de la pièce et revint avec une photo encadrée. Trois femmes noires magnifiques – la mère de Ledi, la reine Ramatla et la mère de Nya, a priori –, trois sourires éclatants, trois ventres ronds.

— Elles ont été anéanties après le décès de ma mère, et quand les prêtresses t'ont choisie pour être la promise de Thabiso, cela n'a fait que renforcer le lien entre Libiko et Sa Majesté. Quand ta famille est partie du jour au lendemain, la reine s'est trouvée en état de choc. Elle n'a plus jamais été la même après ça. (Nya secoua la tête.)

Tout cela n'est que rumeur, bien sûr. Mais pour mon père, cela allait de soi que je prenne ta place au côté de Thabiso. Quand je suis tombée malade, il s'est montré encore plus catégorique, me bourrant le crâne avec tout un tas d'inepties concernant l'avenir, comme si choisir l'épouse d'un prince était aussi simple que transférer un acte de propriété.

Ledi tria mentalement toutes les informations que venait de lui fournir Nya. Il ne lui manquait plus que des preuves tangibles pour corroborer les propos de sa cousine, car elle n'avait rien lu de tel dans les e-mails que lui avait envoyés Likotsi. Amitié, trahison et à présent, un possible triangle amoureux.

— Est-ce que... tu aimes Thabiso ? s'enquit Ledi avec prudence.

Son cœur se serra rien qu'à cette éventualité.

— Oh non, bien sûr que non ! Je n'ai jamais voulu épouser Thabiso, répondit Nya en riant. J'ai passé ma vie à m'occuper d'un homme capricieux et exigeant, ça ne m'a pas donné envie d'en désirer un autre. Cela dit, quand je vois la prévenance dont Thabiso fait preuve à ton égard, je me dis que je l'ai mal jugé. Ou peut-être les prêtresses ont-elles vu juste en te désignant comme sa promise, car tu sembles faire ressortir ses meilleurs côtés.

Ledi enfila ses bottes.

— Il n'est pas trop mal.

— Mmm... Quand je regarde des séries télévisées qui se passent à New York, les femmes sont toujours cyniques à propos de l'amour. Je vois que c'est pareil dans la réalité.

— C'est bien la seule chose qui est pareille dans la réalité. (Ledi rit.) Tu le constateras par toi-même quand tu viendras me rendre visite. Mon appartement est aussi grand que la salle de bains dans *Friends*.

Nya eut soudain l'air songeuse et Ledi s'étonna de la sensibilité de sa cousine.

— Oui, j'aimerais beaucoup quitter le Thesolo un jour. Même pour une courte période.

— Ah, ma nièce ! Tu es réveillée ! (La voix d'Alehk retentit dans la chambre avant qu'il n'y entre avec une tasse de thé fumant à la main, Thabiso sur ses talons.) Tiens, pour te réchauffer avant de partir.

— La nuit va bientôt tomber, expliqua Thabiso comme Alehk tendait la tasse à Ledi. Si nous voulons regagner le palais, il nous faut partir maintenant. À moins que tu ne souhaites rester.

— Oh, vous plaisantez ! s'exclama Nya en se levant avant d'aider Ledi à se mettre debout. Notre demeure ne sied guère à un prince et sa future épouse, qu'ils fassent partie de la famille ou non. Rentrez, nous nous verrons demain.

Sa cousine s'affaira, emmitouflant Ledi dans sa cape, son écharpe et son bonnet. Elle enfila ses gants sur les doigts de sa cousine, comme le faisait le premier couple qui avait recueilli Ledi à l'époque. Alehk disparut pendant quelques minutes et revint avec une grande Thermos.

— Pour le trajet, où il est encore plus crucial d'avoir chaud.

Ledi glissa la Thermos dans son sac.

— Merci, mon oncle.

Elle avait toujours refusé d'être dorlotée, soucieuse de montrer qu'elle était un atout et non un fardeau, mais elle devait reconnaître à sa grande surprise que c'était agréable d'être entourée de gens qui se souciaient de son bien-être, même si elle trouvait Alehk un peu agaçant. N'était-ce pas ce que la plupart des gens ressentaient vis-à-vis de leur famille ?

Elle se trouva vite sur le dos de D'Artagnan, saluant sa famille tandis que Thabiso dirigeait leur craintive monture dans les rues calmes du village, vers le sentier qui les mènerait au point de ramassage.

— Merci de m'avoir laissée dormir, dit-elle enfin. Je me sens beaucoup mieux. J'ai toujours travaillé dans des laboratoires, jamais en milieu clinique. Toutes ces interactions avec les patients m'ont épuisée. Heureusement qu'aucun d'entre eux n'était malade.

— C'est moi qui devrais te remercier d'avoir travaillé si dur aujourd'hui. Tu sais, j'ai effectué des recherches sur l'épidémiologie à New York, après avoir appris ce que tu étudiais. Et je ne me suis pas rendu compte sur le coup à quel point c'était difficile et prenant. Je me rappelle t'avoir demandé pourquoi tu n'étais pas simplement serveuse, puisqu'il paraît logique d'exercer le métier dans lequel on excelle. En te voyant à l'œuvre aujourd'hui, j'ai compris pourquoi.

Ledi sentit son corps se réchauffer sous ses multiples couches de laine.

— Je veux vraiment comprendre ce qu'il se passe ici, répondit-elle. Je hais les énigmes. Je déteste ne pas savoir « pourquoi », et l'épidémiologie consiste à répondre à cette question.

— Je suis sûr qu'il existe une explication logique à cette curiosité, fit remarquer Thabiso.

— La ferme, Freud.

Elle le sentit glousser dans son dos.

Ils voyagèrent en silence pendant un moment, la nuit obscurcissant le ciel tandis que D'Artagnan descendait le chemin d'un pas lourd. Ledi frissonna dans le vent glacé que les rayons du soleil ne réchauffaient plus.

— Penses-tu que nous serons rentrés avant le coucher du soleil ?

— On aurait pu, mais il semblerait que la nature en ait décidé autrement.

Il tendit la main devant elle et elle vit un flocon de neige se poser délicatement sur sa paume avant d'être balayé par une bourrasque.

Cela ne manqua pas de la contrarier.

— Ne me dis pas que je vais être la première Noire à voyager dans sa mère patrie et à y mourir frigorifiée, grommela-t-elle entre ses dents. Ça fera la une des médias, et je n'ai aucune envie de devenir éternelle sous la forme d'un mème. Savais-tu qu'il neigerait ?

— Cette tempête n'était pas prévue. Mais il commence à neiger de plus en plus fort, alors nous ferions bien de nous abriter jusqu'à ce qu'on sache à quoi s'en tenir.

Ledi regarda autour d'elle, puis leva les mains au ciel – la seule expression d'exaspération que Thabiso pouvait comprendre sans la voir de face.

— Nous abriter ? Nous sommes sur le flanc d'une montagne.

— J'ai entendu dire que si on se retrouve pris dans une tempête de neige, il est utile d'avoir un saint-bernard à son côté, répondit-il calmement.

— Thabiso...

— Je te l'ai déjà dit, Naledi : ce que je connais, je le connais bien. Fais-moi confiance.

Et comme elle n'avait pas d'autre choix, c'est ce qu'elle fit.

Moins d'une heure plus tard, Ledi s'assit devant le feu que Thabiso avait allumé vers le fond de la grotte qui n'était pas très grande, mais qui se serait vendue pour deux mille dollars, du moins à New York. D'Artagnan était attaché près de l'entrée en forme de L, derrière la toile lestée qui atténuait la force des rafales.

— Les bergers ont besoin de s'abriter parfois, expliqua Thabiso en jetant une touffe d'herbes sèches dans les flammes. Cette grotte se trouve ici depuis des générations. J'ai fâché bien des gouvernantes en m'enfuyant pour venir me cacher ici.

— Et leur coller la frousse de leur vie en leur faisant croire qu'elles avaient égaré un prince ? Que c'est mignon.

Ledi n'était guère ravie de devoir camper pour la nuit. Avec l'excursion à dos d'âne, elle avait eu son lot d'aventures pour l'année ; dormir dans une grotte sans eau chaude ni matelas moelleux était une punition aussi cruelle qu'inhabituelle. Toutefois, il y avait autre chose qui la rendait irritable, un sentiment qui semblait prendre un malin plaisir à la tenailler : la peur.

— C'était le seul endroit du royaume où je pouvais me réfugier quand je voulais être seul, expliqua Thabiso tout en s'affairant. Il y avait toujours quelqu'un pour essayer de m'amadouer ou pour me rappeler les responsabilités que je détiendrais un jour. Ici, je tombais, au pire, sur une chèvre égarée ou sur un berger en bisbille avec son partenaire.

Ledi inspira profondément.

— Excuse-moi de t'avoir agressé. Je n'aime pas me sentir comme ça.

— Comment ?

— Flippée, lui avoua-t-elle.

Il n'y avait pas que ce campement forcé qui la contrariait.

— Tu flippes à cause de la neige ? s'étonna-t-il.

— Mes parents sont morts dans un accident de voiture, tu le sais peut-être. Je ne me rappelle pas grand-chose, mais je sais qu'il y avait une tempête, que les routes étaient glissantes et que la voiture a dérapé. Étions-nous dans un taxi ? Il me semble que je les appelais, mais qu'ils ne répondaient pas. Je ne sais pas... Si ça se trouve, c'est un faux souvenir. Mais je peux te dire qu'une tempête pareille me donne de mauvais pressentiments.

Elle enroula les bras autour d'elle. Elle s'était toujours répété que ce cauchemar récurrent n'était qu'un cauchemar, mais c'était ce qui se rapprochait le plus d'un souvenir.

— Je suis désolé. Je sais que tu n'aimes pas parler de ce qui s'est passé, mais je me demandais si depuis ton retour certains souvenirs t'étaient revenus.

— Non. Je me sens assez bête, pour tout te dire. Comment est-ce possible d'oublier tout un pan de sa vie ?

— Parfois, il est plus facile d'oublier, j'imagine.

Il s'arrêta de parler et Ledi en fit de même. À la place, elle tendit ses mains vers les flammes.

Thabiso rejoignit D'Artagnan pour lui donner un peu de foin laissé en réserve par les bergers. Le vent s'engouffra dans la grotte et il cria à Ledi :

— On ne pourra pas repartir cette nuit, et je ne veux pas demander à quelqu'un de venir nous chercher, ce serait trop risqué. Ça tombe bien dehors. J'ai envoyé un message à Likotsi ; espérons qu'elle le reçoive.

Ledi passa outre au petit frisson d'excitation qui la parcourut malgré sa frustration, comme celui que devaient éprouver les crétins qui préféraient se précipiter vers les tourniquets du métro avec de parfaits étrangers plutôt que d'acheter un ticket. Elle passa outre à la démarche fluide de Thabiso qui se dirigeait à nouveau vers elle, frottant ses paumes l'une contre l'autre, et son corps athlétique terriblement sensuel sous sa tenue décontractée. Rien de tout cela n'importait. Ils étaient là pour dormir. Une fois la tempête passée, on viendrait les secourir, puis Ledi retournerait à son stage et Thabiso à ses occupations royales. Un dernier effort, et elle serait définitivement débarrassée de lui. Voilà ce qu'elle voulait. Résolument.

— Il y a du réseau ici ? demanda-t-elle en sortant le téléphone qu'on lui avait donné.

— Non, il faut que tu sortes sous la neige. Pour les prochaines heures, tu devras te contenter de ma personne et de mon humour remarquable en guise de divertissement.

Il détourna aussitôt le regard et elle devina que la même pensée leur avait traversé l'esprit. Il avait bien des manières de la divertir...

— J'aurais dû déjeuner, dit-elle, prenant soudain conscience qu'elle devait passer toute la nuit sans manger.

Par ailleurs, il était plus sûr de parler de nourriture que de penser aux mille façons dont Thabiso pouvait l'obnubiler.

Il arbora un large sourire et tira son sac à dos vers lui. Il fouilla dedans et en sortit des petits paquets emballés dans du papier aluminium. Il jeta un regard rieur à Ledi.

— Tu peux me détester, mais tu ne pourras pas dire que je t'ai laissée mourir de faim.

Il lui en tendit un. Elle l'ouvrit et mordit dans un savoureux feuilleté farci à la viande de chèvre délicatement relevée.

Elle poussa un gémissement quasi orgasmique.

— Elles sont mignonnes, ces petites chèvres, mais je t'avoue que je n'éprouve pas le moindre soupçon de culpabilité.

Elle s'efforça de manger proprement, termina deux friands et engloutit une demi-portion de riz épicé avant de s'arrêter. Mieux valait être prudent, car elle ignorait combien de temps ils seraient coincés dans cette grotte.

— Je garde le reste pour le deuxième round, dit Thabiso, récupérant les paquets qui n'avaient pas été ouverts pour les ranger dans son sac à dos. Nya est une excellente cuisinière. Sa mère, ta tante par alliance, est morte en lui donnant naissance, alors elle a toujours eu beaucoup de responsabilités.

— Elle m'a raconté. Elle m'a également appris que nos mères étaient des amies proches. Et qu'elles étaient enceintes en même temps.

Elle se garda d'émettre le moindre commentaire sur le comportement de la reine vis-à-vis de la fille de sa meilleure amie.

Ledi avait étendu son châle d'un côté du feu et Thabiso avait fait de même du côté opposé. Elle roula sur le flanc et le regarda.

— Pour quelle raison ne m'as-tu jamais remplacée quand ma famille a fui ? Tu aurais pu choisir Nya, par exemple. Elle comprend ton peuple et elle sait ce que c'est que d'avoir des responsabilités non désirées.

Thabiso s'allongea sur le dos et croisa les doigts sous sa nuque. Il haussa les épaules et Ledi le vit faire une moue songeuse malgré sa barbe qui cachait un peu son visage.

— Il n'est pas sage de contredire les prêtresses, déclara-t-il avant de tourner la tête vers Ledi. Par ailleurs, je n'ai jamais cessé d'espérer que tu reviennes. Je crois aux contes de fées, je te rappelle.

Il la regardait de nouveau avec ces yeux à la Disney, et cette fois, la lumière du feu se reflétait dans ses pupilles. Dehors, le vent hurlait. Les flammes vacillèrent quand l'air froid s'engouffra dans la grotte. Ledi se remémora l'histoire que Thabiso lui avait racontée au sujet de son âme sœur imaginaire ; elle ne l'avait jamais oubliée, mais c'était la première fois qu'elle prenait réellement conscience qu'il parlait d'elle. Alors qu'elle se trouvait seule à New York, Thabiso n'avait jamais perdu espoir. Il avait gardé à manger pour elle, avait continué de lui parler, de lui tenir compagnie…

« Au bout d'un moment, j'ai cessé d'y croire. »

Cela signifiait-il qu'il s'était remis à y croire ?

Elle avait grandi en étant persuadée que personne ne voulait d'elle, alors qu'à l'autre bout du monde un prince la chérissait et n'avait apparemment jamais cessé de l'attendre.

L'émotion s'abattit sur elle comme la tempête qui les avait obligés à s'abriter dans cette grotte. Elle refoula ses larmes, mais ne put réprimer le tremblement qui la secoua à cette pensée. Thabiso l'avait attendue et désirée, et comme elle n'était pas revenue, il était parti à sa recherche. C'était idiot – elle considérait la situation à travers un prisme romantique – et pourtant…

— Tu as froid ? demanda-t-il d'une voix rauque.

Ledi plongea dans les yeux de Thabiso, où le feu flamboyait, puis elle hocha la tête. En réalité, elle avait chaud ; son corps s'était réchauffé sous son regard. Elle aurait dû lui répondre non, qu'elle allait bien. Comme toujours. Cela dit, elle était fatiguée d'aller bien quand cela signifiait en vérité être seule, alors elle mentit sans éprouver la moindre culpabilité.

Elle n'avait pas froid ; elle brûlait – qu'il la touche, qu'il lui sourie avec tendresse, lui rappelant qu'elle n'avait jamais été seule. Ou plutôt, qu'elle l'avait été, mais qu'il l'avait été lui aussi, car peut-être Ingoka ne se trompait-elle jamais, comme aimaient à dire les locaux.

Thabiso se redressa d'un geste fluide et saisit sa couverture. Ledi sentit le souffle d'air quand il reposa celle-ci au sol à côté d'elle. Elle sentit ses mouvements tandis qu'il s'étirait et se rapprochait d'elle progressivement.

— Ça te va, si je me mets ici ? lui demanda-t-il lorsqu'il fut à quelques centimètres d'elle.

— Tu peux venir plus près, répondit Ledi.

Ce qu'il fit. Lentement.

Ses genoux s'emboîtèrent dans le creux des genoux de Ledi. Ses jambes appuyèrent contre ses bottes et ses cuisses musclées contre ses fessiers. Chaque fois qu'il collait son corps contre elle, Ledi sentait sa respiration devenir haletante et toutes ses pensées se focaliser sur l'unique nuit qu'ils avaient passée ensemble et la sensation délicieuse qu'elle avait éprouvée alors qu'il était abîmé en elle. Fallait-il vraiment qu'ils se limitent à une seule fois ? Son corps réfutait vivement cette conclusion.

Il plaqua son torse viril contre son dos, puis enroula ses bras autour d'elle pour la maintenir en place.

— Tu as plus chaud maintenant ? s'enquit-il.

Sa voix était rauque et un brin présomptueuse. Il connaissait déjà la réponse.

Oui, elle avait chaud. Partout. Sa peau la tiraillait tant elle était sensible. Ses mamelons frottaient contre son soutien-gorge, juste au-dessus de là où Thabiso avait posé ses bras. S'il bougeait d'un centimètre, il les sentirait pointer sous son tee-shirt. Il pourrait les effleurer nonchalamment et la rendre folle de désir, comme il l'avait fait la dernière fois qu'il l'avait touchée. Ledi haleta à cette pensée et remua légèrement.

— Oui.

La peur qui logeait toujours dans une infime partie de son cerveau essaya de faire remonter en elle ce sentiment d'humiliation pour la décourager, et c'est à cet instant précis qu'elle le remarqua : elle n'éprouvait guère de honte à coucher avec lui. Elle lui en avait voulu de lui avoir menti, de l'avoir blessée, fâchée et trahie, mais elle se rappelait aussi les fous rires qu'ils avaient partagés et ce qu'elle avait ressenti quand elle était avec lui. Ça, c'était bel et bien réel. Par conséquent, si c'était la vérité et qu'il la désirait vraiment depuis toujours, elle ne savait plus trop contre quoi elle se battait. Elle s'appuya contre lui.

— Peux-tu me raconter ce dont tu te souviens de notre enfance ? lui demanda-t-elle.

Il l'attira contre lui.

— Je me souviens un peu de la cérémonie de fiançailles. Je me souviens que je te trouvais très jolie, que tu avais l'air heureuse, que tu étais une bonne amie et donc que tu ferais probablement une bonne épouse. Je ne sais plus, en revanche, comment j'appréhendais le concept d'épouse à l'époque. Sûrement comme quelqu'un qui jouait à des jeux vidéo avec moi et qui partageait ses crayons de couleur. (Ledi rit et il la serra contre lui.) J'étais triste quand tu es partie, poursuivit-il. Et j'ai pris conscience pour la première fois qu'on pouvait parfois pleurer, crier et s'agiter dans tous les sens, ça ne faisait pas revenir ceux qui nous avaient quittés.

— J'ai appris la même leçon peu de temps après toi, si ça peut te rassurer, répondit-elle tout bas.

Il la tint contre lui, simplement, et c'était tout ce qu'elle désirait à cet instant. Le mouvement synchronisé de leurs poitrines. L'étreinte d'un homme qui s'était présenté à elle sous deux identités différentes et qui semblait l'aimer, qu'il endosse l'une comme l'autre.

— Ce qui me fait du bien, à vrai dire, c'est de t'avoir à mon côté. J'avais toujours trouvé que ce rituel de fiançailles était dépassé, surtout pour des enfants, mais quand je suis avec toi, ça me paraît une évidence.

— Tu sais que ça me chagrine de l'avouer, mais je ressens la même chose que toi.

Ledi inspira profondément, puis elle se tourna vers lui. À la lueur des flammes, elle discernait ses pommettes saillantes, sa peau chocolat sans défaut et ses yeux qui l'observaient comme si elle était à la fois déesse et dévote.

— Je ne sais pas comment m'y prendre, murmura-t-elle.

— Pour faire quoi ? demanda-t-il, murmurant lui aussi.

— Pour être avec quelqu'un. Je n'ai connu que la solitude et je m'en suis accommodée.

— Tu as des amis, non ? répliqua-t-il d'une voix normale à présent. Portia se montre aussi protectrice envers toi que ma garde royale.

Ledi secoua la tête et ne put retenir ses larmes.

— Elle m'a blessée, elle aussi.

Thabiso porta la main à son visage et le caressa délicatement, faisant courir ses doigts sur le contour de son oreille. Un frisson de désir parcourut Ledi.

— Justement, Naledi. Les gens qui t'aiment sont ceux qui te causent le plus de peine. C'est l'un des plus grands paradoxes de la condition humaine. C'est ce que disait mon professeur de philosophie, et il avait au moins cinq diplômes sur le sujet, alors j'imagine qu'il savait de quoi il parlait.

Elle glousa malgré les larmes qui lui brûlaient les yeux, puis elle serra les paupières et posa enfin les questions qui la taraudaient depuis qu'elle avait découvert l'identité de Thabiso et, par ricochet, la sienne :

— Comment mes parents ont-ils pu m'enlever à mon pays et aux gens qui m'auraient aimée ? Comment ont-ils pu m'abandonner à cette solitude ?

Elle sentit la chaleur de sa paume entre ses omoplates quand il l'attira contre lui et lui massa doucement le dos pour la consoler. Sa barbe lui chatouilla le visage lorsqu'elle se blottit dans le creux de son cou, et elle sentit le parfum du bonheur.

— Je partage tes interrogations. Des années durant, j'ai pensé que c'était par cupidité, par fierté ou par insolence, mais je ne peux me résoudre à croire que tes parents auraient pris une décision aussi irréfléchie s'ils n'avaient pas eu une bonne raison de le faire. Il m'est impossible d'envisager que ta mère aurait blessé sa meilleure amie sans raison. Une chose est sûre, cependant, Naledi. (Elle rouvrit les paupières et le regarda dans les yeux.) Tu n'es plus seule désormais.

Il appuya les lèvres contre les siennes, chaudes et douces, et si ses mains lui procuraient du réconfort, son baiser n'était que désir.

Naledi ferma les yeux et s'abandonna à son étreinte. L'odeur familière de Thabiso l'enveloppa, et elle imprima de délicats baisers sur ses joues et son cou pour mieux la respirer. Elle remonta vers sa bouche et la recouvrit avec la sienne, embrassant comme si c'était la première fois cet homme dont elle avait pensé qu'il était fait pour elle, et qui s'avérait encore plus exceptionnel qu'elle ne l'avait imaginé.

— Par la Déesse, je pensais ne plus jamais te goûter, murmura-t-il contre ses lèvres. Je ne pense pas que je pourrais vivre sans cette douceur.

Elle le poussa délicatement pour l'allonger sur le dos avant de s'asseoir à califourchon sur lui.

— Bien sûr que si. La « célibâtardise » aiguë n'est pas une maladie mortelle.

— Mais une carence chronique en Naledi en est une, répondit-il simplement. Ça fragilise les os.

Elle rit par le nez, ce qui n'était pas très sexy, mais elle était contente de ne pas être la seule à se transformer en grosse nunuche avant l'amour. Thabiso prit appui sur ses épaules et lui mordilla les lèvres avant de l'embrasser sauvagement. Lorsque sa barbe frotta contre la peau de Ledi, elle éprouva un frisson qui l'électrisa davantage.

Elle se pencha en arrière et retira son pull. Alors que le vêtement se trouvait encore au-dessus de sa tête, elle sentit les paumes de Thabiso caresser ses seins, puis tirer sur la chaîne autour de son cou.

— Tu portes toujours le cadeau que je t'ai offert, dit-il tandis qu'il baissait son soutien-gorge et effleurait son mamelon avec le pendentif, dont la chaleur contrastait avec la fraîcheur de la grotte.

Elle trembla et ondula contre Thabiso, parvenant enfin à se libérer du pull à col écharpe tandis que le contact de sa bouche remplaçait celui du métal et du verre.

Il continua d'exciter la pointe dure de ses seins tout en déboutonnant son jean élastique.

Oui, c'est parti ! se dit-elle comme les cheveux courts et crépus passaient sur son aréole, la sensation la faisant sursauter jusqu'à ce qu'il l'apaise avec sa langue. Elle se leva pour se déshabiller entièrement, tellement captivée par la passion dans les yeux de Thabiso qu'elle faillit jeter son pantalon dans les flammes.

Elle se baissa pour le ramasser et l'entendit gémir.

— Cesse de m'aguicher, Naledi.

Elle lança ses affaires à bonne distance du feu et regrimpa sur Thabiso. Le renflement de son entrejambe tressaillit lorsqu'il grossit, appuyant contre Ledi lorsqu'elle s'avança pour s'asseoir sur son sexe. Il l'interrompit alors qu'elle s'agenouillait.

— Pas par-là, dit-il, puis ses mains puissantes attrapèrent les cuisses de Ledi pour l'amener vers son torse et son visage.

— Euh... (Cette syllabe fut la seule qu'elle parvint à prononcer avant que Thabiso ne lui empoigne les fesses et glisse sa tête entre ses cuisses.) Oh putain ! s'écria-t-elle.

Thabiso appuya sa langue contre son clitoris et commença à le lécher, le sucer, l'agacer. Le plaisir envahit Naledi, se répandant dans tout son corps.

Ses genoux frottaient contre le sol rocheux à peine assoupli par la couverture, mais ses récepteurs nerveux étaient saturés par les sensations que lui procurait la langue de Thabiso. Elle ondula des hanches contre son visage, poussant des cris extatiques au contact de sa barbe contre sa peau sensible, de ses doigts qui s'enfonçaient dans sa chair, mais surtout, de sa langue – qui, à elle seule, faisait du Thesolo l'une des merveilles du monde moderne.

— Thabiso, bordel...

L'entendre prononcer son nom agit comme un déclencheur et celui-ci passa à la vitesse supérieure, décrivant avec sa langue brûlante des mouvements vifs et circulaires, excitant sans merci le clitoris de Naledi, qui jeta les bras en l'air pour s'agripper à quelque chose, n'importe quoi, qui lui éviterait de basculer en arrière. Enfin, alors que l'orgasme la faisait chavirer, elle attrapa la tête de Thabiso et la chevaucha furieusement jusqu'à ce que des cris de plaisir jaillissent de sa gorge. Thabiso ralentit la cadence et desserra sa prise tout en continuant de la lécher plus délicatement. Elle trembla et le sentit sourire contre son sexe, une sensation éminemment intime.

Naledi descendit sur les hanches de Thabiso, qui se redressa pour se trouver face à elle lorsque ses fesses furent de nouveau sur son entrejambe. Il l'enlaça et l'embrassa.

— Tu vas bien, déesse du Feu ?

Elle faillit rire, trouvant ce surnom ridicule, mais elle se retint. Elle se sentait plutôt puissante après cet orgasme époustouflant et ô combien relaxant.

— Non, répondit-elle, goûtant son propre nectar sur ses lèvres. Tu n'es pas en moi.

Thabiso se pencha pour fouiller dans son sac et en sortit des préservatifs.

— J'ai une relation avec une étudiante en santé publique, dit-il en guise d'explication, et elle rit, même si le terme « relation » la fit doucement paniquer.

Deux personnes que tout le monde croyait fiancées avaient-elles le droit de se fréquenter comme le ferait un tout jeune couple ?

Puis il l'embrassa et elle ferma les yeux, se demandant combien de temps il mettrait à déchirer l'emballage d'un préservatif.

Elle se redressa légèrement pour le laisser dérouler le préservatif sur son membre, et s'abaissa vers lui lorsqu'il posa les mains sur ses hanches. Elle était déjà mouillée et n'attendait plus qu'il la pénètre. Thabiso s'abîma intégralement en elle sans rencontrer la moindre résistance.

— Oh, ma douce Naledi, gémit-il.

Il renversa la tête en arrière et gonfla les narines, et le plaisir manifeste qu'il éprouvait à être simplement en elle encouragea Naledi.

Elle se tint à ses épaules et entama un va-et-vient vertical sur son sexe, gémissant chaque fois qu'il s'enfonçait en elle, la remplissant délicieusement. Thabiso serra les dents et laissa échapper un sifflement d'extase, et Naledi eut l'impression d'être la déesse qu'il avait mentionnée plus tôt.

Il passa les bras derrière lui pour avoir un meilleur appui comme il imprimait un mouvement de piston à ses hanches, se joignant aux coups de reins de Ledi. Enivrée par la sensation qui montait en elle, celle-ci se pencha vers l'avant et il vint à sa rencontre. Leurs fronts se touchaient et leurs regards étaient plongés l'un dans l'autre tandis qu'ils accéléraient la cadence dans une course effrénée au plaisir. Elle glissa la main entre ses cuisses et massa son clitoris entre ses doigts.

— Bon sang, Naledi !

Thabiso tressauta et son sexe grossit, puis Naledi jouit à son tour, les contractions de son vagin le retenant en elle tandis que leurs ombres s'agitaient sur les parois de la grotte éclairée par les flammes.

Thabiso se laissa retomber sur la couverture et se retira délicatement, et Naledi roula sur le dos.

— Aïe ! J'avais oublié qu'on n'était pas dans un lit, dit-elle en se frottant l'épaule.

— Mon coccyx n'a pas eu le loisir d'oublier, mais ça en valait largement la peine. (Il l'embrassa, puis se leva pour chercher des serviettes.) Tu as faim ?

— De nourriture ?

Elle regarda la lumière du feu danser sur le corps de Thabiso lorsqu'il se baissa vers son sac.

Elle vit son sexe tressaillir à nouveau, puis il lâcha le rabat du sac et marcha vers Naledi d'un pas déterminé ; cette fois, l'expression dans ses yeux n'était pas celle d'un personnage de Walt Disney.

— La nourriture peut attendre, déclara-t-il en s'asseyant à côté d'elle. Avoir chaud est la priorité pour survivre à une tempête.

31

Thabiso observait Naledi du coin de l'œil tandis que Likotsi pestait contre lui pour ne pas être rentré de la nuit. Ledi s'était réveillée d'excellente d'humeur, malgré les courbatures et la surprise de trouver D'Artagnan blotti entre Thabiso et elle. Toutefois, c'était plus fort que lui, il s'attendait à ce qu'elle le repousse à nouveau, qu'elle le prive de la femme qui s'était offerte à lui avec abandon la nuit précédente et jusqu'au petit matin.

— Altesse, avez-vous la moindre idée de l'inquiétude que vous avez causée à vos parents ?

— Tu étais avec moi quand j'ai parlé à la reine au téléphone, Kotsi. Tu l'as entendue me désavouer et me menacer de cachot, comme tous ceux qui se trouvaient dans les parages à ce moment.

À côté de lui, Ledi ouvrit sa Thermos de thé et se servit le reste du liquide ambré qui embauma l'habitacle de son odeur sucrée. Thabiso doutait qu'elle eût soif ; elle semblait boire pour avoir quelque chose à faire avec ses mains. Tout le monde avait entendu la reine lui passer un savon, mais ils l'avaient également entendue qualifier Ledi de « distraction ridicule » qui avait assez duré. Il comprenait la frustration de sa mère, mais la confiance de

Ledi était très fragile. Elle avait besoin d'être entretenue, pas minée de doutes toxiques.

Il tendit le bras et prit la main de Ledi, qui trembla un peu dans sa paume.

— Je suis désolé, dit-il en levant la main pour faire taire Likotsi, qui s'apprêtait à le réprimander à nouveau. Ma mère se comporte de façon bizarre, mais je lui ai fait comprendre que tu étais importante dans ma vie. Tu n'es pas une distraction et je suis très heureux que tu sois ici avec moi.

Ledi lui sourit et il remarqua que ses pupilles étaient dilatées, dissimulant ses magnifiques iris bruns dans lesquels il aimait tant plonger.

— Je suis heureuse d'être ici, moi aussi. Si la vie m'a appris quelque chose, c'est que je ne peux pas forcer quelqu'un à se soucier de moi. Mais je peux essayer de m'ouvrir aux personnes qui tiennent à moi, lui répondit-elle avec un sourire timide qui le réchauffa comme le soleil se levant au-dessus des montagnes.

Un frisson la secoua, comme si elle venait de marcher sur un fil sous tension, et la chaleur quitta Thabiso.

— Excès de caféine, sans doute.

Thabiso hocha la tête, mais il serra sa main plus fort, l'anxiété le tenaillant soudain. Il aurait dû la laisser dormir au lieu de lui faire l'amour jusqu'à ce qu'elle tombe de fatigue. Peut-être avait-elle pris froid dans la neige ? Heureusement, elle pourrait bientôt se reposer dans sa chambre, et il veillerait à ce que le médecin l'examine.

La voiture s'arrêta devant le palais et ses parents vinrent à leur rencontre, suivi par un groupe de domestiques, comme d'habitude.

Il jeta un regard à Ledi.

— On aurait peut-être dû rester dans la grotte.

Ledi leva les yeux au ciel.

— Si ta mère t'en veut de ne pouvoir maîtriser les forces de la nature, alors on peut dire, en effet, que tes parents en attendent beaucoup de toi. (Il rit, et son angoisse se dissipa.) Je serais dans tous mes états, moi aussi, si je pensais qu'il t'était arrivé malheur, alors sois indulgent avec elle, ajouta-t-elle.

Elle venait d'avouer spontanément qu'elle tenait à lui, mais Thabiso se garda de tout commentaire.

— C'est dans mes cordes, dit-il en serrant la main de Ledi dans la sienne.

Ils sortirent du véhicule et il ne la lâcha pas tandis qu'ils s'avançaient vers l'entrée du palais.

— Bonjour, mes parents, les salua-t-il joyeusement.

— Fils, répondirent-ils à l'unisson.

— Nous voilà de retour après avoir bravé les montagnes enneigées. Plus de peur que de mal. Je suis navré que vous vous soyez inquiétés.

— Inquiétés ? Pourquoi nous serions-nous inquiétés ? demanda son père.

— Parce que l'unique héritier au trône du Thesolo a décidé de risquer sa vie pour poursuivre cette farce grotesque, privant presque son peuple d'un futur souverain ? renchérit tranquillement sa mère. Non, nous n'étions pas inquiets, mais nous ne tolérerons plus ces enfantillages.

— Majesté, tout est ma faute, intervint Likotsi, médiatrice dans l'âme. J'aurais dû vérifier les prévisions météorologiques et ne pas les laisser voyager seuls.

— Non, il n'y a qu'une fautive ici. Cette inconsciente qui a détourné Thabiso du droit chemin et qui menace de mettre en péril la prospérité de notre royaume.

— Je suis désolée, souffla Ledi d'une toute petite voix qui brisa le cœur de Thabiso.

— Vous êtes comme votre mère, répliqua la reine avec une rage irrationnelle. Vous ne pensez qu'à vous, et tant pis si vos projets égoïstes font souffrir les autres.

Ledi se crispa, et Thabiso lui lâcha la main pour lui enlacer les épaules.

— Mère, père, je vous aime et je vous respecte, mais vous employez la force d'un éléphant quand son intelligence suffirait. J'ignore à quelle farce vous faites allusion, mais je vous conseille d'oublier que vous avez prononcé ces mots.

La colère qui montait en lui fit bourdonner son crâne. Comment ses parents, qui n'avaient cessé de lui répéter qu'il pouvait obtenir tout ce qu'il convoitait, pouvaient-ils lui refuser ce qu'il désirait le plus au monde ? Ce qui comptait le plus pour lui ?

Sa mère tendit la main vers le groupe derrière elle et une magnifique jeune femme s'avança vers eux. Elle était mince, grande, réginale. Ses cheveux ondulés cascadaient dans son dos et son visage aurait pu avoir été ciselé dans de l'onyx par les plus grands sculpteurs. *Shanti.*

— Nous savons très bien que vous êtes convenus de cet arrangement pour nous faire un pied de nez, déclara la reine avec colère. Pensais-tu que nous n'allions pas demander à nos services de renseignements de passer en revue ses e-mails pour nous assurer qu'elle n'est pas venue nous espionner pour le compte des Américains, toujours prompts à fourrer leur nez partout, ou pire encore ? Vous pouvez mettre un terme à cette supercherie sur-le-champ, et Thabiso ira de l'avant avec Shanti à son côté.

L'intéressée exécuta une gracieuse révérence.

— Majesté, j'ai été formée dans tous les arts féminins, façonnée par mes précepteurs et mes parents pour être la meilleure compagne qu'un roi puisse souhaiter. Si vous m'y autorisez, je serais honorée de vous montrer quelle excellente épouse je ferais.

Thabiso remarqua que Naledi était anormalement silencieuse et son sang ne fit qu'un tour. Sans doute lui retirait-elle déjà la confiance qu'elle lui avait accordée, regrettant de l'avoir laissé revenir dans sa vie. Il s'attendit à ce qu'elle s'écarte, mais à la place, elle s'appuya contre lui.

— On dirait une vraie princesse, murmura-t-elle. Ta mère n'a pas tort.

— Il n'y a qu'une personne que je consentirai à prendre pour épouse, et nous sommes déjà fiancés, déclara-t-il.

— Qui ça ? demanda Ledi d'une voix pleine de colère, fronçant ses sourcils bruns avec confusion. Il y a encore une autre femme ?

Une sensation désagréable le parcourut, encore plus glacée que la tempête qu'ils avaient esquivée.

— Je parle de toi. De nous. Ledi, tu te sens bien ?

— Oh ! Oui. Je te fais confiance, Jamal. Tu ne me ferais jamais de mal. Sauf quand tu as essayé de mettre le feu à mes vêtements.

Elle partit d'un rire hébété et dérangeant qui ne ressemblait nullement à son rire habituel.

— Quoi ?

La reine s'approcha, et elle ne portait plus le masque de dédain qu'elle arborait un peu plus tôt. Son expression était celle que Thabiso avait toujours vue dans l'intimité, son visage assombri par l'inquiétude comme quand elle posait la main sur son front pour prendre sa température ou quand elle agitait un thermomètre en l'air.

— Thabiso, est-elle tombée sur la tête ? Que s'est-il passé dehors ?

Devant eux, la reine observait Ledi avec intérêt. Elle leva la main pour la toucher, la baissa et croisa les doigts avec préoccupation.

Thabiso resserra sa prise autour de Ledi. Elle ne s'appuyait pas contre lui pour qu'il la soutienne moralement, comme il l'avait d'abord pensé, mais parce qu'elle n'aurait pas pu tenir debout sans son aide.

— Tu me fais peur, Ledi. Dis-moi ce que tu as.

— Je vais bien. Il faut juste que j'appelle Portia, dit-elle joyeusement.

Puis elle se pencha et vomit sur la robe de la reine.

— Fils, dirent ses parents à l'unisson, avec frayeur cette fois alors que Ledi perdait connaissance dans ses bras.

Thabiso ne réfléchit pas. Il la souleva et courut à toute vitesse vers l'hôpital. Elle avait examiné tous ces patients la veille sans autre protection que des gants en latex et un masque en papier. Et c'est lui qui l'avait emmenée là-bas !

Il s'arrêta avant de foncer dans les portes automatiques et traversa la salle d'attente comme une flèche. Il aperçut l'infirmière de la dernière fois – comment s'appelait-elle déjà ? Ammina ? Sesi ? Peu importe !

— Vous ! Aidez-la ! Tout de suite ! hurla-t-il.

Elle obéirait, car il était prince et que les gens se pliaient à ses ordres, bon sang !

L'infirmière se précipita vers eux, puis s'arrêta net.

— Majesté, veuillez la poser tout de suite puis reculer.

— Qu'est-ce que vous racontez ? Je vous ai demandé de l'aider !

Sesi décrocha le téléphone et fit une annonce dans les haut-parleurs :

— Une équipe de décontamination est appelée à l'accueil. Immédiatement. (Elle raccrocha et s'avança vers Thabiso tout en enfilant des gants.) Altesse, vous ne pouvez pas vous permettre de tomber malade. Vos sujets ont besoin de vous. Posez-la.

Elle tira vers elle un brancard à roulettes qui se trouvait contre le mur et le poussa vers Naledi.

C'est alors qu'il vit les papules qui recouvraient son cou et remontaient vers son menton.

— Non. Non, Ledi.

Son univers s'écroula en une fraction de seconde. Il avait invité Ledi au Thesolo pour qu'elle sauve son peuple, mais s'il devait être honnête, il avait espéré qu'elle le sauve, lui aussi. Et à présent, elle allait mourir parce qu'il n'était qu'un égoïste.

— Prince Thabiso, nous ne pouvons l'aider si vous ne la lâchez pas.

Il ne s'était même pas rendu compte de l'arrivée des médecins. Ils portaient des combinaisons anti-contamination, mais il était trop tard pour protéger Ledi.

— Je suis désolé, chuchota-t-il, la voix lourde de tristesse.

Il posa Ledi sur le brancard et l'équipe de soignants fondit sur elle pour l'emmener dans le service de soins intensifs et hors de la vue de Thabiso. Il entendit des bruits dans son dos, sentit la présence familière de sa mère et de son père à son côté, et la main de son père se poser sur sa tête comme s'il était à nouveau un enfant.

— Elle va s'en sortir. Ingoka ne te l'a pas rendue pour te l'enlever de cette manière.

Thabiso n'en était pas si sûr, mais il pria pour que son père ait raison.

32

Ledi regarda son père et sa mère emballer leurs affaires avec précipitation. Elle ne comprenait pas ce qu'ils disaient, si ce n'est deux mots : son prénom, et celui de son oncle. Elle prit peur en voyant la grimace de fureur qui déforma le visage de son père lorsqu'il prononça « Alehk ». Puis il la prit dans ses bras et déposa un baiser sur sa joue, et ils commencèrent à marcher dans la nuit obscure…

Ledi se réveilla en sursaut. L'espace d'un instant, elle se crut de nouveau chez Alehk. Cet endroit existait-il ? Peut-être était-elle couchée sur son futon bon marché dans son studio new-yorkais. Jamal se trouvait dans l'appartement d'en face. Existait-il ? Avait-elle rêvé tout ce qui s'était passé ces derniers jours ? Le chagrin la suffoqua à cette pensée, puis elle ouvrit les yeux et regarda autour d'elle. Elle se trouvait dans une pièce aux murs blancs et nus. Le « bip » d'une machine sonnait régulièrement. L'alarme de son réveil ? Elle tapota le matelas à la recherche de son téléphone, mais quelque chose l'empêcha de bouger le bras. Elle se redressa, constata à quel point elle était vaseuse. Et elle avait soif. Tellement soif.

Pendant une seconde, elle prit la femme qui veillait à son chevet pour Nya – cette dernière était-elle une personne réelle ou un fragment de son imagination ? Puis elle reconnut les boucles auburn et les taches de rousseur qui parsemaient ce visage maussade.

— Portia ?

Celle-ci se leva d'un bond du fauteuil et courut vers le lit. Elle portait une combinaison de protection médicale, ainsi que des gants, mais elle serra la main de Ledi dans la sienne et sourit, les larmes ruisselant sur son visage.

— Il n'y a que toi pour aller jusqu'en Afrique et attraper une mystérieuse maladie. Combien de fois t'ai-je dit d'arrêter de mettre du gel antibactérien chaque fois que tu prends le métro ? Tu as affaibli ton système immunitaire.

— Que fais-tu ici ? s'étonna Ledi, se demandant une fois de plus si elle rêvait.

Avait-elle vraiment été en colère contre Portia ? Ce sentiment avait disparu. Elle était tout simplement heureuse de la revoir ; elle avait même l'impression que son cœur allait exploser de joie.

— Comment es-tu arrivée jusqu'ici ? Oh, suis-je bête ! J'imagine qu'il est facile pour les riches de louer un avion.

Portia secoua la tête.

— Je viens d'une famille de nantis, mais on ne possède pas de jet privé. Thabiso m'a fait venir après m'avoir fichu une peur bleue en m'informant que tu avais perdu connaissance et que tu avais été hospitalisée. Tu es restée dans le coma pendant deux jours.

— Quoi ? (Ledi voulut se lever, mais elle eut aussitôt des vertiges.) Il faut que je le voie. Non, il faut que je voie le Dr Bata !

Portia la repoussa doucement vers le lit.

— Il faut que tu te reposes. Personne ne savait quand tu allais te réveiller, ou même *si* tu allais te réveiller. (Portia poussa un soupir entrecoupé par l'émotion.) J'étais terrifiée pendant tout le voyage à l'idée que tu meures sans m'avoir pardonné. Ça paraît tellement égoïste. *C'est* égoïste. Mais si tu me détestais toi aussi… (Elle secoua la tête.) Je voulais te présenter des excuses. J'ai mal agi et j'aurais dû le reconnaître tout de suite. Tu en pinçais vraiment pour Jamal, et j'aurais dû te faire part de mes soupçons avant le gala. J'ai merdé. Mais d'un côté, je voulais avoir raison, pour que tu lui en veuilles et qu'il s'en aille. Sans doute ai-je eu peur qu'il te prouve que tu n'avais pas besoin de moi. Et je n'avais pas vraiment tort, car qui voudrait d'une amie comme moi ?

Portia était rongée par les remords, et même si elle avait commis une erreur, Ledi ne supportait pas de lire toute cette douleur sur son visage. Elle s'était persuadée que personne ne tenait à elle ; or Portia l'aimait, peut-être même trop. Ledi se rendit compte d'un problème concernant sa théorie du Velcro : le Velcro n'était qu'une attache temporaire. Portia, qui s'évertuait à aider Ledi en toutes circonstances, qui irait jusqu'à dissimuler un cadavre pour elle, si ce n'est à tuer, était une amie super glu. Elles étaient unies par un lien puissant qui avait été ébranlé, certes, mais était demeuré intact. C'était à elles de choisir à présent comment utiliser ce lien.

— J'ai besoin d'une amie comme toi, dit Ledi en étreignant faiblement Portia, car ses forces ne lui permettaient guère plus. Je ne te déteste pas, mais notre relation doit changer.

Portia ferma les yeux, mais cela n'empêcha pas les larmes de couler. Elle acquiesça.

Ledi soupira.

— Je tâcherai de m'affirmer davantage. Quant à toi, tu devras arrêter de me marcher sur les pieds. (Elle marqua une pause.) Et de boire autant. Et tu devras commencer à te démener pour toi autant que tu le fais pour les autres.

Ledi avait toujours redouté de lui poser un ultimatum. Ce n'était pas digne d'une professionnelle de la santé, mais en tant qu'être humain, elle devait penser à elle en priorité. Et visiblement, elle n'éprouvait nul remords à exploiter sa condition de patiente alitée pour faire culpabiliser son amie.

— J'ai dû décaler mon rendez-vous avec ma psy pour venir ici, marmonna Portia en essuyant ses larmes. J'ai commencé un travail d'introspection et j'essaie de régler certains... problèmes. Par ailleurs, je ne peux pas débouler dans un palais en pleine nuit et frapper à ta porte en étant raide bourrée. Ce serait top, hein, comme service de conciergerie ? Tu vas pouvoir dire adieu aux nouilles chinoises.

— Jamais ! s'exclama Ledi en s'appuyant contre l'oreiller. Mais j'opterai peut-être pour une meilleure marque.

La porte s'ouvrit et Thabiso et le Dr Bata entrèrent tout en discutant. Ledi vit le moment précis où il remarqua qu'elle avait repris connaissance, le soulagement et la tristesse se mêler sur son visage. Il se précipita vers elle et la serra dans ses bras, violant probablement le protocole médical en place, mais dans son étreinte, Ledi se sentit aussitôt mieux.

— J'étais fou d'inquiétude, dit-il dans un soupir saccadé.

Il avait l'air exténué ; elle ne l'avait jamais vu dans cet état, la barbe et les cheveux en désordre, des cernes noirs sous les yeux. Il était au trente-sixième dessous.

— Pourquoi t'es-tu inquiété ? Shanti est dans les starting-blocks au cas où il m'arriverait quelque chose, ironisa-t-elle.

Il avait l'air au plus mal, mais ce n'était pas une raison pour ne pas le taquiner. Il la lâcha pour voir si elle était sérieuse et elle lui sourit.

— Ah, je vois que tu vas mieux, commenta-t-il avec joie en la parcourant d'un regard plein de tendresse, et, si Ledi avait eu un tout petit peu plus de forces, elle lui aurait sauté dessus. Tu sais que je n'ai rien à voir avec ça. De toute façon, Shanti est partie. Ma mère lui a fait ses adieux – ainsi qu'à ses chaussures préférées.

— Bien, répondit Ledi sans éprouver d'embarras ou de culpabilité.

— Je ne sais même pas si j'ai envie de savoir, dit Portia avec diplomatie au lieu d'agresser Thabiso.

Elle s'améliorait déjà.

— Naledi, je suis navrée de vous interrompre, mais je dois vous avouer que votre guérison est assez spectaculaire, déclara le Dr Bata en parcourant son dossier médical. Vous êtes réveillée et vous semblez vous porter comme un charme. Et votre éruption cutanée a également disparu.

Thabiso fronça les sourcils, perplexe.

— Alors, elle ne souffrait pas du mal du prince ? (Ledi lui donna un coup de coude, et il haussa les épaules.) Quoi ? Tout le monde l'appelle comme ça, non ?

— Je suis contente d'aller mieux, mais j'ignore pourquoi, dit Ledi. Nous ne savons toujours pas par quelles voies l'infection se répand.

Le Dr Bata posa le dossier et observa Ledi.

— Qu'avez-vous fait après avoir quitté la clinique ? Aucun des patients qui s'y trouvaient n'est tombé malade, alors il est peu probable que vous ayez contracté le virus là-bas.

Ledi regarda Thabiso et sentit ses joues chauffer.

— Euh... je n'ai pas fait grand-chose...

— Je ne dirais pas ça, murmura Thabiso.

— Oh, vous êtes impossibles, vous deux !

Portia leva les yeux au ciel et sortit son téléphone. Elle commença à pianoter.

Thabiso se racla la gorge.

— Nous sommes allés chez son oncle, et Ledi a dormi, car elle était épuisée. Une tempête de neige nous a surpris et nous nous sommes réfugiés dans une grotte, où nous avons passé la nuit. Mais euh, si le virus est transmissible, ce n'est pas, semble-t-il, par contact avec des fluides corporels, ajouta Thabiso sur un ton de défi, mais le Dr Bata se contenta de sourire tout en prenant des notes.

— Qu'est-ce qui te différencie des autres patients ? demanda Portia. Y a-t-il un vecteur d'infection spécifique qui te vienne à l'esprit ?

— Je croyais que vous étiez une artiste, fit Thabiso avec une grimace perplexe.

— Comme le dit si bien Walt Whitman, je contiens des foules, Votre Altesse, répliqua Portia d'une voix doucereuse. Vous en savez quelque chose, j'imagine, Jamal. (Elle grimaça et coula un regard désolé à Ledi.) Pardon.

— Tous les autres patients sont du Thesolo, n'est-ce pas ? s'enquit Ledi, ne se donnant guère la peine de jouer les médiatrices étant donné que Portia n'avait pas tort.

Les amies prêtes à poignarder votre mec s'il le fallait étaient plus précieuses que n'importe quelle couronne.

— Oui. Comme vous le savez, la maladie n'a frappé que dans la zone montagneuse. Vous êtes l'exception, répondit le Dr Bata. Bien que vous soyez originaire de la région et que vous l'ayez visitée récemment.

— Peut-être faudrait-il rechercher un marqueur génétique dans la population native qui pourrait indiquer une sensibilité à une bactérie en particulier. (L'esprit de Ledi était encore embrumé, mais les hypothèses fusaient dans son cerveau.) À moins que ce soit environnemental ?

On frappa à la porte et Likotsi entra avec un plateau contenant une théière en céramique et plusieurs tasses.

— C'est l'heure du thé ! Comme tu es réveillée, j'ai pensé que tu aurais besoin de te réhydrater.

— Qu'est-ce que c'est comme thé ? demanda Portia. Ledi est plutôt branchée café.

Portia jeta un regard à son amie et hocha la tête d'un air entendu, et Ledi ne put s'empêcher de sourire.

— Une infusion de plante locale qui pousse dans la savane, elle est réputée entre autres pour faciliter la guérison...

Autour de Ledi, tout se figea tandis que les faits, les données et les suppositions convergeaient en hypothèses.

— Une minute. Je crois que je tiens quelque chose. Quand j'ai vomi, c'était juste après avoir bu une Thermos entière d'infusion très corsée.

— Et après avoir parlé à ma mère, ajouta Thabiso.

— Je t'en prie, fit Ledi en braquant les yeux sur lui. Ta mère ne tiendrait pas vingt-quatre heures à New York sans sa suite. Elle ne me fait pas peur. Bref, j'ai ingurgité une substance à laquelle mon corps n'est pas habitué, hautement concentrée et en très peu de temps. J'ai tout rendu immédiatement, perdu connaissance et fait une crise d'urticaire. Peut-être...

Si seulement son cerveau n'était pas ralenti par la torpeur ! Elle était à une étincelle de trouver le lien manquant. Elle commença à se masser les tempes, espérant stimuler ses synapses même si cela ne reposait sur aucun fondement scientifique.

— Tu vas bien ?

Thabiso se pencha vers elle, l'enveloppant de son parfum musqué. C'était la même odeur que celle des sachets de thé qu'elle avait sentie dans la boutique, et encore plus dans le thé qu'elle avait bu chez Alehk.

— Puis-je goûter, s'il vous plaît ? demanda-t-elle à Likotsi.

L'infusion était légère et subtile, rien à voir avec la boisson âpre qu'Alehk lui avait apportée et qu'elle buvait depuis son arrivée. Par ailleurs, elle ne huma pas d'effluve floral.

— Docteur Bata, connaissez-vous les effets de la plante d'eng sur le corps humain quand celle-ci est ingérée à haute dose ?

— Pas particulièrement. Elle fait partie de notre culture locale. On l'utilisait autrefois à des fins médicinales, mais ses effets étaient considérés comme psychosomatiques.

Likotsi intervint :

— Je ne sais pas grand-chose là-dessus, mais je me rappelle que ma grand-mère nous disait toujours de respecter l'équilibre entre les ingrédients, car un remède a beau être naturel, il n'en demeure pas moins toxique. « Moins on en met, mieux c'est, car le mieux est l'ennemi du bien », aimait-elle à répéter.

Ledi acquiesça.

— Je suppose que mon vomissement a été causé par une surdose. La plupart des habitants du royaume, qu'ils boivent ce thé tous les jours ou de manière occasionnelle, doivent être immunisés contre les substances contenues dans la plante, d'où la progression graduelle de la maladie dans leur organisme. Mon corps a expulsé le poison en une fois sur les chaussures de la reine, ce qui a permis que les effets de la plante se dissipent plus vite chez moi. (Ledi regarda Thabiso comme l'idée qui prenait forme dans son esprit cheminait vers des ramifications plus sinistres.) Thabiso...

— Tu n'es pas simplement tombée sur un lot frelaté, n'est-ce pas ? Cela n'a rien d'une coïncidence, devina-t-il avec gravité.

Elle secoua la tête.

— Sesi a dit qu'elle faisait boire à mes grands-parents un mélange de plantes spécial fourni par mon oncle. Et rappelle-toi comment Nya s'est empressée de nous mettre dehors quand son père est arrivé avec le thé. Ce n'était pas la première fois.

Nya lui avait donné des vitamines et lui avait dit d'en prendre tous les matins. Mais Ledi avait oublié de le faire ces deux derniers jours, mais elle avait continué de boire du thé.

Thabiso écarquilla les yeux.

— Tu penses que ton oncle est un enfoiré manipulateur ?

Elle hocha la tête.

— Et si j'ai raison, son cas est incurable.

Il se leva.

— Likotsi. Cela doit rester secret pour éviter toute agitation, mais j'exige l'interpellation immédiate d'Alehk Jarami.

33

Deux semaines plus tard

Le système judiciaire du Thesolo était déroutant, mais efficace.

Apparemment, Lek Hemane était bâti sur un terrain de grande valeur ; c'était la région la plus riche en coltan du royaume. Le projet de modernisation d'Alehk visait en réalité à détruire Lek Hemane en employant une méthode des plus insidieuses : empoisonner plusieurs villageois et leur faire croire que leur intoxication était provoquée par la terre, manifestement impropre à l'habitation. Le « mal du prince » n'avait été qu'un détour dans son stratagème ; cela lui avait permis d'accroître sa popularité parmi les villageois avant qu'il ne révèle à ces derniers la « vraie » cause de leur maladie : le précieux minerai que l'égoïste prince refusait d'exploiter et qui continuait de polluer la terre.

L'arrestation d'Alehk et son crime envers Ledi et les autres auraient dû renforcer les doutes de cette dernière au sujet de l'espèce humaine. Mais sa cousine Nya lui avait rendu visite à l'hôpital et avait fondu en larmes en constatant que ses tentatives pour arrêter son père n'avaient pas fonctionné, et Ledi n'avait pas pu lui en vouloir.

— C'est un homme qui nourrit des rancunes sans raison et qui s'y accroche, expliqua Nya tandis qu'elles se promenaient dans la serre de l'hôpital, à l'abri du froid.

Ledi se portait mieux, et les autres victimes se rétablissaient doucement, mais Nya s'était rendue malade d'inquiétude, au sens propre. Sa chambre se trouvait à côté de celle d'Annie et de Makalele, ce qui était pratique pour les visites.

— Tes parents ont quitté le pays il y a longtemps, mais il se mettait toujours dans une colère noire chaque fois que nos grands-parents évoquaient ta mère avec tendresse. Il avait le sentiment qu'elle possédait quelque chose dont on l'avait privé, et il ne le lui a jamais pardonné.

— Quoi donc ? s'enquit Ledi. Que pouvait-elle bien posséder qu'il n'avait pas ?

— Toi, chère cousine, répondit Nya avec tristesse. Et à travers toi, ton pouvoir. Nous sommes nées à quelques semaines d'intervalle, mais c'est toi que les prêtresses ont choisie pour être la fiancée du prince. Mon père avait déjà perdu ma mère, et je suppose qu'il s'est senti dépossédé d'un bien qu'il estimait devoir lui revenir en dédommagement de son immense perte. Il l'aimait profondément. Il m'aime aussi, à sa manière.

Ledi frotta l'épaule de sa cousine.

— Je suis désolée. Ça doit être terriblement douloureux pour toi, même si tu es débarrassée de lui à présent.

Nya sourit.

— Je ne pense pas qu'on puisse jamais être débarrassé de ses parents. Je suis triste, mais quand je me rappelle que tu es entrée dans ma vie, je me dis que l'échange est plus qu'équitable. (Son visage chauffa.) J'aimerais que tu ne sois pas obligée de rentrer, ajouta Nya, la mine basse.

Ledi se racla la gorge. Au cours des quinze derniers jours, elle n'avait cessé de rassembler des données pour consolider la thèse qu'elle rédigeait à propos de cette expérience, mettant à profit ses connaissances en infectiologie, en épidémiologie sociale et en droit, qu'elle maîtrisait peu ou prou après toutes ces heures passées à regarder *New York, police judiciaire*.

Thabiso avait également été très occupé. On l'avait chargé de suivre l'enquête et de rechercher d'autres délits qu'aurait commis Alehk et qui auraient pu nuire au peuple du Thesolo. Par ailleurs, il surveillait les liens de l'ex-ministre avec les entreprises dont les propositions commerciales avaient été rejetées net par le gouvernement. Il avait ainsi trouvé dans le serveur e-mail d'Alehk de nombreux accords secrets – et douteux – ainsi que des interactions non autorisées. Ce qui signifiait du boulot en plus pour Thabiso, et peu de temps à consacrer à Ledi. Comme il l'avait dit, être prince n'avait rien d'une sinécure.

— Ça ne me gênerait pas de rester encore un peu, avoua Ledi. L'été à New York est souvent étouffant. (Mais oui bien sûr, c'est tout ce qui l'inquiétait.) Mais il faut que tu viennes me rendre visite !

— J'aime la chaleur, répondit Nya tandis qu'elles regagnaient le bâtiment principal de l'hôpital. Je veux goûter ces bagels dont tu n'arrêtes pas de me parler. Et la pizza.

— Je t'emmènerai dans ma pizzeria préférée et tu ne voudras plus rentrer au Thesolo ! Et il y a un café qui vend des bagels excellents à Williamsburg. On fera un circuit gastronomique !

Nya eut l'air mélancolique.

— Maintenant que je suis la fille d'un escroc doublé d'un criminel, il serait peut-être plus judicieux que je m'en aille pour toujours.

Ledi enlaça sa cousine. Les gestes d'affection spontanés étaient plus faciles quand on savait qu'ils ne seraient pas rejetés. Elle prononça les mots qu'elle aurait aimé entendre en grandissant :

— Si tu as besoin de moi, je suis là, d'accord ? Tu fais partie de ma famille, et pas seulement parce que tu es ma cousine. Certes, on partage le même ADN, mais je t'aime pour bien d'autres raisons. (Nya hocha la tête, essuyant ses larmes.) Et Portia t'aime aussi. Elle a posté une photo de toi sur Insta avec le hashtag #superpote et d'ordinaire, ce traitement m'est réservé.

Elle quitta Nya près de l'entrée de l'hôpital et regagna sa suite toute seule. Les serviteurs, qui n'étaient plus des étrangers, la saluèrent et acquiescèrent avec encouragement quand elle leur répondit dans leur langue natale, même si son thesoloo n'était pas encore très fluide. Un paon aux plumes tombantes qu'elle avait nommé Thurston marcha à côté d'elle pendant un moment avant de regagner le jardin. Habiter dans le palais allait lui manquer, et pas seulement parce qu'elle n'avait pas à faire la vaisselle.

Thabiso allait lui manquer.

Toutefois, ils n'avaient pas évoqué l'avenir, et elle n'était même pas sûre de ce qu'elle voulait. Lui était-elle toujours fiancée ? Souhaitait-elle l'être ? Après tout, ils n'étaient pas sortis ensemble, ils n'avaient jamais eu de vrai rendez-vous. Était-il le genre de personne qui posait des questions agaçantes à voix haute pendant un film ? Il y avait un cinéma à l'intérieur du palais, paraît-il. Si elle obtenait confirmation de ses habitudes grossières avant qu'elle ne reparte, elle serait moins triste de lui faire ses adieux. Ou peut-être lui ferait-il des choses dans la salle obscure – une alternative dont Naledi se satisferait.

— Naledi ?

Elle se raidit lorsque la voix de la reine lui parvint de la bibliothèque. Cette dernière se montrait plus gentille depuis que Ledi était tombée malade, mais celle-ci restait sur ses gardes. Malgré ses doutes, elle entra dans la pièce. La reine Ramatla regardait la photo de Ledi et Thabiso prise lors de leur cérémonie de fiançailles. Toutefois, son attention n'était pas sur les enfants, mais sur les deux femmes à l'arrière-plan, elle-même et la mère de Ledi.

— Les goûteurs royaux font-ils bien leur travail ? s'enquit la reine.

— Oui, répondit Ledi. Même si je pense que la menace n'est plus d'actualité, je vous en sais gré, Majesté.

— Je voudrais te présenter formellement mes excuses, dit soudain la reine en redressant les épaules. J'ai eu tort de me montrer si froide envers toi, mais... (Elle ferma les paupières, inspira profondément et, quand elle les rouvrit et la regarda, il couvait dans ses yeux une émotion que Ledi n'avait encore jamais vue.) Tu lui ressembles tellement. Et elle m'a tant fait souffrir... Quand je te regarde ou que j'entends ta voix, je ressens cette douleur comme si c'était la première fois. Je pense... je *sais* que j'ai reporté ma colère sur toi. Et c'était injuste, et indigne de nous deux. J'espère que nous pourrons repartir sur de bonnes bases. Ou plutôt, j'aimerais apprendre à te connaître au lieu d'essayer de te punir pour quelque chose dont tu n'es pas responsable.

Ledi se méfiait toujours mais elle regarda la photo, sa mère et la reine qui riaient avec complicité, puis elle reporta son attention sur le visage de la reine et le chagrin que celle-ci peinait à dissimuler.

— C'est dur de perdre une amie, répondit Ledi tout bas. Quand on perd son compagnon, on a le droit de le pleurer. Mais les gens font comme si les meilleures amies se ramassaient à la pelle, comme si elles étaient interchangeables. Qu'il suffisait de les remplacer.

La reine hocha la tête, les lèvres pincées.

— Je n'ai jamais remplacé Libiko. Après que nous avons perdu la mère de Nya, Libi a été mon roc. Je pensais être le sien. Et quand j'ai appris qu'elle était partie... (La reine secoua la tête.) Je n'avais jamais eu aussi mal. Quand Thabiso m'a dit qu'il avait retrouvé ta trace, j'ai d'abord été soulagée. Puis il m'a raconté tout le reste...

La reine détourna brusquement les yeux mais le tremblement de ses lèvres, le sanglot étouffé dans sa voix n'échappèrent pas à Naledi. Ledi revivait la perte de ses parents, mais elle n'avait pas connu sa mère comme la reine l'avait connue. Elle essaya d'imaginer sa réaction s'il arrivait malheur à Portia et l'hypothèse à elle seule l'émut aux larmes.

Elle tendit la main vers la reine, avec hésitation, et la posa sur l'épaule de cette dernière.

— Je suis vraiment désolée. J'aurais voulu que vous puissiez la revoir.

La reine hocha la tête et se racla la gorge.

— J'honorerai sa mémoire en modifiant mon comportement envers toi. Et même si je n'ai pas pu la revoir... Ingoka ne se trompe jamais, Naledi Ajoua. Je suis heureuse de ton retour, et Libi serait très fière de voir la femme que tu es devenue.

Cette fois, c'est Ledi qui lutta contre l'émotion qui la submergeait. De nombreuses personnes avaient dit la même chose, mais ils n'avaient pas été proches de sa mère comme la reine l'avait été. Et bien que cette dernière lui eût présenté ses excuses, elle n'était pas du genre à mentir pour réconforter son interlocuteur.

Quand elle reporta son attention sur la reine, celle-ci avait retrouvé son visage altier et l'émotion avait quitté ses yeux.

— Avant ton départ, nous célébrerons une cérémonie en leur mémoire dans le temple.

— Merci.

Ledi ne savait pas quoi dire de plus, alors elle prit une grande inspiration et reprit le chemin de sa chambre. Elle savait qu'elle ne serait pas toujours sur la même longueur d'onde que la reine, mais elle sentait que leur relation avait changé, qu'une blessure profonde s'était refermée. Elle espérait que celles de la reine cicatriseraient aussi.

Quand elle arriva devant sa chambre, elle trouva la porte entrouverte. Elle la poussa pour entrer et vit Thabiso étendu sur son lit, dormant à poings fermés. Elle referma derrière elle sans faire de bruit et s'avança vers lui, le contraste entre l'inélégance de sa position et la classe de son costume la faisant sourire.

Elle grimpa sur le lit et s'allongea à côté de lui.

— Maintenant je sais ce que bébé ours a ressenti en trouvant Boucles d'or dans son lit.

Il sourit et souleva lentement les paupières.

— Je croyais que tu n'aimais pas les contes de fées.

— C'est vrai. Boucles d'or n'est qu'une squatteuse effrontée. (Elle se blottit dans le creux de son bras.) Mais bon, comme tu es le prince, je ferai une exception.

— Ça ne me dérange pas d'être une exception, tant que je me fais réveiller comme ça, répondit Thabiso en la serrant tout contre lui. J'étais venu pour une autre raison, cela dit. On a trouvé quelque chose dans les papiers de ton oncle. Pour un homme qui trempait dans toutes sortes de magouilles, il a conservé un paquet de documents compromettants.

Il se redressa et Ledi l'imita, restant sur le lit tandis qu'il se dirigeait vers le bureau. Il revint avec un morceau de papier écorné enfermé dans un petit sac en plastique. Il était vieux, mais pas tant que ça, et l'écriture manuscrite dessus ressemblait comme deux gouttes d'eau à la sienne.

— On a retrouvé ceci entre les pages d'un livre dans sa bibliothèque, dit Thabiso en se rasseyant à côté d'elle.

Nous ferons ce que tu veux. J'aimerais que mon propre frère ne soit pas mon ennemi, mais je ne peux te promettre ce que tu demandes. Je ne mettrai pas la vie de mon enfant en danger pour quelque chose d'aussi fugace que l'argent ou le pouvoir. Je prierai pour ton âme, et la nôtre.

La signification d'un tel mot échappait à Ledi.

— Comptait-il me tuer ? demanda-t-elle.

— Il avait, semblait-il, élaboré un plan auquel tes parents ont refusé de participer. Quelque chose d'assez dément pour que tes parents estiment qu'il était plus sûr de quitter le pays avec un enfant en bas âge plutôt que de rester. Il refuse de nous dire quoi, mais j'ai pensé que tu devais en être informée.

Son oncle avait poussé sa mère à s'enfuir. La haine qu'il avait vouée à sa propre sœur avait fini par le consumer – ou peut-être était-ce l'amour qu'il portait à Nya et sa mère qui l'avait rongé jusqu'à le rendre fou. C'était effrayant ce que cette émotion pouvait déchaîner quand on se trouvait sous son emprise.

Elle prit le morceau de papier et le posa sur la table de chevet, puis elle baissa les yeux sur ses mains.

— Ledi ? (Thabiso eut l'air inquiet.) Qu'est-ce qui ne va pas ?

Elle le regarda, examina ce visage parfait qui lui donnait envie de le prendre dans ses bras, de le protéger et, à l'occasion, de lui donner un bon coup dans le tibia.

— C'est juste que... il se peut que je t'aime. Je crois.

— Quoi ?

— Je sais. C'est dingue, hein ? Je n'aurais rien dit, mais puisque je m'en vais bientôt, j'ai pensé que tu devais le savoir.

Elle s'attendit à ce qu'il rie, qu'il bondisse ou qu'il prenne ses jambes à son cou... après tout, il n'avait plus besoin d'elle. Il était un héros désormais, acclamé par les siens, alors pourquoi s'embarrasser d'une épouse ?

— Mmm... justement, j'ai des rendez-vous prévus à New York, répondit-il en se caressant la barbe comme il le faisait chaque fois qu'il réfléchissait. Je me disais que puisque tu rentres bientôt, je pourrais faire le voyage avec toi. Comme tu disais, c'est dingue, hein ?

Le cœur de Ledi se mit à battre plus vite, plus fort.

— Quel genre de rendez-vous ?

— Oh, il y a toujours des choses à faire à New York quand on est prince. (Il l'attira sur ses genoux et elle enroula les jambes autour de lui.) Je pourrais, par exemple, monter à cheval et jouer au strip-poker.

— À cheval ? Tu veux que D'Artagnan soit jaloux ?

— Il m'a donné sa bénédiction, mais je dois encore faire mes preuves auprès de quelqu'un. De deux personnes, même.

Ledi eut l'air perplexe, puis elle éclata de rire.

— Les Grams sont très attachés à leur espace personnel.

Elle se blottit contre lui et entendit son cœur battre la chamade, lui aussi.

— Je n'envahirai pas l'espace des Grams, mais je pense qu'ils aimeront la vue depuis le loft en grès rouge que Likotsi m'a déniché. Alors ils finiront par m'adopter tôt ou tard. Il ne donne pas sur des immeubles en brique, mais Central Park est magnifique à l'automne.

— C'est vrai, approuva Ledi en appuyant le front contre celui de Thabiso.

Il l'enlaça et croisa les doigts sur sa chute de reins pour la serrer tout contre lui.

— Peut-être, s'ils m'apprécient assez, envisageront-ils de s'installer au Thesolo à l'avenir ?

Ledi ferma les yeux.

— Est-ce que c'est possible de paniquer de bonheur ? Parce que c'est ce que je ressens à cet instant.

Thabiso éclata de rire.

— Pourquoi tu paniques ? Je ne te mets pas la pression.

— Oh, tu me mets une sacrée pression, Bones, répliqua-t-elle en imitant son accent.

Il soupira.

— Tu ne me laisseras jamais tranquille avec ça, hein ?

— On verra bien.

Sur ces paroles, il l'embrassa, plus tendrement qu'il ne l'avait jamais fait. Ledi le serra fort et se demanda si leur nouvel appartement serait équipé d'un lave-linge et d'un sèche-linge. Après tout, elle était la preuve vivante que même les rêves les plus fous pouvaient se réaliser.

Composition
NORD COMPO

Achevé d'imprimer en Espagne
par BLACKPRINT
le 20 décembre 2020

Dépôt légal : décembre 2020
EAN 9782290231593
OTP L21EDDN001141N001

ÉDITIONS J'AI LU
87, quai Panhard-et-Levassor, 75013 Paris
Diffusion France et étranger : Flammarion